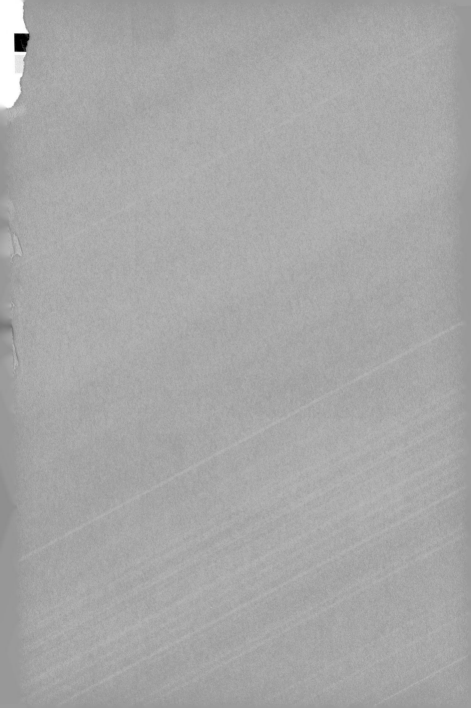

〈獄中〉の文学史

夢想する近代日本文学

副田賢二 Soeda Kenji

笠間書院

1　近代日本の監獄

豊多摩

後藤慶二「豊多摩監獄本館中央正面の写真」
（中村鎮『後藤慶二遺稿』1925）

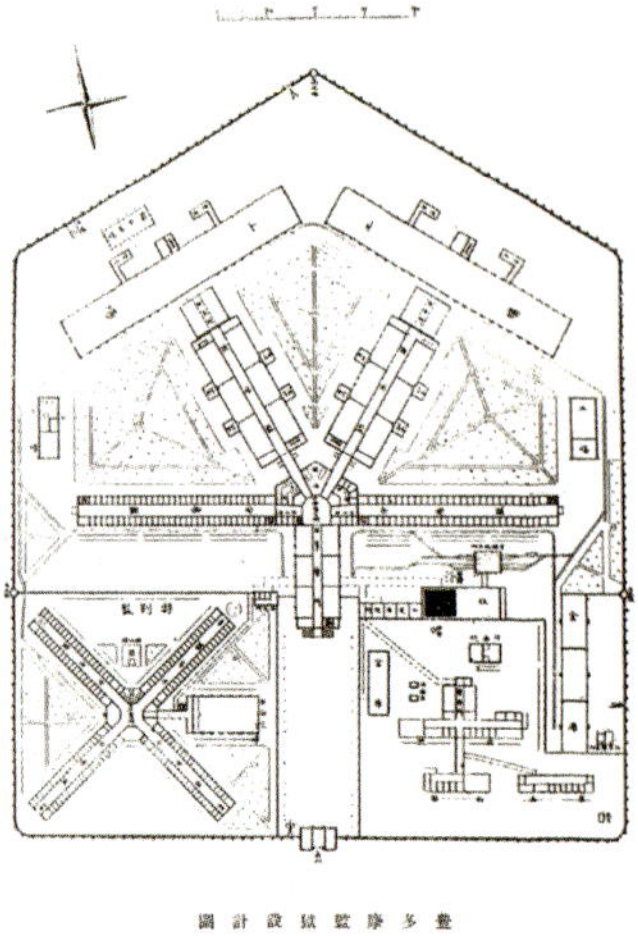

後藤慶二「豊多摩監獄設計図」
（中村鎮『後藤慶二遺稿』1925）

後藤慶二「豊多摩監獄表門の写真」
（中村鎮『後藤慶二遺稿』1925）

豊多摩監獄・十字型獄舎
（重松一義『図鑑　日本の監獄史』1985.4　雄山閣出版）

豊多摩

建築家後藤慶二によって設計され、1915（大正4）年5月に竣工、1922年に豊多摩刑務所と改称された豊多摩監獄は、未決囚を含めた多くの「思想犯」を収監してきた歴史的施設であった。1925年の治安維持法制定以降は更にその傾向が強まり、様々な文学テクストや評論の中で、その建築や〈獄中〉空間が頻繁に表象されることになる。その建築空間は、他の近代日本の監獄建築と共通する十字型獄舎の形態を採りつつも、各所に装飾を鏤《ちりば》め、「学園的立体感」（重松一義『図鑑 日本の監獄史』p224）を具備した大規模かつ壮麗なものであった。近代日本の監獄建築のエッセンスを総合的に集約、凝縮したその美学的建築に深く内包された、閉ざされた監獄の空間で、文学者を含めた様々な〈獄中〉者たちの「自己」、そして「文学」をめぐる夢が密やかに綴られ、〈獄中〉からの言葉、として外部に発信されることになったのである。

☞第二章、第五章、第六章、終章

市ヶ谷

市ヶ谷刑務所庁舎
（重松一義『図鑑　日本の監獄史』1985.4　雄山閣出版）

「東京監獄入口之図」
（『風俗画報』臨時増刊 新選東京名所図会 第 43 編 1906.8）

千葉

千葉監獄独居舎
（重松一義『図鑑　日本の監獄史』1985.4　雄山閣出版）

千葉刑務所正門（2016.3.30　筆者撮影）

小菅

「小菅集治監」（『風俗画報』東京近郊名所図会第四巻 1910.6）

巣鴨

巣鴨監獄正門
（重松一義『図説　世界監獄史事典』2005.9　柏書房）

市ヶ谷・千葉・小菅・巣鴨　鍛冶橋監獄を母体とする市ヶ谷監獄は、1904（明治 37）年に東京監獄として新築され、1922 年以降は市ヶ谷刑務所として「思想犯」を多く収監した。未決監の特性を持ち、大正〜昭和戦前期の〈獄中〉言説に多く登場する。「監獄法」公布前年に竣工した千葉監獄は、刑期 10 年（2010.1 以降）以上の重罪初犯者を収容する LA 級施設で、その〈獄中〉表象は「政治犯」やテロリズムとの連関性を歴史的に孕む。1879 年設置の東京集治監からの歴史を持つ小菅集治監、東京三大建築の一つと謳われた巣鴨監獄も、多くの〈獄中〉言説の舞台となった。☞第一〜六章、終章

2　イメージとしての「監獄」

後藤慶二のスケッチ・絵画

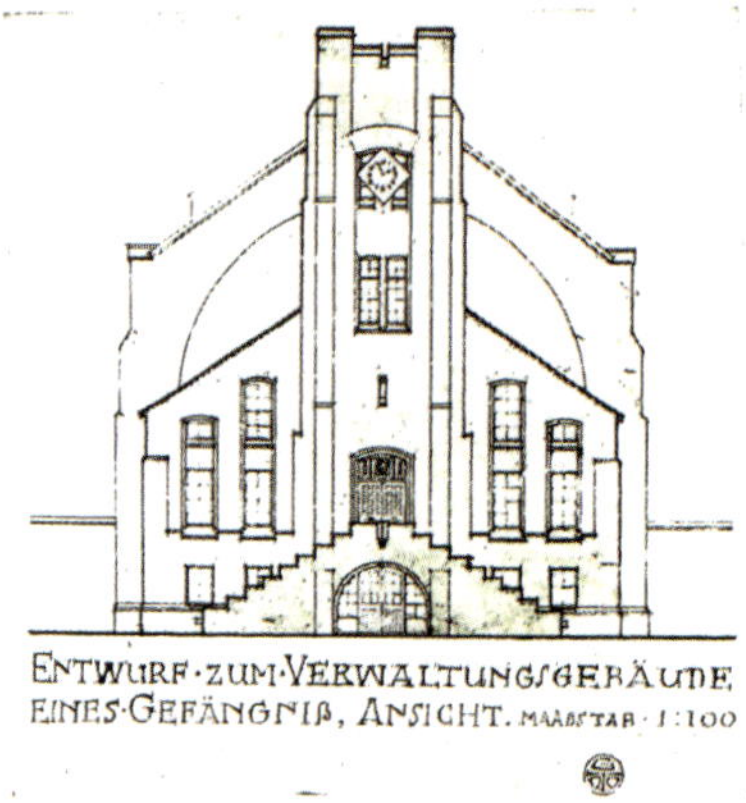

豊多摩監獄設計圖（本館中央正面圖）

「豊多摩監獄設計図（本館中央正面図）」
（中村鎮『後藤慶二遺稿』1925）

豊多摩監獄中央正面建築中のスケッチ

「豊多摩監獄中央正面建築中のスケッチ」
（中村鎮『後藤慶二遺稿』1925）

赤い家

「赤い家」
（中村鎮『後藤慶二遺稿』1925）

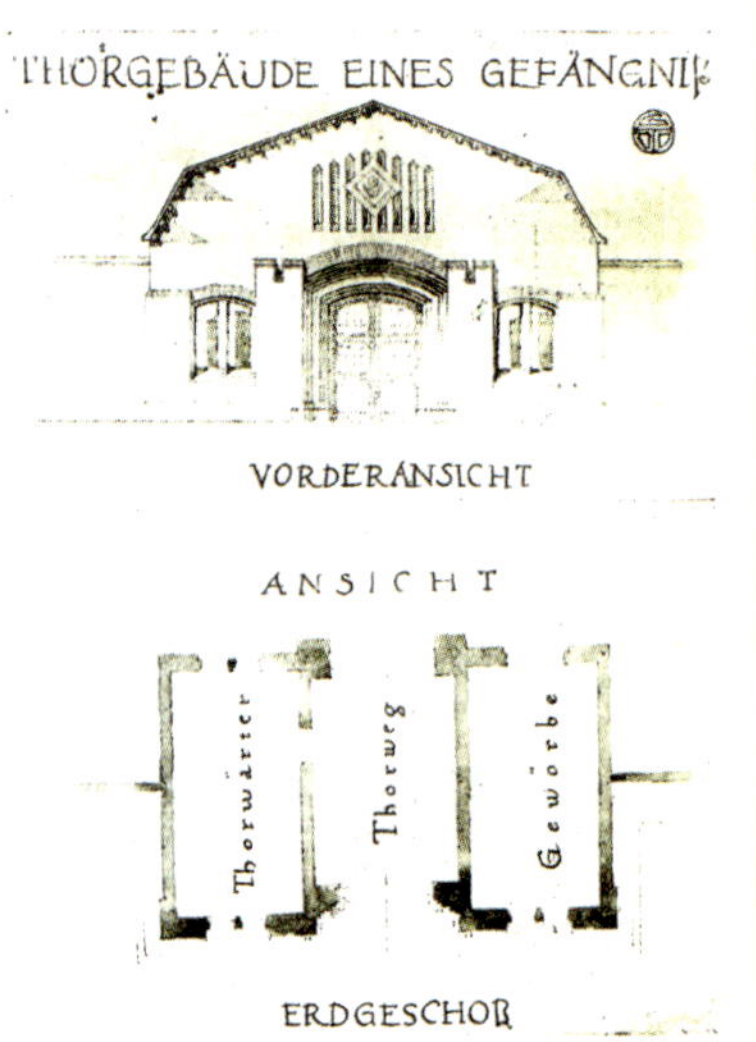

豊多摩監獄設計圖表門

「豊多摩監獄設計図表門」
（中村鎮『後藤慶二遺稿』1925）

「豊多摩監獄教誨所内部の一案」
（中村鎮『後藤慶二遺稿』1925）

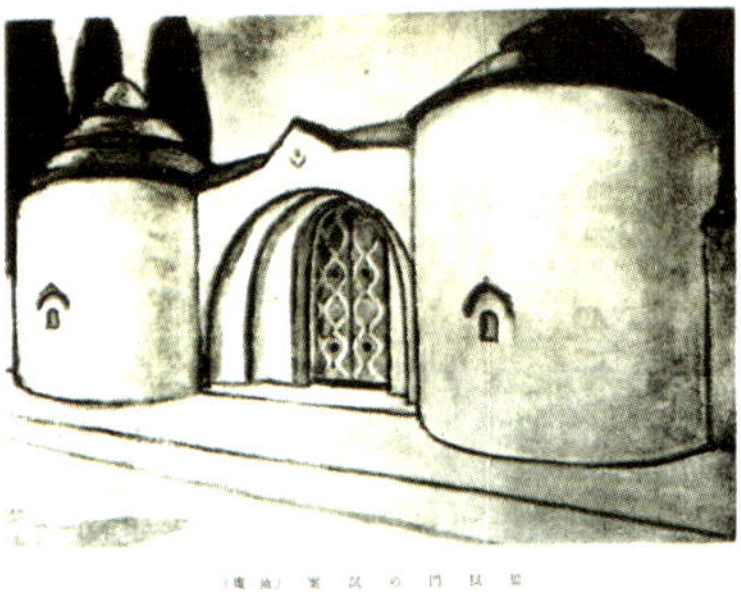

「監獄門の試案（油画）」
（中村鎮『後藤慶二遺稿』1925）

※後藤慶二の図版については全て『近代日本のデザイン　第 23 巻』（2009　ゆまに書房）による。

イメージとしての「監獄」

建築物としての監獄は、収監者への管理と処罰、矯正を実施するという目的に特化した制度空間であり、厳格で冷酷な閉鎖・管理空間＝「暗黒」としてのその一般的イメージは、様々な芸術作品や大衆文化コンテンツの中で、現在もなお頻繁に用いられ、消費されている。しかし、同時に監獄は、1700 年代のピラネージの絵画に表現されていたように、超現実的で放恣な想像力が満ち溢れる、可塑的なイメージ空間という側面を持っている。

そして、近代日本が生んだ豊多摩監獄もまた、「監獄建築をヒューマニスティックな文明的結晶体・極限状態として把え創作した」（重松一義『図鑑　日本の監獄史』p225）後藤慶二の豊かな想像力が生んだ、独自の建築作品であった。本ページの図版で示したところの、後藤における豊多摩監獄の多彩なイメージは、同時代の様々な芸術表現の思潮と敏感に交錯しつつ、拘禁施設としての機能性のみには還元されることのない生命感を発散している。現在でも「大正ロマン」的な美学化のまなざしを投げ掛けられることもあるその建築イメージは、「監獄」という場をめぐる想像力が本質的に孕んでいる拡張性と普遍性を示唆している。

また、そのような建築に内包された〈獄中〉という空間自体も、ヨーロッパの文学や芸術において、ユートピア観やロマン主義思想に通底する、両義的な性格を持つ想像力のトポスとして描かれてきたという歴史を持っている。それは、ドレ、ゴッホの絵画に見られるような、近代的な制度や自意識の内部における人間の実存的閉塞を象徴するだけに留まらず、「監禁の場所としての牢獄が、夢想の場所でもあるというパラドックス」（前田愛「獄舎のユートピア」1981）を孕んだ、いわば夢想と自己超越のトポスとしての機能を帯びることになったのである。

近代日本においても〈獄中〉は、同時代に流通する様々な記号性やモードを内包しつつ、文学表現や「文学」概念と密接な繋がりを持つ想像力のトポスであった。明治期の出版ジャーナリズム言説や政治小説、「社会主義者」たちの言説から、大正期の出版メディアに氾濫する「読物」や宗教文学、昭和戦前期のプロレタリア文学や「文学」理念をめぐるイデオロギー的言説、そして敗戦後の実存主義的文学、現代日本のデータベース消費的な文化コンテンツに至るまで、〈獄中〉言説とその表象は絶えず生み出され、その時代毎のコンテクストに沿って意味付けられてきた。建築としての近代監獄のあり方についても様々な文学テクストが言及しており、そのイメージは表現ジャンルを超えて広く共有されていたと言えるだろう。近代日本文学は、その成立当初から〈獄中〉の想像力を自らの「塒（ねぐら）」とし、それを夢想することによって、自らを育んできたのである。

☞序論、第一章、第三～六章、終章

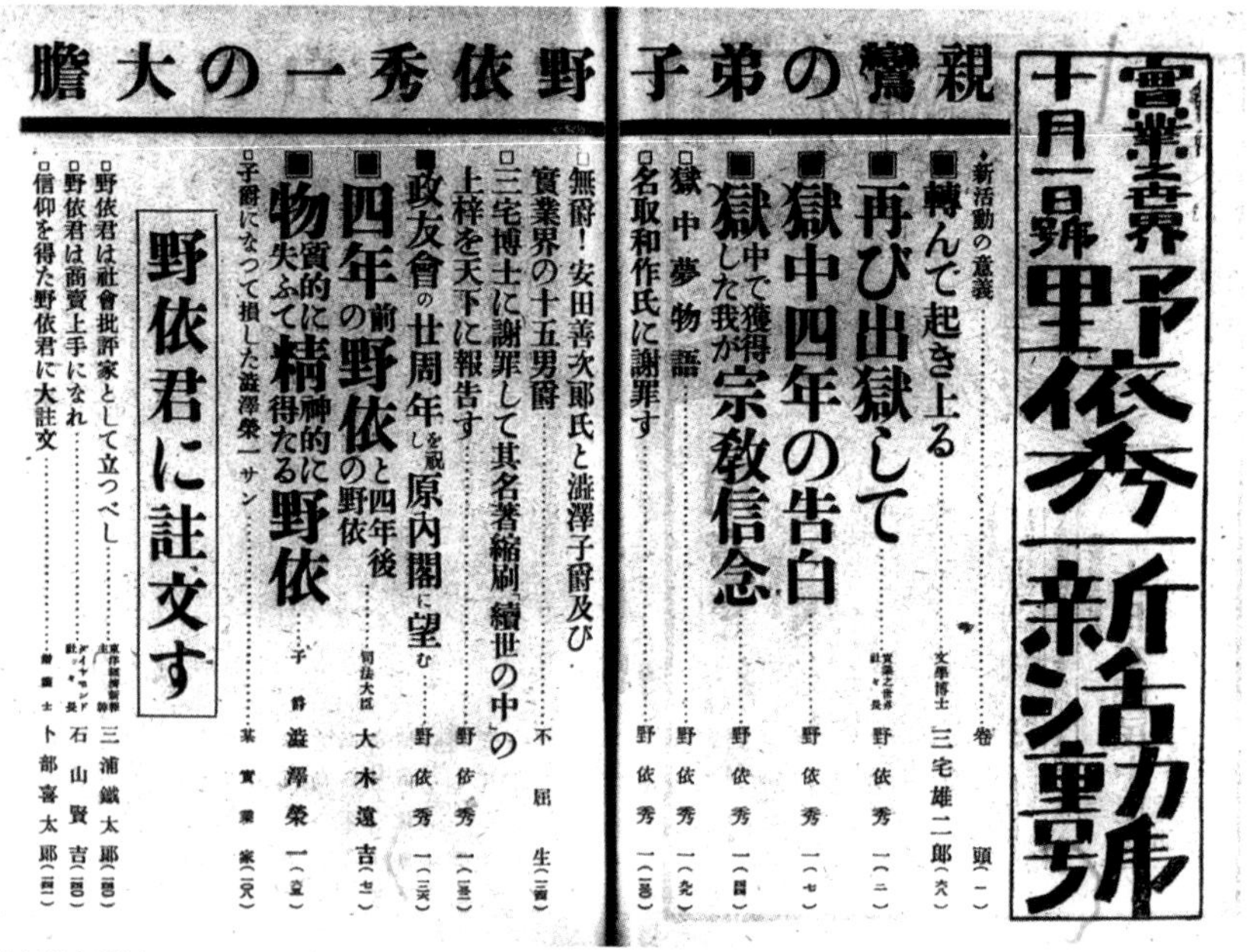
實業之世界 十月一日號 野依秀一新活動號

親鸞の弟子野依秀一の大膽

『実業之世界』1920.10 目次（国立国会図書館デジタルコレクション）

再び出獄して　野依秀一

私は、去五月二十六日、無事出獄

私が四年の刑に處せられた事情

野依秀一「再び出獄して」（『実業之世界』1920.10　国立国会図書館デジタルコレクション）

獄中四年の告白　野依秀一

私は、否も應もなく

私が入獄する時に

野依秀一「獄中四年の告白」（『実業之世界』1920.10 国立国会図書館デジタルコレクション）

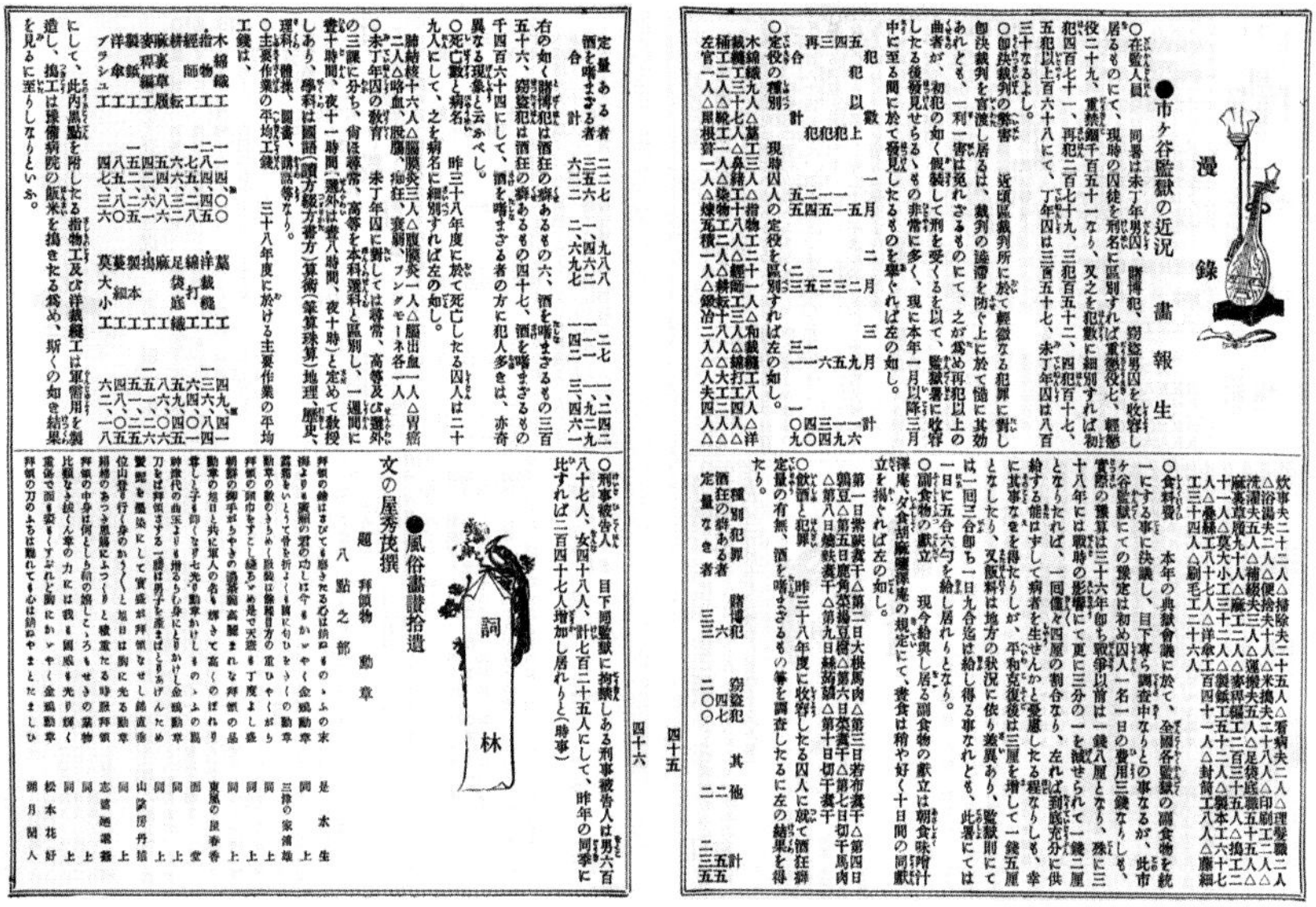

「市ヶ谷監獄の近況」（『風俗画報』 1906.6.10　国立国会図書館デジタルコレクション）

トピックスとしての〈獄中〉

スキャンダラスな「社会主義者」の一人として同時代メディア内で常に注目されていた大杉栄の単行本『獄中記』の出版（1919）を契機として、〈獄中〉言説は、〈獄中〉での収監者の内的変革のドラマと同時代的トピックスをコンパクトに内包した規範的ジャンルとして大量に生産され、貪欲に消費されることになった。雑誌『実業之世界』1920年10月号における、出獄後の野依秀一に関する特集記事（右図版）には、トピックス消費の側へと志向する、同時代の〈獄中〉へのまなざしとその表象のあり方を典型的に見出すことができる。そこでは、物質的所有と快楽の世界から隔絶された、自己省察と沈思黙考を主とした監獄内での「精神生活」によって宗教的な自己超越を体験し、それを出獄後に雑誌メディア内で過大に物語化して「告白」するという、大衆的な消費コンテンツとしての当時の〈獄中〉の機能とその記号的な意味性が、その誇示的なレイアウトの中に総合的にかき集められ、順次トピックス化されているのである。そのように、〈獄中〉が大量消費を前提とする雑誌メディアと相互的に結びつき、そこに機能として組み込まれるという関係構造は、1920年代のメディア言説空間において普遍的に見られるものであった。

ただ、そのような〈獄中〉へのまなざしは、市ヶ谷監獄に関する1906年6月の『風俗画報』の記事（上図版）からも窺えるように、既に明治期から存在している、歴史的なものであった。社会的ルポルタージュや政治的告発、体験記など様々な形態を採りつつも、〈獄中〉言説とその表象は、そこで大衆的な文化消費の欲望と寄り添う消費コンテンツとして存在していたが、1920年代以降、断片的であったそれらの〈獄中〉言説は、「獄中記」というジャンルにおいて規範化され、総合的なトピックス言説として再編成されるのだ。そこで〈獄中〉者は、監獄内で自己の内的変革を実現したドラマティックな存在として複合的に記号化され、その物語は類型的なパターンの反復において消費されることになる。しかし、同時にそこでは、〈獄中〉者の身体性や個々人の状況をめぐる差異は消去され、監獄が本質的に孕む暴力性も曖昧に隠蔽されるという事態が拡大することになった。☞第二章〜六章、終章

4　〈獄中〉からの言葉

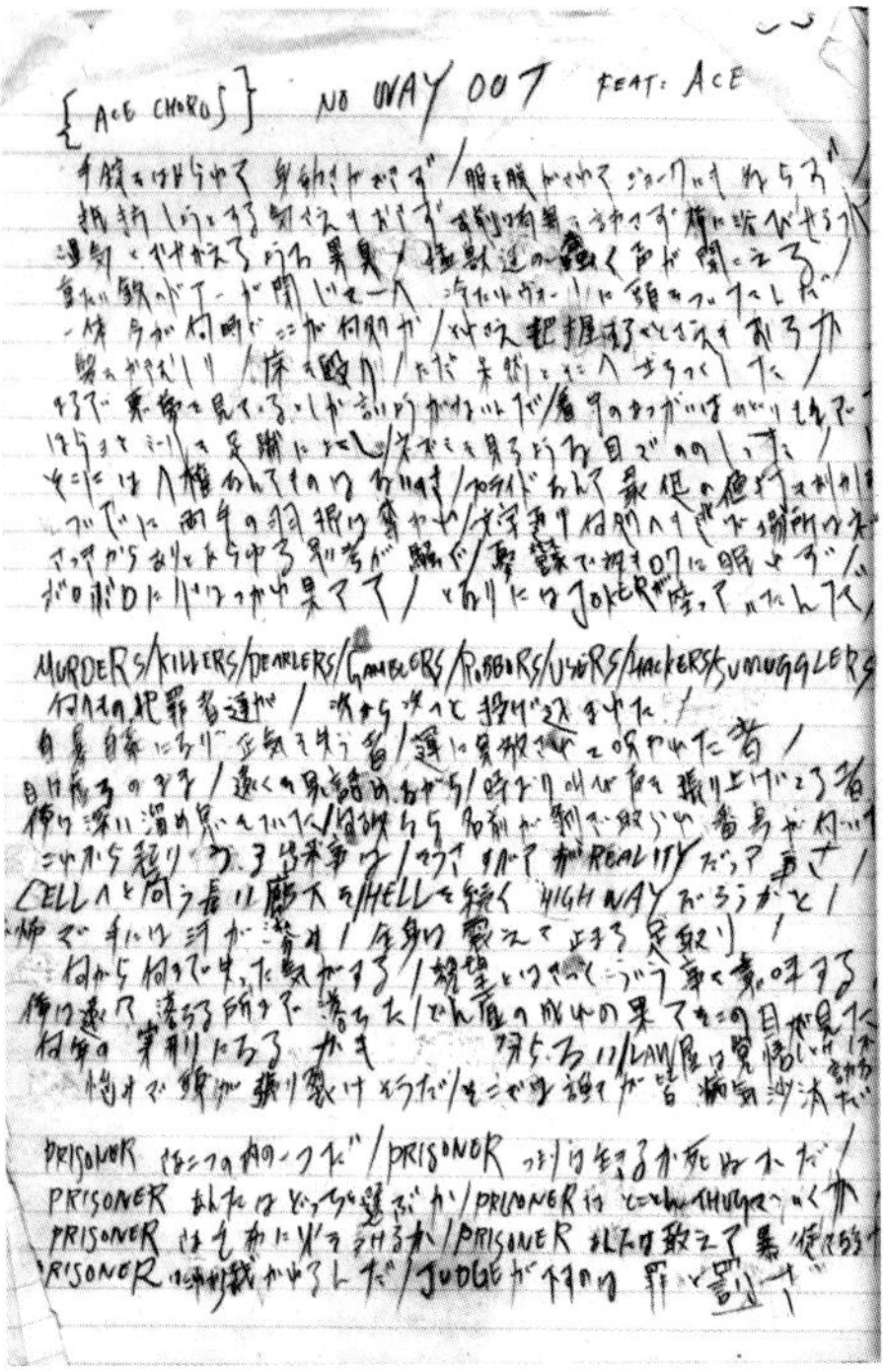

B.I.G.JOE
『監獄ラッパー』(2011)
見返し写真

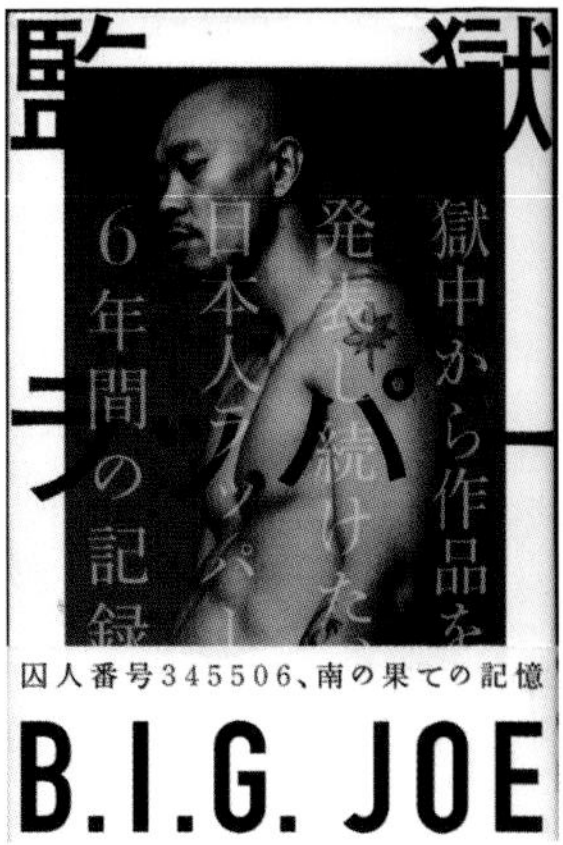

B.I.G.JOE
『監獄ラッパー』(2011)
表紙

〈獄中〉からの言葉

2003年にオーストラリアで逮捕され、同国内で6年間収監された札幌出身のラッパーB.I.G.JOEが、その経緯と監獄内の苛酷な生活、そこでの音楽創作の苦闘を描いた『監獄ラッパー　獄中から作品を発表し続けた、日本人ラッパー6年間の記録』（リットーミュージック　2011.8）は、〈獄中〉への好奇のまなざしに応えるという従来の「獄中記」の性格を備えつつも、その固有の身体感覚と創作への希求、そして多国籍の収監者が交錯する監獄のカオスと共同性のルールを描き出している。B.I.G.JOEの裸体の肖像写真が掲げられた表紙(上図版右)の帯には囚人番号が記載され、見返し(上図版左）には監獄で書かれたリリック（詩）の肉筆ノートの写真が掲載されている。自らの自由と固有性を剥奪する監獄が、必然的に自分の身体と意識を先鋭化させることで〈獄中〉からのラップとリリックが生み出されたこと、そして、それが失われた自らの固有性を奪回するための唯一の根拠として方法化されていったというその歴史性が、〈獄中〉のエクリチュールの手ざわりと共に、そこに刻印されている。同書の刊行は、今もなお「獄中記」的な〈獄中〉言説が「エッジ」からの言葉として受容されることを再認識させるものであった。「僕に与えられたこの貴重な体験を、美化し、屈折させて伝えたくはないのです。刑務所というところは、甘くはないし、人生を完全に狂わすことのできる、現実社会に存在する悪夢のような場所でした」（p267）と冷静に語るB.I.G.JOEの言葉は、近代日本文学の〈獄中〉の想像力と部分的に接続しつつも、監獄の本質的な暴力性と他者性を敏感に感受する、固有の緊張感とリアリティを発散している。

☞第二章、終章

〈獄中〉の文学史——夢想する近代日本文学

But it don't snow here. It stays pretty green.
I'm going to make a lot of money.
Then I'm going to quit this crazy scene.
Oh I wish I had a river, I could skate away on.
Oh I wish I had a river so long, I would teach my feet to fly.

Joni Mitchell "River" 1971

目次

第四章 大正期3〜昭和期1
——文学的トポスとしての〈獄中〉と「闘争」のロマンティシズム　225

第五章 昭和期2
——プロレタリア文学から一九三〇年代の言説空間へ　265

序論

〈獄中〉と文学的想像力

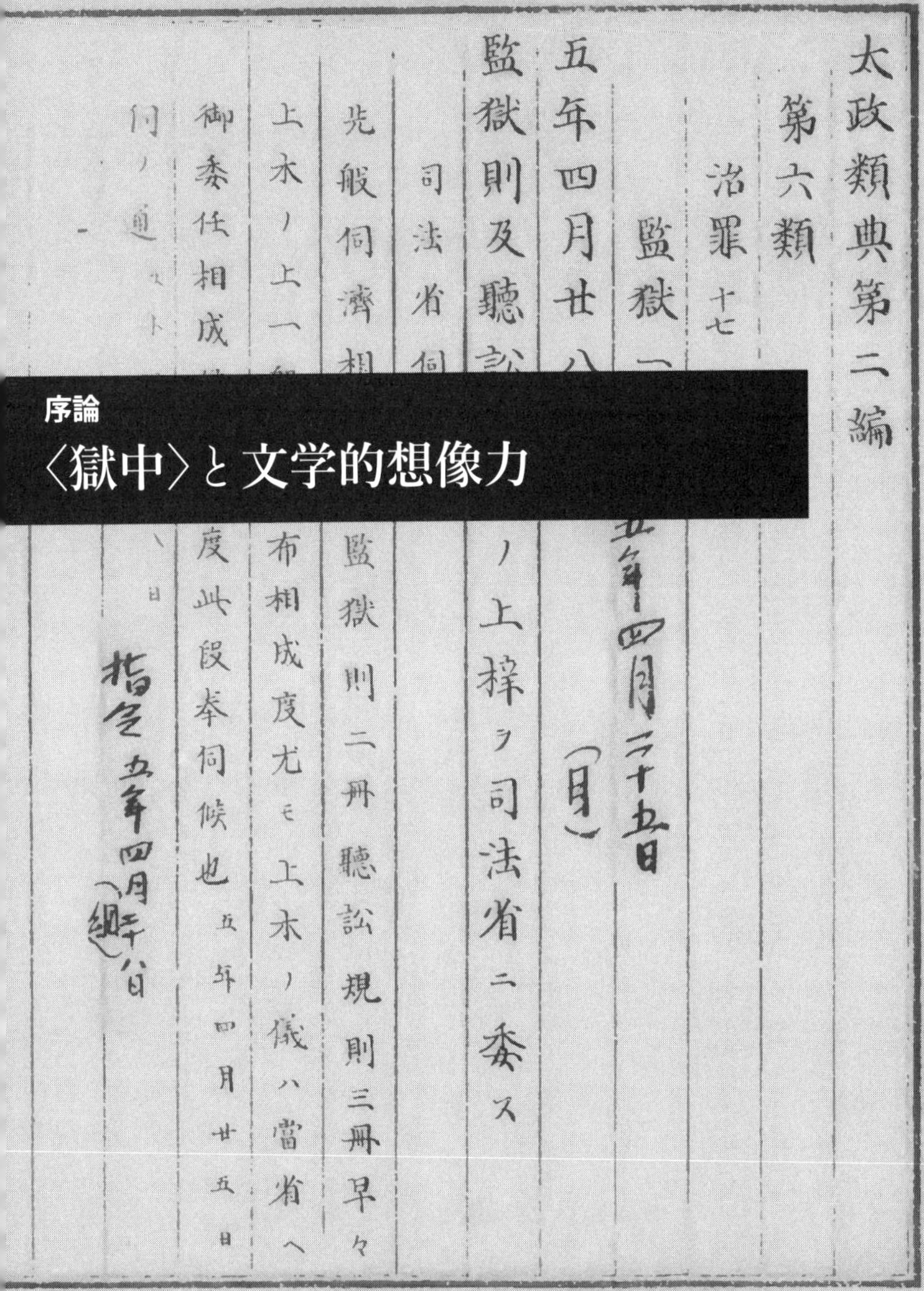

太政類典第二編

第六類

治罪十七

監獄一

五年四月二十五日 (目)

五年四月廿八

監獄則及聽訟……ノ上梓ヲ司法省ニ委ス

司法省伺

先般伺濟相……監獄則二冊聽訟規則三冊早々

上木ノ上一……布相成度尤モ上木ノ儀ハ當省へ

御委任相成……度此段奉伺候也 五年四月廿五日

伺ノ通……

指令五年四月廿八日

なぜ〈獄中〉なのか

「文学」が生み出す「言葉」は、それを規範化する様々な意味の制約から逃れ続けることを求めて、常にあてどもなく彷徨《さまよ》いつつ、自らの欲望について自己言及するというねじれを本質的に抱えている。「文学」が棲息《せいそく》する場所、それは現実社会の自明的な価値や実益性からは疎外された、薄弱で周縁的な場であるのだが、そうであるからこそ、その「言葉」は自らの領野と存在意義を維持してきた。そして、そのような「文学」の自意識と自らの特権化が、同時代のイデオロギーや権力体制との共犯関係を隠蔽する「隠れ蓑」になってきたことも事実である。現在はそのような「文学」の様態はもはや無効化され、その消費のモードも多様化しているのだが、それでも「文学」は、自らを根拠付ける場所を今もなお欲望し続けている。本書は、そのように自らを棲息させ続けてきた近代日本文学が、「身を寄せる」場として見出していた場所の一つとして、監獄という空間を総合的に捉《とら》え直す試みである。近代日本文学における監獄は、象徴性を投影される空間であり、周縁としての趣向的な場でもあり、同時に絶え間ないオブセッションの源泉でもあった。

監獄制度と「近代」

監獄は、人間の意識や身体を管理するシステムとしての「近代」の特質を凝縮した、普遍的かつ象徴的な場である。そこでは様々な制度の領域、つまり政治や法律、社会思想や人権意識、教育等の領域と個人（収監者）が交錯し、その身体が強制的に管理され、制度側の意向に応じて矯正《きょうせい》されることになる。

特に、政治と個人との関係において、監獄はまさに「近代」の本質を具現化する場であった。そこでは、個人の触法《しょくほう》行為という犯罪事実及び容疑において当人の身体が拘束され、その基本的人権に大幅な制限が加えられることによって、日常的には隠蔽されているところの政治権力と個人との関係性が可視化される。収監の原因となった犯罪の性質がどのようなものであれ、そこには常にその時代の政治体制からの影響がダイレクトに反映されるが、特に「政治犯」「思想犯」と名付けられる「犯罪」においては、その政治体制が孕む暴力性が最もあからさまに露出することになる。近代社会の体制整備と共に、その度合いや性質こそ変化すれども、その暴力性は本質的な部分では決して変わることはなかった。

また、法制度の変遷と共に、監獄のあり方も大きく変化することになった。近代日本でも、小原重《おはらしげ》哉《や》によって制定され一八七二（明治五）年一一月に公布された「監獄則《かんごくそく》」以降、「日本の「近代」が創出したさまざまな〈制度〉に共通するかくれたコンテクスト」としての「「一望監視施設《パノプティコン》」の原理」▼注[1]が、監獄という現実の空間に確立されてゆく。そして、一九〇八（明治四一）年に制定、公布された「監獄法」において、近代日本の監獄制度は一定の完成を迎えたと言えるだろう。「犯罪者という明確に限定された対象が文明の名のもとに「囲い込まれる」空間」▼注[2]としての監獄は、中央集権的な国民国家の形成へと突き進む明治期日本の様相を最も直截《ちょくせつ》的に具現化した場であった。その後も、近代国家システムの確立と思想・言論統制の拡大につれて、監獄は象徴的トポスとしての固有の意味合いを更に深めてゆくことになる。

言うまでもなく、「牢屋《ろうや》」「座敷牢《ざしきろう》」等の「牢獄《ろうごく》」的空間への拘禁による懲罰と管理の形態は古くから人類社会に広く見られる要素であり、近代以前の日本でも、処罰形態の差こそあれ、同じく身体を拘束する場として存在していた。前田愛が「旧幕時代の牢獄」は「獄外の世俗的な秩序を顛倒《てんとう》させた反世界」であり「裏返された「自由」を保証していた中世の「無縁所《むえんじょ》」の系譜を引く陰惨なアジールであった」▼注[3]と指摘するように、その空間自体が一般社会とは異質な独自の社会秩序を構成していた側面もあった。ただ、見せしめ的な要素が濃かったそのような牢獄は、一九世紀以降次第に変化してゆく。ひろたまさきは、一八二〇（文政三）年の石川島人足寄場《にんそくよせば》における「追放刑の受刑者」の収容開始を、「それまで見こらし刑（身体刑・追放刑）を基本としていた刑罰体系の中に更生的刑罰（自由刑）体系が出現した」事態と捉え、それを「近代的刑罰体系の出発であり近代的監獄への出発」としている▼注[4]が、そのような制度内部での変容が、明治期以降の近代化によって更に促進されたことは確かだろう。また、ひろたは、明治政府が「近世から受けついだのは人足寄場の「囲い込み」であり、それは西洋からの監獄制度の移植でもあった」として、「近世における入墨《いれずみ》・笞《むち》・杖《じょう》など残酷と目《もく》される身体刑をとりやめて自由刑にしていく」その変容が「文明社会にふさわしい刑罰制度」として整備されたものであったと指摘している。▼注[5] 見せしめや復讐としての色彩も強かった近代以前の牢獄の懲罰形態からは根本的に性格が変化したものとして、近代の監獄制度は展開されていった。そして、その変容過程で、監獄という場の象徴的な含意《がんい》性は、「近代」として制度化されたまなざしと、それに基づいた数多くの言説の内部で、急速に増大していったと考えられる。

本書での「〈獄中〉言説」「〈獄中〉表象」

本書では、監獄内に収監され拘禁《こうきん》された存在を中心に、その生活の様や心理、意識や行動を叙述した言説のことを「〈獄中《ごくちゅう》〉言説」と呼ぶことにする。そして、そのような言説が生み出す監獄内の主体像やその空間のイメージを「〈獄中〉表象」と呼ぶことにする。〈獄中〉言説は主に小説やルポルタージュ、手記や手紙などの文字テクストの形態を採るものであるが、必ずしも文学的な意図の下に執筆されたものだけではなく、政治的意図において生み出されたものも多い。本書では主に文学テクストの側を問題にするが、必要に応じて政治的なテクストについても言及することになる。また、〈獄中〉表象は、文学テクストがその表現の内部で生み出すところの監獄内のイメージであるが、絵画やマンガ、映画やアニメ等の視覚芸術においては、それは言語を介さない形態で提示されることも多く、その空間のディテール自体が興味の対象になる場合も多い。

そもそも、監獄に収監、拘禁された存在＝〈獄中〉者をめぐる表象は、世界中の文学に普遍的に見られる主題であり、そこには政治権力体制と個人をめぐる歴史性と苦闘が刻み込まれてきた。監獄は、社会システムの内部に棲息《せいそく》しつつもその制度性の軛《くびき》を自覚する個人にとって、存在論的なメタファーの場でもあった。本質的に、収監者に実存状況を強いるその閉鎖された空間は、思想的・文学的な主題性を強力に誘引することになる。

そのような監獄の姿を描いた代表的なテクストとしては、ドストエフスキー「死の家の記録」（一八六〇〜六二）やオスカー・ワイルド「獄中記」（一九〇五）が挙げられるだろう。これらのテクスト

図版①　V・ゴッホ「監獄の中庭（ドレによる）」1890

は近代日本でも何度も翻訳されており、以後の様々な〈獄中〉言説の中でも度々言及、引用されている。そこに描かれている〈獄中〉者のあり方は当然一元化できるものではないが、そのような文学テクストから、「鉄扉により閉ざされ遮断されたあとに訪れる時間が無限に停止した〝時の無い世界〟、無音響といえる〝沈黙の世界〟、光が喪失された〝暗黒の世界〟」という「一般的な市民感覚からの監獄原型[注6]」のイメージが生み出されていったことは確かだ。少なくとも、「自由」という強力な規範意識を所有してしまった近代的人間存在にとって、〈獄中〉は権力体制側からの抑圧と暴力に直面する場であると同時に、そこからの自由、闘争、言葉の解放等の普遍的価値を実感させる象徴的トポスとして存在し続けてきたと考えられるだろう。そして、その閉塞的な高度管理空間のイメージは、実際の収監者の体験の枠内に留まらず、広く近代芸術表現の内部で共有され、存在論的メタファーとして多様に展開されていった。（図版①）

「書くこと」の想像力と歴史的に結びつく〈獄中〉

そして、制度化された監獄における抑圧や暴力からの解放への希求は、必然的にそこで「書くこと」のアクチュアリティを生成することになる。国際ペンクラブが一九八一年に制定した「獄中作家の日」（毎年一〇月の第一木曜日）を記念▼注［7］した遠藤周作《えんどうしゅうさく》の講演筆記「獄中作家のある形態」で、遠藤は監獄内のマルキ・ド・サドについて、「世の中から遮断された」状況で、「王朝であり、キリスト教の支配している世界」である「自分の外界」と「自らの想像力という武器によって闘」ったとして、「饒舌《じょうぜつ》によって外界に挑もうとした彼の意図」を孕《はら》むその執筆行為に、アウシュヴィッツ収容所でのフランクルの「夜と霧」執筆とのアナロジーを見出している。▼注［8］更に「彼は投獄されることでいわゆる文学者の名に値する人間になったのです。牢屋に入れられたために、自分の行なった行為をはるかに超え、イマジネーションによる哲学を考えた」と述べている。遠藤は、監獄内で「書く自由を与えられてい」たサドの時代に対し、一九八六年現在では「言論活動の自由を奪われ、ひいては精神の衰弱にまで迫られ」ると、その現在的な抑圧と暴力の実態を告発しているのだが、監獄内でのサドの執筆行為をめぐるその指摘は、〈獄中〉が「書くこと」をめぐる想像力と歴史的に深く結び付いていることを示唆《しさ》している。

近代日本の〈獄中〉表象の展開

そして、〈獄中〉が抱えるそのような主題性と機能性は、明治以降近代化を推し進めてきた日本においても有効であった。日本文学の領域において監獄内の様相や収監者のあり方が自立的に描かれ始めるのは、社会構造や個人の意識をめぐる劇的な変動が起こった近代以降であった。勿論、先述したように近代以前にも「牢獄」的な場所は存在しており、自らが投獄された経験に基づいた、もしくはそこで書かれた文書も存在している。その意味では〈獄中〉表象自体は決して近代固有のものではなく、そこでは主に公的な出版を意図しない私的な言説において自らの入獄体験が記述されていた。しかし、それはあくまで単発的な現象であって、そのような言説が、監獄という場と〈獄中〉者をめぐる明瞭なイメージをメディア内で形成するという段階に至ることはなかった。

文学テクストに〈獄中〉表象が本格的に登場し始めるのは、やはり明治初期の近代監獄制度の整備以降であると考えられる。そこで〈獄中〉は、「近代」の実態とそこで抑圧される個人の〈内面〉を窺《うかが》わせる場として、読者の好奇の視線を喚起することになった。特に、明治初期における新聞、雑誌メディアへの言論統制という事態は、〈獄中〉表象の登場と深く関わっていたと考えられる。また、自由民権運動の挫折と共に、政治と文学との間にねじれた紐帯《ちゅうたい》が生まれつつあった明治一〇年代後半の政治小説の言説空間では、宮崎夢柳《みやざきむりゅう》、末広鉄腸《すえひろてっちょう》等によって多くの〈獄中〉表象が生み出されることになった。そこで監獄は、暗喩としての意味を付与されたイメージ空間として浮上することになる。

また、無政府主義を含めた社会主義思想への弾圧が表面化し始めた明治後期には、「社会主義者」をめぐるゴシップ的なメディア報道に裏打ちされた趣向性を帯びつつ、〈獄中〉は様々なテクストで描かれることになった。その表象をめぐる統一的な規範がそこに確固として存在していた訳ではないが、そこで「社会主義者」「無政府主義者」といった記号性と強く結びつくことになった〈獄中〉表象は、それまでの象徴的、ロマン主義的な意味合いから逸脱するコンテクストを帯びていったと言えるだろう。現在でも「〈獄中〉からの言葉」のイメージは、「思想犯」「政治犯」と関連したものとして認知されている側面があると考えられるが、歴史的に見ても〈獄中〉表象は、「思想犯」のような特定の「犯罪」と結び付いたかたちで、その固有の記号性を増幅させることになったのである。

更に、大正期になると、〈獄中〉言説とその表象は転換期を迎える。急速に拡大する雑誌・出版メディア空間の内部で、〈獄中〉はその固有の記号性を増幅させながら広く展開、消費されることになった。中でも、隠された「社会主義者」の内実を覗《のぞ》き見るための窓としての機能は、〈獄中〉表象のトピックス性を最も高める要素であり、大正期の『中央公論』における松崎天民《まつざきてんみん》の一連のテクストや、一九一九（大正八）年刊行の大杉栄《おおすぎさかえ》『獄中記』においてその機能は十分に活用される。そして、その大杉の影響もあり、大正中期になると〈獄中〉表象は次第に「獄中記」というジャンル形態において広く認知、消費されるようになり、そのジャンル意識の下に、必ずしも文学的なものに限定されない様々なテクストが生産されることになった。「文学的／非文学的」という二元的境界を超えて氾濫《はんらん》することにより、〈獄中〉表象はそこで一定のポピュラリティを獲得することになったと言えるだろう。その意味で、大正という時代は〈獄中〉表象の大規模な生成と消費の時代であった。また、一九二〇年代以降統合的形態を取り始めたプロレタリア文学においては、当然ながら〈獄中〉が告発的主題として繰り返し浮上し、そこで資本主義社会の構造的暴力と不合理性が暴き出されることになる。マルクス主義という思想的規範の下、〈獄中〉は資本主義、帝国主義的な体制そのものを批評的に俯瞰《ふかん》し、糾弾《きゅうだん》するための強力な視座として用いられてゆく。この時期以降、〈獄中〉表象は、文学的言説の内部において確固とした表現的位置を占めることになったと言えるだろう。

近代日本文学の〈獄中〉表象の特異性とは何か

そのような近代の監獄制度、そして〈獄中〉言説の考察に関しては、ミシェル・フーコーが『監獄の誕生――監視と処罰――』(一九七五)で展開した監獄制度に関する考察が、今もなお最も普遍的かつ総括《そうかつ》的なものであるだろう。ヨーロッパの監獄制度の成立と展開史への考察を中心に、ジェレミー・ベンサムの監獄建築の「〈一望監視施設《パノプティコン》〉」としての機能を考察し、「素顔のままではもはや自らを行使する気力をもたぬ処罰権力が一つの客観性の領域をひそかに組立てて、そこでは懲罰が治療として白日のもとに機能をはたすことができ、判決が知の言説のなかに組入れられうる」[▼注9]ような機能的トポスとしての監獄の意義を剔出《てきしゅつ》したフーコーの論考は、「視線としての近代」の本質を、身体的矯正と管理を推し進める近代監獄制度の内部に発見した画期的なものであったと言えるだろう。村上直之《なおゆき》は、フーコーとダヴィッド・ロスマン、マイケル・イグナティエフの監獄史研究を総括した上で、「これら三人の監獄の社会史的研究に共通する主要な論点は、犯された犯罪に均衡した苦痛を科することを刑罰の役割とみなす改革者たちの理想が、人間の自由と平等な権利(〝法の下の平等〟)をモットーとする民主主義の理想に一致していただけでなく、専制的な全体主義体制にも適合的であったという点である」[▼注10]と指摘しているが、それは戦前期日本における政治体制と監獄制度との親和性を見ても明らかである。

ただ、フーコーが提起したそのような普遍的問題系を、実際の近代日本文学のテクストに見られる〈獄中〉表象に単純に当てはめてゆくことは、おそらくそこに新たなねじれとずれを生み出す行為にしかなり得ないであろう。なぜならば、日本の近代文学のテクストに描かれた〈獄中〉表象の中で、近代監獄制度が本質的に抱える近代固有の権力的視線形態を反映している、と明確に判断できるようなものは奇妙なほど少ないのだ。勿論、一九二〇年代のプロレタリア文学における〈獄中〉は、究極の搾取《さくしゅ》者としての体制の暴力が最もダイレクトに告発される場であり、「階級闘争」という明確な目的性がそこには突出することになる。その意味で、プロレタリア文学における〈獄中〉表象は、最も原理的な性格を持っていると言うこともできるだろう。また、実際に政治運動等で投獄された存在が、そこで自らの身体的拘束という困難と苦闘した結果ようやく実現した、監獄から発信されたテクストも確かに存在する。▼注[11] 圧倒的な暴力と不合理を越えて発されたその「言葉」には、まさに人類的な告発力があると言えるだろう。

ただ、そのような〈獄中〉表象でさえ、近代社会の制度や思考システムへの告発という意味付けのみに完全に回収されるようなものではない。そのような一元的かつ巨視的な意味付け自体が、近代文学のテクストに描かれた実際の〈獄中〉表象の、錯綜《さくそう》しノイズを孕《はら》んだ奇妙なかたちを前にすると、その安易な適用を躊躇《ためら》われることになる。日本の近代文学における〈獄中〉表象には、社会への告発としての目的性には回収し切れない、甘美《かんび》なまでの自己の感覚性の氾濫、自意識の無制限の拡張、自己超越の夢想、そこでの「書くこと」への快楽といった現象を見出すことができるのであり、その表現の過剰さは、外在的な視座からの安易な意味付けをしばしば拒絶することになる。

そもそも、ヨーロッパの文学や芸術における〈獄中〉表象の歴史を見ても、その空間は、両義的な

図版②　ピラネージ「円形の塔（牢獄Ⅲ）」第二版第三刷　1760〜1770

性格を持つ、時に超現実的な想像力をも孕むトポスとして描き出されていた。前田愛は、一八世紀以降の「ユートピア文学がしばしばじっさいの囚人によって構想された」ことを「獄舎とユートピアの通底を示唆するうごかしがたい証拠のひとつ」と捉え、カンパネラやサド、ルソーやパスカルのテクストに言及しつつ、彼らが「監禁の場所としての牢獄が、夢想の場所でもあるというパラドックスを文字どおりに生きた」と指摘している。[注12] そのような「ロマン的な自意識」[注13]のトポスとしての牢獄イメージは、近代日本における〈獄中〉表象にも明らかに反映されていると言えるだろう。また、前田は、ピラネージが描いた、「バロック的な壮大さを回復する」意図を孕んだ牢獄イメージ（図版②）が、後にベックフォードやド・クインシー等のロマン派の詩人の想像力を喚起《かんき》する「強力なモチーフの一つ」となり、更にそれがジェレミー・ベンサムの監獄建築における「一望監視施設《パノプティコン》」に繋がるまでの表現史的な過程を考察しており、[注14] そこでの牢獄イメージ自体も決して一元的なものではない。

　そのような〈獄中〉表象の系譜が近代日本にも文化的・制度的に移入されたことは、近代日本文学において〈獄中〉者が常に監獄内で自らの過去を回顧し、懐疑し、省察《しょうさつ》し、想像する存在として描かれることが多かったことからも窺えるだろう。監獄内に拘禁された存在は、その孤絶と閉塞ゆえに、自己の現在や過去を俯瞰《ふかん》し得るだけのパースペクティヴを獲得した、特権化された主体として表象される。そこで〈獄中〉者は、いわば「可塑《かそ》的な自己」の夢を見ることが可能になるのだ。そして、その〈獄中〉者が「文学」への意識と欲望を内包する人物であった場合には、〈獄中〉と「文学」概念を交錯、接合させるような想像力がそこに発動することになる。そこには、「文学」とは高度に個人的で精神的な〈内面〉の営為によってあくまで主体的、自律的に創造されるものだ、という、日本の近代文学という制度を根幹から支えてきた思念が強力に反映されていた。〈獄中〉はそこで、内的な自己変革と「文学」の醸成《じょうせい》を可能にする、いわば「文学的な籠《こ》もり」の場として立ち現れてくるのだ。そのような傾向こそが、近代日本文学の〈獄中〉言説・表象の特徴であった。その意味で〈獄中〉は、近代日本文学の「塒《ねぐら》」であったとも言えるだろう。そこでは監獄内に存在する主体のあらゆる〈空白〉が、その身体的な拘束と自由の剥奪《はくだつ》ゆえに逆説的に充填《じゅうてん》、補完されてゆく。そこで行われる劇的な主体転換のドラマは、まさに近代文学における「文学」概念のリアリティを密かに支えていた一つの要素であった。

普遍的イメージ空間としての〈獄中〉をどう捉えるか

現在でもなお〈獄中〉表象は、地域や文化の差異を超えて、世界中の多くの報道言説や小説テクスト、メディア言説の内で用いられており、現代の日本においても同様である。それは強権的な政治体制や思想統制への人類的告発、糾弾といった政治的告発性を今もなお強力に発散し続けており、その普遍的な告発力は、特に抑圧的な政治体制下で「自由」を希求する個人の尊厳や価値を照らし出すものであるだろう。中でも「獄中からの手紙」という言説形態は、そのような記号的意味を全て兼ね備えた、いわば究極のアクチュアリティを含有する表現として今なお認知されている。その最も代表的なものは、ローザ・ルクセンブルクやアントニオ・グラムシの獄中書簡や著述であろうが、近代日本の場合では、一九三三年から三七年までの河上肇《かわかみはじめ》の獄中書簡を収録した一海知義《いっかいともよし》編『河上肇獄中往復書簡集』上・下（一九八六・一二　岩波書店）や、戦時下に監獄にいた宮本顕治《けんじ》と宮本百合子《ゆりこ》との間で交わされた一連の獄中書簡が挙げられるだろう。一九九〇年代後半になっても、死刑囚陸田真志《むつだしんじ》と哲学者池田晶《いけだあき》子《こ》の間で交わされた往復書簡を中心に構成された『死と生きる　獄中哲学対話』（一九九九・二　新潮社）のような書物が刊行されている。また、中国の民主化運動の活動家魏京生《ぎきょうせい》の『勇気——獄中からの手紙』（一九九八　集英社）もこのようなタイプの言説として考えることができる。実際に、監獄に拘禁されてそこで政治的、社会的暴力に対峙《たいじ》し、自らの言葉によって闘い続けてきた人間が存在したことは確かであるし、それらの言葉が時代を超えた告発力を発散し続けている例も多い。特に「政治犯」「思想犯」という不合理な「犯罪」が存在する強権的な政治体制下では、そのような言葉の強度は国家や社会システムの差異を越えて、より普遍的なものとなるだろう。

　しかし、〈獄中〉表象の歴史的な意味性は、そのような個人の思想や政治領域によってのみ形作られたものではなく、それは記号的表象として歴史的、制度的に構築されてきたものでもあった。そもそも、「〈獄中〉からの言葉」という言説形態自体に普遍的、人類的な告発力が本質的に備わっているという訳ではない。つまり、〈獄中〉は、様々な意味性やコンテクスト、そして同時代的な欲望がそこに多様に交錯し、化合することによって生み出されてきた、いわばイメージと記号が重なり合う入れ子型の空間であるのだ。そして、そのような空間において発生した〈獄中〉の想像力が、「文学」という概念の「実体」を生成する磁場として、様々なテクストの内部で要請され、消費されていたのである。

また、出版メディアが高度に発達した一九二〇年代以降、〈獄中〉をめぐる言説や表象は、その収監の原因となった「隠された事実」や「事件の真相」への興味を掻き立てる大衆的トピックスとしても要請されるようになり、社会的影響力の強い事件の後には、そこで収監された容疑者をめぐる膨大な〈獄中〉言説が即座に生産されることになる。特に、新聞や週刊誌等の刊行と消費のサイクルが短い出版メディアにおいて、〈獄中〉というトピックスは広く活用されることになったのであり、それは現在でもなお変わってはいない。

ただ、現在では、〈獄中〉言説や表象をめぐる近代以降の歴史性は後景《こうけい》化し、それに代わって、自らの異質性に折り合いがつけられず、うまく社会的成功の流れにも乗れずに、大量消費に明け暮れる平和な日常からも隔絶された存在、いわば「エッジ」に置かれた逸脱的存在として、〈獄中〉者がヒロイックに描かれるようになる。そのような存在が出所後に「ゲリラ的」ネットメディアでもてはやされる光景も、現在ではもはや日常的となった。▼注[15] また、一九九〇年代以降には小説やマンガ、映画やドラマの中で〈獄中〉は新たなかたちで登場することになるのであり、文学に留まらず、サブカルチャー的文化の領域でも、〈獄中〉は未だに消費者の興味を喚起するトピックスであり続けている。

そのような状況の中で、〈獄中〉言説、そしてその表象と「文学」概念との関係性を考察することは、翻訳語として移入された近代日本の「文学」が、次第に概念としてのアクチュアリティを具備《ぐび》し、自らの実体性を拡大させていったその様相を、実際のテクストのレベルから解明することに繋《つな》がるものであろう。同時にそれは、近代日本の「文学」が、自らの「実体」をめぐるアウラをどのような場所に見出し、それをどのように拡張させ、そして喪失していったのかという歴史的過程を映し出すものであると考えられる。文学理念や表現的方法論、語りの構造の問題として論じられがちな一九二〇年代以降の「文学」の変容は、〈獄中〉言説との相関性という角度からも検証可能であるだろう。近代日本文学が抱え込んできた歴史性を示す言説として、一連の〈獄中〉言説とその表象の展開、そして消費形態を捉《とら》え直し、そこに発動した想像力と「文学」との関係構造を検証することが、本書の目的である。出版ジャーナリズムと政治体制との対立構造が生まれた明治初期から、一九三〇年代後半のいわゆる〈文芸復興〉期までの近代日本文学の歴史的展開を中心に、〈獄中〉言説とその表象がそこで果たした多元的機能を検証してゆきたい。そこでは、いわゆる「獄中記」的言説に限らず、報道や娯楽記事、広告等をも含めた〈獄中〉に関する雑多な言説を、同時代の出版・雑誌メディアとの関係と相互作用という側面を重視して考察する。また、そのような〈獄中〉表象が、アジア・太平洋戦争の敗戦に伴《ともな》う制度的転換と社会構造の変化を経由した戦後の言説空間においてどのように展開され、消費されるようになったのかについても考察を加える。

本書での〈獄中〉言説のカテゴリーを定義する

ただ、〈獄中〉言説と言っても実際はそのバリエーションは多彩であり、執筆時の状況も多様であるので、単純にその言葉で一元化できるようなものではない。よって、本書ではそのバリエーションや執筆者の状況に沿って〈獄中〉言説を分類するために、以下のような分類項を用いることにする。本書の論述中に度々登場するので、適宜参照してほしい。

まず、実際に収監された人物がその監獄内で書いた言説を「音信的〈獄中〉言説」(A)と呼ぶことにしたい。これは基本的には実際の監獄内で書かれたものということになるが、特に、近代監獄制度の確立からアジア・太平洋戦争敗戦までの間は、刑務所からの情報発信が非常に困難であり、なおかつ監獄内での執筆行為も原則的に不可能であったため、多くが出獄後に、監獄内からの手紙やメモという形態において書かれたものを編集して発表、出版したものであった。よって、ここでは後者のような言説形態をも含めることにする。いわゆる「獄中書簡集」「獄中からの手紙」「獄中手記」「獄中信」といった種類の言説は、この区分に属することになるだろう。そこでの監獄空間は、書き手の一人称の視点から眺められ、叙述された閉鎖空間であり、その視点は自らの身体の周辺に限定されることが多い。その意味で、それは最も原理的な〈獄中〉言説の形態であると言えるだろう。

また、実際に収監された人物が、その体験を事後的な視点で(つまり釈放後に)書き記《しる》した言説を「回想的〈獄中〉言説」(B)と呼ぶことにしたい。これは自己の入獄、収監体験を事後的に想起して書いたものであるから、多くは報告記、体験記といった記録・報告的言説の体裁を採り、事後的な意味付けや修飾、操作といったフィクション的な要素もそこに多く入り込むことになる。近代日本において発表された多くの「獄中記」がここに分類されるだろう。また、この「回想的〈獄中〉言説」の内部に「音信的〈獄中〉言説」としての獄中書簡や獄中手記が部分的に取り入れられている例も多く、構造上での複合性やメタ言及性という要素も、この種の言説形態に度々見られる特徴であると言えるだろう。

そして、実際に収監された人物が、その体験を素材として新たに創作した言説（主に小説や戯曲）を「小説的〈獄中〉言説」（C）と呼ぶことにする。そこでの〈獄中〉は創作の素材であるので、フィクション性の度合いは当然高い。そこでは一人称又は三人称の登場人物の姿が監獄を舞台に描かれ、多くの場合書き手はそこで超越的視点に位置することになる。そこでも「音信的〈獄中〉言説」（A）が内包される場合がある。

ただ、この「小説的〈獄中〉言説」（C）の場合は、その内部に更なる位相差が存在している。つまり「小説的〈獄中〉言説」は、実際は監獄に収監、拘禁された経験のない書き手によって書かれる場合も多いのだ。よってそこには次のような下位分類項を設定する。

○実際は監獄に収監、拘禁されていない書き手によって〈獄中〉が描かれたもの（ただし、そこで描かれた〈獄中〉とは全く無関係な性質の、書き手の過去の収監歴は考慮しない）

C・a　監獄内からの手紙、通信のみで構成される形態のもの
　　↓　形態としては「音信的〈獄中〉言説」（A）と類似

C・b　語り手が収監を体験した存在としてそれを回想するという形態のもの

↓　形態としては「回想的〈獄中〉言説」（B）と類似

C・c　監獄を舞台にして一人称あるいは三人称の登場人物を描くという形態のもの

全ての〈獄中〉言説をこれらのカテゴリーに分類することが本書の目的ではない。重要なのは、〈獄中〉言説とその表象が、時代の変遷《へんせん》の中でどのように同時代の言説やイメージ、記号と交錯、融合して展開されたのかというそのダイナミズムの構造であり、その背後に作用していた諸要素の内実を考察することである。例えば、監獄則や監獄法、そして暴力的な検閲《けんえつ》制度の存在によって監獄内での「書くこと」が厳しく制限されていた戦前の監獄制度においては、この中で言うところの「音信的〈獄中〉言説」（A）が雑誌メディア等に掲載されることは現実的には困難であったと推測されるのだが、実際にはそのようなタイプの〈獄中〉言説も存在する。〈獄中〉をめぐるそのような輻輳《ふくそう》した言説空間の構造と、そこで様々な〈獄中〉表象を生み出す想像力のかたちを考察することによって、それが近代日本文学の表現と理念の場において歴史的にどのように機能してきたのかを解明することができるだろう。単純なカテゴリー化に留まらず、実際の〈獄中〉言説における多様なあり方と、そこに作用している様々な要素に注目することで、〈獄中〉からの「言葉」をめぐる歴史性と、近代日本の「文学」概念との相関性を考察してゆきたい。

▼注

［1］前田愛「獄舎のユートピア」（『叢書 文化の現在　4　中心と周縁』〔一九八一・三　岩波書店〕初出。後に『都

市空間のなかの文学』（一九八二・一二　筑摩書房）所収）p115　以下、前田の論文のページ数表記は全て『前田愛著作集　第五巻』（一九八九　筑摩書房）版のもの。

［2］ひろたまさき「日本近代社会の差別構造」3　差別の様式（『日本近代思想大系　22　差別の諸相』（一九九〇・三岩波書店）解説）p507

［3］注1前田同論文 p113

［4］注2ひろた同論文 p505

［5］注2ひろた同論文 p505-506

［6］重松一義「世界の監獄（一）――その系譜と類型――」（『中央学院大学法学論叢』一九九九・三）p5　後に、重松一義『図説　世界監獄史事典』（二〇〇五　柏書房）に収載。監獄の歴史や建築構造、各監獄・刑務所ごとの特性に関する本書での言及は、監獄研究の第一人者である重松一義の論文・著書を主に参考にしている。具体的な参照文献名は、これ以降引用箇所ごとに注で示す。重松の卓越した独自の観点と広大な視野、その綿密な調査に本書は多大な恩恵を受けたことを強調しておきたい。

［7］日本ペンクラブは「獄中作家の日」に講演会を開催しており、その第一回講演（中村光夫、尾崎秀樹）の内容が『世界』の一九八二年二月号に掲載されている。

［8］遠藤周作「獄中作家のある形態――サドの場合――」（『世界』一九八六・二）p211-212　これは遠藤による「獄中作家の日」第五回講演の記録である。

［9］ミシェル・フーコー『監獄の誕生――監視と処罰――』（一九七五（田村俶訳　一九七七　新潮社））第四部監獄　第一章「完全で厳格な制度」p253

［10］村上直之「監獄改革における未完のプロジェクト――監獄の社会史をこえて」（総合特集シリーズ41　法学セミナー増刊『監獄の現在』（一九八八　日本評論社）所収）p93-94

［11］代表的なものとしては、一九七一年に韓国の軍政下でスパイ容疑で逮捕、投獄された徐勝・徐俊植をめぐる一

連の書物（『徐兄弟　獄中からの手紙』〔一九八一　岩波新書〕、『獄中19年――韓国政治犯のたたかい』〔一九九四　岩波新書〕）等が挙げられるだろう。

［12］注1前田同論文 p101-103

［13］注1前田同論文 p105

［14］注1前田同論文 p103-107

［15］証券取引法違反容疑で逮捕され二〇一一年六月から一三年一一月まで収監された堀江貴文氏や、数度にわたる触法行為で収監されたタレントの田代まさし氏が、その収監時及び刑期を終え出所した後に、ニコニコ動画等のネットメディアを中心にその動向が注目されたことは記憶に新しい。そこでは、彼等の個性やその独特の行動・発言がそれらのネットメディアにおける恰好の「ネタ」であったことと同時に、その〈獄中〉経験者としての記号性が強く作用していたと考えられる。

第一章

明治期

――〈獄中〉の主題化とその表象の展開

1　〈獄中〉言説の定義とその表象の系譜

明治維新期の〈獄中〉言説

〈獄中〉から発された文学的言説に対してはしばしば「獄中文学」という用語が用いられるが、それは決して一般的に定着したものではなく、学術用語として公的に認知されたものでもない。ただ、そのような言い方によって漠然と想起されるような文学テクストの一定の形態が存在していることは確かである。現在でもなお「獄中文学」的な言説が、商業出版システムにおける需要と供給のラインに乗り続けているのも、そのジャンルとしての有効性を物語る事実であるだろう。ただ、そこに付随するイメージを自明の前提にして近代日本文学の〈獄中〉言説とその表象を考察することは、〈獄中〉表象をめぐるステレオタイプを更に強化するものでしかない。よって、本書では「獄中文学」という不明確なジャンル用語を用いることは避け、それをカテゴリーとして新たに分類し、立ち上げるような方法も採らない。従来、そのような曖昧な意味付けによって隠蔽されてきた〈獄中〉表象の歴史的機能と、その表現をめぐる想像力のダイナミズムを、実際の〈獄中〉言説の形態とその同時代コンテクストに注目して考察することが、本書の目的になる。

いわゆる「獄中記」と呼ばれるような言説自体は、近代以前から存在していた。その最も有名なものは、嘉永六（一八五三）年に起こった南部藩の一揆の指導者三浦命助《みうらめいすけ》が、安政四（一八五七）年に入獄し、その牢獄内から書き送った「獄中記」であろう。「家を単位とした「ふつきはんじやう（富貴繁昌）」の主題において「一揆指導者の思想がその生活原理に即して鮮明に語られた」▼注[1]この「獄中記」は、宗教的な価値観に基づく「近世中期以降の民衆的思想」の「系譜にたつもの」であり、そこには「一家の命運についての問いをつきすすめてゆくとき、社会や政治のあり方を根本的に問題とせざるをえなかった」▼注[2]、激動期を生きた一民衆の姿がある。自身の属する家や地域共同体の枠組みから、その視座がより広い共同性をめぐる思想へと拡大してゆくようになるその転回点としての様相が、この歴史的テクストには映し出されていると言えるだろう。ただ、この「獄中記」は当時刊行されたものではなく、その後もあくまで民衆思想史研究の史料として扱われたものであって、それ自体が〈獄中〉言説の系譜の起源となるようなものではなかった。その「獄中記」というタイトル自体も歴史学者の森《もり》嘉兵衛《かへえ》によって便宜的に付けられたもの▼注[3]であり、そこでこの三浦命助の言説が、ジャンルとしての自立性をその執筆時から帯びていた訳ではない。

やはり、日本文学の歴史において「獄中文学」といった言い方をする場合に漠然と想起され、以後の〈獄中〉言説の歴史的系譜の端緒《たんちょ》となった言説は、明治維新前後の志士達によって記された、獄中手記、獄中詩の類であろう。特に、吉田松陰《よしだしょういん》の獄中手記や高杉晋作《たかすぎしんさく》の獄中手記、獄中詩は、日本の行く末を慨嘆《がいたん》し、自らの志を胸に深く秘めた「憂悶《ゆうもん》」の志士の心中を窺わせる言説として、多くの後世の読者を獲得することになった。そこで彼らの〈獄中〉は、「幕末の志士」へのロマンティシズムを投影する場となったのである。
例えば、高杉晋作の「獄中手記」（一八六四〔元治元〕年執筆）は、実際に牢獄内で書かれた日記であり、その簡潔でストイックな表現は、現在でも読者を惹《ひ》き付ける魅力を持っている。それは、序論で分類したところの「音信的〈獄中〉言説」（A）と見なすことができる最初の例であろう。特にその「自叙《じじょ》」は、後世の〈獄中〉言説においても度々引用、言及されているものであり、この「獄中手記」やそこに収められた「囚中作」の獄中詩は、以後の日本文学における〈獄中〉表象の基本形をまず形作ったものであると言うこともできる。

（原文）自叙
予下獄之初悔既往、思将来、茫然黙坐、省身責心、既而以為我既下獄、死不可測、何用省身責心、唯槁木死灰待死而已、一日自悟曰、朝聞道夕死而可矣、是聖賢之道、何傚区々禅僧之所為、因借書於獄吏且読且感、或涕涙沾衣、或慷慨扼腕、感去感来、無有窮極、乃知向者槁木死灰非人道、而朝聞夕死為無量真楽矣、心已感、則発口成声、是文記所以不得已也
甲子四月西海一狂生東行題野山獄北局第二舎南窓之下

甲子三月念九下獄、並国歌一首、誹歌一首
敢辞誅戮與囚禁　只哭雙親懐我心　韓矗彭菹非君罪　讒人在世古如今
今佐良爾、奈爾遠加伊和武、遅桜、故郷迺風爾、散留曾宇礼志幾

先生遠慕不天漸く野山獄
三十日
目不看天日　心明意自如　仰窓呑爽気　恰似小池魚

（読み下し）

予、下獄の初め既往を悔い、将来を思い、茫然として黙坐し、身を省み心を責む。すでにしておもえらく我れすでに獄に下る、死測るべからず、何ぞ身を省み、心を責むるを用いん。ただ、槁木死灰死を待つのみ。一日、自ら悟りて曰く、朝に道を聞かば夕べに死すとも可なりと。これ、聖賢の道、何ぞ区々たり禅僧の所為を傚わん。よって書を獄吏に借り、かつ読み、かつ感ず。或いは涕涙衣を沾し、或いは慷慨腕を扼す。感じ去り、感じ来り、窮極あるなし。乃槁木死灰に向くは人道に非ざるを知る。しこうして朝に聞き夕べに死すは真楽量るなしとす。心すでに感ずれば、すなわち、口に発して声となる。これ文、やむをえざる所以を記すなり。

甲子四月、西海一狂生東行、野山獄北局第二舎南窓の下に題す。

甲子三月二十九日獄に下る。並びに国歌一首、誹歌一首。

敢辞誅戳與囚禁
只哭雙親懐我心
韓鹽彭菹非君罪

讒人在世古如今

今さらになにをかいわむ遅桜
　故郷の風に散るぞうれしき

先生を慕うて漸く野山獄

三十日、
目不看天日
心明意自如
仰窓呑爽気
恰似小池魚▼注［4］

中国古典の「聖賢《せいけん》の道」における伝統的倫理的、精神的規範に彩《いろど》られつつ、高杉は囚《とら》われた志士として、牢獄内での自らの心中を簡潔かつ象徴的に語る。そこでは「朝に道を聞かば夕べに死すとも可なり」という「悟り」の下、「書を獄吏《ごくり》に借り、かつ読み、かつ感」じると共に、「涕涙《ているい》衣を沾《うるお》し、或いは慷慨《こうがい》腕を扼《やく》す」日々を送るのであり、そこで「感じ去り、感じ来り、窮極あるなし」という境地から「文」を草することになる。

また、この「獄中手記」に特徴的な要素は、「読書七十葉余」「読書四十葉」といった形で列記されている、牢獄内での読書記録という側面である。▼注[5] 近代以降の監獄とは異なり、高杉晋作の場合は「野山獄北窓の下に筆を揮《ふる》う」ことが可能であったのであり、このテクスト内にも何度も詩作や模写の記述が出てくる。

このような「読むこと」と「書くこと」の場としての牢獄の特性は、近代以降の〈獄中〉表象を考察する上でも重要な要素となるものであるが、まずここでは、維新期の高杉晋作の「獄中手記」においてそれらの要素が既に出現していることを確認しておきたい。明治後期以降のように受信、発信を高度に制限されてはいない牢獄▼注[6]において、この「獄中手記」は、現実世界との音信としての性質を未だ保っている、いわば双方向的な〈獄中〉言説であったのである。このテクストは、著名な「維新の志士」の〈内面〉を覗き見、その隠された心情を共有するという欲望、いわば「手紙」というテクスト形態が本質的に喚起する欲望を読者に喚起させるものであったとも言えるだろう。

そして、このような維新期の〈獄中〉言説には、「涕涙衣を沾し、或いは慷慨腕を扼す」という、いわゆる「幽閉《ゆうへい》」「煩悶《はんもん》」「悲憤慷慨《ひふんこうがい》」等の主情的イメージが常に発見、投影されてきた。例えば、「獄中手記」では「曉鴉叫屋上　旭日透獄窓　拝之空涕涙　聞之又断腸」▼注[7]といった箇所に表現された〈獄中〉者像である。実際の高杉の「獄中手記」を見ると「悲憤慷慨」的な側面ばかりが強いとは言えないのだが、このような代表的な獄中詩からの印象と「維新の志士」をめぐるステレオタイプとが接合することによって、彼等の〈獄中〉は、そのような固定的なイメージにおいて受容されることになったのである。

前田愛の「〈牢獄〉文学」研究

そのような漠然としたステレオタイプとして捉えられてきた「獄中文学」に対し、近代文学研究の視点から新たな光を当てたのは、前田愛の一連の仕事であった。特に、論文「獄舎のユートピア」（一九八一）は、「牢獄」というトポスと、同時代の文学意識や芸術観、政治・社会空間、法制度等との関係を総合的に論じた画期的論考であった。前田はそこで「ユートピア文学」と「牢獄という権力の装置」との「アナロジイの関係」▼注[8]を指摘し、ロマン主義をめぐる問題やフーコーの論考を取り上げつつ、近代と共起的に展開された「牢獄のモチーフ」▼注[9]について、ピラネージから北村透谷《きたむらとうこく》、松原岩五《まつばらいわご》郎《ろう》まで、視覚芸術をも含めた幅広い見地から論じている。そこで前田は吉田松陰の「講孟余話《こうもうよわ》」（一八五五〔安政二〕年開講）の一節を引用し、その「牢獄」の意味をこのように論じている。

> 松陰は、現実の世界から遮断された「幽室」を拠点として、その倒幕思想をおもむろに蒸溜して行く。思索の世界では、現実の「天下の広居」は「狭窄」に、狭隘な「幽室」は五大陸にひらかれている広大な場に逆転する。鎖国日本は世界にむけて自らをかたくなに閉している〈牢獄〉なのだ。このパラドックスはもちろん言葉の遊戯ではない。下田踏海の壮図とその惨めな挫折、五大洲の周遊を企図した者が牢獄につながれて手足の自由もままならぬ情況に追いこまれてしまった運命の暗転――松陰が体験したこうした苛烈な劇が言葉による表現を獲得したとき、それはおのずから逆説の形式をとらなければならなかったのだ。このテクストのなかで松陰は、「人皆其の狂妄を笑はざるはなし」と記している。しかし、自らの行動が狂妄であり、狂愚であることを

誰よりも明晰に意識していたのも松陰その人なのであった。松陰は不忠の臣であり、不孝の子であり、狂妄の獄囚であるというう[sic]いっさいの負価から目をそむけようとはしない。狂者は自らを狂者として肯定し、周縁的部分に疎外されている境位を自覚することによって、現実の敗北を将来される勝利の確信へと転回させなければならない。行動の自由を剥奪され、罪囚の屈辱を余儀なくされている獄中の人びとは、まさにそこのところで、中心的な価値、既成の秩序や身分意識からあらかじめ解き放たれている人間であり、変革の啓示を痛覚をこめてうけとめることのできる選ばれた種族なのである。注[10]

現実を転倒させる発条《はつじょう》として「牢獄」という場が定位してゆく様相がここからは読み取れるだろう。勿論、それは松陰のテクストが「激動の半世紀」としての幕末から明治初期に生み出されたことによるものであるが、ここで指摘された「牢獄」という場の逆説性は、近代日本の〈獄中〉表象を考察する上で非常に重要な要素となるものだ。この前田の研究において、〈獄中〉言説とその表象に対する研究は、「獄中文学」といった曖昧なジャンル分けや感情移入という段階を脱して、文学的・文化史的に考察されるという段階に達することが可能になったと言える。

前田は更に、「松陰の言葉が切りひらいた獄囚の光学、自由と幽閉のダイナミックスは、維新期の動乱から自由民権運動の時代に引きつづく四半世紀を生きた世代」に継承され、「それは明治十年代の政治小説の発想を、そのもっとも深いところで規定していたモチーフのひとつであった」注[11]と捉えているが、それは単なるモチーフのレベルに留まらず、以後の〈獄中〉言説とその表象の内部で発現してゆくところの根源的な特性であると言えるだろう。前田は、この松陰から続く「〈牢獄〉のモチーフに取り憑かれていた」テクストの系譜を「〈牢獄〉文学の系譜」と呼び、そこに北村透谷の〈獄中〉表象を位置付けている。▼注[12] しかし、そこで同時に「自由と圧政とが対峙する場として描きだされた政治小説の〈牢獄〉」と「透谷が幻視した自意識の〈牢獄〉」との間の「不連続面」を指摘し、そこに近代監獄制度の確立という事態と、それに伴う「牢獄」イメージの変質を読み取っていることは、明治期以降の〈獄中〉表象の構造とも関わる、重要な問題系を提示した指摘として改めて評価されるべきものだ。つまり、近代日本文学における〈獄中〉とは、暗喩という一定の枠組みには決して確定されない、流動的、可変的な記号的表象であったのであり、それは常に同時代の文学や思想、社会やメディアと有機的に連関しながら、その固有のダイナミズムを発散し続けていたのである。この前田の論を踏まえた上で、本書ではそのダイナミズムの実相を、様々なテクストの中で対象化してゆく。

「牢獄」から「監獄」へ

吉田松陰、高杉晋作といった維新期の傑出《けっしゅつ》した人物が示した牢獄像とその象徴的トポスとしての意味が、以後の近代文学における〈獄中〉表象のコンテクストに影響を与えてきたことは確かである。そこでの〈獄中〉は、彼等の「悲憤慷慨」的心情が最も直截的に表出される場であり、その直截性という要素は、後の〈獄中〉言説の中でも意識され続けたと考えられる。

一八八七（明治二〇）年四月に刊行された河有野史（岡安平九郎）の政治小説「三春《さんしゅん》落花獄裏夢」（イーグル書房）は、その挿絵の説明として「志士偶々獄裏ニ会遇シ深夜室ヲ隔《へだ》テ、迭ヒノ主義ヲ論ズ」とあるように、「私情」と「公義」の間で揺れ動く維新期の志士達が、牢獄の壁越しに「愛国」の情をめぐって激しく「国論」を交わすという内容のものであり、そこでは「薩長」「征韓之論」などの維新前後の記憶が何度も浮上する。政治論の披瀝《ひれき》という性格の強い政治小説の〈獄中〉表象においては、「志士」としての高杉晋作＝〈獄中〉者像からの影響は特に強かったと考えられるだろう。そして、そのような意味的な把握がもたらした影響は、時代的に近接した政治小説の領域に限定されるものではなかった。後の五章で論じることになるが、これらの維新期の人物、特に高杉晋作の獄中詩とそこでの〈獄中〉者のあり方は、昭和戦前期の文学者たちの心性に深く呼応する歴史的記憶として再び想起され、様々に意味付けされることになる。

明治維新前後に生み出された〈獄中〉表象の多くは、現実の変革を夢想しつつもそこで政治的に挫折し、「煩悶《はんもん》」する主体の直情的なあり方を示すものであった。先に引用した前田の指摘[注13]にもあるように、そこでの〈獄中〉は、現実では決定的に閉塞した自意識が生んだ、現実世界を転倒させる逆説的な夢を体現する特権的トポスであったと言えるだろう。

ただ、それ以後の〈獄中〉表象は、必ずしも「維新の志士」的な〈獄中〉者像の枠組みに則って線条的に展開された訳ではなかった。序論で触れたように、一八七二（明治五）年一一月に公布された「監獄則」以降、日本の近代監獄制度は本格的に整備されたのであり、当然ながらそれは以後の〈獄中〉表象に決定的な影響を与えた。実際には、明治維新直後からヨーロッパ流の近代監獄が即座に整備された訳ではなく、一九〇八（明治四一）年の監獄法公布までの間、行刑《ぎょうけい》制度は「過渡の時代」であって、その間を「明治六年以前の混沌時代、明治六年の監獄則時代、明治十四年の改正監獄則時代、明治二十二年の改正監獄則時代、明治三十二年の改正監獄則時代」と細分する見方も研究史的には存在している。▼注[14] 言うまでもなく、「監獄則」の細かな改正作業は、条約改正を実現し、西洋列強と同等な資格を獲得するための対外戦略の一環であった。後にそれは、一八九五（明治二八）年にパリで開催された第五回国際刑務会議への法学士小河滋次郎《おがわしげじろう》の参加という形で結実したのであり、その意味でも、近代監獄制度の整備はまさに「近代の国際基準」への参入行為であったと言えるだろう。実際の明治初〜中期の日本の監獄の現実は、基本的人権や居住環境の面においてはとても近代化されたとは言えないものであったが、▼注[15] 近代国民国家システムの構成与件《よけん》としての監獄制度の意味合いは、高杉晋作が拘禁されたところの「牢獄」の段階からは大きく変質したものとして展開されることになったと考えられる。

2　近代監獄制度の成立と浮上する〈獄中〉言説

近代監獄制度と〈獄中〉言説

監獄制度の近代化は、〈獄中〉表象のあり方に大きな変化をもたらすことになった。安丸良夫《やすまるよしお》は、日本の明治一〇年代を「「監獄の成立」の時代▼注[16]」であると定義し、この時代に、筆禍《ひっか》で入獄を経験した「新聞記者や民権派の活動家」によって「かなりの数の獄中記」が書かれたことを指摘している。▼注[17]そこで安丸は、一八八一（明治一四）年に収監された静岡の民権派活動家前島豊太郎《まえじまとよたろう》の「獄中日記」「獄中雑記」を取り上げ、その監獄内をめぐる詳細な記述から、囚人に「「一層の鄙屈《ひくつ》心」を醸成」する「監獄の強制装置」の様態を見出している。▼注[18]その中では岸田俊子《きしだとしこ》の「獄の奇談」も取り上げられており、監獄制度の近代化の過程で、自由民権運動に関連した多くの人物が投獄されることによって、〈獄中〉言説が同時代の言説空間内に浮上していった様相を窺うことができるだろう。その意味で、近代日本の監獄制度は、その導入当初から「近代」を具現化する装置としての暴力性を存分に発揮していたと言うことができる。「さまざまの排除刑からなりたっていた近世の刑罰制度にかわって、国家が犯罪者を囲い込み、秩序の内部へ組み入れようとする制度」としての「監獄＝懲役刑▼注[19]」の成立において、監獄という場は新たな記号的意味を纏《まと》うことになった。そして、自由民権運動は、そこで〈獄中〉からの「言葉」を起動する力として作用した重要な要素であったと考えられるだろう。

明治初期の新聞メディアと言論統制

だが、ここでまず注目すべきなのは、安丸が指摘する明治一〇年代中盤の民権活動家への弾圧以前に、明治六〜九年頃に新聞界に起こっていた事態である。そこでは様々な「回想的〈獄中〉言説」（B）が、新聞、雑誌等の出版メディアへの言論統制のまさに内部から生み出されていた。つまり、近代日本の〈獄中〉言説は、高杉晋作が書き記したような「悲憤慷慨」的獄中手記から直線的に展開されたのではなく、新聞メディアの成立と展開、そして政治権力体制との交錯という事態の内部から生み出されたものであったのである。

一八七四（明治七）年以降の自由民権運動の拡大の中、大新聞は民権派である急進論と官権派である漸進《ぜんしん》論とに分かれ、激しい民権論争を展開する「政論新聞時代への突入▼注[20]」という事態を迎える。最有力で官権派の『東京日日《にちにち》新聞』に対し、『郵便報知新聞』『東京曙《あけぼの》新聞』等は急進論で対抗し、成島《なるしま》柳北《りゅうほく》主宰の『朝野《ちょうや》新聞』も後者の立場から政府を批判してゆく。このような新聞界の急進論に対し、政府は一八七五年六月二八日に、刑罰規定を設けた新聞紙条例、讒謗律《ざんぼうりつ》を公布し、言論統制を本格化させる。「凡ソ事実ノ有無ヲ論ゼズ人ノ栄誉ヲ害スベキノ行事《こうじ》ヲ摘発公布スル者、之ヲ讒毀《ざんき》トス。人ノ行事ヲ挙ルニ非ズシテ悪名ヲ以テ人ニ加ヘ公布スル者、之ヲ誹謗トス」（第一条）という讒謗律の法的強制力の下で、まず、同年七月『東京曙新聞』に「新聞条例を論ず」という匿名の投書を添削し掲載した件で、編集長末広鉄腸《すえひろてっちょう》は成法誹毀《ひき》の罪で自宅禁錮二ヶ月、罰金二〇円に処せられる。「素ヨリ其気鋒ノ如キハ毫モ挫ケザルノミナラズ却テ之ヲ燃熾セシメタルモノアリト雖モ以前ノ如ク思想ノ儘ヲ直言讜論スルコト稀ニシテ論スベキ緊要事モ之ヲ不問ニ置クコトナキニ非ズ」と、直接的な社会批判を萎縮《いしゅく》させざるを得なくなった状況を語る、同年八月三〇日付『郵便報知新聞』掲載の記事からは、新聞紙条例と讒謗律の公布が当時の新聞界に与えた影響の大きさを窺うことができる。

ただ、そこで新聞・雑誌メディア側は、単に一方的に抑圧され、萎縮させられていた訳ではなく、その言論統制自体がメディア内での新たな言説を誘発することにもなった。「新たなメディアの導入によって特徴づけられる明治前半期の言論・出版活動は、政府の方針が勧奨《かんしょう》から統制の強化へと転じていく動向と対応して取締法令への民間の抵抗として現れていくこととなった」[注21]状況では、新聞、雑誌の出版ジャーナリズム側と、それを弾圧する体制側は、いわば相乗的な関係にあった。後に政治小説の主要な書き手になる末広鉄腸は、まさにそのような事態の直中《ただなか》で活動していたのであり、その入獄体験も、以後の鉄腸の表現活動において重要な意味を持つものとなる。

禁錮《きんこ》を解かれた鉄腸は一八七五（明治八）年一〇月に朝野新聞社に移ったが、同年一二月に法制官尾崎三郎等を揶揄《やゆ》した論説を掲載したとして、翌年二月成島柳北は禁獄四ヶ月、罰金百円、鉄腸はより重い禁獄八ヶ月、罰金百五〇円を処せられ、共に鍛冶橋《かじばし》監獄に入獄した。この監獄内で柳北は『禁獄絵入都々一新聞』『禁獄絵入新聞』といった手書の新聞を作成していたとされる。[注22]

そして出獄後、柳北は「ごく内ばなし」（図版③）と題した監獄生活の報告を一八七六年六月一四日から二四日にかけて『朝野新聞』に連載、鉄腸も出獄後「転獄新話」を同年一〇月一一日から一五日の間同紙に連載することになった。また、この柳北の「ごく内ばなし」に先行して、『郵便報知新聞』には植木《うえき》枝盛《えもり》「出獄追記」（同・五・二五〜六・八　図版④）が掲載されている。また、「ごく内ばなし」とほぼ同時期に、『郵便報知新聞』には箕浦勝人《みのうらかつんど》の入獄体験を聞き書きした「続出獄追記」（同・六・一四

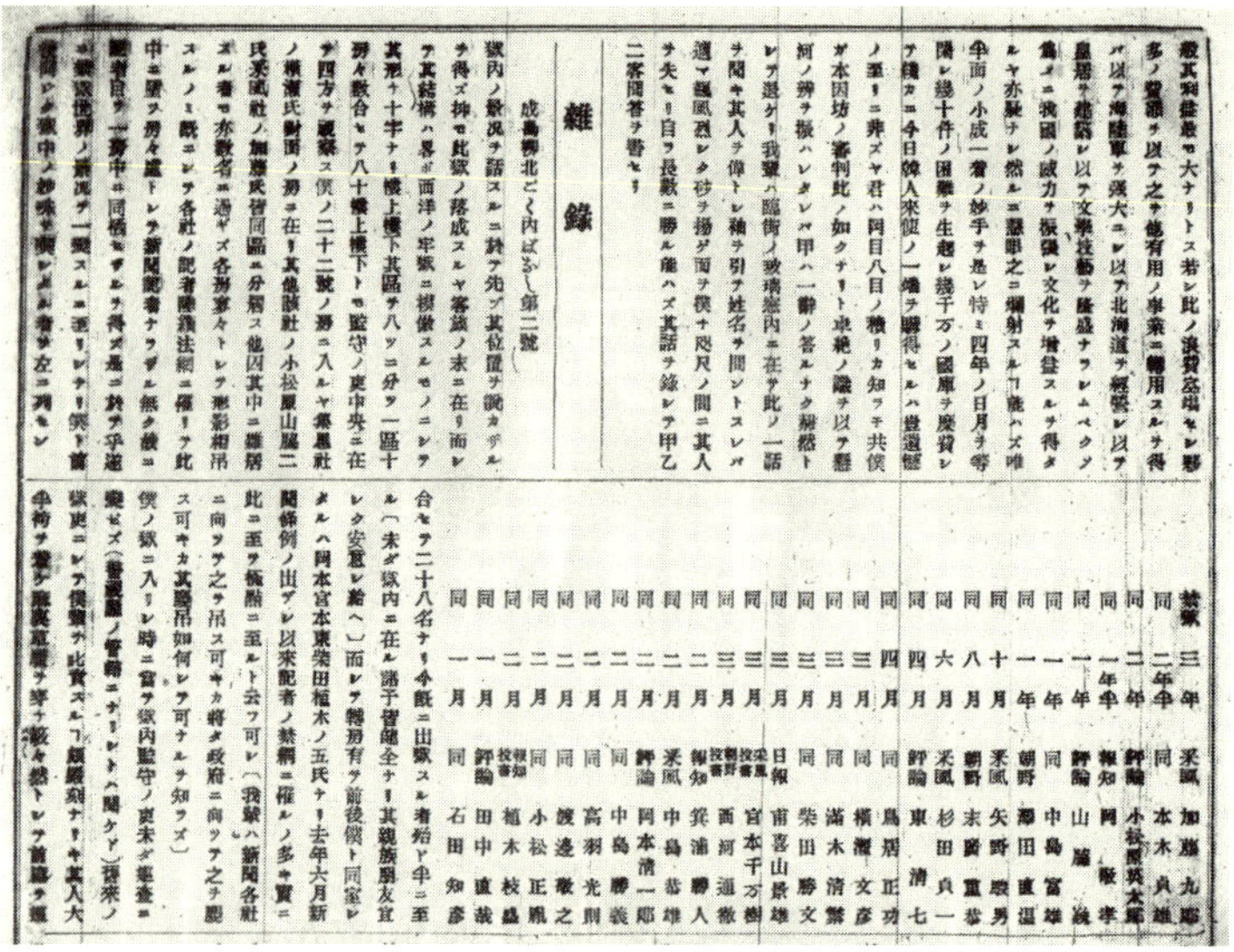

雑録

成島柳北　ごく内ばなし第二號

図版③　「ごく内ばなし」　1876.6.15

〜六・二〇）も掲載されている。つまり、新聞紙条例を契機とした彼等の入獄体験が、近代日本最初期の〈獄中〉言説を生み出したと言うことができるだろう。「回想的〈獄中〉言説」（B）の典型とも言える柳北の「ごく内ばなし」は、このように書き始められている。

> 編者曰クごく内トハ何ゾ所謂極内々ノ談話ト云フ事カ曰ク否ズ是レ即チ獄内ノ説話ナルノミ我ガ社前局長ノ獄内ニ在ルヤ一百有二十日其間親シク聞見履歴スルトコロヲ昨日来病床ニ於テ我輩ニ語ルヲ以テ我輩之ヲ筆シテ以テ江湖ニ伝フ蓋シ勧懲ノ微意ナリ且同業諸子猶誤テ法律ニ触レ彼ノ境ニ陥ル者陸続絶エザルガ故ニ其人ノ為メニ一小指南針タルベキヲ以テ敢テ看官ノ欠伸ヲ顧リミズ漸次ニコレヲ掲載セントス

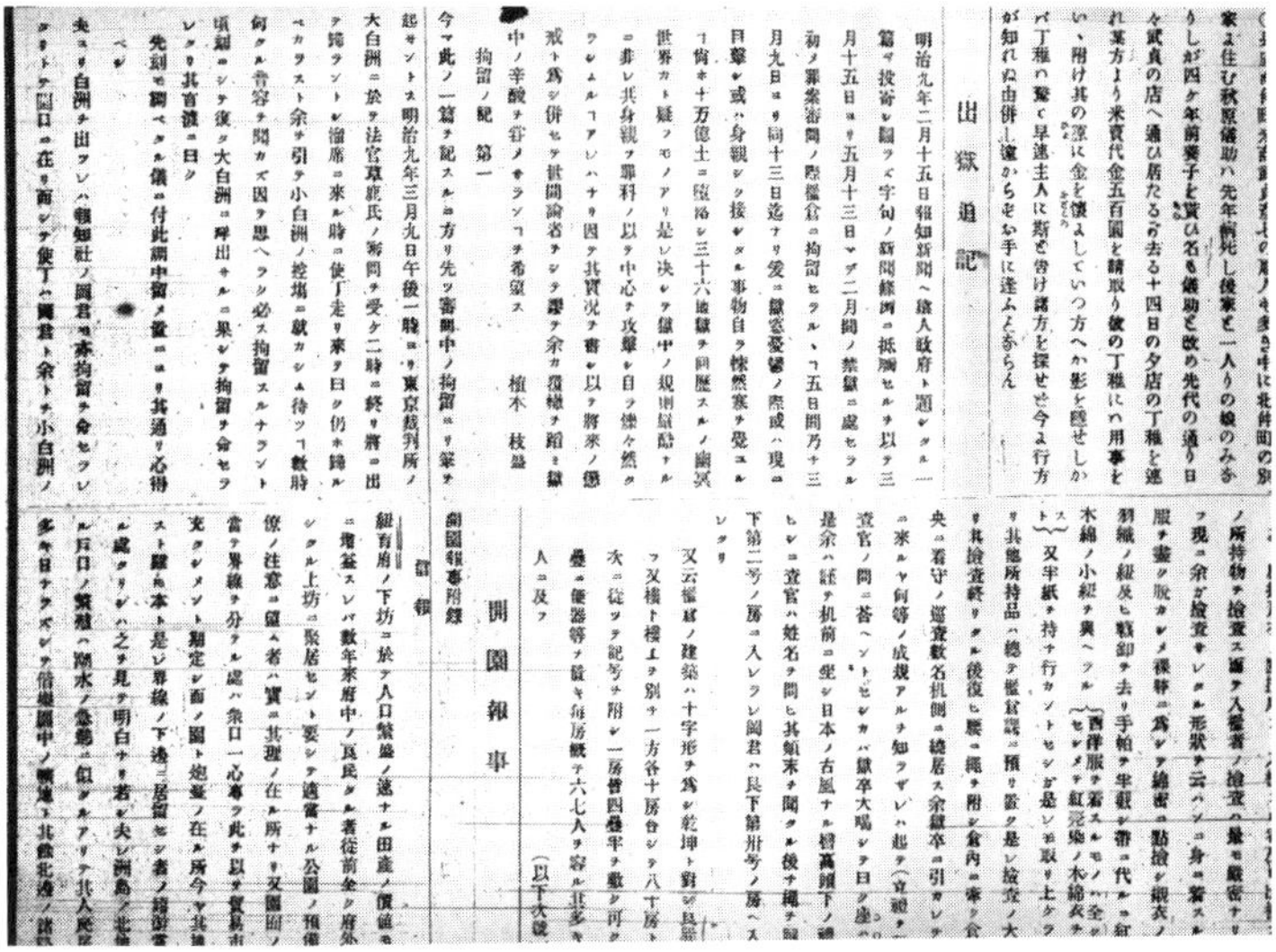

図版④　「出獄追記」　1876.5.25

「編者」の言として「同業諸子猶誤テ法律ニ触レ彼ノ境ニ陥ル者陸続絶エザル」という、言論弾圧に苦しむ出版界の同時代状況が言及され、そこで「其人ノ為メニ一小指南針タルベキ」ものとして、「獄内ノ説話」としての「ごく内ばなし」が示されてゆく。

> 天下不詳ノ地狴圄ニ若クモノ無ク天下不楽ノ人獄囚ニ過グルモノ無シ是レ婦女児童モ能ク知レル所ナリ然リト雖モ獄内ノ情況ハ決シテ人間界ニ在テ忖度シ得ルモノニ非ズ（中略）唯是レ一味ノ真率着実ニ説キ出シ来ラントス僕ノ獄ニ在ルヤ四閲月其情状前後大ニ変化アリ要スルニ始ハ否終リハ泰前ニ凶後ニ吉ナルモノナリ是レ則チ僕ガ怒リ少クシテ喜ビ多キ所以ニシテ而シテ却テ卿等ニ語ル可キ資本ニ乏シク或ハ大ニ新聞紙ノ為メニ失望トスルヤ否ヤヲ知ラザル所ナリ

若シ之ニ反シテ事々凶大ニ否多ラシメバ僕ト雖モ亦応ニ一大罵言ヲ以テ卿等ノ為メニ看官ノ喝采ヲ買ヒ得ベキニ惜イ哉々々々

曾テ澤田氏ガ二月中ノ新聞紙ニ記シタル如ク僕ガ二月十二日法庭ニ於テ再度ノ口供ヲ奉リシ時僕ハ竊カニ罪案ノ軽重ヲ億測シタリ且天意ノ深遠ナル所以ヲ悟リ得タリ（上天ノ載ハ語ル可ラズ）看官或ハ二月ノ新聞ヲ読過シテ怪ム者有ラン何故ニ柳北ハ岡田判事君ニ久シク喋々弁解ヲ費ヤシ鎌田判事君代テ訊問セラル、ニ及ンデ復タ一語ノ弁解ヲ為サズシテ其罪ニ服シタルヤト是レ至当ノ疑問ト云フ可シ独リ看官ノミニ非ズ社中ノ人ト雖モ亦大ニ之ヲ疑ヘリ

ここでの「曾テ澤田氏ガ二月中ノ新聞紙ニ記シタル如ク」との記述から窺えるのは、この「ごく内ばなし」が、同時代の出版メディアにおける他の〈獄中〉言説を既に読者が知っていることを前提にして書かれているということだ。「看官或ハ二月ノ新聞ヲ読過シテ怪ム者有ラン」との一節からもわかるように、柳北は、複数の新聞メディアを通して生成された読者の視線を考慮して自らの〈獄中〉を描いているのであり、そこでは、新聞メディア内における情報の相互補完的構造が意識されていたのである。

「監獄」への柳北のまなざし

また、柳北は、監獄（鍛冶橋監獄）の建築や内部構造について、第二回（同年六月一五日掲載）でこのように書き記している。

獄内ノ景況ヲ話スルニ於テ先ヅ其位置ヲ説カザルヲ得ズ（中略）其結構ハ畧ボ西洋ノ牢獄ニ模倣スルモノニシテ其形チ十字ナリ楼上楼下其区ヲ八ツニ分ツ一区十房々数合セテ八十楼上楼下トモ監守ノ吏中央ニ在テ四方ヲ視察ス（中略）各房寒々トシテ形影相弔スルノミ既ニシテ各社ノ記者陸続法網ニ罹リテ此中ニ堕ツ房々処トシテ新聞記者ナラザル無ク故ニ記者自ラ一房中ニ同栖セザルヲ得ズ是ニ於テ乎遂ニ禁獄世界ノ景況ヲ一変スルニ至リシナリ僕ト前後同ジク獄中ノ妙味ヲ喫シタル者ヲ左ニ列セン

この後「僕ト前後同ジク獄中ノ妙味ヲ喫シタル者」としての新聞記者達の収監期間と名前が列挙されるのだが、近代監獄としての鍛冶橋監獄の建築構造と共に、出版弾圧の直接的結果として「各社ノ記者」に溢れた監獄内の状況を柳北は的確に描出している。その後、「旧来ノ獄吏ニシテ僕輩ヲ叱責スルコト頗厳刻」なるという、「監守《かんしゅ》」に日々「叱責」される監獄内の日常が、その「監守」が「巡査ノ監守」に変わるに従って「僕輩ガ心ニ憤リ腹ニ悶スルガ如キ一種言フ可ラザルノ苦悩ヲ免レ」るようになるまでの過程が描かれる。監獄制度の近代化の様相と共に、監守の性質や容貌、教養までが詳しく記録されており、それは当時の監獄の様子を窺い知る上でも重要な資料であろう。それは、「監獄のなかのありさまを、悲憤慷慨するのでなく冷静に観察し解剖して読者を興味あらしめると同時に、監獄の実態というものを人に教える、そういった文章」▼注[23]と評されるように、単に鬱屈《うっくつ》したネガティブな感情を表出するのではなく、監獄という場を客観的に対象化し、それを外部に開示する言説であった。その第四回の冒頭にはこのような一節がある。

古来暴虐圧制ノ甚シキ夏桀殷紂ヨリ甚シキハ無シ（中略）其ノ紂王ノ時代デスラ文王ハ禁獄中ニ読書ドコロカ著述スルコトヲモ許サレタリ況ヤ我ガ大日本明治九年ノ今日ニ於テヲヤ故ニ拘留ノ徒ト雖モ読書ヲ禁ズルコト無シ僕輩禁獄人ノ如キハ随意ニ読書スルヲ得ルハ固ヨリ怪ムニ足ラズ〔獄内未ダ筆墨ヲ与フルコトヲ許サズ故ニ著作ニ至テハ断念セザルヲ得ズ詩文ノ如キモ随テ作リ随テ忘ル是レ一大憾也僕輩窃ニ思フ文士幽閉一二年ノ久キニ至ル者或ハ有用ノ著作無シト云フ可ラズ且禁獄人ハ其罪既決筆墨ヲ弄セシムルモ亦何ノ害アラン（後略）希クハ檻倉ノ長吏宜シク適宜ノ法ヲ定メテ筆墨ヲ給与セラレンコトヲ是レ僕ガ改定ヲ乞ヒタキ條件ノ一ナリ〕

この後、執筆行為のみならず読書も厳しく制限された監獄内でどうにか許可されていた「左伝《さでん》」「名臣言行録《めいしんげんこうろく》」「日本外史《にほんがいし》」等の書物をようやく入手して「幽閉ノ憂悶ヲ一洗」したエピソードが示されている。牢獄内で自由に読書、執筆が可能であった高杉晋作とは異なり、成島柳北の場合、監獄はまさに「規律・訓練の徹底的な装置」▼注[24]としての近代監獄制度が体現された場として立ち現れてきたものであったのだが、「監守」が「巡査ノ監守」に変わることによる獄内環境の変化を述べる柳北は、その制度の施行に際しては「監守」の性格という不確定要素が影響することを発見しているのであり、近代監獄制度を機械的システムとして一元的に捉えることをしない、柳北の洞察力が窺えるだろう。

また、第五回の冒頭には「編者」の言葉がこのように示されている。

編者申ス日々面白カラヌ獄内ノ情況ヲ以テ雑録ノ欄内ヲ埋メ看官ニ対シテ赤面至極ニ存ジ候ヘドモ禁獄ノ事実ハ新聞記者ニ必要ナルコト故イマ数日間御辛抱ヲ願ヒタシ且柳北未ダ身体衰弱旧ニ復セズ四五日ハ出社シテ新聞ノ手伝モ出来兼候ニ因リ已ムヲ得ズ穢キ談話ヲ述べ候次第真平御免可被下候序デニ申ス報知新聞ノ箕浦子モ才筆ヲ以テ詳細ニ獄中ノ記ヲ書カレマシテ日々発兌ニナリ升カラ万々一禁獄御心願ノ御方モ御座候ハヾ御買取リナサレ柳北ノ話シト御参考ニ相成リテハ如何ト存ジ奉ル

『郵便報知新聞』紙上で同時期に展開されていた「続出獄追記」（一八七六・六・一四〜六・二〇）と共起的な言説として、「ごく内ばなし」が自らの位置を意識していたことがここから窺える。また、「ごく内ばなし」最終回（第十回）にはこのような一節がある。

世人或ハ言ハン獄内ノ苦情ハ実ニ想像ス可ラザルモノ有ル可シト思ヒノ外今柳北ノ説クトコロニ拠レバ左程ノ困難ニモ非ズ未ダ以テ犯罪者ヲ懲戒スルニ足ラザル也ト嗚呼是レ深ク僕ノ中情ヲ諒セザルニ因ルノミ（中略）若シ青天白日自由ノ空気ニ呼吸スル人ヲシテ一日片時モ獄中ノ陰房ニ閉居セシメバ其ノ憤気天ヲ衝キ怒声雷ノ如クナル可キハ僕輩ノ信ジテ疑ハザルトコロナリ噫獄裏惨苦ノ情豈容易ニ説キ尽クス可ケンヤ

実体験を経ることなしには真の理解ができない場所として、ここで「獄内」は特権化されている。「容易ニ説キ尽クス」ことのできない「獄裏惨苦《さんく》ノ情」という意味付けが、〈獄中〉への更なる想像力を掻《か》き立てるのである。このような柳北の〈獄中〉言説は、当時の監獄制度やその実態への鋭い洞察力を示していると同時に、読者の想像力を最大限に喚起するトピックスとしての〈獄中〉表象を、同時代メディアとの相関構造において、収監実体験者としての立場から立体的に創出したものであると言えるだろう。

出版メディアの相関構造

実際に、柳北、鉄腸の入獄に関して、一八七六（明治九）年二月一四日の『郵便報知新聞』ではこのような報道を行っていた。

○朝野新聞の編輯長并局長は昨日左の裁判になり升た

東京第二大区一小区
内山下町壱丁目二番地寄留
愛媛県士族
朝野新聞編輯長
末広　重恭

其方儀明治八年朝野新聞第六百九十二号雑録中西村茂樹見込■テ編輯シ又ハ同新聞第六百九十六

号論説中二等法制官尾崎三郎井上毅ヲ譏毀スル存念ニテ直指スルトキハ律例犯触ノ恐レアルヲ以テ成島柳北ニ謀リ古人ノ氏名ニ仮託シ故ラニ尾崎三郎井上毅氏名ヲ交換記載シ右両人ヲ譏毀スル科讒謗律第一條及第四條ニ依リ禁獄八ケ月罰金百五十円申付ル

（■は不明字を示す）

この後柳北についても同様の記事が掲載されている。このような入獄報道は、柳北、鉄腸に限らず、新聞記者一般に対して広く行われていた。そこで毎日のように掲載される新聞紙条例等違反での入獄報道は、それ自体が政府の言論統制に対する批判、抗議という側面を当然持つものであったが、同時にそこには、そのような報道自体が、当時の新聞・雑誌の言説空間における相互的なメディア・イベントであったという側面も存在していたと考えられる。その報道の後、その入獄の当人によって書かれた「回想的〈獄中〉言説」（B）が、それらの入獄報道を事後的に補完する、という連続的・相関的な構造がそこにはあったのである。

また、「ごく内ばなし」の約四ヶ月後、『朝野新聞』に連載された鉄腸の「転獄新話」の冒頭には、このような記述がある。

嚢キニ成島柳北ノ出獄スルヤごく内ばなし十篇ヲ筆シテ監倉ノ情況ヲ説キタリ継デ糞桶余臭数篇以テ其ノ遺漏ヲ補フ獄裏ノ説話業ニ已ニ尽キタリト謂フ可シ（中略）九月十三日ヲ以テ禁獄人ヲ鍛冶橋ノ監倉ヨリ市谷囚獄署ノ新築禁獄所ニ移シタリ而シテ其地ノ実況ヲ経歴シテ人間ニ出ヅル

者我ガ重恭ヲ以テ先鞭トス故ニ従前禁獄記者ノ夢視セザル所ロノモノニシテ重恭独リ識リ得ルモノ有リ今其ノ話ヲ録シテ以テ新獄ノ情況ヲ報告ス

ここでの「獄裏ノ説話《せつわ》業」という言い方は勿論自己韜晦《とうかい》であろうが、それは、〈獄中〉言説が、そこで独立したトピックス領域として対象化され始めていることを窺わせる象徴的な言葉でもある。「従前禁獄記者ノ夢視セザル所ノモノニシテ重恭独リ識《し》リ得ル」ところの「新獄ノ情況ヲ報告」することがこのテクストの意義なのであり、その報告的言説としての特権性こそが、以後の「回想的〈獄中〉言説」（B）に引き継がれてゆくのである。

また、その第一回末尾には、入獄中の「本社ノ澤田直温《なおはる》」を気遣う柳北の言葉や直温作の「獄中之詩」が載せられ、第二回末尾では「采風《さいふう》社矢野駿男《やのとしお》」の「獄中ノ近作」が柳北によって紹介される。また、第三回末尾には鉄腸の出獄を祝う宮崎要の漢詩が掲載され、第四回では加藤九郎と澤田の漢詩が紹介されている。このように、単なる報告記に留まらず、関係者の言辞や獄中詩がそこで複合的に引用されていることが注目される。そこでは〈獄中〉というトピックスを立体的に呈示するために、多様なジャンルの言説が活用されているのである。そして、その第五回では、〈獄中〉がこのように描かれる。

瘴霧ノ晨陰雨ノ夕ハ舎内迷濛トシテ衣襟皆湿ヒ長夜ノ耿々タル月影衾中ニ入ツテ秋声時ニ枕上ニ起リ裯寒ク衣冷カニシテ眠ラント欲シテ眠ル能ハズ衆皆ナ恨ンデ曰ク三伏ノ炎熱ニハ鉄窓ノ下ニ於テ火攻ノ苦ミヲ受ケシメ今ヤ此ノ向寒ノ時ニ当レバ却テ之ヲ風道四通ノ地ニ容ル夏温ニシテ冬

涼ウス有司ノ吾党ヲ待ツハ一ニ何ゾ虐ナルヤト而シテ邪気ニ感ジ頭痛ヲ病ムモノ鼻涕ヲ垂ル、者往々皆ナ是ナリ其ノ北風栗烈トシテ霜飛ビ雪降ルノ時ヲ思ヘバ未ダ曾テ凛然タラザルハアラザル也

湿気と寒冷、そして灼熱の場としての〈獄中〉の様相が強調される。その苛酷《かこく》な実態と暴力性は確かに現実のものであったが、これらの〈獄中〉言説は、出版界に対する言論統制への対処過程で生起した偶発的な事態としての性格が強いものであり、同時にそれに乗じたメディア・イベントとしての側面もあった。柳田泉《やなぎだいずみ》は「柳北および鉄腸の入獄が世評に上り、その獄中生活が紹介され、獄中作の詩歌が伝唱されるにつれて、朝野の人気は急を加えた」と指摘し、この時期を「朝野新聞の黄金時代」と定義している▼注[25]。誰々が投獄されたという新聞メディア報道がまず先行し、その情報に基づいてその〈獄中〉への好奇の視線が醸成される。そして、順次出獄後に書かれる収監体験記、つまり「回想的〈獄中〉言説」(B)によって読者の好奇心が満たされる、という相互補完的な言説空間の構造がそこには存在していた。勿論、その構造は柳北、鉄腸といった突出した個性によって形成されていた、『朝野新聞』の一回的な特性に起因するものであったのだが、近代日本の〈獄中〉言説が、そのようなメディア言説の関係構造と共に浮上してきたことは、まず最初に確認しておかねばならない重要な事実であるだろう。

そして、同じ言論弾圧の状況において、植木枝盛《えもり》「出獄追記」(『郵便報知新聞』一八七六・五・二五～六・

八）、「続出獄追記」（同・六・一四〜六・二〇）という「回想的〈獄中〉言説」（B）が存在していたことも、そのような言説空間の構造を窺わせるものだ。『郵便報知新聞』紙上に発表された「出獄追記」の場合も、やはり「新聞條例第十二條教唆ニ止ル者ニ擬シ筆者ヲ以テ例シ従トナシテ論ジ禁獄二ヶ月中付ル」▼注[26]といった報道が先行して掲載され、その出獄後に体験記が発表されている。「出獄追記」の第一回冒頭にはこのような記述がある。

明治九年二月十五日報知新聞へ猿人政府ト題シタル一篇ヲ投寄シ図ラズ字句ノ新聞條例ニ抵触セルヲ以テ三月十五日ヨリ五月十三日マデ二月間ノ禁獄ニ処セラル初メ罪案審問ノ際檻倉ニ拘留セラル、コト五日間乃チ三月九日ヨリ同十三日迄ナリ爰ニ獄窓憂鬱ノ際或ハ現ニ目撃シ或ハ身親シク接シタル事物自ラ悚然寒ヲ覚ユルコト尚ホ十万億土ニ堕落シ三十六地獄ヲ回歴スルノ幽冥世界カト疑フモノアリ是レ決シテ獄中ノ規則厳酷ナルニ非レ其身親フ罪科ノ以テ中心ヲ攻撃シ自ラ爍々然タラシムルコトアレハナリ因テ其実況ヲ書シ以テ将来ノ懲戒ト為シ併セテ世間論者ヲシテ謬テ余カ覆轍ヲ蹈ミ獄中ノ辛酸ヲ嘗メサランコトヲ希望ス

植木枝盛

ここでも監獄内の「実況」を描き、それを社会に伝えることが目指されているが、柳北や鉄腸の場合とは異なり、「世間論者」に対する「将来ノ懲戒」としての意義が強調されている。同年五月二九日掲載の第四回では、監獄内での読書の許可に関して「近時此ノ制限ヲ弛《ゆる》メ囚徒ニ自由ノ勉学ヲ与ヘ移善ノ道ヲ開カレシハ実ニ美事ト云フベシ」と評価する一節も見られ、監獄の内情を報道する姿勢と

同時に、身体や意識の矯正施設としての近代監獄の意義を強調し、日々近代化されるその発展ぶりを広報するという側面がそこには存在している。その意味で、『朝野新聞』の〈獄中〉言説とはまた異なる実践的機能をこの「出獄追記」は持っていたのである。植木も柳北と同じく「十字形」をした監獄の建築構造について言及しており、近代以前の「牢獄」とは全く異なる新たな「監獄」像の伝達が意図されていたことが窺える。その筆致にも「悲憤慷慨」的な側面はほとんど見られず、淡々と監獄内の情景や規則、生活の様が記述される。同年五月二七日掲載の第三回では、柳北や鉄腸を始め、多くの新聞人、出版人と同房になった情景がこのように描かれる。

> 曩ニ拘留ノ日ハ一房十名殊ニ人間ニ歯スベカラザル偸児盗漢ト起居ヲ同シ虎狼ノ巣穴へ落チ入リシ意念ヲ生セシメシガ本房ノ如キハ尽ク一世ノ操弧《ママ》者ノミニテ房内モ自ラ清潔ナレハ半風ノ襲来スル憂苦モ寡ク且ツ同房五名ナレハ坐臥太甚タ窮屈ナラズ敢テ愁トスベキモノナキガ如シ而シテ余カ入檻セシ以来獄中ノ例規日一日ヨリ改良シ月一月ヨリ更新ス然レドモ獄中固ヨリ筆硯ヲ携持スルヲ禁ズレハ其ノ改更モ時日ヲ掲ケテ記ス能ハズ故ニ記臆ニ存スルモノヲ類ヲ分ツテ左ニ記ス

このような記述からも、このテクストが、言論弾圧への反抗と監獄の非人間性、暴力性への告発といった一面的機能に還元されるものではないことがわかるだろう。ここでも「余カ入檻セシ以来獄中ノ例規日一日ヨリ改良シ月一月ヨリ更新ス」と監獄の近代化が強調されており、その暴力性の側面には殆ど言及されない。その後も監獄内での読書や運動、入浴等への言及があるが、そこでも「獄中ノ諸事日ニ改良シ囚徒ヲシテ大《おお》イニ喜バシムル」（第九　異聞　六・八）という把握が前提になっている。
また、「続出獄追記」（同・六・一四〜六・二〇）は、植木の「出獄追記」の「補遺」として掲載されたものであるが、その内容の説明と掲載までの経緯が冒頭に示されている。

箕浦勝人ガ禁獄二ケ月ノ処刑ヲ受ケテ就獄セシハ本年四月五日ノ事ナリシガ本月三日ハ禁獄満期ニテ放免ノ命ヲ蒙リ再ヒ自由ナル人間世界ニ生出シ青天白日ヲ見ルノ良秋ニ遭遇シ氏ノ幸福ハ云フ迄モナク社中一同ノ欣喜亦云フ可ラズ
氏ノ曾テ獄中ニ在ルヤ前時未タ曾テ遭ハザルノ苦難ニ遭ヒ未タ曾テ受ケザルノ僇辱ヲ受ケ万感頻ニ羅集シテ禁ス可ラザルモノアルガ為ニ遺悶洩鬱ノ苦吟亦尠ナカラズト雖モ氏ノ吟作ハ余リ理屈ニ過キテ殆ド散文ノ如キモノ比々皆然ルヲ以テ暫ラク之ヲ謄録スルヲ止メ唯獄中苦難ノ景況ヲ聞輯シ先キニ植木枝盛君ガ我新聞第九百九十五号（五月廿五日）ヨリ同第千六号（六月八日）迄ニ跨リテ続々追記シタルモノ、補遺トナシ世人ヲシテ曾テ上等社会ヲ以テ自ラ許シタル操觚者流ガ文字ヲ以テ禍ヲ買ヒ人間無上ノ苦楚ヲ受ケ無上ノ僇辱ヲ蒙ルノ実況ヲ知ラシメントス

ここで注目されるのは、「前時未タ曾テ遭《あ》ハザルノ苦難ニ遭ヒ未タ曾テ受ケザルノ僇辱《りくじょく》ヲ受ケ万感頻ニ羅集シテ禁ス可ラザル」という箕浦勝人の収監体験の苛酷さに対して、「氏ノ吟作ハ余リ理屈ニ過キテ殆ド散文ノ如キモノ」であるので、「暫ラク之ヲ謄録スルヲ止メ」て、「唯獄中苦難ノ景況ヲ聞輯シ」たもの、つまり、箕浦の収監体験を聞書きした別人の視点からその監獄内の様相をよりリアル

に描いた言説として、この「続出獄追記」が生み出されていることである。そこでは「余リ理屈ニ過キテ殆ド散文ノ如キ」言説ではなく、監獄の「曾テ遭ハザルノ苦難ニ遭ヒ未タ曾テ受ケザルノ僇辱」を読者に直截的に体感させる〈獄中〉言説こそが要請されているのだ。ここからは、〈獄中〉言説が一般的な興味を喚起するトピックスとして次第に整備、構築されてゆく過程を窺うことができるだろう。

よって、「続出獄追記」の内容は、「出獄追記」よりも、監獄内で箕浦が体験した「曾テ遭ハザルノ苦難ニ遭ヒ未タ曾テ受ケザルノ僇辱」の様相を強調したものになっている。新聞記者を一般的な刑法犯と同列に扱う姿勢や監獄の非衛生的な状況への不満も表明されており、「出獄追記」とは異なる監獄像が示されている。その最終回（六・二〇）の末尾では、聞書きを行ってきた人物がこのように述べる。

続出獄追記ハ筆ヲ茲ニ擱止ス通篇ハ箕浦氏ガ現ニ経歴シタル実況ノ談話ヲ我輩ガ聞輯シ之ニ臆説ヲ附セシモノナレバ本文中字句ノ間ニ於テ或ハ小誤謬ナキヲ免カレサル可ケレドモ其大意ニ至テハ敢テ之ヲ誤ラザルヲ保ス知ラス此篇ヲ通読スルノ諸君ハ如何ナル感想ヲ起シタル乎恐クハ警視庁ノ管スル所トナリシヨリ以来漸々獄中ノ改良シテ囚人ヲ処スルノ益至当ニ趣クヲ感佩セザルモノハ無カルベシ然レドモ又何程迄ニ改良ノ進捗スルアルモ之ヲ自由ナル人間界ニ比スレバ其苦辛極メテ堪ユ可ラサルヲ了解シタルベシ若シ此篇ニシテ果シテ狂暴ナル同業記者ノ心胆ヲ刺銘セバ聊我輩ガ跂望シタル懲戒ノ微意ニ負カザルノミ

この聞書きの書き手が誰なのかは不明（テクスト内での「出獄追記」への言及において「植木氏」という呼称が用いられているので植木であるとは考え難い）だが、ここで「自由ナル人間界ニ比スレバ其苦辛極メテ堪ユ可《べか》ラサル」監獄の様相と共に、筆者の「懲戒ノ微意」が強調されていることは象徴的である。それは、自らを収監した体制側への配慮であると同時に、その〈獄中〉という場が、同時代の政治や法律、メディアの形態と密接に融合したものであったことを典型的に示している。近代日本の〈獄中〉表象は、まさにそのような社会制度の領域と交錯する現場で誘発され、生成されたものであったのである。

〈獄中〉言説の誕生とその表象の展開をめぐるこのような新聞・出版メディア内での事態を考慮すると、高杉晋作に代表される維新の「志士」の獄中手記に孕まれていた「悲憤慷慨」的な側面のみを、近代日本の〈獄中〉表象の「起源」として中心化、特権化することは適当ではない。勿論、そのような〈獄中〉者像が後の小説表現の系譜における一定の定型として継承され、そのテクストが歴史的記憶としてしばしば想起されていったことは確かであるが、それ自体が文学的表象としてそのまま構築され、展開されたという訳ではない。〈獄中〉表象をめぐる展開の過程は、決して直線的なものではなかった。

自由民権運動と〈獄中〉表象

そこで問題になるのが、明治初期の自由民権運動と〈獄中〉表象との関わりの内実である。特にそこでは、従来の「悲憤慷慨」型〈獄中〉言説においては中心的であった男性ジェンダーによる言説以外に、女性ジェンダーによる〈獄中〉言説が登場していたことが注目されるだろう。岸田俊子の「獄の奇談」（一八八三〔明一六〕・一〇）は、自由民権運動への言論弾圧の中で生み出された「女性による初めての入獄記」▼注[27]とされるが、冒頭には「獄中作」の漢詩が置かれ、テクスト内にも自作の獄中詩が度々示されている。

此未決檻ハ三畳敷余ニシテ、囚徒十人程ナレバ、足足ニ接シ頭頭ニ連リ、膝ダニ容《い》ル、ナキノミカ、一葉ノ蒲団ヲ請ヒタレド、宵深ナリトテ与ザレバ、柵ニ迫ル烈風寒骨ヲ刺シ、愁ニ伴フ激雨声腸ニ濺《そそ》グ。青燈鬼ノ如ク影痩尽、囚徒囚ニ慣テ皆夢ニアリテ、イト蕭寂ニ堪エガタクアリケレバ、

仮令吾如蠖曲身、胸間何屈此精神、雨声無是母親涙、情殺獄中不寐人

　雲気未呑尽、半天余数星、囚人皆在夢、燈火似煙青

ナンド口ヅサミツ、夜ノ明日ヲ待ツ折シモ、一隅囚徒ノ言ニハ、夕ベノ新カマリハ御姫サンソダチノ様ナレバ、定テ貧イ麦飯ハ食ヒ得ラレン事ニゾ、吾等ノ仕合ナルラメナド言フ。其声ノ婦人ラシクアラザレバ、早ク其顔ヲ見ルコトヲ待居タリケレ。

歴史的テクストとしての「獄の奇談」からは、「彼ら自身が獄制を明確に位置づけえず、しばしば一般社会における被差別者に対すると同じ「視線」で囚人たちを見、感化主義と懲戒主義のちがいにも敏感でなく、もちろん基本的人権意識はなかった」▼注[28]という「民権派知識人たち」の感性を窺い知ることができるのだろうが、ここで問題すべきなのは、その〈獄中〉表象のかたちと、その背後にある

書き手の意識である。「獄の奇談」の冒頭には、書き手岸田のこのような意識が示されている。

昨日ハ是《ぜ》ニシテ今日ハ非ト、栄辱悲歓ノ千変万化ハ社会車輪ノ運転ナレバ、枝上ノ春モ地上ノ塵、宮裏ノ人モ獄裏ノ身ト、是《これ》モ素《もと》ヨリ怪シムベキニ、昨日ノミナラズ今日ハ、古《いにしえ》ニ事替《ことかわり》テ片言隻語モ都《すべ》テミナ口罪罰ノ免レザレバ、獄住居《ずまい》ハ社会ノ流行ニテ、人モ亦故《こと》サラニ奇トモ謂《いわ》ザルナル可シ。然《しか》モ妾《わらわ》ガ知己朋友ハ、未ダ世上ニ馴《なれ》ザル人ノ多ケレバ、珍《めず》ラカナル事ハ之ニ過《すぎ》タル事ナキノ思ナシ、我モ々々ト獄中ノ其有様ヲ話サン事ヲゾ求テ止《や》マザレバ、多時ノ際一々話スニ遑《いと》マナケレ、獄ニ繋ガレシ事ノ緒モ并《あわ》セテ以テ茲《ここ》ニ筆セン。

「獄住居《ずまい》ハ社会ノ流行ニテ、人モ亦故《こと》サラニ奇トモ謂《いわ》ザルナル可シ」という同時代状況の中でも、〈獄中〉を語ることは入獄者のみに可能な特別な行為であった。そして、「我モ々々ト獄中ノ其有様ヲ話サン事ヲゾ求テ止《や》マザレ」との一節は、当時〈獄中〉への好奇の視線が社会的に湧《わ》き起こっていたことを窺わせるだろう。この時期の〈獄中〉言説は、書き手当人の収監という事実と不可分なものであり、その収監体験の事後的な報告は、いわば時代の最先端のトピックスであった。その表象のあり方自体は決して統一されたものではなかったが、鉄腸の「転獄新話」に見られるように、そこでは〈獄中〉の悲惨さ、暗鬱さの強調が、その表象における趣向性の中心となってゆくのである。

更に、一八八五（明治一八）年一一月から一八八九（明治二二）年二月にかけての収監体験をめぐる「回想的〈獄中〉言説」（B）である福田英子《ふくだひでこ》の『妾《わらわ》の半生涯《はんせいがい》』（一九〇四〔明三七〕・一〇　東京堂）でも、

「当時の監獄の真相」として「当局者の無法」の様が詳しく述べられ、「罪人を改心せしむるとよりは、罪人を一層悪に導く処」としての監獄（中之島・堀川・三重県監獄）観が示されている。このテクストの発表は一九〇四年なので「獄の奇談」と同列には論じられないが、自由民権運動と〈獄中〉言説との関係を考える上で、その表象のかたちは見逃すことのできないものであるだろう。

政治小説における〈獄中〉

　また、明治一〇年代後半の政治小説に登場する〈獄中〉表象に自由民権運動の興隆《こうりゅう》と挫折という社会的現実が強く作用していたことは、従来の政治小説研究史において定説化されている。前田愛は、政治小説の代表的な作者である宮崎《みやざき》夢柳《むりゅう》のテクストにおいては、「反権力の情念を昂揚させるうってつけの文学的形象」である「監獄のイメージ」が、暗喩としてのトポスとして展開されたとしている。▼注[29] 更に、民権運動の挫折が明らかになるにつれ、夢柳のテクストには「あまりにもはやい終末を迎えなければならなかった民権運動を悼《いた》む弔詞」としての「独特なイメージ構造」が出現してくると指摘している。▼注[30] 確かに、現実の価値や権力の秩序を転倒するダイナミズムへの契機を本質的に包含する場であるが故に、〈獄中〉表象は政治小説の内部で固有の位置を占めることになったと言えるだろう。そこで〈獄中〉は、明治政府が整備しようとしていた「近代」の制度形態に対する反措定《はんそてい》としての主題的意味を次第に帯びてゆくことになった。

　ただ、政治小説における〈獄中〉表象は、民権運動からの反映という解釈的要素のみに単純に還元することのできないような側面を持っている。そもそも、監獄が登場する政治小説の多くが、同時に翻案《ほんあん》小説としての特性を抱えており、書き手の〈内面〉のストラグルをそこにダイレクトに洞察するという視点自体が有効であるのかという点も当然問われるべきであるだろう。まずは、その〈獄中〉表象の形態そのものに注目する必要がある。

『自由新聞』に連載された宮崎夢柳の「自由の凱歌」（一八八二〔明一五〕・八・一二〜八三・二・八）の第二一回（一八八二・九・一〇）には、フランス王政下の「バスチールの獄屋《ひとや》」が登場する。

抑も彼のバスチールの獄屋と云へるはその時を距る殆んど五百余年の古しへまだ封建の時代から設け置かれしものにして路易第十四世の御宇《ぎょう》に当りその監獄の権力は全く年久しくも仏蘭西なる専制政府の威力を助け私利を営み居し僧侶の手中に帰せしものから無理非道の僧侶等巳《ママ》れに違ふ宗教家を恰かも讎敵の如く思ひ情け容赦のあらばこそ見聞次第に捕へ来り此の獄屋へ打ち込むのみか国王も亦平生に残忍なる刑罰を好み給ひ或る時はその顔容の我れに髣髴《さもに》たりとて罪なき商人を禁錮なし或る時は官女を懸想せしめし科軽からじと少壮き書生を幽閉するなど甚だしき悪虐の行ひあるゆゑ婦人児童は猶更にバスチールとさへ聞くときは虎狼よりも怖ぢ戦き色青ざむるほどなりしに況《ま》してその後路易第十五世の王位に即かせ給ひしころは世の中の次第〳〵に澆季に移りゆき一国の政令法度多くは愛憎の心に出で、人民保護の貴重なる職務を帯る警察官すら黄金を得れば忽まちに無辜のものを捕ふべき命令状を下げ渡す言語に断えし挙動を宜きことにして心根の正しからざる奴原はその術もて人を縛らせ私怨を霽すことあるにぞバスチールの獄屋のうちは幾百千の数知れぬ罪人囚徒の群を成し愁雲毎に空を蔽ひ悲風長く地を捲きつゝ一と度其処へ繋がれなば是れぞ此の世の暇乞ひ身に降りかゝる濡れ衣を乾さん便宜も泣き叫ぶ声自づから遠く聞え跡に遺りし父母妻児が朝な夕なの憂き苦労心のうちの甚麼《いか》にあるらん実に憐れなる景況《ありさま》なれば人民益す〳〵之れを悪み厭ふに至りしとかや

ここで「バスチールの獄屋《ひとや》」は、「殆んど五百余年の古しへまだ封建の時代」以来の旧弊《きゅうへい》を残した、いわば閉鎖的で不合理な「絶対悪」の場として極度にデフォルメされた形で描かれる。このテクストは夢柳自身の入獄体験（一八八六・三）以前のものであるので「小説的〈獄中〉言説」（C・c）に分類されるものであろうが、翻案としての性格（アレキサンドル・デュマの「バスチイユの奪取」の大意訳翻案）からしても、その表現の中に過大に自由民権運動からの反映を見出すことは牽強付会に過ぎるだろう。それよりも、早くに柳田泉が注目しているように、▼注[31]その「虚無党文学」としての表現のかたちこそが問題にされるべきである。おそらくそれは「虚無党の人人を自由の闘士と見、その活動を一種の自由民権的なものと考えて、それに対して漠然としたロマンチックな熱烈な憧憬《しょうけい》を感ずると同時に、それは、あくまでも、これに托して政府の圧制を反省せしめ、自由民権のイデオロギーを伸張させることが出来れば、目的が足りた」▼注[32]という程度のものであったのは確かであろうし、そこでの監獄もあくまで「絶対悪」という意匠として描かれていたと言える。そのような夢柳の〈獄中〉の性質は、ロシア虚無党の活動と悲劇を描いた「鬼啾啾《きしゅうしゅう》」（『自由燈』一八八四〔明一七〕・一二・一〇～八五・四・三）での「有名なるツルーブレツコイ、パツシヨンと云へる獄舎」の描写からも窺える。

元来此の獄舎はいつの頃より設けられけん、魯国に数ある獄舎の中にも、最も残忍苛酷なる取扱ひをなす場所と世の人の懼るゝ所ろ、一とたび其処へ繋がれては既に現世を去りしに同じく、身に犯せるの罪なくとも死に抵るまで免されず、雲は惨澹として常に愁ひ、風は蕭颯として長く悲しみ、啾々たる寃鬼の声、焰々たる飛燐の影、見るもの聞くもの膽寒く魂驚ろく計りなり。爰に少しく獄舎の中の情況を記さんに、凡て囚人に与ふるの諸食物は腐敗して、汚臭紛々鼻を撲ち、豚犬の類にても嘔吐すべきものなれど、若し之れを食せざれば忽ち飢餓に迫るをもて忍んで口に入るゝゆゑ、赤痢壊血その他の恐しき悪病の発生流行四時に絶ず、（中略）斯く囚人は朝夕に、死人遺骸と起臥を同うするところから、身体自づと腐れ爛れ、活けるも尚ほ且つ死せるもの、厭ふべき臭気あり。此堪がたき艱難に攪動されて、囚人の遂に発狂する者多きも、獄卒の儕輩は見て尋常の事となし、毫も哀憐を垂れざるのみかは、却つて之れを緊しく縛しめ、鐵の鞭を揮ふて打ち殺すこと屢々なれば、叫喚号哭の声獄舎に震ひ、随つて其の痛苦を免がれんと思ふの余り、囚人の身自から舌を噛み喉を扼し死するもの数ふべからず。

ここでの〈獄中〉表象は「残忍苛酷」「叫喚号哭《きょうかんごうこく》」「暗澹たる牢獄」といった、悲惨かつ残忍な場としての表象の枠組みの内にあり、テクストでの意味合いも監禁の舞台という以上のものではない。それは、「自由民権主義者の最高団体たる自由党の理想を宣伝普及する」▼注[33]というテクストの目的性と切り離しては存在し得ないものだ。よって、自由民権運動からの挫折というドラマをそこに見出すことよりも、そこで示された「暗黒」のトポスとしての表象形態が、「囚人虐待の報道」（『東雲新聞』雑報一八八八〈明二一〉・八・二六〉といった報道言説、そして松原岩五郎『最暗黒之東京』（一八九三・一一　民友社）といった後のルポルタージュ言説の系譜へと確かに接続していることの方が重要であると思われる。ただ、松原の『最暗黒之東京』自体はあくまでスタンレーの『最暗黒のアフリカ』（一八九〇）における「暗黒」像、つまり、近代の植民地主義的視線が生む「文明／野蛮／暗黒という三つの分割」構造における「文明と相補の関係をもたず、文明とは異なった秩序を持つ社会」[注34]としての「暗黒」像に基づいたものであった。それに対して、明治初期の〈獄中〉表象における「暗黒」は、そのような分割的な線引きによって創出されたものと言うよりも、「文明」そのものに付随する必然的な裏面として発見されたものという側面が強い。「文明」という自意識が未確定であった日本の明治二〇年代において、「暗黒」のトポスとしての〈獄中〉は、日本に移入されたばかりの「文明」のアナザー・サイドとしての意味合いを孕んでいたとも考えられる。

だが、従来の「回想的〈獄中〉言説」（B）の〈獄中〉表象と融合しつつ展開されていた当時の「小説的〈獄中〉言説」（C）の中には、スタンレーや松原の「暗黒」像とも共通するような監獄像が見られることも確かである。「国民国家日本が自らを文明と認ずることと併行して、日本という意識の形成にともなう人種主義や植民地主義が、二〇世紀初頭にあらたな暗黒をつくり出し」[注35]ていた明治二〇～三〇年代において、「暗黒」という側面が強調された〈獄中〉表象が、政治的主張とは切り離された、いわばファンタジーとして冒険小説的なテクストの中で用いられていたことは興味深い。その好個の例を、『朝野新聞』の記者であり、政治小説の重要な書き手でもあった末広鉄腸の「南海の大波瀾」（一八九一〈明二四〉・六　春陽堂）に見ることができるだろう。その第一九回に登場する、主人公の壮士「多加山」が拘禁される「魔尼羅古城」の中の「監獄署」のイメージは、まさに「暗黒」のトポスとしての〈獄中〉の表象性を拡張したものであった。

右左にある獄室の模様に気を付け乍ら、十八号と書したる札のある所にて立ち止り、小きガラス窓より内を窺ふに、時は六月の半ばにて、炎暑は金を流し石を鑠す程なるが、前はピッシリと戸を鎖めて風を通す場処も無く、今や日輪は少しく西天に傾むきガラス窓より光線を反射して、炎々たる火気は室内に満ち熱湯の中にあるに異ならず

鉄腸は「転獄新話」で「三伏ノ炎熱ニハ鉄窓ノ下ニ於テ火攻ノ苦ミヲ受ケシメ今ヤ此ノ向寒ノ時ニ当レバ却テ之ヲ風道四通ノ地ニ容ル夏温ニシテ冬涼ウス」という監獄の現実を描いていたが、ここではそれが物語内の機能を担う素材として活用されている。この「監獄署」が位置する「魔尼羅」（マニラ）が、まさに日本からの植民地主義的視線によって見出されようとした場であったことは言うまでもない。だが、ここでは当時の「小説的〈獄中〉言説」（C）が、同時代の「回想的〈獄中〉言説」（B）と融合したかたちで、読者の好奇の視線を強く惹き付ける素材として確立されていたことを確認することの方が重要であろう。「暗黒のトポス」としての表象性は、政治小説というジャンルの内部においても、〈獄中〉の表現的な機能を更に拡張させるものとして作用していたのである。

〈獄中〉表象の複合化

ただ、政治小説の「監獄」が常にフィクショナルなものとして用いられていたという訳でもない。同じ末広鉄腸の「政治小説雪中梅《せっちゅうばい》」（一八八六〔明一九〕・八　博文堂）第六回には、主人公の書生《しょせい》「国野基」が収監される場として「鍛冶橋《かじばし》」の監獄が登場する。

> 東京の未決監《みけつかん》は鍛冶橋内警視庁の構内に在り。四方二重に高き黒塀を繞らし、獄舎は巍々として雲表に聳ゆるの勢ひあり。其の中央は円形にて、二層楼四方に張出して十字形を為し、楼上楼下とも円形室を看守人の詰処と為し、獄舎は左右相対して、都て四十房に分つ。

この監獄描写は、一八七二年の「監獄則」の時点で小原重哉によって提案された、近代監獄建築の構造に則って建造された実際の鍛冶橋監獄の構造を正確に写し出している。ノーマン・ジョンストンは、「日本では、圧倒的多数の監獄が、放射状型のヴァリエーションをもとに建てられたために、一九四〇年代までの日本の監獄建築は、建設数そのものが少なかったベルギーを除くほかのどこの国よりも、同質性を保っていた」として、その形態を「第二次世界大戦後まで日本の監獄の大きな特徴だった」と指摘しているが▼注[36]、その「同質性」は、近代日本における〈獄中〉の想像力を規範化する上でも重要な要素であったと考えられるだろう。「雪中梅」には「ベンサム」の名や獄制改革の話題も示されており、「一望監視施設」という近代の視線の原理そのものがそこで意識されていたとも考えられる。鉄腸自身の入獄体験を生かした「小説的〈獄中〉言説」（C）に分類されるであろう「雪中梅」の〈獄中〉描写には、同時代メディア内における鉄腸の入獄報道も考え合わせると、単なるファンタジーに留まらない、いわば現実の監獄制度とメディア報道の内部で立体化された〈獄中〉表象が示されていると言えるだろう。その背後には、一八七五〜七六年周辺の柳北、鉄腸の投獄及び獄中手記の発表という事態があった。鉄腸は一八八三年六月一九日に『朝野新聞』に掲載された「監獄論」の筆者であるとも推測されるのであり、明治期の〈獄中〉表象の系譜において果たしたその役割は大きい。そのような鉄腸の政治小説からは、メディアとの複合性、相関性という、近代日本の〈獄中〉表象における基本的な要素を見出すことができる。そのテクストは、「政治小説的〈獄中〉像」などと安易に一元化できない、複合的な〈獄中〉表象のかたちを示すものであると言えるだろう。「雪中梅」では、その後、監獄内の様子が以下のように描かれる。

三冬の厳寒にも室内には火気なく、蟻蝨の集りたる二枚の毛布にて、寒夜の長きを凌ぎ、其の北風を受くる所にては、「ガラス」障子の隙間より飛雪を吹き入れて、手足皆な凍裂せんとして、其の三伏炎熱の際には、少しも風を通さず。其の南に向きし房に至りては、日中鉄窓より日光を射下すれども、之を避くるの場処なく、宛ながら鼎中に煎らるゝに異らず。監守の剣を帯び、洋服を着して儼然と椅子に倚る有様は、囚徒の目に閻魔大王と見え、獄丁は虎の皮の犢鼻褌を結ばざれども、囚徒の之を怕るゝ赤鬼青鬼の如く、病室に病者の呻吟するは、亡者の叫喚かと怪まれ、真に生きながらに陥る現世の地獄とこそ云ふべけれ。

「生きながらに陥る現世の地獄」としての監獄像は政治小説に広く見られるものだが、興味深いのは、それが主人公「国野基」が放免後に夢見たものであったという設定である。

嗚呼、身を処するの道を誤りし。と天質剛毅の身なれども、獄屋の苦痛に壮心も摧け、目に持つ涙を同囚に暁られまじと、側にある手巾取てながしに臨み、数滴の水を掌に灑ぎ、顔を洗はんとしたる時、如何なしたりけん、手巾をパッタリながしに落せば、手巾の水に湿ふに従ひ、黒き文字の現はれ出るにぞ、是は不審と眼を定めて能く見れば、一首の歌なり。

霜雪のおもきにたへて男々しくも
はるをばまつの猶たてるかな

此の手巾は、昨日、是れまで名前を知らぬ松田某より差入れ呉れたるものなるが、サテは我が危難に逢ひて志を変ずることもあらんと思ひ、明礬にて書写し、規戒の意を寓せしものと見える。（中略）扨も勇々しき此の歌は、何人の吟詠なるか。我が身に取つては一生の良師ヂヤ。昔しジヨンホアードは自ら好んで獄に入り、其の恩徳を欧州諸国に流せしと聞く。我れも他日志を得て政事上に立ちもせば、第一番に獄制の改革を主張せん。愉快々々と前後を忘れて大声を発せしに、驚きて眼を開けば、今まで見えし獄屋の形は一時に消失て、谷川の水声は滔々として枕に響けり。「ハテ、今のは獄内に居つた時の夢であつたか。夫れでもアの獄中で得た歌のことまでが、アリ〳〵と目に見えたから妙だ。（傍線原文）

監獄をめぐる歴史的な事実が想起されることで、「少年」（国野）の〈獄中〉者としての現在が新たに対象化されている。夢柳の翻案政治小説においては見られなかった、〈獄中〉表象へのメタレベルからの言及と対象化をここに見出すことができるだろう。夢の中で「獄制の改革」を主張するこの「少年」にとっての〈獄中〉は、現実的監獄からの転写像に留まらず、外部世界に拡張する独自の想像力の場として新たに出現したものである。この引用部の直後には「編者曰く、此章に記する所は、余が十年前獄に下つて自ら目撃せし所と、一二の朋友より聞く所を参取せし者なるが、監獄の制度も次第に改良に就し由なれば、今日の事情に適当せざる所も多からん。読者之を諒せよ」という後記が付けられている。「編者」としての書き手の実体験性と共に、刻々と変化する「近代」のトポスとしての監獄の同時代的なあり方が、そこに刻印されているのである。

一般読者に広く読まれたこれらの政治小説が、以降の〈獄中〉表象の展開において果たした影響は大きなものであったと考えられる。特に、末広鉄腸のテクストにおける〈獄中〉表象は、同時代メディアとの複合性、相関性の構造、そして〈獄中〉をめぐる新たな想像力の発動という点で、特筆されるものであろう。ただ、同時代の読者が、その〈獄中〉表象に自由民権運動の挫折という意味的、暗喩的なコンテクストを正確に見出していたとは到底考えられない。その意味で、政治小説の〈獄中〉が、前田愛が指摘するような意味での、暗喩としての意味空間に当時なり得ていたと断言することは難しい。それよりも、様々な暗喩的意味を包含《ほうがん》することのできる、メディア内に拡張された可変的な表象の枠組みとして、明治初期から中期の〈獄中〉表象は把握されるべきであるように思われる。末広鉄腸のテクストは、「暗黒」のトポスとしての意味付けと共に、そのような〈獄中〉表象の機能を立体的に活用したテクストであると捉えることができるだろう。近代日本の〈獄中〉は、メディア言説空間の内部から生み出された、いわば機能的表象であったのである。

そして、その暗喩としての意味化において、しばしば「革命」「虚無党」等の、後の社会主義的なコンテクストに連なる記号が〈獄中〉と接合していたことは、明治後期の〈獄中〉表象の問題を検討する上でも、見逃すことができない要素である。それは、翻案された原作の性格や当時の自由党における「虚無党的な気分」[注37]に還元できる部分もあるだろうが、当時の〈獄中〉が、そのような強力な記号性を内側に抱え込んだ想像力のトポスとして既に立ち現れていたことは重要な事実であるだろう。

3　北村透谷の「牢獄」——孤立する〈獄中〉表象

そのような〈獄中〉という場を、自らの創作行為によって新たな文学的トポスとして創出した北村透谷について、前田愛は宮崎夢柳と対比させつつ以下のように指摘している。

宮崎夢柳と北村透谷

北村透谷は、鹿鳴館時代の世相に冷嘲《れいちょう》をつきつけたエッセイ「時勢に感あり」の冒頭を、「君知らずや、人は魚の如し、暗らきに棲み、暗らきに迷ふて、寒むく、食少なく世を送る者なり」という言葉で書き起している。暗きに迷う魚の眼を己れのまなざしとすることで、「紛々擾々《ふんぷんじょうじょう》たる社界の現象」を見つめかえそうとした透谷の境位は、おそらく鉄の墓をつつむ深い闇のなかに燐火《りんか》が飛びかうイメージをかりて、民権運動の終焉を見とどけようとした夢柳の立場と相通じていたにちがいない。透谷が「三日幻境」のなかに、「この過去の七年、我が為には一種の牢獄にてありしなり」と書いたのは明治二十五年のことである。だが、〈牢獄〉の暗黒を共有しながらも、二人の獲得した表現はそれぞれに異なっていた。心のなかにうつしだされた時代状況の鏡像としての〈牢獄〉のイメージに固執しつづけた夢柳にたいして、透谷は時代状況に対峙する自意識そのものの劇を、〈牢獄〉の喩に託して語りはじめるのである。そのさいしょの試みが、明治

二十二年に自費出版の形式で公けにされる『楚囚之詩《そしゅうのし》』であったことはいうまでもない。[注38]

「楚囚之詩」（一八八九）や「我牢獄《わがろうごく》」（一八九二）における「牢獄」像は、透谷自身に入獄体験がないという事実にも促《うなが》されて、近代日本文学の最初の文学的（つまり自立的）〈獄中〉表象として頻繁に論じられてきた。それは透谷自身の意図から遊離して、一九〇二年の『透谷全集』刊行以降に発生した、「文学者・北村透谷」というロマン化された人格的作家像の形成とも関わりながら広く認知されたと考えられる。その意味で、近代日本の〈獄中〉表象の「起源」としてそれらのテクストを捉える見方も当然出てくるだろう。

ただ、透谷テクストにおける〈獄中〉表象の場合は、明治初期の新聞メディアの場合と異なり、同時代メディアとの相関性という要素はほとんど見られない。単行本としての『楚囚之詩』自体も一八八九年時点で出版中止になっており、『透谷全集』刊行以前における同時代への影響は非常に限定的なものであったと考えられる。また、その〈獄中〉表象のかたちにはバイロンからの影響が明らかに見出せることは数多くの透谷論によって既に解明されており、[注39] その表現的自立性を過大に評価することはできないだろう。よって、透谷の〈獄中〉表象の問題は、近代日本の〈獄中〉表象史の内部で安易に系列化することのできないものであると考えられる。そのような条件を踏まえた上で、そのロマン主義文学受容の問題をも含めて、透谷の〈獄中〉表象の内部構造に接近してゆきたい。

「楚囚之詩」の位相

透谷は、「楚囚之詩」の「自序」の中でこのように述べている。

元とより是は吾国語の所謂歌でも詩でもありませぬ、寧ろ小説に似て居るのです。左《さ》れど、是れでも詩です。余は此様にして余の詩を作り始めませう。又た此篇の楚囚は今日の時代に意を寓したものではありませぬから獄舎の模様なども必らず違つて居ます。唯だ獄中にありての感情、境遇などは聊《いささ》か心を用ひた処です。▼注[40]

ここからは、当時の透谷にとっての「書くこと」とは、溢《あふ》れ出す自らの言葉を、未だ確定しない「文学」という曖昧な領域の内部に同定してゆくような行為であったことが窺える。そして、そのような流動的な表現意識の中で、「獄中にありての感情、境遇」に「心を用ひ」ることによって、自らの「詩」としての独自の表現を、同時代の言説空間の内部に実現することが意図されていると考えられる。そこにおいて、バイロンの「シオンの囚人」から示唆されたであろう〈獄中〉表象は、自己の新たな詩的表現へと志向する上での内的な発条であったと言えるだろう。レマン湖のほとりのシオン城の地下牢という、非現実的なイメージ空間で展開される「シオンの囚人」の暗鬱な〈獄中〉は、現実の言葉にまとわりつく意味の桎梏《しっこく》から自らの表現を解き放つための、恰好の表象形態であった。

ただ、「楚囚之詩」、そしてその〈獄中〉表象の文学的可能性を過大に評価することは、同時代言説との関係性への視点を欠落させてしまうことにも繫がるだろう。その意味で、『楚囚之詩』を当時の文学のなかにおいて考えると、まず政治小説のヴァリエーションという視角が得られはしないだろうか」という平岡敏夫の指摘は注目すべきである。▼注[41] 末広鉄腸の「雪中梅」「花間鶯《かかんおう》」と「楚囚之詩」を比較し、後者は「同じく『壮士』『政治の罪人』をとりあげながら、獄中に限定したところに独自性がある」とする平岡の指摘を踏まえた上で、まずは、透谷テクストの〈獄中〉の設定自体に注目したい。「楚囚之詩」におけるバイロンの「シヨンの囚人」からの影響は明らかであり、その翻案的使用においては「政治上の活動ではなく、獄中の「感情と境遇」とが問題だった」▼注[42]との指摘もある。ただ、宗教的迫害という側面が明確な「シオンの囚人」に比べて、「楚囚之詩」の〈獄中〉は、その「政治の罪人」の内実が曖昧にされている点が特徴的であろう。

　第一
曽つて誤つて法を破り
　政治の罪人として捕はれたり、
余と生死を誓ひし壮士等の
　数多あるうちに余は其首領なり、
　中に、余が最愛の
まだ蕾の花なる少女も、
　国の為とて諸共に
この花婿も花嫁も。

「物語として現実の可視の牢獄でありながら、明瞭な視覚の遠近法をもって描かれない」▼[注43]このテクストの特性は、多くの先行研究においては透谷固有の表現的な視覚の特異性に還元されてしまっていると言えるだろう。だが、そのような特性を〈獄中〉表象の系列において眺めてみれば、また別の面が見えてくる。つまり、様々な暗喩的意味を包含する表象の枠組みであった政治小説的な〈獄中〉表象の機能が、ここでは一旦失調させられていると考えることができるのではないだろうか。透谷の〈獄中〉表象は、入獄をめぐる因果的な意味を排除しているという点において、同時代の〈獄中〉表象の枠組みを逸脱している。そして、その逸脱こそが、透谷特有の「詩」の論理を生成しているのだ。その「第二」において、〈獄中〉の「余」はこのように描かれている。

第二

余が髪は何時の間にか伸びていと長し、
前額を盖ひ眼を遮りていと重し、
肉は落ち骨出で胸は常に枯れ、
沈み、萎れ、縮み、あゝ物憂し、
　歳月を重ねし故にあらず、
　又た疾病に苦む為ならず、
　浦島が帰郷の其れにも

はて似付かふもあらず、
余が口は涸れたり、余が眼は凹し、
曽つて世を動かす弁論をなせし此口も、
曽つて万古を通貫したるこの活眼も、
はや今は口は腐れたる空気を呼吸し
眼は限られたる暗き壁を睥睨し
且つ我腕は曲り、足は撓ゆめり、
嗚呼楚囚！　世の太陽はいと遠し！
噫此は何の科ぞや？
たゞ国の前途を計りてなり！
噫此は何の結果ぞや？
此世の民に尽したればなり！
去れど独り余ならず、
吾が祖父は骨を戦野に暴せり、
吾が父も国の為めに生命を捨たり、
余が代には楚囚となりて、
とこしなへに母に離るなり。

北川透《きたがわとおる》は、「楚囚之詩」の第一章には、当時の「政治小説の水準の直接的な反映」として「政治の罪人、壮士、其首領、蕾の花なる少女の花嫁、国の為……」等の政治小説的モティーフが散りばめられている一方で、第二章では、透谷が「〈牢獄〉体験をモティーフのすべてにおいた時、すでに政治小説を外皮とする構成は打ち破られる契機をもった」と指摘している。▼注[44] そして、その「体験の底に潜む《一種の牢獄》は、政治の罪人としての壮士の描写なんかではない、暗い輝きに満ちた自己像を、いままでわが国の詩の歴史に出現したことのないリズムで押し上げることになったのである」としている。北川の論は「詩人・北村透谷」という作家像にテクストを引き付ける傾向が強いものであり、その作家イメージの偏向は否めないが、差異性として〈獄中〉表象がテクストに結晶化されるその様相を析出している点では興味深い。そこでは、「より透谷主体のうちに内面化され、暗喩化された〈楚囚〉」▼注[45]〈傍点原文〉という意識が生成されているという側面もあるだろう。ただ、北川が指摘するような、詩的表出とリズムという側面からその〈獄中〉表象を問題にすることは本書の目的ではない。その〈獄中〉表象のあり方と独自性を更に検討するためには、「楚囚之詩」「第三」における表現に注目する必要がある。

獄舎《ひとや》！　つたなくも余が迷入れる獄舎は、
　二重の壁にて世界と隔たれり
左れど其壁の隙又た穴をもぐりて
　逃場を失ひ、馳込む日光もあり、

余の青醒めたる腕を照さんとて
　壁を伝ひ、余が膝の上まで歩寄れり。
余は心なく頭を擡げて見れば、
　この獄舎は広く且空しくて、
中に四つのしきりが境となり、
　四人の罪人が打揃ひて——
曾つて生死を誓ひし壮士等が、
　無残や狭まき籠に繋れて！

ここで「二重の壁にて世界と隔たれ」た〈獄中〉空間が記述されるのだが、その空間の構造は、「左れど其壁の隙又た穴をもぐりて／逃場を失ひ、馳込む日光もあり」という一節からも窺えるように、決して外部から完全に隔絶された空間ではなく、「馳込む日光」のような外部との接点が存在している。「心なく頭を擡《もた》げて見」る「余」の視線は、「広く且空し」い「獄舎」の空間を彷徨《さまよ》い、外部との接点を探索し続ける。その後も「余」は「起き上り、厭はしき眼を強ひて開」いて「なほさし入るおぼろの光」（第六）を志向しつつ、監獄の外からの「世界の音信」（第八）を待ち望むのであり、その志向によって創出された想念の世界自体が〈獄中〉の世界と拮抗《きっこう》してゆくのである。その想念の強度は、「ゆかしき菊の香」（第八）という身体感覚としてそこに「世界の音信」の幻想が迫っていることからも窺えるだろう。そして、その「世界の音信」は、「第十二」では「太陽に嫌はれし蝙蝠《こうもり》」、「第十四」では「鶯《うぐいす》」として実体化し、最終の「第十六」では「獄吏《ごくり》」として「余」を唐突に解放することになる。勿論その「蝙蝠」や「鶯」の出現は、「シオンの囚人」における「小鳥」の出現に必然性が求められるものであろうが、「楚囚之詩」の独自性は、獄外に拡張した「余」の想念が、「余」の〈獄中〉を相対化し、反転させてしまう程の自律性を帯びてしまっている点にあるだろう。中村完は、「楚囚之詩」のそのような側面について、「「獄舎」の四壁のおもさ、幽閉の実感を透谷がもっと切実にとりこんでいたら、この「暗黒」は、外景を「個」の内部にむすぶ認識の不動の焦点となり、また、詩全体のイメージ構成の有効な座標軸になるはずのものであった」と、その〈獄中〉表象を未成熟な詩的空間として否定的に捉えている▼注[46]が、詩としての完成度という側面は別にしても、その〈獄中〉が単なる閉じられた拘禁、抑圧の空間ではないことは確かである。その意味で、透谷は同時代の政治小説の〈獄中〉表象に対する差異性の内に揺曳《ようえい》する詩的表現として、自らの表現を定位させようとしていたとも言えるだろう▼注[47]。

ただ、この詩は唐突に「余は放されて」「大赦《たいしゃ》の大慈《だいじ》を感謝」することにより閉じられるのであり、そこで「二重の壁にて世界と隔たれ」た〈獄中〉の構造は無化される。その〈獄中〉空間のいわば「解体」は唐突かつ不自然であり、詩としての統合性は決して高いとは言えない。だが、最初から因果的意味を排除していたこのテクストにおいては、そのような「解体」は必然的であったとも思われる。中村完は、この「大赦」のイメージに「大矢正夫《おおやまさお》が憲法発布の「太慈」に洩れて出獄かなわなかった」という透谷の現実からの反映を見た上で、そこでは「他者（大矢）救済の問題はきりおとさざるをえなかった」として、「自己固執《こしゅう》から自己開放《ママ》へ性急に転移する透谷の弱点」をそこに見出している▼注[48]。実際に、憲法発布の大赦とほぼ同時期に発表されたこのテクストに大矢正夫への意識の反映を見出すことは可能ではあるだろうが、それは透谷の〈獄中〉表象をめぐる欠陥の要因にまで敷衍《ふえん》できるものであるとは考えられない。やはり、「楚囚之詩」の「大赦」という要素は、同時代的な〈獄中〉表象の差異として呈示された、透谷の詩的〈獄中〉表象の形態において必然化されたものであるだろう。それ故に、透谷の〈獄中〉は、テクストのコンテクストから切り離した記号として存在できるようなものではなかった。後の「蓬莱曲《ほうらいきょく》」（一八九一・五）では、「牢獄《ひとや》ながらの世」（ルビ原文）という、メタファー的世界観としての〈獄中〉が呈示されるのだが、「楚囚之詩」の「嗚呼爰《ああここ》は獄舎／此世の地獄なる」（第五）という一節にあるのは、まだ観念として凝結していない、意味化以前の〈獄中〉なのである。

「我牢獄」と〈獄中〉の観念化

このような透谷の〈獄中〉表象の意味合い、そして変容の様相は、「我牢獄」（『女学雑誌』一八九二（明二五）・六）からも窺える。小説とも散文詩とも呼べないようなテクストであるが、透谷の〈獄中〉観を窺わせるという意味では興味深い。松浦寿輝《ひさき》が「透谷の「内部」が単なるナルシシスティックな心理的自閉ではなく、文学概念の「近代性」に対して或る責任を取ろうとする決断の産物であった」▼注[49]と評価するこのテクストにおいて、透谷は自らの内部の〈獄中〉についてこのように書き記す。

然れども事実として、我は牢獄の中にあるなり。今更に歳の数を算ふるもうるさし、兎に角に我は数尺の牢室に禁籠せられつゝあるなり。我が投ぜられたる獄室は世の常の獄室とは異なりて、全く我を孤寂に委せり、古代の獄吏も、近世の看守も、我が獄室を守るものにあらず。我獄室の構造も大に世の監獄とは差《たが》へり、先づ我が坐する、否坐せしめらる丶所といへば、天然の巌石にして、余を囲むには堅固なる鉄塀あり、余を繋ぐには鋼鉄の連鎖あり、之に加ふるに東側の巌端には危ふく懸れる倒石ありて我を脅かし、西方の鉄窓には巨大なる悪蛇を住ませて我を怖れしめ、前面には猛虎の檻ありて、我室内に向けて戸を開きあり、後面には彼の印度あたりにありといふ毒蝮の尾の鈴、断間なく我が耳に響きたり。

覚醒した自己の内的世界の比喩として、透谷における〈獄中〉観が凝結しつつある様相がここから読み取れる。そこでは〈獄中〉が「我を孤寂に委《まか》せ」る場として定義されていることが注目されるだろう。その後、「吾天地を牢獄と観ずると共に、我が霊魂の半塊を牢獄の外に置くが如き心地する」自らの内面世界について言及し、「我母が我を生まざりしならばと打ち喞《かこ》たしむるのみ」と「我」は慨嘆《がいたん》する。そして、このような述懐が続く。

軒端数分の間隙よりくゞり入るは、世の人の嫦娥《じょうが》とかあだなすなる天女なれども、我が意中人の音信を伝へ入る丶ことをなさねば、我は振りかへり見ることもせず。（中略）気まぐれもの丶蝙蝠風勢が我が寂寥の調を破らんとてもぐり入ることもあれど、捉へんには竿なし、好し捉ふるとも、我が自由は彼の自由を奪ふことによりて回復すべきにあらず、況して我恋人の姿を、この見苦しき半獣半鳥よりうつし出づることの、望むべからざるをや。

是の如きもの我牢獄なり、是の如きもの我恋愛なり、世は我に対して害を加へず、我も世に対して害を加へざるに、我は斯く籠囚の身となれり。我は今無言なり、膝を折りて柱に凴れ、歯を咬み、眼を瞑しつゝあり。知覚我を離れんとす、死の刺《はり》は我が後に来りて機を覗へり。「死」は近づけり、然れどもこの時の死は、生よりもたのしきなり。我が生ける「間」の明よりも、今まさに死する際の「薄闇」は我に取りてありがたし。暗黒！　暗黒！　我が行くところは関《あずか》り知らず。死も亦た眠りの一種なるかも、「眠り」ならば夢の一つも見ざる眠りにてあれよ。をさらばなり、をさらばなり。

「楚囚之詩」にも登場した「蝙蝠」のイメージを用いて、「我」はロマン主義的パラドックスを抱え込んだ自らの「我牢獄」のかたちを説明する。その〈獄中〉は「徹底して観念的ないし抽象的な寓話で、そこにはいかなる物語も欠けている」▼注[50]のであり、「楚囚之詩」では断片的であった世界観としての〈獄中〉像が、ここで観念として抽象化されたかたちで凝結していることが窺える。

このような透谷の「牢獄」が、政治小説に頻出する「自由と圧政」の暗喩としての〈獄中〉表象とは異質であることは確かであろう。しかし、そこに詩的空間としての〈獄中〉の誕生というドラマを見出す視点も有効ではない。「眼を瞑しつゝ」「知覚我を離れんとす」る「孤寂」の中での「死」の接近により、「我」の〈獄中〉はようやく対象化され、観念として析出される。透谷の〈獄中〉表象は、ロマン的世界観に基づく自己の内的なストラグルを観念として凝結させた、主題としてのトポスとして浮上したのである。▼注[51]しかし、そのような観念化の試みは、同時代の〈獄中〉表象のあり方、つまり、様々な意味を雑多に包含する表象の枠組みとしてのあり方からは決定的に孤立することになった。その意味で、透谷の〈獄中〉の主題性は、その後の〈獄中〉表象の内部に「正当に」受け継がれたとは言えない。そのような透谷の表現的苦闘とは全く別の地点で、以後の〈獄中〉表象は、同時代の様々な記号性を抱え込んだ、雑多で猥雑《わいざつ》な機能的表象として展開されてゆくことになる。

ただ、透谷テクストにおけるそれらの〈獄中〉表象は、その本質的な部分はなお孤立しながらも、『透谷全集』の刊行、そして島崎藤村《しまざきとうそん》「春」（『東京朝日新聞』一九〇八・四～八）などを契機にして、「詩人・北村透谷」像が近代文学の起源存在として神話化され、認知されてゆくに従って、一定の表現史的な位置と評価を獲得していったと考えられるだろう。そこでの〈獄中〉は、ペシミズムに彩られた自己の〈内面〉世界の暗喩であり、その背後にはロマン主義的な世界認識が存在していた。そのようなロマン主義的〈獄中〉表象の問題を更に考察する為には、透谷テクストだけではなく、当時のロマン主義文学、特に翻訳小説をめぐる問題を考慮する必要があるだろう。

翻訳小説と「暗黒」の〈獄中〉

明治初期から発表されていた翻訳小説であるが、政治小説の領域でも多くが政治小説の翻案ものというかたちで発表され、同時代的に強い影響力を保っていた。本章の2節で取り上げた宮崎夢柳は翻案ものの優れた作者であった。そして、その後の政治小説の衰退と共に翻訳小説も衰退した訳ではなく、それは有力な表現ジャンルとして定着していた。その中では、一八八八（明治二一）年一〇月の黒岩涙香《くろいわるいこう》、丸亭素人《まるていそじ》「美人之獄」（『絵入自由新聞』一八八九・一〇にも続編掲載）、同年一一月の千原伊之吉《ちはらいのきち》「摘陰発微奇獄」（日本同盟法学会）、一二月の臥禅居士「時計獄」（『報知新聞』二五～二七日）、一八八九（明治二二）年五月の森田思軒《もりたしけん》「伊太利の囚人」（『国民之友』　ディケンズの翻訳）など、多くの「獄中もの」とでも言うべき翻訳小説が発表されている。明治二〇年代の〈獄中〉表象は、新聞・雑誌メディアと同時に、そのような翻訳小説の内部でも確かに展開されていた。例えば、『国民之友』に一八九六年八月から翌年二月まで連載された、森田思軒訳の「死刑前の六時間」（ヴィクトル・ユーゴー作）も、〈獄中〉表象の系譜の中で重要な意味を持つ翻訳小説であったと言えるだろう。

この時期の『国民之友』には片山潜《かたやません》の「監獄改良論」（一八九六・七・一一、一八）が掲載されており、近代監獄制度に対する客観的な検証の視線がそこに発生していたことが窺える。そして、そのような視線は、同時代的には小河滋次郎《おがわしげじろう》の『監獄学』（一八九四　警察監獄学会）や『監獄作業論』（一九〇二監獄協会出版部）における「監獄学」系の言説として体系化されてゆく。「我が国における主観主義刑法学の創始者の一人」であり「刑事政策家」[注52]としての小河は、一八九四年の『監獄学』において、法学や実践哲学、政治学、行政学などと密接に関わる「合成学」的学問としての「監獄学」を提唱し、獄内環境の合理化、幼年監獄の設置、死刑廃止等を主張した。その業績は現在もなお高く評価されているものであるのだが、まずは、この時期に〈獄中〉が科学的な視線の下に意味化されようとしていたということを確認しておくべきであろう。「死刑前の六時間」は、まさにそのような監獄観の過渡期に発表されたテクストであったのである。森田思軒訳のこのテクストでは、章ごとに「死刑を申渡されたり、嗚呼」といった嘆きの言葉が冒頭に置かれているが、第一章では死刑宣告を受けた「余」

の姿が以下のように描かれる。

然れども今や則ち余は一個の囚人なり。我が身は獄裡に鉄鎖に繋がれて、我が心は一個の恐ろしき根絶悪絶なる思念の為めに桎梏せらる。目下余は心中実に唯だ一個の思念、一個の必事、一個の打消すべからざる確信を有するのみ、即ち余は死刑を申渡されし者といふこと是れなり。斯の恐ろしき一念は、宛がら一個の怨霊の如く、さびしく亦た執念く、常に余の行動坐臥にまつはりて、須臾も余の側を離れず。余が自から其の面前を遠ざからむと欲して、左躱右避七顛八倒するにも拘はらず、常に宛として余の眼前に在り。（中略）余が我が獄の鉄窓より外辺を瞥見すれば、斯の一念の恐ろしげなる顔ありて正さに余を瞻《まも》る。覚むる時は常に余を攻め、睡むる時は常に余を魘ひて余をして煩悶已まざらしめ、夢みる時は又た断頭台上の斧刃の形を現じて余を恐とす。

既にして余が愕然驚き覚めて、「是れ唯だ一場の夢なりき」とつぶやくをりも、斯の一念は猶ほ依然として余の側に在り。啻だ此のみならず、余が未だ全く目を開きて我れを囲繞する恐ろしき現実、即ち獄壁の湿ひたる石の面、幽然たる燈火の影、我が身に纏へる粗布の囚衣、獄窓の間より其の銃槍の光閃きて見ゆる番兵の黒き影、凡そ是等諸物の上に歴々として顕はれたる、恐ろしき現実を見るに及ばざるうちすらも、早く一個の琅々たる声ありて、我が耳にさゝやく如く覚ふなり、

曰く

死刑を申渡されたり、嗚呼

「恐ろしき」という形容詞と「死刑を申渡されたり、嗚呼」のリフレインにおいて、監獄内の閉塞状況が、「余」の強迫的心理の描写と共に執拗に描かれている。そこでの〈獄中〉は、いわばオブセッションが交響する閉ざされた場であると言えるだろう。第四章の「余」の入獄の場面では、「ビセートルの獄」の建物がこのように描写されている。

遠くよりして之を望めば、斯の建物は其の外貌に一種の巍乎堂々たる観を有せり。一座の岡の麓に依りて、広大なる地面を占拠し、距離を隔てゝ之を看れば、旧き王宮などに対せる如く、昔しのばるゝ往事の偉麗の、尚ほのこり存せる者あり。然れども既に之に近づけば、乃ち忽ち変して、尋常一様の建物となり了る。屋上の高塔は敗壊して、建物は全体に汚穢堕落の態を顕はし、四方の壁は醜怪、宛がら罪業ある者の癩を病めるに似たり。窓に窓扇無く、玻瓈板無し、唯だ十字状をなせる太き鉄棒の、之を縦横せるあるのみ。是等鉄棒の間より、時々囚人或は癲狂患者の蒼白き面、露はれ見ゆ。

「癩《らい》」「癲狂患者《てんきょう》」という〈病〉の表象を付与されたこの〈獄中〉表象は、「暗黒」のトポスとしての政治小説的な表象形態の延長線上にあると同時に、同時代の「科学的」視線を反映した、非衛生的で反ヒューマニズム的なトポスという側面を増幅させたものであると考えられる。本来このユーゴーのテクストが「死刑の廃止についての弁論にほかならない[注53]」という点も、テクスト内における「近代的視線」の遍在を窺わせるものであるだろう。一八九三（明治二六）年の松原岩五郎『最暗黒之東京』の「暗黒」イメージとも呼応するこの〈獄中〉表象は、「科学的」監獄観という視線に析出されたものであった。勿論、このテクストはユーゴーの原作の翻訳であり、表象形態の必然性は当然その原作者の意識に見出されるべきであるが、その翻訳としての形態と発表時期、メディアとの相関性といった要素は、独立して考察可能なものであるだろう。「監獄改良論」と共に掲載されたこのテクストから窺えるのは、科学的な「改良」の視線の下に曝されることによって、〈獄中〉はその「暗黒」性をより強調したかたちで描かれてしまうという逆説的な事態である。その意味で、近代日本の〈獄中〉表象の端緒《たんちょ》を示した『朝野新聞』が、明治一〇年代中盤から「貧民」論とその表象を展開していった代表的なメディアでもあったことは象徴的な事実であるだろう。「貧困と犯罪者のイメージを結びつけ」て「新しい賤視観をつくりだしている[注54]」それらのメディア言説の機能は、〈獄中〉表象の内部でも同じく作用していた。「科学的」視線に基づいた近代的監獄観は、〈獄中〉の想像力を相対化するのではなく、逆にそのイメージの喚起力を増大させることになったのである。

趣向の場としての〈獄中〉

このような〈獄中〉表象のあり方から窺えるのは、監獄という場はこの時期、決して「文学的」に象徴化された場としてだけではなく、多くの人々の好奇心をそそる、ゴシップ的なトピックスの場としても認知されていたということである。そして、そのような側面は、「死刑前の六時間」というテクストの受容においてもおそらく確実に作用していたと考えられるだろう。日清、日露戦争以降、写真報道を含めて急速に発達する新聞、雑誌等のメディアにおける恰好の素材として、監獄は常にトピックス化される場所であった。その意味で、透谷の〈獄中〉表象が持っていた文学的・詩的な影響力を過大に評価することはできない。〈獄中〉とは、あくまで類型的であり、同時に秘められた場所であるからこそ、その表現的な喚起力を発揮する場なのだ。そして、そのような類型的枠組みとしての性格を逸脱しようとした透谷の〈獄中〉表象は、同時代においては表現的な有効性を持ち得なかったとも考えられる。

禁忌としての空間を覗き見るという趣向的要素は、以後の〈獄中〉表象においてより強く要請されるようになり、多様な雑誌、出版メディアの内部でそれが展開されることになった。例えば、『ホトトギス』に掲載された寒川鼠骨《さむかわそこつ》の「新囚人」（一九〇〇〈明三三〉・五・三〇　続編は「就役」〈同・七・一〇〉、「監房」〈同・一一・二〇〉）は、「回想的〈獄中〉言説」（B）としての基本性格を保ちつつも、監獄をめぐる抽象的思索や批判はほとんど見られず、収監までの経緯や監獄内での会話などを再現的に描いた平易な写生文としての性格が強いものであり、〈獄中〉という場が持つ趣向性がそこでは意識されている。その筆致は軽妙であり、自らの入獄体験に対して距離を保った姿勢がそこにはある。趣向の場としての〈獄中〉は、ジャンルを越えて様々なテクストの内部で用いられていた。

その意味で、明治中期以降卓越したセンスで多彩な表現・出版活動を実践し、そこで度々権力と衝突して不敬罪や官吏《かんり》侮辱罪等の罪科で収監を体験した宮武外骨《みやたけがいこつ》における〈獄中〉も、そのような趣向としての場として捉えられたものであろう。勿論、成島柳北のジャーナリズムに強い影響を受けた外骨が、監獄を「饒舌によって外界に挑もうと」▼注[55]するための政治的・思想的闘争の場として用いたことは確かであり、石川島監獄内で生まれた『鉄窓詞林《てっそうしりん》』（一八九〇〈明二三〉・四）は言うまでもなく、『滑稽新聞』等の出獄後等の外骨の出版物も、その収監中の体験と怒りを強力な発条として生み出されたものであったことは明らかだ。ただ、そのような外骨の場合でも、監獄は政治的に一元化された場ではなく、両義的な意味合いにおいて把握されていた場であったと考えられる。外骨にとっての〈獄中〉は、自らの表現行為を抑圧する権力体制の暴力に直面する現実の場であったと同時に、自らのジャーナリストとしてのあり方と精神の母胎として、自らの表現行為の内部にアイロニカルに定置される場であったと言えるだろう。その意味で、外骨の〈獄中〉は、政治権力からの苛酷な圧力に耐え、反抗する場であったと同時に、趣向的な色彩に彩られた、自らのジャーナリズム精神の舞台でもあった。

「鍛錬」の場としての〈獄中〉

そのような明治中期の〈獄中〉表象の中で注目されるのが、一九〇一年に刊行された田岡嶺雲《たおかれいうん》の『下獄記』（七月　文武堂）である。これは嶺雲が岡山監獄に未決囚として拘留された際の体験を記したもので、書簡や論説、友人の激励文なども併せて収められている。この収監は、嶺雲が『中国民報』の主筆であった時期のことであり、罪名もやはり官吏侮辱罪であった。よって、このテクストも柳北や植木等の〈獄中〉言説と同一平面上に位置するものであると言えるだろう。ただ、嶺雲の場合、「獄裡の人はすなはち一種の病者」「獄は一種の病院」（「呻吟録」八）であり、〈獄中〉の「苦」の様相は繰り返し強調される。この書物の「緒言」ではこのような意識が表明される。

明治三十四年四月、皇祖祭日の翌、予は官吏侮辱なる罪名の下に獄に勾せられ、黒獄裡に単調なる、怏鬱なる、厭困なる、無聊なる、厭ふべく、忌はしき日子を送ること二週日にして、寃纔《わづか》に解けて復、青天白日を見るを得たり、夫《そ》れ僅に二週日の勾禁の如き、未だ真に獄中の苦を味ふに足らざりしと雖ども、獄中の生活は予が初度の経験なり、即ち亦予が経歴に於ける一頓挫なり、一波瀾なり、（中略）終に又獄囚の経験を加ふるに至れり。
夫れ武士は、戦場に死すべし、俳優は舞台の上に死す可し、操觚者《さうこしや》が筆のために奇禍を買ふが如き、其職とする所に尽すのみ、固より其所のみ、其分のみ、何ぞいふに足らんや。
（ルビは原文のまま）▼注[56]

「苦」の場所であるこの〈獄中〉において「予」が「獄囚の経験」をする様がその後展開されることになる。『下獄記』に収められた「自強録」の中の「秋蘋《しゅうひん》に復す」では、自らの収監体験に対するこのような意識が表明される。

獄に在ること二週日、初め自ら謂らく、獄中は好箇の道場也、聊《いささ》か以て平生の自ら養ふ所、自ら信ずる所を試むるに足らんと、而して獄に在る日短く、未だ鍛錬を積むに及ばずして乃ち出づ、両三冊の書を読みたると、鬢髪に数茎の白を加へたる外は、殆んど何の贏《かち》得たる所なし、僕、足下の書に対して私に之を恥づ。

ここで「獄に在る日短く、未だ鍛錬を積むに及ばずして乃《すなわ》ち出づ」ことへの「恥」の意識が表明されるという転倒したレトリックにおいて、自己の「鍛錬」を行う「好箇の道場」としての〈獄中〉表象が示されていることが特筆される。監獄での抑圧と鬱屈の中で、単にその苦痛を享受し表現するだけではなく、その苦痛に満ちた体験を自己の鍛錬、修養のための行為へと転化させようとする志向がそこにはあると言えるだろう。そして、そのような形態の〈獄中〉表象をめぐる問題は、「操觚者《そうこしゃ》」＝矜持《きょうじ》を持ったジャーナリストとしての田岡嶺雲個人の意識に限定されるものではない。そのような〈獄中〉のあり方は、嶺雲と共通した思想的磁場に生き、『平民新聞』の言説空間を共有していた堺利彦や幸徳秋水へと発展的に継承されるのである。以後、体制側からの弾圧に抗して、社会主義思想を共有、主張する人々こそが、〈獄中〉表象の主要な担い手として位置付けられてゆく。

4　「社会主義者」たちによる〈獄中〉言説の構造化

「監獄法」と監獄制度の近代化

明治中・後期の〈獄中〉表象をめぐる問題を考える際には、明治三〇年代から検討が進められ、一九〇八（明治四一）年に制定、公布された「監獄法」の問題をまず考慮せねばならない。先述した小《お》河《がわ》滋《しげ》次《じ》郎《ろう》の「監獄学」の成果を踏まえた同法の制定は、従来の監獄制度を近代的に合理化すること、特に個別処遇を重視し、監獄での作業を適正化することを目的としていた。「監獄が国の近代的直営工場として運営されてゆく▼注[57]」体制を整備したこの監獄法制定は、監獄という場が様々な側面でまさに「国家の機関」として確立されるということを意味した。「「懲役ハ監獄ニ拘置シ定役ニ服ス」（刑法一二条二項）という法文の中味を監獄作業で実現させる▼注[58]」ことになったその作業中心主義的な特色は、その監獄内での作業に一定の人道的規範を与えたと同時に、その作業を軍需産業と密接に連関する産業システムの内に組み込むものであった。「近代的工業監獄▼注[59]」としての近代監獄制度は、この明治末の時点で完成したと考えられる。その成立過程において、小河滋次郎自身も『監獄学』（一八九四・七　警察監獄学会）、『獄事談』（一九〇一・一〇　東京書院）、『監獄作業論』（一九〇二・八　監獄協会出版部）、『監獄法講義』（一九一二・二　巌松堂）等の「監獄学」系の書物を次々と出版し、近代監獄制度の啓蒙者としてその思想を広く普及させることになった。

そして、そのような監獄制度の近代化（「監獄法」制定）の裏面では、〈獄中〉という場をめぐる同時代的な想像力に深く作用するような決定的事態が進行しつつあった。明治末に「大逆事件《たいぎゃくじけん》」の「創出」という形で顕在化するところの、社会主義・無政府主義思想に対する弾圧の本格化である。総じて明治二〇年代までの〈獄中〉言説は自由民権運動と関わった存在によって書かれることが多かったが、明治三〇年代になるとその担い手は、無政府主義を含めた社会主義思想に関わる存在中心に移り変わってゆく。そして、メディア内で「公認」されたそれらの「社会主義者」▼注[60]たちは、以後の〈獄中〉表象の多様な展開において、非常に重要な役割を果たしてゆくのである。

『平民新聞』における〈獄中〉

そこで、近代日本の社会主義思想を考える上で重要なメディアである『平民新聞』（一九〇三〔明三六〕・一一・一五～〇五・一・二九　平民社発行）をめぐる状況に注目したい。『平民新聞』は、主戦論を掲げる黒岩涙香の『万朝報《よろずちょうほう》』を退社した幸徳秋水と堺利彦が一九〇三年一一月に創刊した週刊紙であり、日露戦争を前にして非戦論の主張を掲げていた。よって、従来は主にその点に特徴が見出されがちなのだが、明治期の〈獄中〉表象の系譜においても、『平民新聞』は重要な位置を占めるメディアであったと考えられる。

まず注目されるのは、一九〇四年四月、新聞紙条例違反で軽禁錮二ヶ月に処せられた堺利彦をめぐる『平民新聞』紙上の言説である。同年四月二四日の同紙には「本社被告事件控訴判決」という記事が掲載され、堺の入獄に至る経緯がその判決理由書と共に細かく公表されている。そして、翌五月一日の「筆のしづく」には、「一記者」によるこのような文章が掲載される。

二ケ月の月日、娑婆には短かけれど、囚獄には長し、其間の読書が如何に彼の知識を増益すべきぞ、其間の思索が如何に彼の精神を修練すべきぞ、将た自由なき「理想郷」の観察が、如何に彼のキユリオシチーを満足せしむべきぞ、彼れが二ケ月の後ちに持還るべき土産は確かに刮目すべき価値あらん、我は彼を傷めども亦た彼を羨まざるにもあらず

体制側への皮肉が示される一方で、読書を中心とした自己「修練」の場として監獄が捉えられている。同年五月一日には「石川生」の「堺氏に面す〈巣鴨監獄に於て〉」という記事が掲載され、同月八日〈第二十六号〉では木下尚江《きのしたなおえ》の「監獄内より観たる社会」が掲載される。後者の冒頭には、「吾人は同志の一人堺枯川《こせん》を監獄に送りしことに依て、監獄問題に対する研究心の一層高まれることを覚ゆ、世人の尤も入獄に懸念する所のものは則ち其の不衛生の情態に在るが如し、乞ふ吾人をして直に「病死」問題を捉へて、一般社会と監獄との比較を試みしめよ」とある。「暗黒」の場としての監獄へのまなざしと同時に、堺の収監を報道することで〈獄中〉を科学的視線の下に対象化しようとする欲望が窺える。また、木下尚江はこの文章の最後で、監獄の「不衛生の情態」の根源的要因が「利己主義の社会」にあると述べているのだが、「社会主義者」をめぐる言説の中で、〈獄中〉がその「暗黒」としてのイメージと共に、「利己主義の社会」、すなわち資本主義体制下の社会のアレゴリーとしても機能させられていたことがわかるだろう。

また、五月二二日（第二十八号）に「獄裡の枯川先生」という文章が「一看守（投）」として掲載されていることも注目される。それが実際に投書という形で送付されたものであるかどうかはわからないが、体制側の直接の当事者である「看守」からの告発という言説形態によって、〈獄中〉表象をめぐる意味付けの更なる立体化がそこで意図されていたことは確かであるだろう。〈獄中〉への様々な意味付けと立体的な報道言説によって、〈獄中〉は最大限に外部の視線を惹き付ける場として表象され、前景化されるのである。

実際に、出獄後の堺利彦自身が、「出獄雑記」（一九〇四・六・二六）、「獄中生活」（同・七・三、一〇、一七、二四、三一、八・七）、「獄中の音楽」（同・七・一〇）など、多くの〈獄中〉言説を発表してゆく。特に、「獄中生活」シリーズは、「（一）監獄は今が入時」「（二）東京監獄」「（三）巣鴨監獄」（七・三）、「（四）巣鴨監獄の構造」「（五）初日、二日目、教誨師」「（六）監房、夜具、食物」（七・一〇）、「（七）特別待遇」「（八）一日の生活」（七・一七）、「（九）入浴、散髪、面会、手紙」「（十）食事当番」「（十一）眼鏡、書籍」（七・二四）、「（十二）役、労働時間、工賃」「（十三）賞罰」「（十四）理想郷」（七・三一）、「（十五）看守」「（十六）看守と囚人」「（十七）出獄前の一日」（八・七）と、その内容は細部にまで及んでいる。「回想的〈獄中言説」（B）としてのその性格は、後の大正期における大杉栄の『獄中記』にも影響を与えたと考えられるだろう。「（一）監獄は今が入時」の冒頭では、「寒川鼠骨君には『新囚人』の著があり、田岡嶺雲君には『下獄記』の著がある。文筆の人が監獄に入れば必ずおみやげとして一篇の文章を書く例である。予も亦何か書かずには居られぬ」と述べており、先述したところの明治三〇年代中盤に発表、出版された「回想的〈獄中〉言説」によって強化された、〈獄中〉と「書く」行為との相関性という要素がそこで明瞭に意識されていることがわかる。

また、「（十四）理想郷」では、「監獄は実に一種の理想郷である。予が休養の為め理想郷に入ると云つたのも亦決して嘘では無かつた。然しながら此理想郷を他の一面から見る時は、全く別種の観が眼前に現れて来る」と述べている。そもそもこのような言い方は体制側へのアイロニーであろうし、同時に自分たちの不屈の精神を顕示するための倨傲《きょごう》的レトリックであったとも言えるだろう。だが、自己の「修練」や「休養」の場としての〈獄中〉への逆説的な性格付けは、先述したように田岡嶺雲の『下獄記』から『平民新聞』を中心とした〈獄中〉言説、そして後の「社会主義者」の〈獄中〉言説に引き継がれるものであった。不条理な言論弾圧への対処過程において、「回想的〈獄中〉言説」を、同時代的メディアの中での有力な戦略的トピックスとして流通させるという『平民新聞』の戦略は、まさに明治初期に成島柳北、末広鉄腸が『朝野新聞』紙上で行ったメディア戦略とも共通するものである。そこで〈獄中〉は、歴史的な〈獄中〉言説をめぐる構造の反復において再生産されつつも、「書くこと」をめぐるトポスとしての新たなコンテクストを孕んでゆくのである。勿論、『朝野新聞』発行時と比べて、言論弾圧の度合いはこの時期にはより強力になり暴力性を増しているが、この明治三〇年代末の時点で、〈獄中〉をめぐる言説は、一種のメディア・イベントとして構造化されたと言えるだろう。

また、そのような〈獄中〉言説の歴史性とメディア・イベント性に関して、もう一つの注目すべき事態が『平民新聞』紙上で展開されていた。それは、先に述べた堺利彦等の「回想的〈獄中〉言説」（B）と並行して、一九〇四年四月一七日から九月四日にかけて連載されていた、「露国革命奇談神愁鬼哭《しんしゅうきこく》」（幸

徳秋水訳 ドイツ社会党首領ドイッチ作の自伝）である。タイトルからして明治一〇年代の政治小説の香りを漂わせるこのテクストは、「最近の露国社会党運動歴史」（秋水による訳者記 同・四・一七）を伝えるという機能を持っていたと同時に、大衆の興味を惹き付ける「読物」としての側面をも併《あわ》せ持っていた。革命、戦慄《てろりずむ》、暗殺、間諜、死刑等のドラマティックな記号が散りばめられたその内容は、社会主義的イデオロギーの枠組みを越えた、トピックス的興味を喚起する大衆文化の要素を持っていたと言えるだろう。そこではドイツ、ロシア、シベリア等の監獄の実態が主人公「予」の遍歴と共に示され、「革命運動の潮流」（第三十五 大団円）の世界的拡大が強調される。政治小説的な〈獄中〉表象、つまり様々な暗喩的意味を包含する表象の枠組みの内部に、更に多様な記号を散りばめ、その「読物」としての趣向的な魅力を増幅したこのテクストは、社会主義的イデオロギーの意味性に全て回収されることのない、独自の表現性を示している。『平民新聞』紙上の〈獄中〉表象は、まさに複合的なメディア言説として、政治小説以来の歴史性を孕みながら、多様に展開されていたのである。

「社会主義者」たちと〈獄中〉

堺利彦は『平民新聞』廃刊後も「獄中より諸友を懐う」（『日本平民新聞』一九〇八・二・五〜二〇）、「獄中消息」（『日本平民新聞』同・二・二〇〜三・五）、「貝塚より」（「赤旗事件」による収監中に執筆された手紙）等の〈獄中〉言説を発表・執筆しており、「回想的〈獄中〉言説」の書き手としてのその影響力は、大正期の仕事を含めて非常に大きいものであったと言えるだろう。特に、堺が〈獄中〉をパラドックスの場として意味付けたことは、その後の〈獄中〉表象の機能を更に拡張する結果をもたらすことになった。

また、『平民新聞』廃刊後の秋水や堺利彦の活動は、機関紙『直言《ちょくげん》』（一九〇四・一・五〜〇五・九・一〇）等に引き継がれたが、そこでも〈獄中〉表象は、彼等の活動と密接に関連したかたちで展開された。

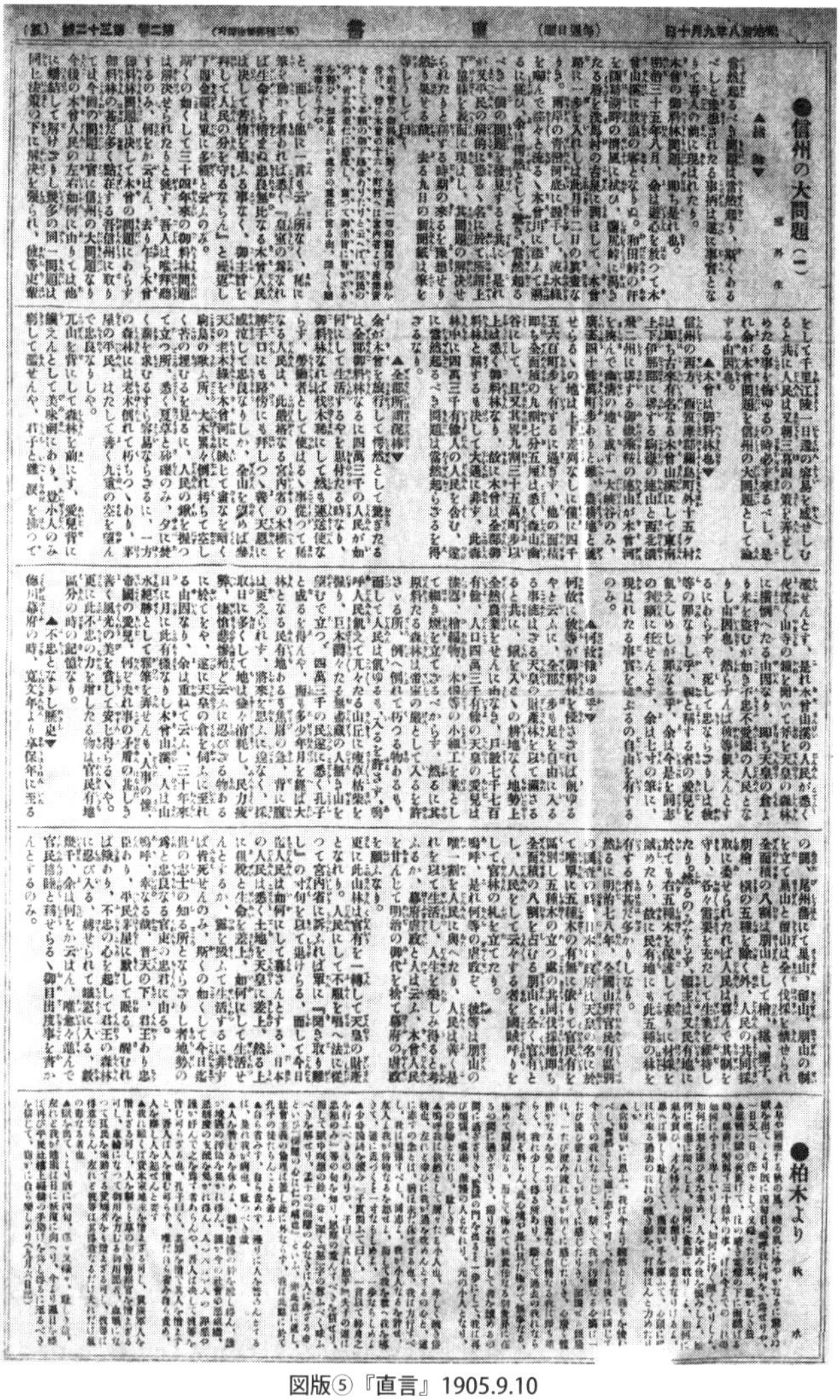
●信州の大問題（一）

●柏木より

図版⑤『直言』1905.9.10
（国立国会図書館デジタルコレクションより）

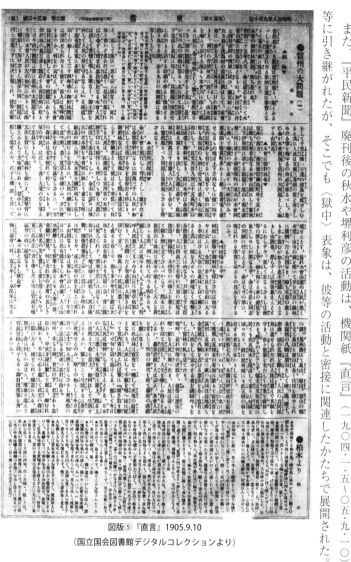

中でも、一九〇五年八～九月に同紙に掲載された幸徳秋水の「柏木《かしわぎ》より」（図版⑤）は注目される。この一連のテクストは、秋水が巣鴨監獄出獄後に自身の獄中生活（同・二・二八～七・二三）を顧みたものであるが、表現は手紙形式を採っており、それは「音信的〈獄中〉言説」の形態を採った「回想的〈獄中〉言説」（A＋B）であると言えるだろう。そこでは「書籍よりも、食事よりも、面会よりも、書信が一番愉快」（八・六）だったと述べられる。秋水はそこで一年前に『平民新聞』に掲載された堺利彦の「獄中生活」にも言及しているのだが、注目されるのは、九月一〇日掲載分に見られる、自身の過去の〈獄中〉でのあり方へのこのような述懐である。

巣鴨の獄の夜更けて、ほの暗き電燈の下に雨聴ける時、眼前に髣髴す三十余年の事、げに今までの我れの如何に小さく卑しかりしよ、如何に汚く醜くかりしよ、如何に利を逐ひ名を求め、人を嫉み世を恨みしよ、如何に嗔恚に悶へしよ、如何に貪欲に耽りしよ、如何に気を負ひ、才を恃みて、心傲り、行恣まなりけるよ、思へば悔しく耻しくて、幾度か手を揮ふて、心頭に現はれ来る過去の我れの醜き影を、打払はんと力めたりしか。

当時窃かに思ふ、我は今より翻然として過ちを悛むべし、奮然として道に志ざす可し、今より後ちは断じて今までの我れならじと、斯くて我が汚穢なる心腸は一たび洗ひ尽されしが如くに感じたりき、溷濁せる頭脳は、一たび澄み渡れるが如くに感じたりき、心広く体胖かなるを覚へたりき、浅墓なる傲慢なる我は即ち謂らく、我れ少しく得る所あり、断じて過去の我れならずと、何ぞ料らん、此心境や是れ只だ極めて無事なる、極めて閑寂なる、而して無責任なる別世界に在るの間に過ぎざりき、独り石壁に対して書を読めるの間に過ぎざりき、監獄の門を出ること一歩にして、我は再び煩悩、嗔恚、傲慢の人となれり、元の小人となり、元の俗物となれり、耻しき哉。

この入獄体験が秋水に「これまでの活動を反省させる機会となった」[注61]ことは確かであろうが、ここで注目すべきなのは、「斯くて我が汚穢《おわい》なる心腸は一たび洗ひ尽されしが如くに感じたりき、溷濁《こんだく》せる頭脳は、一たび澄み渡れるが如くに感じたりき、心広く体胖《ゆた》かなるを覚へたりき」との一節である。つまり、〈獄中〉ではそれまでの自己のいびつなあり方が内的省察において想起されると同時に、その閉鎖空間では自己の意識や身体が「洗ひ尽されしが如く」に感じられる、という感性のかたちがそこで示されているのである。直後にそのような感覚は「此心境や是れ只《た》だ極めて無事なる、極めて閑寂なる、而《しか》して無責任なる別世界に在るの間に過ぎざりき、独り石壁に対して書を読めるの間に過ぎざりき」と相対化されてはいるのだが、ここで過去の自己のコンテクストを「洗ひ尽」くす場、つまり内的な省察、悔悟と自己変容の場としての監獄像が呈示されていることは、〈獄中〉の想像力の系譜を考える上で重要な意味を持つと言えるだろう。政治小説や翻訳小説の表象空間の中で「暗黒」のトポスとしての一元的意味付けを与えられてきた〈獄中〉表象は、『平民新聞』に代表される「社会主義者」の言説空間の内部で、それらの意味的コンテクストを引き継ぎながらも、新たに「書くこと」と「自己変容」のトポスという意味性を抱え込むことになったのである。そのような秋水の想像力の性質は『平民新聞』での書き手全てに共有されている訳ではないが、それは〈獄中〉表象をめぐる重要な意味的コンテクストとして、以後の〈獄中〉表象の内部に受け継がれてゆくことになる。

また、そのような〈獄中〉のコンテクストの変容に関しては、一九一二年七月に本間久雄《ほんまひさお》訳で出版されたオスカー・ワイルドの『獄中記』(“De profundis” の翻訳)の影響も考慮せねばならないだろう。以後の〈獄中〉言説において頻繁に用いられる「獄中記」というタイトルを冠したこの書物は、「魂」「愛」「倫理」「死」等をめぐる形而上的考察を〈獄中〉者の内面から展開したテクストであり、ドストエフスキーの「死の家の記録」と共に、近代日本でも最も著名な〈獄中〉言説であったと言える。そこには、入獄体験を「霊的経験と云ふものに変形しなければならない」といった一節が見られるのであり、監獄内での思索によって自己の内的変革が予期されるという、大正期以後の〈獄中〉言説のコンテクストを形成する上でも、この書物は一定の影響を与えたと考えられる。その翻訳も、一九一二年の本間久雄以降、一九二〇年に「深き底より(獄中記)」(神近市子訳『ワイルド全集』第五巻論文集 天佑社刊)、一九二五年に「獄中より」(平田禿木訳 国民文庫刊行会)、一九三五年には岩波文庫から『獄中記』(阿部知二訳)、一九四〇年四月には新潮文庫から『獄中記』(田部重治訳)と、様々な形態で刊行されている。そして、一九二〇年の「深き底より(獄中記)」を翻訳したのが、当時「社会主義者」の一人としてまなざされていた神近市子《かみちかいちこ》であったことも、象徴的な事実であるだろう。「社会主義者」と〈獄中〉言説は、ワイルドのテクストを触媒として、更に融合してゆくのである。

明治四〇年代にも秋水は「囚人」(『世界婦人』一九〇七・六)、「獄中の友」(『日本平民新聞』一九〇八・一一・二〇)、「牢獄哲学」(『日本平民新聞』同・三・五)等の〈獄中〉言説を発表する。しかし、その執筆活動は一九一〇年六月の拘束と「大逆事件」での起訴、死刑執行によって断ち切られることになった。「大逆事件」による拘留の後、監獄内で弁護人宛に書かれた秋水の「陳弁書」(一九一〇・一二・一八執筆)は秋水の最後の〈獄中〉言説となったのだが、同時にそれは、近代日本の〈獄中〉の想像力の系譜における決定的転換を象徴するテクストでもあった。つまり、この「大逆事件」による死刑執行後、幸徳秋水という人物の実像、そしてその社会主義思想の本質自体は隠蔽され、不明化されたままに、記号化された「無政府主義者」「社会主義者」像が、秋水をめぐる様々なイメージを重ねられたかたちで広く流通してゆくことになったのだ。

その意味で、「大逆事件」での秋水の「陳弁書」を読むことで生み出された石川啄木の「A LETTER FROM PRISON」(一九一一・五)は、秋水の〈獄中〉が、以後の〈獄中〉表象をめぐる想像力に接続されるその現場性を刻印したテクストであった。勿論、このテクストは当時は一般に読まれるようなものではなく、それが以降の〈獄中〉表象に直接影響を与えたという訳ではないが、「社会主義者の著述は、数年前の発行にかかるものにまで溯《さかのぼ》って、殆ど一時に何十種となく発売を禁止され」（「A LETTER FROM PRISON」)た「大逆事件」以後の同時代状況を記録しつつ、「音信的〈獄中〉言説」(Aとして、秋水の「言葉」を自らの「書くこと」の内部で共振的に刻み付けたこのテクストは、「社会主義者」をめぐる禁忌と侵犯の想像力を内包するものでもあったと考えられる。そして、その想像力の源泉は、巨大な「空白」としての「大逆事件」そのものであったのである。

明治後期から大正中期にかけて『東京朝日新聞』や『中央公論』を中心に活動していた松崎天民《まつざきてんみん》は、「大逆事件」の死刑執行レポート「凄愴《せいそう》たる火葬場」を、一九一一年一月二〇、二六日の『東京朝日新聞』

に発表する。当時東京朝日新聞社にいた啄木が、読後に「近頃の雑報の中で、今朝の愚童（内山愚童　副田注）の火葬場の記事ほど、私の神経を強く刺戟《しげき》したものはありません。あれは大兄がお書きになつたものと思ひますが、私は彼の事実に就いて、いろ〱考へさせられます」と、同じく東京朝日新聞社社会部記者であった天民に書き送ったほど、▼注[62]記事の迫真性は強烈であった。その叙述には「聞書きや創作がないこともない」▼注[63]のだが、「我国空前の大事件たる幸徳秋水等無政府主義者二十六名の判決は既報の如く一昨十八日午後一時を以て下されたり」との簡潔な一行で始められるその記事は、無政府主義者を含む「社会主義者」をめぐる想像力を強力に掻《か》き立てたテクストであった。その「火葬場」の様子を「人間の死体を焼く一種の臭気漲《みなぎ》り渡りて夜気陰森、凄愴の気場の内外を襲ふ」と描写する天民は、「大逆事件」の「逆徒十二名」の死刑執行をルポルタージュとして描きつつも、非日常的な禁忌の想像力を喚起させるような表現を意図的に用いている。そして、この松崎天民こそが、明治後期〜大正中期の雑誌メディアの中で、「淪落《りんらく》の女」「新しい女」「社会主義者」等の多彩な記号を創出、再生産した、いわば記号の創造者、駆使者であった。▼注[64]そこで「大逆事件」の記憶、そして幸徳秋水という存在も、記号化された「社会主義者」の象徴的事件・人物像として、メディア空間の内に広く流通してゆく。言うなれば、「大逆事件」以後、〈獄中〉表象は、個人の内面的苦悩や精神の様態、そして監獄の暴力性を直接的に反映、表徴するという位置にはもはや留《とど》まることができなくなってしまうのだ。現実の監獄に孕まれた苦痛が消去、隠蔽された、いわば記号化された〈獄中〉が、以後の様々な文学テクスト、そして「文学」をめぐる言説の中で用いられてゆくのである。次章では、大正期のメディア空間における記号化された〈獄中〉表象について、当時の雑誌メディアとの関わりを中心に考察する。

▼第一章・注

1 〈獄中〉言説の定義とその表象の系譜

［1］安丸良夫「民衆運動の思想」（『日本思想大系58 民衆運動の思想』〔一九七〇 岩波書店〕解説）p421

［2］注1安丸同論文p427-428

［3］森嘉兵衛「三浦命助」（『日本思想大系 民衆運動の思想』解説）p445

［4］原文、読み下し文とも『高杉晋作全集』下巻（一九七四・五 新人物往来社）p217,234-235より引用。

［5］水野実「東行高杉晋作の漢詩考――『遊清五録』中の獄中詩について――」（『防衛大学校紀要』一九九三・三）p28には、高杉晋作の「獄中における学習の様子」について、「四十葉、五十葉或いは七十葉と記される読書量、それが一葉は二頁で、また漢籍であると目されることから、相当な読書量で、さらに「沈思」を加えたとなると、一日の大半は費やされたことになる」との指摘があり、読書空間としてのその〈獄中〉の性格が窺える。

［6］近代以後の監獄内での「書くこと」「読むこと」をめぐる管理状況は必ずしも統一的に決定されている訳ではなく、収監時の罪科や周辺状況、獄吏の性格等によって規定が緩和される場合もしばしば見られる（例えば、大正後期における葉山嘉樹や平成期の見沢知廉の場合など）。よって、この点については常に収監のケースごとの個別性を考慮しておく必要がある。

［7］『高杉晋作全集』下巻（一九七四・五 新人物往来社）p219

［8］前田愛「獄舎のユートピア」（『都市空間のなかの文学』〔一九八二・一二 筑摩書房〕所収）p100

［9］注8前田同論文p132

［10］注8前田同論文p108-109

［11］注8前田同論文p109

［12］注8前田同論文 p110
［13］注8前田同論文 p108-109
［14］瀧川政次郎『日本行刑史』第一部　日本行刑史話　第十三回　明治六年の監獄則ができるまで（一九六四・六　青蛙房）p189
［15］安丸良夫「監獄の誕生」（『立命館言語文化研究』第6巻第3号　一九九四・一二　総合プロジェクト研究「幕末・明治期の外国文化受容」シンポジウムの基調講演）p79には、「監獄内の状況は、近世の牢に比べれば大いに改善されたともいえるが、明治10年代の監獄は、設備も衛生・栄養状態もきわめて劣悪で、収監者の増大とあいまって、監獄内では不穏で脱獄反獄事件が頻発していた」との指摘がある。

2　近代監獄制度の成立と浮上する〈獄中〉言説

［16］安丸良夫『一揆・監獄・コスモロジー　周縁性の歴史学』Ⅱ章「監獄」の誕生（一九九九・一〇　朝日新聞社）p143
［17］注16安丸同書Ⅱ章 p145
［18］注16安丸同書Ⅱ章 p148
［19］注16安丸同書Ⅱ章 p66
［20］鵜飼新一『朝野新聞の研究』（一九八五・九　みすず書房）p6
［21］『日本近代思想大系　11　言論とメディア』Ⅴ言論・出版・集会関係法令　解題（山室信一執筆　一九九〇・五　岩波書店）p404
［22］住谷申一「東京珍聞と獄中新聞――成島柳北の手書新聞覚え書――」（『人文学』一九五八・一二）p31-32
［23］中村光夫「近代の暗さ」（『世界』一九八二・一二）p226

［24］ミシェル・フーコー『監獄の誕生』第四部第一章 p235
［25］柳田泉「末広鉄腸研究」（『政治小説研究』中巻〔一九三五・五〜三九・七　春秋社松柏館〕初出。後に『明治文学研究』第九巻〔一九六八・九　春秋社〕所収）p331　以下、柳田論文のページ数表記は全て『明治文学研究』版のものである。
［26］明治九年三月一六日付『郵便報知新聞』掲載。
［27］『日本近代思想大系　22　差別の諸相』の「獄の奇談」解題 p410（ひろたまさき執筆　一九九〇・三　岩波書店）。同書の解説「日本近代社会の差別構造」p508 にもその指摘がある。
［28］注27ひろた同解説 p508
［29］前田愛「獄舎のユートピア」p132
［30］注29前田同論文 p132-133
［31］柳田泉「宮崎夢柳とその政治小説」（『政治小説研究』上巻　後に『明治文学研究』第八巻〔一九六七・八　春秋社〕所収）
［32］注31柳田同論文 p142
［33］注31柳田同論文 p169
［34］成田龍一「文明／野蛮／暗黒」（『近代都市空間の文化経験』〔二〇〇三　岩波書店〕所収）p81-82　また、前掲の前田愛「獄舎のユートピア」も、スタンレーから松原岩五郎への「暗黒」表象の系譜について論じている。
［35］注34成田同論文 p109
［36］ノーマン・ジョンストン『図説　監獄の歴史』（丸山聡美・小林純子訳　二〇〇二　原書房）p296
［37］注31柳田同論文 p142

[38]　前田愛「獄舎のユートピア」p133-134
[39]　高木市之助「楚囚之詩と（The Prisoner of Chillon）」（『九大国文学会誌』一九四〇・三）、笹淵友一『「文学界」とその時代』上巻（一九五九・一　明治書院）、安徳軍一「『透谷とバイロンとの詩的交響――牢翳と月光と――』」（『北九州大学文学部紀要』第49号　一九九四・七）等。また、中野新治「余が迷入れる獄舎――「楚囚之詩」小論――」（『キリスト教文学』第12号　一九九三・七）p54には「透谷は「シヨンの囚人」から換骨奪胎して「楚囚之詩」を書いたのではなく、「シヨンの囚人」という幹にからみつくことによって辛うじて文学的営為を開始し、うつろな主体を充たそうとした」との指摘がある。
[40]　引用した透谷テクストの本文は全て『北村透谷選集』（勝本清一郎校訂　一九七〇・九　岩波文庫）に拠った。
[41]　平岡敏夫「『楚囚之詩』」（『北村透谷研究』〔一九六七・六　有精堂〕所収）p122
[42]　注41平岡同論文p124
[43]　中山和子「透谷・藤村――故郷と牢獄」（『文学』一九八六・八）p116
[44]　北川透「小説の位相――「我牢獄」、「星夜」、「宿魂鏡」について」（『北村透谷試論Ⅱ　内部生命の砦』〔一九七六・九　冬樹社〕所収）p327
[45]　北川透「不安な越境へ――『楚囚之詩』と『蓬莱曲』について」の「（一）政治の罪人――『楚囚之詩』とその時代」（『北村透谷試論Ⅰ　〈幻境〉への旅』〔一九七四・五　冬樹社〕）p85
[46]　中村完「『楚囚之詩』考」（『日本近代文学』一九六九・一〇　『日本文学研究資料叢書　北村透谷』〔一九七二　有精堂〕では p206）。
[47]　尾西康充「北村透谷『楚囚之詩』論――片岡健吉に関わる「監獄」の社会的言説との関連――」（『三重大学日本語学文学』一九九七・八）p96は、『楚囚之詩』における「身体の抑圧・支配を通じて明晰な自意識がもたらされ

るという牢獄の環境」は、「厭世詩家と女性」で透谷が標榜した「現実から疎隔された「想世界」において結実する「恋愛」の精神的構造と似通っている」と指摘している。
[48] 注46中村同論文（『日本文学研究資料叢書　北村透谷』では p209-210）。
[49] 松浦寿輝「牢獄――北村透谷（二）」（『明治の表象空間』（二〇一四　新潮社）第Ⅲ部　エクリチュールと近代所収）p465
[50] 注49松浦同論文 p465
[51] 注49同論文 p466で松浦はその「牢獄」を「忌まわしい「時辰機」の刻む現実的時間の経過がそこでは夢のように虚構化される恩寵と苦悩のトポスにほかならない」と指摘している。
[52] 小野坂弘「刑事政策家としての小河滋次郎」（小野坂弘監修『小河滋次郎監獄学集成』第一巻 監獄学（一）（一九八九・一二　五山堂書店）所収）p29
[53] ヴィクトル・ユーゴー『死刑囚最後の日』序」（一八三二　邦題、訳文は豊島与志雄訳の岩波文庫版〔一九五〇・一〕p136に拠る）。
[54] ひろたまさき「日本近代社会の差別構造　2「文明」と「野蛮」の分割」（『日本近代思想大系　22　差別の諸相』解説）p484
[55] 遠藤周作「獄中作家のある形態――サドの場合――」（『世界』一九八六・二）p212
[56] 引用した『下獄記』の本文は全て『田岡嶺雲全集　第五巻』（一九六九・一一　法政大学出版局）に拠った。

4 「社会主義者」たちによる〈獄中〉言説の構造化

[57] 重松一義『図鑑　日本の監獄史』第五章　府県監獄充実時代の行刑　2　監獄法の制定試行（一九八五・四　雄山閣出版）p144

［58］注57重松同書 p144
［59］注57重松同書 p144
［60］ここで言う「社会主義者」は、労働運動や貧民救護活動、宗教活動などにおいて、当時の法制度に抵触する可能性のあるような社会的行動を実践している存在を広く含むものであって、必ずしもマルクス主義者に限定されるものではない。当時のメディア内で多かれ少なかれ「社会主義者」という記号性を見出されていた存在の全てを、ここではその枠内に入れている。
［61］大原慧「週刊『平民新聞』論説他」（『幸徳秋水全集』第五巻〔一九八二・四　日本図書センター〕所収）p583
［62］明治四四年一月二五日付松崎天民宛の啄木書簡。
［63］森長英三郎「解説」（『幸徳秋水全集』別巻1〔一九七二〕）p654
［64］拙論「雑誌『中央公論』と大正初期のメディア空間――松崎天民の読物の構造を中心に」（『走水論叢』第7号二〇〇四・三）でそのような天民の「書くこと」を考察している。

第二章

大正期1

——メディア空間で記号化される「言葉」と「獄中記」

1 「大正的」言説の構造的特性をめぐって

「大正的」言説と雑誌メディア空間

「大正的」という言葉は、過渡性、二面性、曖昧さ、あるいは「大正浪漫《ロマン》」的なロマンティシズムなど、様々なコンテクストにおいて用いられている不明確な用語であり、その含意する内容もそれを論ずる者によって多種多様である。そもそも、大正という元号で時代を区分し、その時代を人格化するかのようにそこに独自の特性を見出すという姿勢そのものも現在では既に相対化されているものであろうし、元号という制度が抱えている歴史的な問題も未だ解決されている訳ではない。ただ、「大正」という視点を導入することによって、日本の近代が孕み込んだねじれや転換がより明瞭に見えてくるという側面も否めない。この「大正」という時代区分に基づいた分析の中では、蓮実重彦《はすみしげひこ》による以下のような定義[注1]が最もコンパクトかつ有効なものであると考えられる。

以上の事実（相馬御風《そうまぎょふう》、片上天弦《かたかみてんげん》などの明治末、大正初期の批評家が陥った「主体」そのものの抹消　副田注）からして、「大正的」な言説を担う「主体」は、差異と同一性との識別をあらかじめ放棄した曖昧さに自足しているとひとまず結論づけることもできる。テクストの現前を避け、矛盾や葛藤を欠いた抽象的な「問題」をめぐってひたすら饒舌でありうるのは、まさにそうした「主体」ならざる「主体」なのである。

「分離よりも融合を、差異よりも同一をおのれにふさわしい環境として選びとり、曖昧な領域に「主体」を漂わせたまま「問題」と戯れ続けている」(同)ものとしての「大正的」言説は、蓮實の言うように、自らの言葉に対する批評性や他者性への感性を決定的に欠いた、いわば自足的な反復構造を抱えており、そこには「世界」「生命」「改造」「文化」等の定義不能な記号的スローガンが乱れ飛ぶことになる。商業ジャーナリズムの発達と共に、「文学」がそのような記号の定義不能性に乗じて拡大し、自らの記号的身体をそこで仮構的に作り上げていったことは、当時の総合雑誌の見出しを一見すれば、容易に窺い知ることができるだろう。

そして、そのような記号の実質が空疎《くうそ》であることを批判するのはたやすい。それくらいは、ある程度の批評的タームとレトリックを駆使出来さえすれば誰にでもできることだ。よって、もし現在新たに「大正的」言説を問題化するのならば、そこではおそらく、大正という一時代の特性という枠を越えた、近代日本の「文学」概念の普遍的構造に対する総合的考察の試みこそが要請されるだろう。大正期の言説からは、近代日本文学の生態を考察する上で重要なサンプルを数多く見出すことができるのであり、それは〈獄中〉表象においても同様なのである。

雑誌メディアの拡張、発達が、大正時代の言説空間を特徴付ける要素であることは確かであるだろう。実際には、明治三〇年代から様々な雑誌が次々と創刊されてはいたが、「明治末に形をととのえた全国的な販売機構のうえにたって、各出版社が明確に自己の読者層を固定化し、それに沿った編集がなされ、計画的な大量販売が可能となった時期▼注[2]」である大正期において、雑誌メディアは同時代の言説の流通や配置において、より主導的な役割を果たすことになる。特に、一九一九（大正八）年の『改造』や一九二三年の『文藝春秋』の創刊に見られるように、大正中期から後期にかけて雑誌メディアが急激に拡張、多様化し、そこで「文学」をめぐる規範的言説や同時代的なトピックス群が拡張的に受容されることになった。ただ、そのような新雑誌の発刊や発行部数の増加といったデータ的な要素のみにおいて大正期の雑誌メディアの拡張という事態を捉えることは一面的に過ぎると思われる。問題なのは、そこで用いられていた言説の構造そのものである。

　大正期の言説空間、特に、多種多様な言説が雑多に混じり合っていた雑誌メディア空間の内部では、実質的な意味性が曖昧な記号性の下に様々な言説が再編集、再配置されることによって、そこに緩慢《かんまん》な認識の共同性（のようなもの）が形成されていた。中でも、「新しい女」をめぐる言説群は、大正初期におけるそのような共同性として、最も強力なトピックス性を発散していたものであると言えるだろう。まさにそこでは、メディアの側が羅列される言説の配置を決定し、その記号性を操作するような事態が起こっていたと考えられる。言うなればそれは、「言葉」の主体性をめぐるシフト・チェンジをもたらすような事態であった。

　第二章では、主に大正期における総合雑誌の誌面を検証し、大正期のメディア空間の構造とそこでの〈獄中〉表象の形態と機能を考察する。大正期の雑誌メディアと、その中で自己の記号性を様々に展開、流通させ〈られ〉ていった書き手たちの戦略的なあり方、そして、そのような多彩で雑多な記号性のリアリティを根拠付けていた想像力のかたちへの考察を中心にして、「大正的」言説の一側面を検討してゆくことにする。特に、「社会主義者」という記号性と密接に関わっていた〈獄中〉表象が、当時の言説空間の中でどのような機能を果たしていたのかという点に着目し、昭和初期の言説状況までを視野に入れて考察を進める。そこで〈獄中〉表象は、明治期に付与された歴史的なコンテクストを抱え込みつつ、メディアの内部でより多元的な記号性を帯びて流通してゆくのであり、そこで「文学」という概念領域と〈獄中〉との密接な関係性は更に強化されることになる。

2 メディア空間としての『中央公論』――雑多な記号の交錯と流通

『中央公論』での記号の流通と「問題」化

滝田樗陰《たきたちょいん》という名物編集者を擁し、最も権威ある総合雑誌として明治四〇年代には既に自らの位置を確立していた『中央公論』は、大正の幕開けと共に更に自らの言説領域を拡大しようとしていた。一九一五（大正四）年七月、『中央公論』は増刊「大正新気運号」を刊行する。それは、来《きた》るべき一一月の天皇即位礼を予期したものであると同時に、前年の第一次世界大戦参戦という事態に直面し、新たに「世界」の全体性に参入したという意識から発生した、自己差異化の志向でもあった。そこで従来の創作欄に新たに「問題小説と問題劇」の名が冠されることにより、そこには何らかの「問題」があるかのように想定され、煽《あお》り立てられる。つまり、当時の『中央公論』は、従来から存在していた様々なトピックス群を、そこで大正的「問題」[▼注3]に改鋳《かいちゅう》して提示することによって、それまで曖昧であった「大正」という時代の固有なイメージとその時代性を内側から作り上げてゆくような役割を果たしていたと言えるだろう。大正期の雑誌メディアの拡張は、そのような機能的側面からも検討されねばならないものであろうが、そこにおいて『中央公論』は最も典型的な雑誌メディアであった。

まず、『中央公論』をも含めた大正初期の言説空間内で、高いトピックス性を持って流通していた記号として第一に挙げられるのは、先述したように「新しい女」（新しき女）[注4]であろう。〈獄中〉表象と「社会主義」という記号をめぐる事態について考察する前に、大正初期に流通した代表的な記号である「新しい女」をめぐる言説構造を例として考察することは、同時代メディアの基本構造を把握する為にも重要であると考えられる。

一九一〇年代初頭から「従来の規範から逸脱する女の〝総称〟」[注5]として登場していたこの言葉が本格的に流通してゆくのは一九一三年以降のことであるが、その流通において、新聞と共に雑誌メディアが深く関わっていたのは言うまでもない。一九一一年九月の『青鞜《せいとう》』創刊以降も、彼女たちに対する嫌悪と非難を露骨に示した記事が溢れる中で[注6]、『中央公論』は「いわゆる「新しい女」の合言葉がここから発祥したものと推察される記念すべき特集[注7]」である「閨秀《けいしゅう》十五名家一人一題」を一九一三（大正二）年一月号に掲載する。その中には平塚らいてうの「新しい女」と題された文章が含まれていた。また、同年七月には臨時増刊「婦人問題号」が刊行されているのであり、そこで「新しい女」という言葉は改めてトピックス化され、大正的「問題」の一つとして広範に流通させせられたと考えられるだろう。

ただ、大正期に入ると、そこでの「問題」の煽《あお》り立て方自体に、次第に変化が起きることになった。その様相は、「新しい女」という記号の震源地でもあった雑誌『青鞜』における言説の内部からも窺える。その創刊当初は当然ながら「新しい女」としての自らのマニフェスト的言説が目立ち、一九一三年一月の附録特集「新らしい女、其他婦人問題に就て」においてそれはピークを迎えるが、同年の後半頃から、「感想」や「日記」と題したり手紙形式を採った断想的な文章が次第に目立ち始める。当然そこには執筆者の質的変化や編集の交代（平塚らいてうから伊藤野枝《いとうのえ》へ）等の現実的要因も関与しているのだろうが、一九一四年一〇月号では川田よし「山と海と（日記）」、生田花世《いくたはなよ》「嫉妬の意識（日記）」など、標題レベルでその「日記」性が表示されており、伊藤野枝の「遺書の一部より」といった文章も掲載されている。更にこの号には、岩野清《きよ》「安河内警保局長の意見に就て」、上野葉「新しい女のために――警保局長の意見といふをきゝて」といった論考が掲載されており、「警保局長」という制度側の視線に捉えられた「新しい女」像がそこで対象化されるという自己照射的な事態も起きている。このようなパースペクティブの拡張も、「女性問題」をめぐる捉え方の質的変化を窺わせるものであろう。

また、一九一五（大正四）年以降は「小倉清三郎氏に――『性的生活と婦人問題』を読んで」（平塚らいてう　二月）、「愛する師へ」（千原代志　三月）、「私信――野上彌生子《やえこ》様へ」（伊藤野枝　六月）など、「私信」性を強く帯びた（ような形態を採る）ものが頻出するようになる。その中には平塚と山川菊枝《やまかわきくえ》、伊藤の間でなされたような論争的なものもあるが、九月号の浜野雪「七月末の日記より」、岡本かの子「病衣を脱ぎて――生田花世様に――」、伊藤野枝「九州より――生田花世氏に――」等に見られるように、そこには内密なムードが瀰漫《びまん》していた。勿論、雑誌自体の緊張感の弛緩《しかん》という要素もそこには作用しているのであろうが、一見あくまで『青鞜』の内部作用であるようにも見えるこのような傾向の拡大は、大正期の言説空間における記号の生成と流通をめぐる普遍的構造を反映したものであるとも考えられるだろう。この「私信」性という要素は、以後の雑誌メディアの言説においても広く用いられてゆくのであり、それは『青鞜』のみならず、いわゆる「大正的」言説を特徴付ける顕著な傾向であると考えることができる。

この『青鞜』の質的変化は、大正期の言説空間における「書くこと」と、メディア内に流通する自己記号性をめぐる関係性の変質を反映したものであると考えられる。自らが「新しい女」として高らかに掲げたそのマニフェストが同時代メディア内で広く取り上げられるに従って、その言葉が含有していたリアリティが「新しい女」という商標化された記号の流通の内に矮小化され、自らの「言葉」のラディカルさが減退してゆく。そのような事態の中で、当の『青鞜』の書き手たちは、自らの記号性をめぐる地滑《じすべ》り的変容の内にいわば取り残されることになった。『青鞜』の書き手たちは、「新しい女」という記号の圧倒的流通という事態に直面して、その作られた（そして自ら作り出した）記号性とどのように兼ね合いをつけて自らの「言葉」を発してゆくか、という現実的な命題に直面したと考えられる。そこにおいて、典型的な女性ジェンダーの言説形態として用いられ続けてきた「私信」という表現形態が要請されたことは、いわば必然的であるだろう。「新しい女」という社会化された記号と、そう名指される自己の身体性との否応のないねじれ──『青鞜』誌上に見られる「私信」的言説の氾濫は、その変容する状況と焦燥感を直截的に反映したものであると考えられる。

『青鞜』と自己記号性のゆくえ

このような事態の果てに、『青鞜』は一九一六（大正五）年二月で終刊することになるが、それ以前に注目しておくべきなのは、『青鞜』と『中央公論』との相互補完性である。一九一六年の時点で、一月の『中央公論』に発表されたらいてうの論考と共に、『青鞜』も一月に「新しい女」を附録で特集し、それに反応するような形で『中央公論』が七月に臨時増刊「婦人問題号」（図版⑥）を出している。

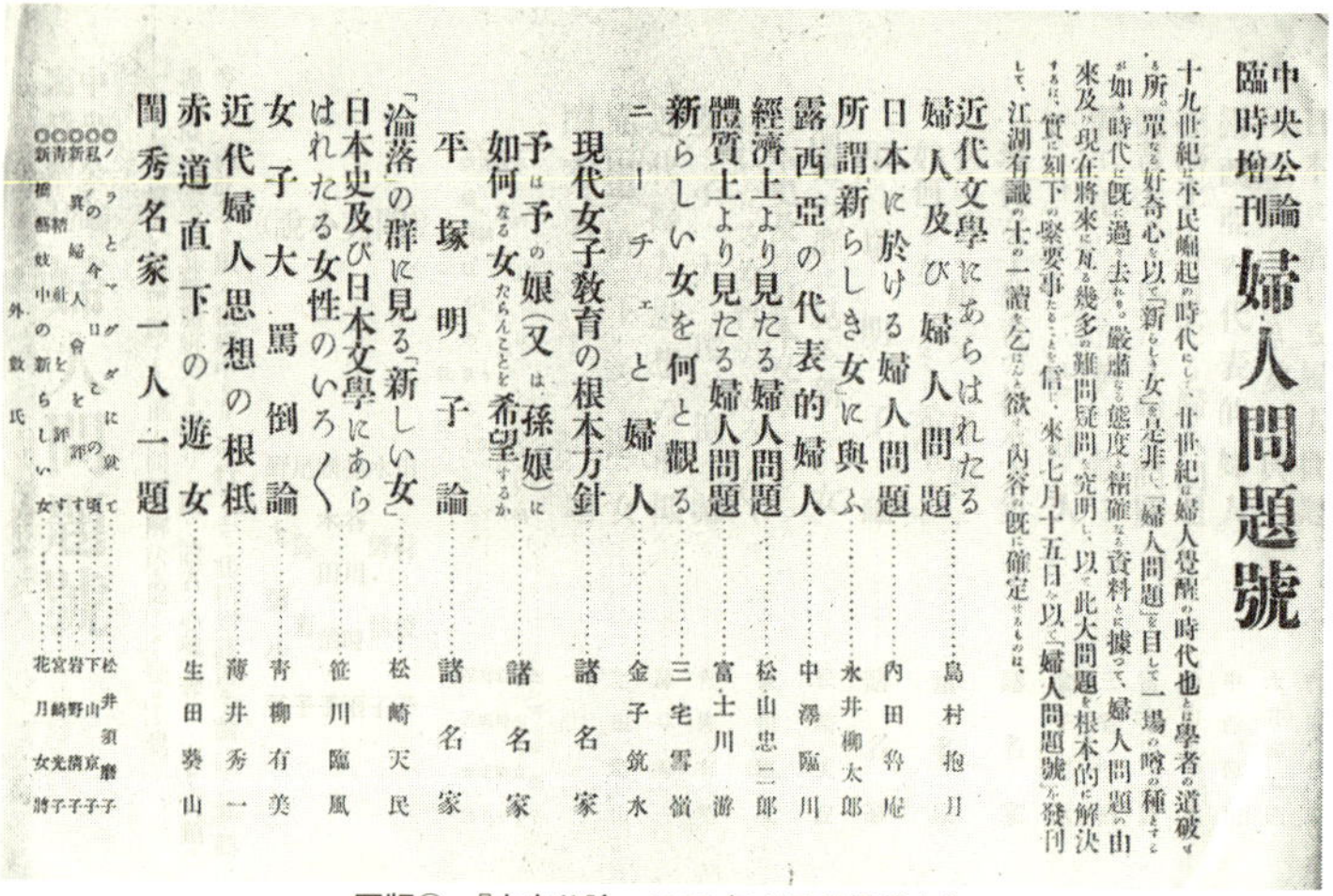
中央公論臨時增刊 婦人問題號

十九世紀は平民崛起の時代にして、廿世紀は婦人覺醒の時代也とは學者の道破せる所、單なる好奇心を以て「新らしき女」を是非し、「婦人問題」を目して一場の噂の種とするが如き時代は既に過ぎ去れり。嚴肅なる態度と精確なる資料とに據つて、婦人問題の由來及び現在將來に亙る幾多の難問疑問を究明し、以て此大問題を根本的に解決するは、實に刻下の緊要事たることを信じ、來る七月十五日を以て「婦人問題號」を發刊して、江湖有識の士の一讀を乞はんと欲す。内容の既に確定せるものは、

近代文學にあらはれたる婦人及び婦人問題……島村抱月
日本に於ける婦人問題……内田魯庵
所謂新らしき女に與ふ……永井柳太郎
露西亞の代表的婦人……中澤臨川
經濟上より見たる婦人問題……松山忠二郎
體質上より見たる婦人問題……富士川游
新らしい女を何と觀る……三宅雪嶺
ニーチェと婦人……金子筑水
現代女子教育の根本方針……諸名家
予は予の娘(又は孫娘)に如何なる女たらんことを希望するか……諸名家
平塚明子論……諸名家
「淪落」の群に見る「新しい女」……松崎天民
日本史及び日本文學にあらはれたる女性のいろ〳〵……笹川臨風
女子大罵倒論……青柳有美
近代婦人思想の根柢……薄井秀一
赤道直下の遊女……生田葵山
閨秀名家一人一題
○ノラとマグダに就て……松井須磨子
○私の今日この頃……下山京子
○新眞婦人會を評す……岩野清子
○青鞜社を評す……宮崎光子
○新橋藝妓中の新らしい女……花月女將
外數氏

図版⑥　『中央公論』1913年6月号掲載広告

大正的「問題」創出の現場には常に『中央公論』がいて、「問題」をめぐる転換を仕掛けつつ、そこでそれを「典型的に表象」していたのだ。日本初の本格的な女性解放運動の場としてその輝かしい独自性を強調されることの多い『青鞜』であるが、同時に『青鞜』もまた、同時代の他のメディアと相関的に存在していた流動的な言説の場であったことを忘れてはならないだろう。

また、『青鞜』では一九一四年一〇月に取り上げていた官憲の取締に関する問題を、『中央公論』は一九一三年六月、つまり七月の「婦人問題号」以前に「婦人の新思潮に対する官憲の取締」という特集でいち早く取り上げていた。一九一八年七月刊行の『中央公論』の「秘密と開放」号でも「元警視庁捜査係長」の文章が掲載されているが、『中央公論』の視線は、「官憲の取締」といった体制側の視線に対して常に先行して反応するような敏感さを備えていたことが窺えるだろう。この『中央公論』の特集「婦人の新思潮に対する官憲の取締」では、浮田和民《うきたかずたみ》、高田早苗《たかたさなえ》、岩野《いわの》

泡鳴《ほうめい》、安部磯雄《あべいそお》、島村抱月《しまむらほうげつ》等が寄稿しており、現在の教育制度をめぐる批判から宮崎虎之助《みやざきとらのすけ》の「精神的救済」といった脳天気な抽象論まで多種多様であるが、そこで注目されるのは、それぞれの論者が「世界」という普遍性を前提にして発言している一方で、「新しい女」の運動自体は決して「世界」的な同時代現象としては見なされていないことである。それはあくまで日本における局地的一騒擾《そうじょう》として扱われ、それが起きること自体が「世界の基準」に比すれば低次元のことだ、という風に定義される。つまり、そこでは「官憲の取締」という現実的な暴力のリアリティは標題で仄《ほの》めかされるに留まり、その内容は、「世界」という茫漠とした記号の定義不能性、抽象性の内に拡散させられることになっているのだ。その意味で、この『中央公論』での特集の標題には、巧妙な擬態性が付与されていたと言えるだろう。

一方、一九一四年一〇月の『青鞜』では、上野葉が「新しい女のために――警保局長の意見といふをきゝて」の中で「自覚者」と「無自覚者」の二項対立の構図を官憲側、女性側の両方に見出しており、本質論ではあるが実効性は薄い議論を展開している。ただ、その実効性の薄さは、上野個人の方法的貧困だけに還元されるべきものではない。この文章の「新しい女のために」という標題が示しているように、いわば自らの記号性の意味を自らが擁護してゆくということ、そして、それに批判的なものに対して正面から論理レベルで闘争してゆくということ自体が孕む根源的な困難がそこにあると言えるだろう。だが、『中央公論』側は、先述した標題の擬態性からも窺えるように、そのような根源的な困難とは全く別の場所から、この「問題」を狡猾《こうかつ》なまでに幅広く展開しようとしていた。それは、「女性問題」をめぐる両雑誌の想像力の質的な違いと共に、『中央公論』という雑誌メディアにおける現実対応力の高さを示すものでもあった。

一九一六（大正五）年以降の『中央公論』での「新しい女」という記号の扱い方を見ると、「問題」を立ち上げて表面から論議してゆくというだけではなく、それを一旦横にずらしつつ、新たなニュアンスを付与した上で再提示するという志向が顕在化している。例えば、一九一六年六月に高島米峰《たかしまべいほう》の「新しい女の末路を弔す」という文章が載せられているが、次号七月号にも「中平文子君に引導を渡す」という文章が掲載される。この人物は六月号では、らいてうの後に『青鞜』を引き継いだ伊藤野枝の「奮闘振り」に「少からざる敬意」を覚えると一旦持ち上げつつ、それは結局彼女のスキャンダルの「弁護」であったとして一転して貶《けな》すなどありきたりな批判を行っており、言うまでもなくそれは『青鞜』側に対する有効な批判には全くなり得ていない。だが、この人物の凡庸《ぼんよう》さなどは別に問題ではない。問題なのは、『中央公論』というメディアが、そのような雑多な言説までもを引き込みながら、自らが立ち上げ、培養した様々な「問題」をめぐって、常にアクチュアルな想像力を喚起しようとしていたことである。全ての異質性を平準化する一定の「標語」の下に、読者も共有可能な「普遍性」を曖昧に提示することのできる、コンパクトで手軽な言説が求められていった。次章で論じる松崎天民という存在は、まさにその記号のクリエーターであり、それを配列するコンダクターであった。大正期のメディア言説空間における最も典型的な様相を示すこの『中央公論』の「説苑《せつえん》」欄においては、何らかの形で「問題」に肉体性を与えてくれるような言説が、無秩序かつ雑多にかき集められたのである。

時代は少し後のことになるが、一九二一年四月の『中央公論』に村松梢風《しょうふう》の「談話売買所から買つた話」という読物が掲載されていることは、その意味で象徴的である。この話は、「私」がある建物に「談話売買処」という札を発見し、そこを訪ねてゆくというものであるが、そこで「談話」は、このように「売買」されることになる。

「早速ですが、今日は一つあなたから面白い話を売つて頂き度いのですが」と私は切り出しました。

「ハイ〳〵、承知致しました。が、お好みは何の辺で御坐いませうか？ 恁んな極めになつて居りますのですから」

談話売買業者は傍らの壁の方を指差しながら恁う云ひました。私はさう云はれて初めて気が付いて見ると、其処には黒塗りの板に金文字で記した「談話売買表」が掛かつて居りました。それで見ますと、五分間以内の談話が拾円、五分以上卅分以内の談話が参拾円、卅分以上一時間以内の談話が五拾円としてありました。私は結局一番高い五拾円の口を買ふことにしました。

「処で、談話の題目はどういふ方面を撰びませうか？ 人情、宗教、科学、教訓、滑稽、復讐、報恩、探偵、妖怪、詐欺、賭博其他の事でも御注文に応じて何んなのでも出しますのですが」

私は子供が玩具屋へ行つたやうに眼移りがして、どれもこれも面白さうに思はれて来て、急には極められなくなつてしまひました。

「実の処を申しますと、私は近来雑誌へ書く物の種が尽きてしまつて困つてゐるのです。で、あなたの処からウンと面白い話を仕入れて行つてそれで世間をあツと云はせようといふ考へなんです。ですから題目は何んでも構ひませんから、何かかう非常に奇抜な、殆んど有り得べからざるくらゐ不思議な話が願へれば結構だと思ひますんですが」

この後、「私」はこの「談話売買業者」から、「千種茂（仮名）と云ふ紳士」をめぐる奇妙な話を聞き、頭を「奇怪極まる幻覚を以て満され」ることになる。そして「私」は、そこで「面白い面白くないよりは、私はそれに依つて、Storyといふ物に対する自分の観念を今迄とは余程変つたものにされたやうに感じ」ることになるのだが、ここで注目されるのは、その「談話売買業者」が語る話の奇妙な内容ではない。重要なのは、特定の「作者」によって特権的に創造され、公開されるものである筈の「言葉」が、その一回的な特権性を失って金銭に物量的に換算され、手軽な商品として区画化、商標化された上で複製的に流通してゆくという事態が、当時のメディア空間の内部で日常化していたということなのである。それは、ベンヤミンが指摘するような、複製技術の発達による芸術作品の一回的なアウラの喪失という近代芸術の普遍的事態にも対応するものであろうが、そのような普遍的事態の例証[注8]をここに見出すよりも、大正期における「言葉」の主体性をめぐるパラダイム・チェンジの様相を示すものとして、これらの言説のあり方を捉える方が適切であろう。この「私」が「談話売買処」の建物を後にした際に目にした、「会社から退けて出て来たばかりの会社員が屋根の上まで夕暮れの迫りつつある横丁をゾロゾロ歩いて居」た光景は、まさにそのような記号的言説空間内で「言葉」がいわば惰性的に生産されてゆく様相のアレゴリーであるとも言えるだろう。

この村松梢風の読物シリーズは、同年一一月にも『中央公論』誌上に「談話売買業者の話」として継続され、その末尾の「次回予告」には「此の次ぎには、私が談話売買業者に売つた話を書きます（作者）」とある（その後掲載なし）。勿論、これらの「読物」的言説は単なる穴埋め的な商品であったとして切り捨てることもできる。しかし、唐突に浮上し、また唐突に消えてゆくその商品としてのあり方こそが、大正期の言説空間の構造を考察する上では重要なのである。大正期の『中央公論』の言説空間が、雑多な記号が交錯、流通するようなダイナミズムを抱えた場であったということを、「説苑」欄に掲載されたこれらの言説は示している。「新しい女」、そして〈獄中〉表象とも深く関わる「社会主義者」という記号も、そこで読者の想像力を喚起する重要な記号として広く用いられてゆくのである。

3　松崎天民の流通と終焉——記号の駆使者として

『中央公論』「説苑」欄と松崎天民

そのような大正期の『中央公論』の言説空間における記号の生成と流通において特に重要な役割を果たした言説として挙げられるのが、松崎天民《まつざきてんみん》の一連の「読物《よみもの》」である。松崎天民という人物は、今日ではその言説のあまりにも雑多で全方向的な外貌ゆえに、文学の領域においてはほぼ局外者扱いされているが、その徹底的な「雑多さ」に注目することは、特権化されがちな同時代の文学テクストを差異化し、当時のメディア空間の構造を解析するためにも非常に有効であると思われる。

「小説でもなく、雑報でもなく、事実と空想の中間を辿《たど》って観た、人生の一報告書」（「女八人」シリーズ『中央公論』一九一三〔大二〕・六）としての松崎天民の読物は、ジャンルに規定されない独特の柔軟さと多様性を持っている。その表現形式も、一人称、三人称、談話体、書簡体、会話体など非常に多岐にわたるものであり、内容的にも、旧来の読物の枠組みに則《のっと》りつつ、様々な趣向や新たな構造がそこに常に付与されていた。先述した一九一三年七月の臨時増刊「婦人問題号」には「淪落《りんらく》の群に見る「新しい女」」という天民の読物（図版⑦）が掲載されているが、ある意味それは、「新しい女」という記号をめぐる最も俊敏で即応的な反応であったとも言えるだろう。▼注［9］

そして、本書の第一章で指摘したように、一九一一年に「大逆事件」のルポルタージュを書いた天

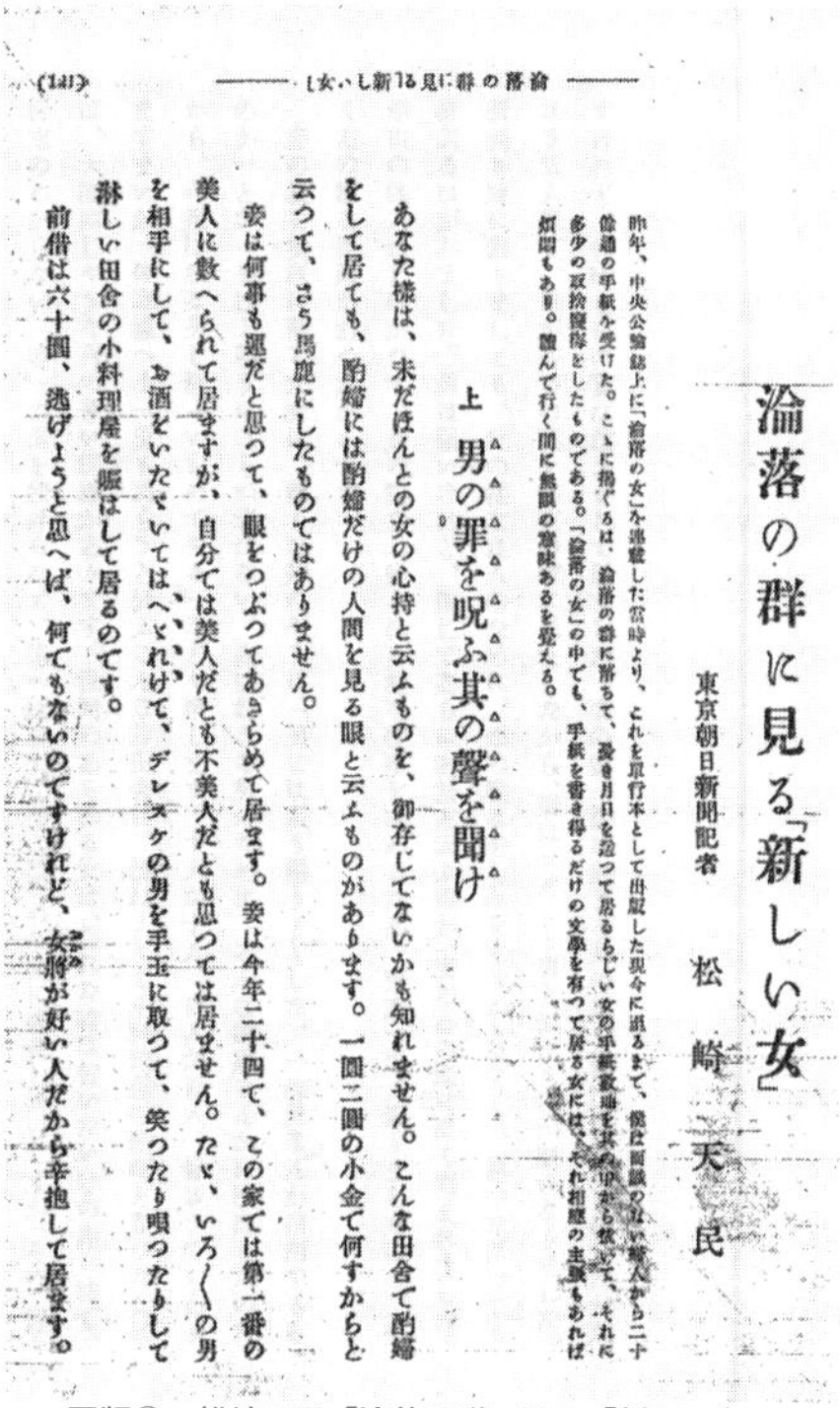
(141)　淪落の群に見る「新しい女」

淪落の群に見る「新しい女」

東京朝日新聞記者　松崎天民

昨年、中央公論誌上に「淪落の女」を連載した當時より、これを單行本として出版した現今に至るまで、僕は面識のない婦人から二十餘通の手紙を受けた。こゝに掲ぐるは、淪落の群に落ちて、[illegible]き月日を送つて居るらしい女の手紙數通を其の中から抜いて、それに多少の取捨按排をしたものである。「淪落の女」の中でも、手紙を書き得るだけの文學を有つて居る女には、それ相應の主張もあれば煩悶もあり。讀んで行く間に無限の意味あるを覺える。

上　男の罪を呪ふ其の聲を聞け

あなた様は、未だほんとの女の心持と云ふものを、御存じてないかも知れません。こんな田舎て酌婦をして居ても、酌婦には酌婦だけの人間を見る眼と云ふものがあります。一圓二圓の小金て何すからと云つて、さう馬鹿にしたものてはありません。

妾は何事も運だと思つて、眼をつぶつてあきらめて居ます。妾は今年二十四て、この家ては第一番の美人に數へられて居ますが、自分ては美人だとも不美人だとも思つては居ません。たゞ、いろ〳〵の男を相手にして、お酒をいたゞいてはへゞれけて、デレスケの男を手玉に取つて、笑つたり唄つたりして淋しい田舎の小料理屋を賑はして居るのです。

前借は六十圓、逃げようと思へば、何てもないのてすけれど、女將《おかみ》が好い人だから辛抱して居ます。

図版⑦　松崎天民「淪落の群に見る「新しい女」」

民は、大正になっても「淪落の女」や「新しい女」等の「女性」をめぐる様々な同時代的記号のみならず、「大逆事件」以来最も注目されるトピックスとなった「社会主義者」という記号、そして〈獄中〉表象にも敏感に反応して自らの「読物」を展開していた。大正期にそのような天民の一連の「読物」が掲載されたのは、先に取り上げた『中央公論』の「説苑」欄であるが、そこでの様々な「読物」の書き手たちは、「滝田樗陰の在世中、彼の独占的・排他的な性格に迎合して、ほとんど他誌に執筆せず、『中央公論』だけを発表の舞台としていた」▼注[10]のであり、そこではありきたりの言説が惰性的に再生産されると同時に、同時代の言説空間に流通する様々な記号がそこに散りばめられることになった。新人を重用する滝田個人の傾向▼注[11]も加わって、偶発的、暫定的な「その場限り」の言説がそこには度々登場することにもなった。言うなれば、そこでの「説苑」欄は、既に順列化され、権威化されてしまった小説欄や「公論」欄よりも、はるかに偶発的な事件性を帯びた言説の場であったと言えるだろう。松崎天民はそこにおける最も優秀な、記号の創造・

配列者であった。そこでは様々な「読物」の書き手たちが、同時代の流通する記号群を取り込みながら『中央公論』の言説空間を立体化させていたのであり、いわゆる正統的な「文学」とは異質の「創造性」がそこには満ち溢れていたのである。

ただ、松崎天民の場合は明治三〇年代から編集者、新聞記者として活躍しており、既にその名は広く知られていた。その彼の「視線」に対しては、既に「探訪《たんぼう》者」としての特権的な資格が認められていたと言えるだろう。そのような「探訪者」として著名な存在が『中央公論』に書くということ、そしてそこで「世間の到る所に実在して居る真実」を書き連ねてゆくことは、雑誌の広報としての自己拡張の意図ともまさに合致する営為であったと言える。一九一二年二月の「淪落の女」シリーズに始まり一九一七年頃まで続いた『中央公論』誌上の天民の読物の特徴は、「東京朝日新聞記者」である天民が体験してきた事実について、「探訪者」として語るだ

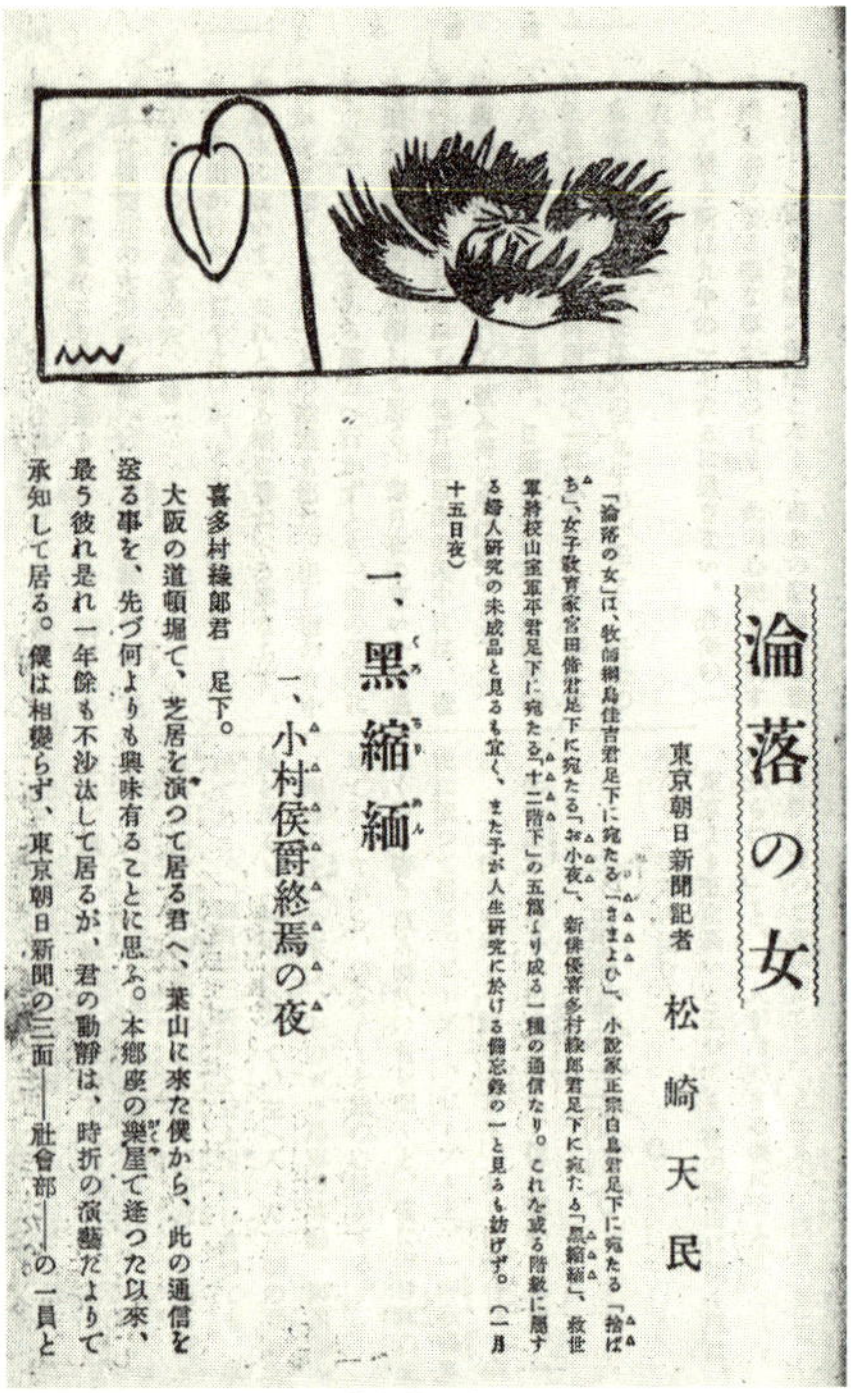
淪落の女

東京朝日新聞記者　松崎天民

「淪落の女」は、牧師綱島佳吉君足下に宛たる「捨ばち」、小説家正宗白鳥君足下に宛たる「さまよひ」、女子教育家宮田脩君足下に宛たる「お小夜」、新俳優喜多村緑郎君足下に宛たる「黒縮緬」、救世軍将校山室軍平君足下に宛たる「十二階下」の五篇より成る一種の通信なり。これを或る階級に属する婦人研究の未成品と見るも宜く、また予が人生研究に於ける備忘録の一と見るも妨げず。（一月十五日夜）

一、黒縮緬

一、小村侯爵終焉の夜

喜多村緑郎君　足下。

大阪の道頓堀て、芝居を演つて居る君へ、葉山に來た僕から、此の通信を送る事を、先づ何よりも興味有ることに思ふ。本郷座の樂屋で逢つた以來、最う彼れ是れ一年餘も不沙汰して居るが、君の動靜は、時折の演藝だよりで承知して居る。僕は相變らず、東京朝日新聞の三面――社會部――の一員と

図版⑧　「淪落の女」　1912.2

けではなく、天民自身をめぐる非常に個人的な話題が同時に取り上げられるということである。つまり、そこでは自分の家庭事情や生い立ちなどを自身が語ることで、「有の儘《まま》の事件を有の儘に写し、有の儘の情懐を有の儘に描」（「亡き妻の骨を抱いて」一九一四・一）くという「書くこと」をめぐる「誠実」な姿勢が強調され、その絶対的「体験」性は有無を言わさぬかたちで読者に迫ってくるようになっている。そしてその「体験」性をよりリアルなかたちで呈示するために、天民は様々な仕掛けを用いて、自らの「言葉」を立体化しようとしていた。そもそも、『中央公論』に掲載された天民の最初の読物である「淪落の女」シリーズ（図版⑧）は、当初からこのような体裁を採ったものであった。

「淪落の女」は、牧師綱島佳吉君足下に宛たる「さまよひ」、小説家正宗白鳥君足下に宛たる「捨ばち」、女子教育家宮田脩君足下に宛たる「お小夜」、新俳優喜多村緑郎君足下に宛たる「黒縮緬」、救世軍将校山室軍平君足下に宛たる「十二階下」の五篇より成る一種の通信なり。これを或る階級に属する婦人研究の未成品と見るも宜く、また予が人生研究に於ける備忘録の一と見るも妨げず。

（「淪落の女」一、黒縮緬　一九一二・二）

このような全方向的な「通信」性を冒頭でまず掲示することによって、実社会と緊密に結び付いた社会性という趣向を、一連の天民の読物は自らの商標として身につけることになる。このシリーズの三回目「お小夜」には、詳細な自己言及的記述が見られる。

実は此の一篇を何人に宛て送らうか、と私は種々考へた。女子教育家の中で、一度なり二度なりお目にかゝつた方は、成瀬仁蔵、三輪田元道、山脇房子、嘉悦孝子、下田歌子等の諸家の他に、五指に余る位は有る。然し「成瀬仁蔵君足下」とか、「山脇房子女史足下」とか書き出すと、派手な事は派手であるが、何だか斯う反響が無い様な気持がするので、私は思ひ切つて貴君（宮田脩　副田注）に宛て送る事にした。新俳優や小説家などゝ違ひ、世間から真面目な地位の人と目されて居る教育家の群へ、「淪落の女」みたいな題材を提げて、臆面も無く見参すると云ふには、私に於てこそ多少の意義ある仕事なれ、送られた御当人に取つては、多大の迷惑であるに相違ない。其御迷惑も或る程度までは察して居ながら、私は思ひ切つて此れを貴君に宛て送る事にした。江湖に落魄して、私娼の群に泣いて居る女と、賢妻たれ良母たれと教えて居る女子教育家との間に、何の交渉する所があらう、などゝ云ふ可からず。女子教育家も斯う云ふ問題に就て、何時まで も素知らぬ顔の門外漢で、過ごしては居られないと思ふ。

様々な分野の「専門家」達に向けられたこの「通信」は、その「専門家」達の知的硬直（学問はできるのだろうが、最下層の人々の実態までには目が届かないだろう、といったこと）を軽く告発し、社会の下層領域における「実生活」「実態」という要素をそこで特権化する。そして、そこで同時に特権化された自己の「探訪者」としてのポジションにおいて、天民は以後その「実態」を、読者に対しても「通信」的に語ってゆくのだ。このような「私信」としての語り口は、実際の読者に対してもかなりの訴求効果を喚起したものと思われる。『青鞜』にも見られたそのような「私信」性を、ここで天民は自らの「読物」における構造的要素として取り込んでいるのだ。

そして、シリーズの進行と共に、その「私信」的言説は、読者からの反響を取り入れるという「音信」性へと、その言説領域を拡大、立体化させていった。例えば、一九一四年一月からの「亡き妻の骨を抱いて」シリーズは、「淪落の女」「女八人」シリーズと続いた女性ルポルタージュものの後に連載されたものであり、そこでは天民自身のそれまでの執筆作業を見守ってくれた妻さく子の在りし日の姿が描かれた上で、その死が読者に告知され、物語として語られてゆく。そこで特筆されるのは、その第一回の一章で、妻に「引続いて腸窒扶斯《チフス》に罹つて、お前と同じ赤十字社病院に入つた」「哲朗と達郎」の二人の子供が現在もなお「病院に苦んで居る」と述べられていることである。勿論それは「お涙ちょうだい」の趣向であるとも言えるが、実際はそう単純な問題ではない。つまりそこでは、天民がこの文章を書いているそのすぐ背後に、峻厳《しゅんげん》な動かし難き「事実」が進行しているのだ、ということが強調されているのである。そこでは、自分の文章が社会的にどのように捉えられているのかが常に意識され、時にはその意識自体が「ネタ」になることもある。妻の死という第一のクライマックスを描いた第二回の末尾には、「拙稿「亡き妻の骨を抱いて」一篇、本誌に掲げ初めらるゝや、江湖《こうこ》未見の諸氏より、懇篤なる慰問の書状を寄与せられたるは、小生の深く感激する所に御座候」と始まる「附記」が載せられており、次号（一九一四・四）の第三回の四章「漱石先生の贈物」では、この連載を読んだ漱石から実際に手紙が来て、子供への贈り物までもらったということが、その手紙の全文と共に示されている。つまり、そこでは読者との「音信」性が、自らの言説のアクチュアリティを根拠付け、補完する強力な機能として掲げられていたのだ。一九一七年一〇月『黒潮』掲載の志賀直哉《しがなおや》「和解」の読まれ方を彷彿《ほうふつ》とさせるこのシリーズは、「私等夫婦の半生を告白」（「亡き妻の骨を抱いて」第三回の附記）した「同棲十三年間」（一九一四・七）まで続けられることになる。

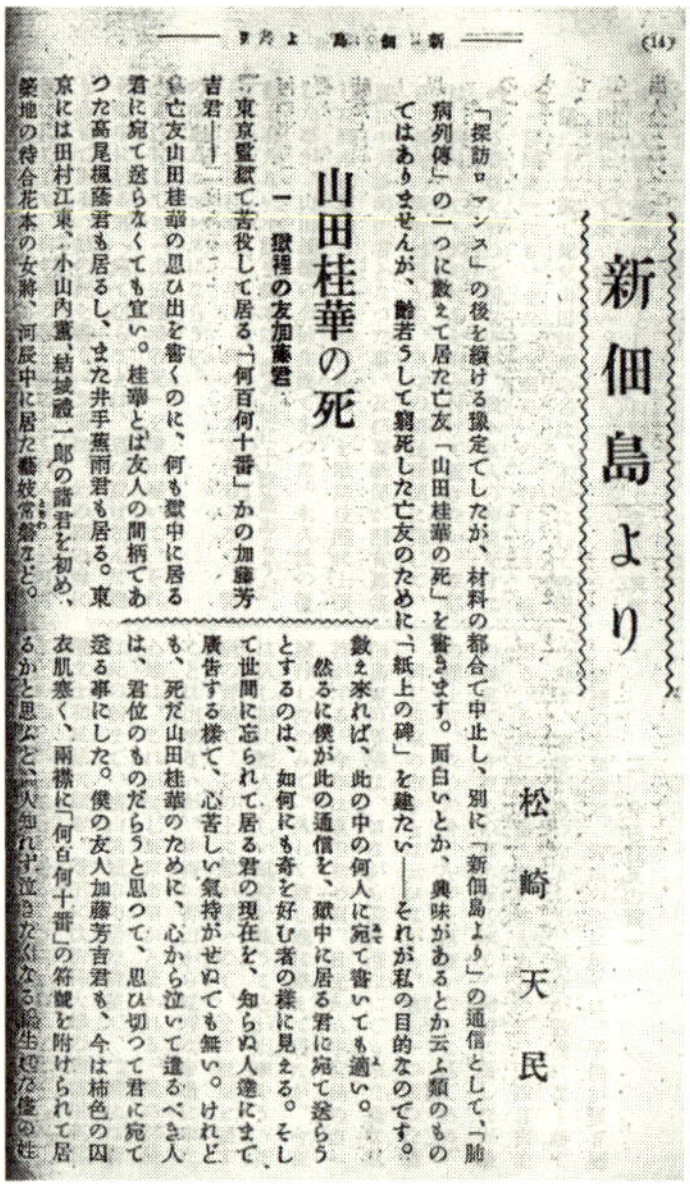

(14)　新佃島より

新佃島より

松崎天民

「探訪ロマンス」の後を續ける豫定でしたが、材料の都合で中止し、別に「新佃島より」の通信として、「肺病列傳」の一つに數えて居た亡友「山田桂華の死」を書きます。面白いとか、興味があるとか云ふ類のものではありませんが、齢若うして窮死した亡友のために、「紙上の碑」を建たい——それが私の目的なのです。

山田桂華の死

一　獄裡の友加藤君

東京監獄で苦役して居る、「何百何十番」かの加藤芳吉君——亡友山田桂華の思ひ出を書くのに、何も獄中に居る君に宛て送らなくても宜い。桂華とは友人の間柄であつた高尾楓蔭君も居るし、また井手蕉雨君も居る。東京には田村江東、小山内薫、結城禮一郎の諸君を初め、築地の待合花本の女將、河辰中に居た藝妓常磐《ときわ》など。数え来れば、此の中の何人に宛《あて》て書いても適《よ》い。

然るに僕が此の通信を、獄中に居る君に宛て送らうとするのは、如何にも奇を好む者の様に見える。そして世間に忘られて居る君の現在を、知らぬ人達にまで廣告する様て、心苦しい氣持がせぬでも無い。けれども、死だ山田桂華のために、心から泣いて遣るべき人は、君位のものだらうと思つて、思ひ切つて君に宛て送る事にした。僕の友人加藤芳吉君も、今は柿色の囚衣肌寒く、兩襟に「何百何十番」の符號を附けられて居るかと思ふと、人知れず泣きたくなる

図版⑨　「新佃島より」

再構成される〈獄中〉言説

更に、そこで興味深いのは、そのような天民の読物の内部において、様々な〈獄中〉表象が重要な役割を果たしているということである。一九一五年二月に、「探訪ロマンス」の続きの代わりという前書きでの説明と共に、「亡友山田桂華」を追想した「新佃島《つくだじま》より」という文章（図版⑨）が掲載されるが、それは「東京監獄で苦役して居る、「何百何十番」かの加藤芳吉君」へ向けて書かれた、いわば逆「獄中信」の形を採っている。

> 東京監獄で苦役して居る、「何百何十番」かの加藤芳吉君——
> 亡友山田桂華の思ひ出を書くのに、何も獄中に居る君に宛て送らなくても宜い。桂華とは友人の間柄であつた高尾楓蔭君も居るし、また井手蕉雨君も居る。（中略）数え来れば、此の中の何人に宛て書いても適い。

然るに僕が此の通信を、獄中に居る君に宛て送らうとするのは、如何にも奇を好む者の様に見える。そして世間に忘られて居る君の現在を、知らぬ人達にまで広告する様で、心苦しい気持がせぬでも無い。けれども、死だ山田桂華のために、心から泣いて遣るべき人は、君位のものだらうと思つて、思ひ切つて君に宛て送る事にした。僕の友人加藤芳吉君も、今は柿色の囚衣肌寒く、両襟に「何百何十番」の符号を附けられて居るかと思ふと、人知れず泣きたくなる。生れた儘の姓名では生きられず、「何百何十番」で生活して居る君の現在は、電話機にも劣つて居るよ。

「音信的〈獄中〉言説」（A）の形態をいわば逆手《さかて》に取って、天民は監獄内の「加藤芳吉君」へ書簡を送り、「死んだ山田桂華」の生を回顧する。おそらく天民は、「山田桂華」という全くの無名人物の生を描くだけでは読者への訴求力が弱いと判断し、このような形式を選択したのだろう。このような天民の柔軟で即興《そっきょう》的な「書くこと」をめぐる操作の内に、〈獄中〉という場が趣向として取り込まれていることは興味深い。このあたりから天民の読物に「社会主義者」や〈獄中〉表象が次第に多く用いられてゆくのであり、そこで天民は「社会主義者」を記号化して活用するようになる。先述したように、大正初期を境に「新しい女」という記号の有効性は減退していったと考えられるが、「社会主義者」という記号は、その消費を代替する新たな記号であったのかも知れない。そこでは、「社会主義者」というトピックスをめぐる歴史的記憶までが掘り起こされてゆく。同年五月からの「A弁護士の取扱ひたる犯罪ロマンス」シリーズでは、語り手として「A弁護士」という人物が登場するが、その第一回「亀の精の祟り」では、その身の上が「幸徳秋水君の言論に敬服して、一種の社会主義を聖書《バイブル》以上に有難く思つて居た時代」に「社会主義を地方へ伝道するため」に地方出張していた秋水に随伴していたと紹介され、その旅行先で見聞した様々な事件を以後「A弁護士」が語るという形になっている。言うなればこの「A弁護士」は、神話化された「幸徳秋水」に代表される明治末の「社会主義者」の記憶を抱えて、大正の現在を眺めているのだ。そこで天民自身の位置にあたる「私」は、「A弁護士」と同行したり酒を酌み交わしながら、話の聞き手側に回っている。テクストの語りの形が、天民に重なる一人称の語り手による独占的な語りから、そのような経歴を抱えた「A弁護士」の語りに変化していることは、この一連のシリーズにおける語りの構造が次第に複雑化され始めていることを示しているだろう。そして、そこにおいて「社会主義者」をめぐる想像力は確実に利用され、その言説構造の内に組み込まれているのだ。

また、その第三回は冒頭に「滝田樗陰兄へ」とあり、そこで滝田の生活の様子などに親しく言及しつつ、「半ヶ年の浪人生活」にピリオドを打って「再び新聞記者生活に入つた」「私」という語り手が、原稿の締切が迫ってもその標題に悩んだり、その内容ゆえに発表に躊躇《ちゅうちょ》している、などの内輪の事情を細かく述べた上で、「戦慄すべき犯罪の真相を摘《つ》」いたこの「毒殺事件の後」という物語が始められる。芥川龍之介の「開化の良人」(『中外』一九一九・二・一)を思わせるこの語りにおいて、この物語が「滝田樗陰兄へ」向けた私信であるかのような体裁を採っているということは、『中央公論』向けのへつらい的趣向であると同時に、その『中央公論』自体が、そのような趣向的な内密性、私信性という要素に自らが関わっているという外貌を強く要請していたことを窺わせる。勿論、この天民の読物は単に娯楽性を追求しただけの興味本位のものだが、このような志向が、後に一九一八年の「秘密と開放」特集などで顕《あら》わになってゆくことを考え合わせると、そこには何らかの新たな想像力の発動を認めることができるだろう。この「毒殺事件の後」の「七、不幸なる犠牲児」には、「獄裡《ごくり》の人と為つた謙太郎」が、「獄中の感慨」を「感傷的の調子」で綴《つづ》ったこのような手紙が紹介されている。

私は今度の入獄に依つて、今までに経験した事の無い、心霊上の教訓を得ましたことを、先づ神に向つて感謝せねばなりません。私が過去の半生は、何の思慮も分別もない軽挙妄動に終始しましたが、今度と云ふ今度は、初めて自分自身の姿を反省することが出来ました。佐藤謙太郎と云ふ一個の青年は、今日までに様々の道を歩きましたけれど、それは虚偽、嫉妬、偽善、姦淫、詐欺、あらゆる罪悪の道でありました。人間として行くべからざる道を歩いて居た私は、神の審判を受けて、神の牢獄の中に、様々の過去を追懐して慟哭しました。

この「悔悟者」の造型には、幸徳秋水の「柏木より」に見られたところの、内的な悔悟と自己変容の場としての〈獄中〉表象のかたちが明らかに反映している。「大逆事件」を同時代の視点からレポートしていた天民の視野には、秋水の〈獄中〉表象が孕んでいた自己変容のドラマとしての要素が、素材として確実に捕捉《ほそく》されていたと考えられるだろう。「大逆事件」以来の「社会主義者」イメージに裏付けられたこのような人物像が、好奇の視線を最大限に喚起する一趣向として当時存在していたことを確認しておく必要がある。

そして、そこでこの〈獄中〉の「謙太郎」が「神学を修めた男」として人物設定されていることも非常に興味深い。そこには「不完全な法律の鋤鍬《すきくわ》で頑愚な秋官どもが掘下げた監獄という黒縄地獄こそ一番面白がられる」▼注[12]という一般的な興味の傾向が反映していると同時に、「入獄」が一種の精神的な超越への階梯《かいてい》として捉えられていることは、後の大正中期の〈獄中〉表象の展開とも併せて非常に注目される点である。大正中期以降の〈獄中〉表象の内部で拡大してゆく傾向を、天民の雑多な「書くこと」のアンテナは既に敏感に察知していたと言うこともできるだろう。このような天民のテクストは、小説的〈獄中〉言説の表現的可能性を大きく拡張させることになった。

更に、このシリーズの第五回「彼の女の行方」では「妙齢の女性」の犯罪が取り上げられているのだが、その「一」の書き出しは「愛子さん――未見の愛子さん」となっており、テクスト全体が、犯人「愛子」への「私」からの手紙という形態を採っている。以後の章ごとの書き出しは、「愛子さん――未だ見ぬ愛子さん――」(二)「愛子さん――逢いたい愛子さん――」(三)「愛子さん――お気の毒な愛子さん――」(四)「愛子さん――不憫なる愛子さん――」(五)「愛子さん――悲惨なる愛子さん――」(六)「愛子さん――遂に堕落した愛子さん――」(七)「愛子さん――同情すべき愛子さん――」(八)「愛子さん――弱いくく愛子さん――」(九)と変わってゆき、最後に「愛子さん――未だ見ぬ愛子さん――」(十)と、最初に戻ることになる。「「犯罪ローマンス」の掉尾《ちょうび》を彩る材料として」取り上げられたこの「愛子さん」は、起訴猶予のまま現在行方不明になっているのだが、そのような非在の女性に向かって、この語り手「私」は親しく呼び掛ける。そこでは、「六、淪落の女になる」「九、遺伝的の犯罪性」など、天民テクストがこれまで用いてきた様々な歴史的記号が、いわば総合的に再使用されているのである。

「書くこと」をめぐる転換

このような天民の一連の読物は、『中央公論』誌上に、記号性と「書くこと」をめぐる関係性の決定的な転換をもたらしたと言えるだろう。つまり、「書くこと」がその書き手固有の「言葉」として特権的に提示されるのではなく、そこに書き出され、提示されたところの記号の意味性そのものの方がはるかに優位的になり、「書くこと」の主体性そのものはそこで散失してゆくという転倒した事態がそこで到来したのである。よって、そのような記号の使用は、決して松崎天民という存在に「オリジナル」なものではあり得ない。読者との「音信」性の拡大は、そこで記号をめぐるコードの共有を前提化することになり、その結果、書き手は公共的想像力の媒介者として働くだけの、いわば機能的存在に変貌してゆく。そこで「松崎天民的な言説」は拡散し、複製、共有されることになるのだ。その意味で、当時の『中央公論』の「説苑」欄は、最もラディカルな、記号の流通と交換の場であったのである。

そして、まさにその場所において、実際の松崎天民という書き手は、自らが生み出した記号群の流通と比例してその役割を終えて行く。この後天民の「読物」は、一九一六年四月の「漂泊の男・流転の女」、同年七月「第二の妻を娶《めと》つてから」と再び「私一家の人生探訪」の方向に向かうが、次第にそれは感想録化してゆき、天民独特の面白さは減退してゆく。一九一七年一月の「酔さめの悲哀――男が四十になる時の心持――」という文章には、「要するに私の仕事は、新しい自分を創造する他には何ものも有りません。すべての古きものを壊たしめよ、斯くてそこに、新しい私の芽生えに培《つちか》ふことが出来ませう」と、それまでの天民の「読物」からすると全く異質な内省の言葉を表明しているのであり、最後には滝田樗陰に向かって、「文章を書くと云ふことの真意義を、私は今日、初めて自得しました。喜んで下さい。喜んで下さい」と語りかけているのだが、このような自己の「書くこと」をめぐる「主体性」の発見は、天民の場合は、その「書くこと」の終焉を意味するものであった。「文章を書くと云ふことの真意義」に目覚めた瞬間からその「書くこと」が終わってゆくというのは皮肉だが、この現象こそがまさに「大正的」であるとも言えるだろう。このあたりで天民の役割は終わり、そのポジションは沢田撫松《さわだぶしょう》、大窪逸人《おおくぼいつと》、田中貢太朗《たなかこうたろう》らの複数の書き手、あるいは中平文子「弱きが故に誤られた私の新聞記者生活」（一九一六・五）、同「別れたる我が愛児等よ！偽らざる母の告白を聴け」（同・九）などの単発的な「告白もの」によって代替されてゆく。先述した一九一八年七月の「秘密と開放」号でも、過去における記号の駆使振りが評価されたのか、「秘密より産れ出る家庭悲劇」という文章を天民も書いているが、そこにはもはや緊張感は窺えず、「秘密」という要請された新たな趣向にうまく参与すること（それが『中央公論』側の要求でもあっただろう）さえできていない。天民のこの「終焉」と共に、それを代替する別の言説システムが『中央公論』誌上に導入されてゆくのである。

　このような松崎天民の「終焉」は、単に一人の書き手の「書くこと」が質的に変わっていった、というだけの問題ではない。それは、大正期の言説空間に起きつつあった、「言葉」をめぐる想像力の構造的変化を示すものであり、その現象は『青鞜』の質的変化および終焉とも共起的であったと考えられる。確乎《かっこ》たる主体的意志に裏打ちされた「書くこと」が、様々な記号の厖大《ぼうだい》な流通に直面して、もはやその一回的な神話性、特権性を保証され得ないという事態が、一九一六年前後の『中央公論』誌上には起こっていたと言えるだろう。『中央公論』における松崎天民の流通と「終焉」は、まさにそのような事態を自ら体現した象徴的現象であった。そして、この大正期の言説空間における現象の内には、メディア内に流通する様々な記号の跳梁《ちょうりょう》の中で、「書くこと」の主体性が常に相対化されてゆくという、言葉の根拠をめぐる現代的構造の雛形《ひながた》をすでに見出すことができるのである。その意味で、松崎天民という存在はまさに「大正的」存在であった。

4　大杉栄『獄中記』の誕生——規範的ジャンルとしての「獄中記」

「社会主義者」という自己記号性

雑多で多様な記号が流通していた大正期のメディア空間内で、〈獄中〉は趣向的表現における恰好の枠組みとして用いられてゆく。『中央公論』に限らず、〈獄中〉表象は様々な雑誌、新聞において広く用いられ、その形態も小説、報告（手記）、翻訳、論説と多様であった。例えば、一九一五（大正四）年一二月の『新小説』には、ドストエフスキーの獄中手記の翻訳「牢獄より——ダスタイエフスキー——」（和気律次郎訳）が掲載されている。訳者和気律次郎《わけりつじろう》は、この翻訳テクストについて以下のように説明している。

彼の刑期は千八百五十四年二月十五日に終つたのであつたが、その四年間に於ける彼の生活は沈黙と冥想とであつた。シベリアに於ける彼の生活は彼の著『死人の家』に遺憾なく描き出されてゐるのであるが、次なる手紙は獄中に於ける彼自らの感情を率直に語る点に於て、『死人の家』以上の興味を吾々に覚えしめる。

ドストエフスキーの「死人の家」（「死の家の記録」）自体が〈獄中〉を描いた文学の古典であった訳だが、

それよりも更にドストエフスキーの監獄生活の実態を「率直に」窺わせる「言葉」として、この獄中手記（正確には出獄後に書かれたもの）は把握されている。翻訳された本文中には、このような記述がある。

> 監獄にゐる強盗殺人犯人中にすらも人間のゐることをこの四年間に知つた。彼等の中には、深い、強い、美くしい人性がある、而して私は屢々荒い外面の下に黄金を発見して非常な喜悦を感じたのでした。而かも一つや二つの場合ではなく、度々だつたのです。或る者は尊敬の念を起さしめ、或る者は何処までも立派でした。（中略）因みに、私は監獄の中で非常に多数の国民的典型及び性格に親しむことが出来た！私は彼等の生活中に生活した、で私は彼等を本当に善く知つてゐると信ずる。私は沢山の無宿人や泥棒の生涯を詳しく知ることが出来た、《ママ》就中普通平民の痛ましい生活の総てを知つた。確に私は私の時間を無益では送らなかつた。私は極く多数の人々しか知らない程に善くロシアの国民を知ることが出来た。私はそれが自慢である。私は斯くの如き虚栄は恕さるべきであると思ふ。

近代日本の〈獄中〉表象にはほとんど見られない種類の〈獄中〉像、つまり極限状況で人類的なヒューマニティを共感する場としての〈獄中〉像がドストエフスキーの手紙の中に見出されているのだが、同時に訳者和気律次郎は、そこに「沈黙と冥想」の場としての意義を見出している。〈獄中〉表象の特権性は、書き手の実体験性や〈獄中〉者の強靱な精神だけではなく、その自己変容の場としてのあり方の内にも見出されるのである。

そして、そのような〈獄中〉表象の展開において、明治後期から一貫して強い喚起力を発散していたのが「社会主義者」であった。特に、その中でもアナーキストと捉えられ、その存在の内に多くの物語を見出されていた大杉栄と伊藤野枝は、同時代メディアからの「要請」に最もよく応える存在であったという言い方もできるだろう。その悲劇的な最期ゆえに、大杉と伊藤に関する言及はそこから遡及したかたちでなされがちであるが、大正中期のメディア言説における大杉と伊藤の表象のされ方には、決して単純化できない錯綜した要素が含まれている。以下、大杉と伊藤をめぐる言説を中心に、大正中期のメディア言説と〈獄中〉表象をめぐる問題を考えてゆく。

一九一六（大正五）年一一月九日の「葉山事件」（大杉が神近市子に葉山の日蔭茶屋《ひかげちゃや》で刺された事件）以前からも、大杉のスキャンダラスな言動は度々報道されていたが、この事件以降、大杉とその周囲の女性達は、まさに大衆的なトピックスとして幾度もメディア言説に登場し、常に好奇の視線を投げ掛けられてゆく。同年五月三日の時点で『万朝報』には既に大杉をめぐるゴシップが取り上げられているが、葉山事件以降、事件の様子は「血に塗れて」「武者振つく」（『東京朝日新聞』同）などの言葉を使って「活劇」（『万朝報』一一・一〇）的に描写されるのであり、それは明治初期以来の小新聞的なジャーナリズム報道の定型を反復していると言えるだろう。この葉山事件の後から、女性問題論のコンテクストにまで大杉と伊藤の名は用いられてゆくのであり、時代の流行にも意匠《いしょう》を合わせたかたちで、それは広く流通してゆく。そのような〈男／女〉という二項対立項をめぐる論議になると、主に神近や伊藤の女性側ばかりが否定的に問題にされ、大杉側のあり方にはあまり言及されないのだが、両者をめぐる出来事が一般的な興味を惹き付ける恰好のトピックスであったことは確かであるだろう。

そして、そのようなメディアの視線に答えるかのように、『中央公論』でも一九一七年三月に大杉の前妻掘保子《ほりやすこ》の告白記「大杉と別れるまで」が「説苑」欄に掲載され、葉山事件までの大杉周辺の事情が女性の視点から詳細にレポートされている。この、女性の「社会主義者」からの報告というパターンは『中央公論』の好むところであったらしく、一九一六年三月には「野依秀一、中村孤月印象録」として伊藤野枝の「妾の会つた男の人々」が掲載され、翌月四月にも森田草平《もりたそうへい》、西村陽吉《にしむらようきち》、岩野泡鳴など、『青鞜』同人と関わりのある男性を中心にした続編が掲載されていた。その内容の辛辣《しんらつ》さゆえに五月には「伊藤野枝の批評に対して」と題した中村と西村の反論が同誌に掲載されるが、全体的には『中央公論』側の仕掛けが先行しているという印象が強い。それは、「新しい女」という記号が形成された以降の「女性問題」の展開に対する、『中央公論』なりの解釈（あるいは「問題」の肉体化）であったのかも知れない。そこにおいて、「社会主義者」であり「女性」でもある伊藤の視線は、『中央公論』側にとっては特別な価値を持つものであった。女性の「社会主義者」は、社会主義者としての隠蔽性、実体験性と共に、女性、特に「新しい女」という記号性をも併せ持っていたのであり、それは平坦化してしまいがちな社会論的言説に趣向的な「含み」（その背後にある不可知としての「秘密」感）を付与してくれる存在であったとも考えられるだろう。そして、当然そこには「女性」をめぐる性的な興味の視線も介在していた。同年一月からの『婦人公論』発刊とも併せて、「女性」をめぐる「問題」の立ち上げを『中央公論』側が目論んでいたことは明らかである。「明治末年の女学生として出発し、大正期のメディア空間を駆け抜けた、それまでの日本史上のどこにも存在しなかったタイプの女性表現者」であり「大正期のメディア空間において一定の位置を占めていた」「重層化する表象」[注13]としての伊藤野枝という存在は、自らの記号的多義性（女性・社会主義者・新しい女）ゆえに、同時代の表象空間に深く参与することになったのである。

ただ、伊藤野枝自身は、自らのそのような記号性を意識した上で戦略的に発言、執筆を行っていたように思える。『大阪毎日新聞』に連載された「雑音《ざつおん》」（一九一六・一・三〜四・一七）には「『青鞜』の周囲の人々」「『新らしい女』の内部生活」という副題が付けられており、そこで「新しい女」の秘められた内実を覗き見るような外部からの視線が意識されていたことが窺える。当時の伊藤の戦略のかたちを考察するために、〈獄中〉言説ではないが、この「雑音」という一連のテクストのあり方を検討しておきたい。[注14]

伊藤は、第一回の「雑音を書くに就いて」の冒頭で、「読んで頂く方に、またこの私の今書かうとする人々の前に是非云はねば済まないことがあるやうな気がしますので本題に入るまへに云つておきたいのです」と語り、『青鞜』をめぐる経緯と出来事、そこでの当事者側の心境などを書きつけている。そこでは「私のこれをかくについてのいろ〳〵な野心、即ち、青鞜社の誤解をときたいとか、または内部の人々の生活を弁護すると云ふやうな、そんな心持」は「動機ではありました」が「すつかり捨て丶仕舞ひました」として、「事実の記述と云ふ平坦な心持でこれを書きたいのです」と述べる。伊藤は同年の『青鞜』新年号に、このテクストの執筆動機について「幾分誤解された社の人々の本当の生活ぶりが本当に分るやうに」書いたと述べているが、[注15]「本当」を強調するこの周辺言説の説明には到底回収し得ないような過剰さが、実際の「雑音」というテクストには孕まれている。「雑音」において伊藤は、『青鞜』同人と伊藤自身に対して当然予期されるメディア側からの好奇と攻撃の視線に対して応じるような内容を一面では示しつつも、それに対する全面的な反論や「真相」の提示といった防御的な構えを採ることを回避した地点に、自らの「言葉」を定置しようとしている。偏見に満ちたメディア報道に一々反論するような姿勢を採らない、というその姿勢自体が一種の防御的なものであるとも言えるだろうが、伊藤の戦略は、『青鞜』同人、そして自らの「内部生活」を開示し、そこに一定の意味付けを加えながら記号として流通させる、といったものではない。

　前述の冒頭部以降、テクストはエッセイというよりも小説的な文体で展開され、そこで同人たちの「内部生活」が物語的に描き出されることになる。内容的には、「私」を含めた女性の同人たちの間の同性愛的な傾向を孕んだ関係や意識が詳細に描かれており、中でも紅吉《こうきち》（尾竹一枝）と平塚らいてうとの関係をめぐる描写は、「実相暴露」的なスキャンダリズムのコンテクストで読まれることもあったものであろう。ただ、そのような読者及びメディア側の視線を意識しつつも、伊藤はこのテクストに幾つかの過剰なまでの「仕掛け」を施している。その一つは、会話表現を非常に多用している点である。二章、四章、七、八章にそれは多用され、一二章から一七章までは、「紅吉」の一人語り的言辞を含めた会話表現でテクストの大部分が占められている。二〇章以降も会話文が多用され、その存在感は語り手の説明的言辞に全て回収されるものではない。テクストの最後（四十一）も「私」と「彌生子さん」との会話のままで閉じられており、そこには書き手伊藤の意図的な戦略があると考えられる。また、「くた〳〵」「スタ〳〵」「どん〳〵」「ずん〳〵」（二十一）など、擬音語・擬態語が頻用され、そこで踊り字による繰り返し表現が多用されていることも、その表現的特徴として指摘できるだろう。

このようなテクストのあり方は、その内容を性急に解釈して、そこからスキャンダラスな「真相」を発掘し、賞翫《しようがん》しようとする同時代言説空間の欲望をはぐらかし、部分的に脱臼させるようなものであるだろう。単なる「内輪話」の自閉性に留まらず、外部の視線の欲望に呼応するような「趣向」が、そこに溢れる「実名」の記号的訴求力とともに散りばめられている。▼注[16] このテクストは、「実名」とその「趣向」を誘引力として、会話体を主とした自らの「言葉」のリズムに、読者を半ば強制的に寄り添わせようとしているのだ。新聞に連載されたこのテクストは、会話の途中で途切れ、そこに何の意味付けもされないまま放置されることが多いのだが、それは表現的未熟として処理できるようなものではない。それは、「どちらを向いても出来る丈け不当な荷を負はなければならない」（四十）自己の現実へ対応しつつ、同時代の言説空間の内部で自らが生存しようとする、伊藤自身のしたたかな戦略でもあったのだろう。テクストのそのような「仕掛け」は、「雑音」というタイトルの象徴性・多義性とあわせて、独自の批評性を内包していると考えられる。

テクストの終盤になると記述は次第に説明的なものになり、『青鞜』の「屏息《へいそく》」（四十）した状況が描かれるようになる。「四十」では外部からの「嫌やな話」「浅薄《せんぱく》な聞くに堪へないやうな行為」を「黙過」している内に「それは益々広がつて行く許りであ」り、そこで「遂に再び又沈黙に帰つた。そして其沈黙の中に何物かを摑んで置かうと努力」する姿勢を同人たちが獲得してゆくという向日《こうじつ》的な描写でテクストは閉じられる。それは、『青鞜』の「屏息」の中で「実名」という強力な記号を暴力的なまでに駆使し、自らの「言葉」をアクティベートしようとしてきた伊藤の過剰なあり方が、『青鞜』の共同性の内部に再び回収されてゆく姿であると判断することもできるだろうが、自らの記号性を対象化し、物語として流通させた結果選択された伊藤自身の「身の処し方」の複数性が、そこには写し出されているのである。

そのような伊藤の「言葉」の戦略に対して、大杉栄の方は、自己の周辺をめぐる外部の視線とそれに映し出された自己像を対象化して、それを自らの運動のために戦略的に利用するといった狡猾《こうかつ》さを持ってはいなかった。大杉の発言は時に無造作であり、無責任でもある。それは葉山事件に対する大杉の態度からも窺えるのだが、その私生活の放縦《ほうじゅう》さは、同じく社会主義運動を遂行している人々からも強い批判を受け、自身の孤立をも招くことになった。本質的に「知と行動への双方向的な指向性がたっぷりと含まれ」▼注[17]ている大杉の言説には、決して規範的なモデルにはなり得ないけれども、様々な欲望の視線を無条件に惹き付けてしまうアトラクティブな要素が確かに含まれており、それこそが後世における大杉の神話化▼注[18]を必然化する要因でもあったのだろう。

ただ、ここで重要なのは、そのような大杉の態度や言説を批判あるいは称揚することではなく、そのような大杉や伊藤のあり方をも含めた「社会主義者」像の内に、どのような物語が見出され、そこでどのような想像力が発動されていたのかを見極めることである。大杉栄とその周辺は、まさにメディアが待望する趣向性を現実化させるように、常に恰好の話題性を振り撒き続けていた。葉山事件の時にも「無節操の一団　唾棄すべき獣性の暴露」（『東京朝日新聞』一九一六・一一・一〇　図版⑩）といった異質化、局外化のベクトルを持つ報道が出る一方で、先述したようにその事件の様子を「血に塗れて」「武者振つく」（『東京朝日新聞』同）などの言葉を使って「活劇」（『万朝報』同・一一・一〇）的に捉え、「野枝さんは此の後どうするかが問題」（『読売新聞』同・一一・一五）と、その先の物語の成り行きを注視してゆくような志向も見られたのであり、その視線は現代のワイドショー的言説のそれと大して違うものではない。確かに異質化、局外化されてはいるが、同時にメディアの言説が求める趣向性と不即不離の関係にあるという、自己記号性をめぐる両義性を、「社会主義者」としての大杉と伊藤は備えていたと言えるだろう。

「獄中記」の誕生

大杉はスキャンダル後の沈黙を経て、一九一八年頃から『労働新聞』の創刊に協力するなど、運動を再開してゆく。翌年七月に「巡査殴打事件」で豊多摩監獄に収監されていた大杉等に伊藤野枝は面会に行っているが、それだけのことが新聞で大きく報道（『報知新聞』同・七・一八）されており、彼／彼女等への好奇の視線は変わっていない。伊藤もその視線に応えるかのように、一九一九年九月に「監獄挿話面会人控所」という小説を『改造』に発表している。大杉と伊藤の存在とその行動は、〈獄中〉のトピックスとしての価値を、同時代メディア空間の中で更に増幅させていたと言えるだろう。

そして、大杉は一九一九（大正八）年一、二、四月に『新小説』に掲載した一連の文章（一月・「獄中記

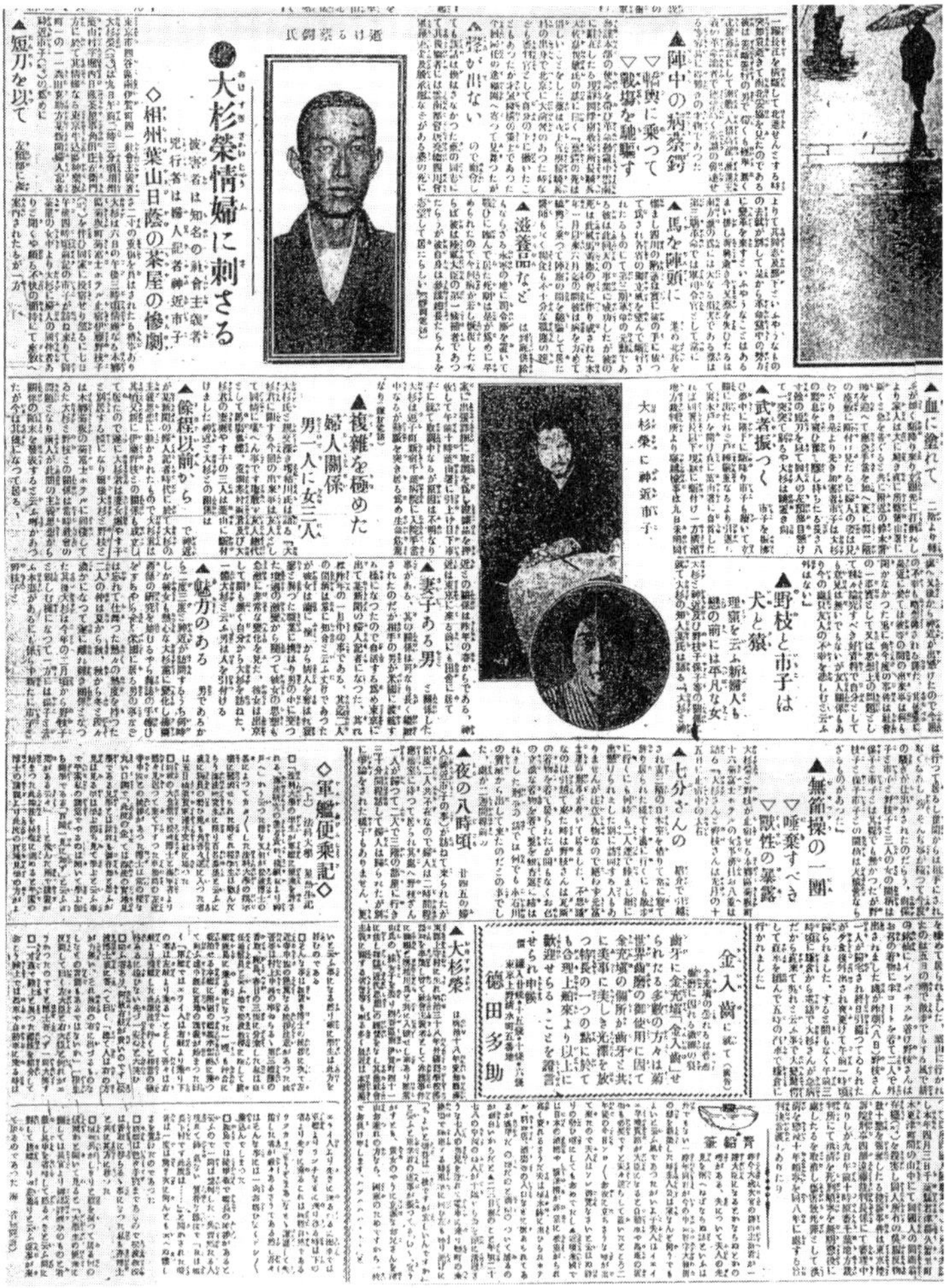
大杉榮情婦に刺さる
被害者は知名の社會主義者
兇行者は婦人記者神近市子
◇相州葉山日蔭の茶屋の慘劇
▲短刀を以て
▲陣中の病猿
▽轎輿に乗つて
▽戰場を馳驅す
▲馬を陣頭に
▲滋養品など
▲血に塗れて
▲武者振つく
▲野枝と市子は犬と猿
▲複雜を極めた婦人關係
男一人に女三人
大杉榮に神近市子
▲妻子ある男
▲餘程以前から
▲魅力のある
▲無節操の一面
▽唾棄すべき
▽獸性の暴露
▲七分さんの
▲夜の八時頃
▲大杉榮
◇軍艦便乘記◇
金入齒に就て
德田多助

図版⑩　1916年11月10日付『東京朝日新聞』

前科者の前科話（一）」、二月・「獄中記　前科者の前科話（二）」、四月・「続獄中記　前科者の前科話（三）」）を基に、そこに〈獄中〉をめぐる自身の他の言説を追加した単行本『獄中記』を、同年八月に春陽堂から出版する。大杉自身によって編集されたとされるこの単行本は『中央公論』でも大々的に広告され、そのタイトルは同時代の言説空間内で広く認知されていったと考えられる。内容は、「獄中記」「続獄中記」「獄中消息」の三つの部分に分けられており、「獄中記」の部分は更に「一、市ケ谷の巻」「二、巣鴨の巻」「三、千葉の巻」に分けられている。また、「獄中消息」の部分は、実際の大杉の獄中信を集めて編集したものである。「回想的〈獄中〉言説」と「音信的〈獄中〉言説」を組み合わせた（B＋A）この章立てからも、いわば従来の〈獄中〉言説の形態を総合的に再構成したものとしての、このテクストの形態が窺えるだろう。春陽堂《しゅんようどう》版初版では、題名・筆者名と共に、このような文章が函《はこ》に貼付されている（図版⑪⑫⑬）。

> 僕は監獄で出来上つた人間だ。
>
> 牢獄生活は広い世間的生活の縮図だ。しかも其要所々々を強調した縮図だ。そして此の強調に対するのに、等しく又強調された心理状態を以て向うのだ。これ程いゝ人間製作法が他にあらうか。

初版ではこの文章は表紙にも糊で貼付されており、この書物を最も象徴する一節としてそれが捉えられていたことが窺えるだろう。本文中から抜粋されたこの文章において、まず監獄での体験性が強く誇示される。それは、大杉の意図如何《いかん》にかかわらず、監獄という場の特権的な意味性を広報するよ

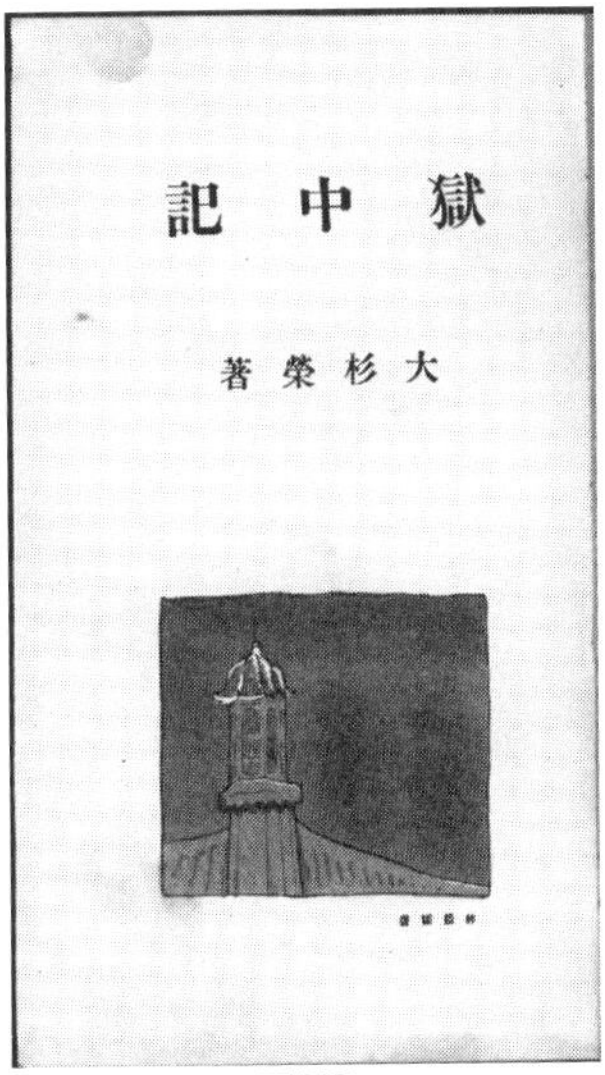

図版⑬
大杉栄『獄中記』扉

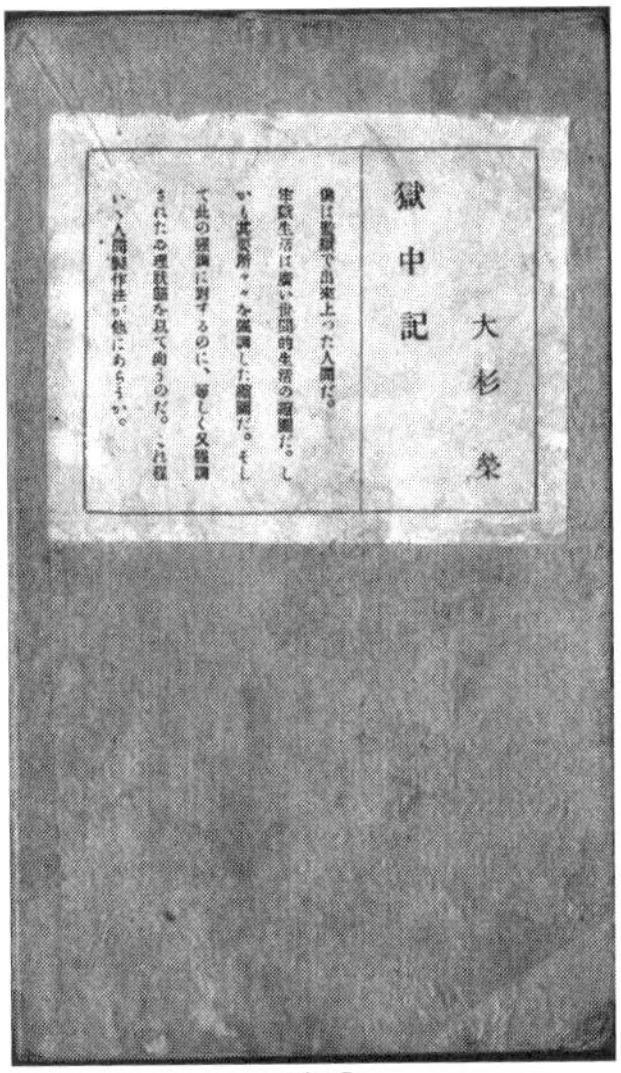

図版⑪
大杉栄『獄中記』（春陽堂版）函

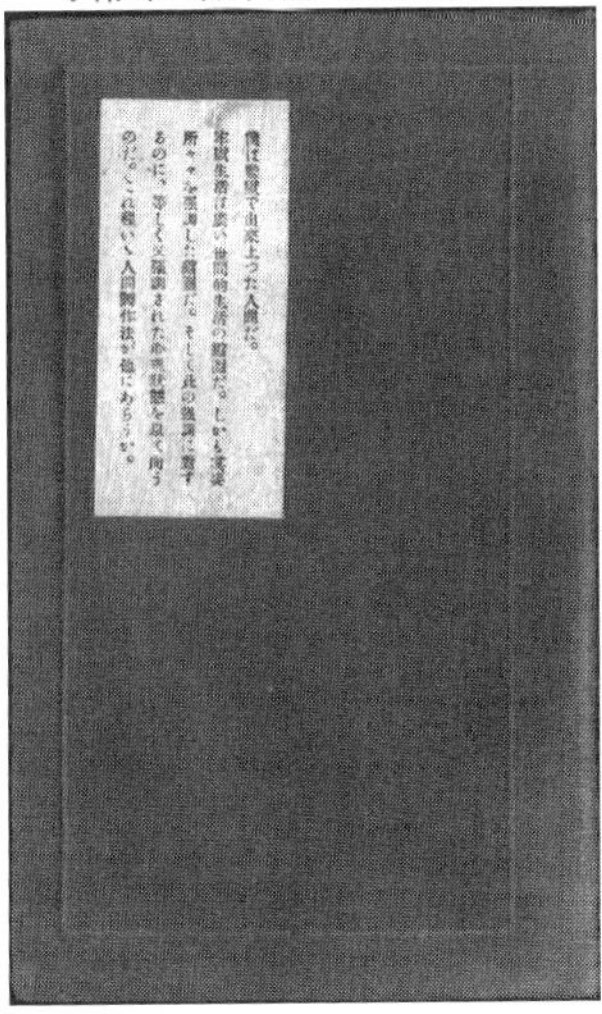

図版⑫
大杉栄『獄中記』（春陽堂版）表紙

うな機能を果たしたと言えるだろう。「広い世間的生活の縮図」を「牢獄生活」の中に見るというその姿勢はドストエフスキーの視点とも重なるものであろうが、大杉の視点にはヒューマニズムの要素がほとんど見られない。そこに顕著なのは、メディア内で広く報道された自分をめぐる報道を踏まえた上で、その実相を語ろうとする自己顕示的な姿勢である。例えば、「東京監獄」に職務執行妨害で収監された件について、その経緯の詳細を述べた上で、大杉はこのように語る。

これが当時の新聞に「大杉栄等検挙さる」とか云ふ事々しい見だしで、僕等が酔つぱらつて吉原へ繰りこんで、巡査が酔ひどれを拘引しようとする邪魔をしたとか、其の酔ひどれを小脇にか、へて逃げ出したとか、い、加減な嘘つぱちをならべ立てた事件の簡単な事実だ。[注19]

ここでは大杉をめぐるメディア報道を読者がよく知っていることが前提になっており、それは構造的には明治初期の『朝野新聞』における言説構造とさして変わるものではない。だが、大杉の『獄中記』の場合は、そこで報道された「大杉栄」像と、これから自分が語る「事実」との差異を拡大させて呈示することこそが、テクストの戦略なのである。その後も大杉は「広い世間的生活の縮図」としての監獄を観察者の視点から詳細に描き出し、メディア報道との差異を析出してゆく。紅野謙介は「塀の向う側に広がる監獄という「異界」は、ここで畏怖と差別の感情を呼び覚ます霊気を払われ、読者の日常と地続きの、好奇心をかきたてられるような空間に変換される」と述べ、「政治犯にとってそこも闘争の空間であることを読み物のなかに感得させるように描いていた」と指摘する[注20]が、大杉がそこで析出するメディア報道と「事実」との差異は、ゴシップ的な「実相暴露話《ばくろ》」としての物語性とその〈獄中〉表象の趣向性を拡張するものであったと考えられる。

そのように受容されていたこの書物において最も注目すべき要素は、「読むこと」の実践空間〈読書空間〉、そして「書くこと」の構想空間〈創作構想空間〉としての〈獄中〉の意義が強調されていることである。「三、千葉の巻」の「もう半年はいつてゐたい」と題された章では、「元来僕は一犯一語と云ふ原則を立て、」おり、過去の収監時に様々な語学を勉強したことが述べられる。そして、現在も「看守のすきを窺つては本を読」むことで、「嘗《かつ》て貪《むさぼ》るやうにして掻き集めた主義の知識を殆んど全く投げ棄て、、自分の頭の最初からの改造を企てた」と述べる。ここまで徹底して自己改造、変革の場としての〈獄中〉のコンテクストを強調したテクストは、大杉以前には存在していなかった。「自己変容のトポス」としての監獄観自体は、一九〇五年の幸徳秋水「柏木より」にも見られたものであり、それは「社会主義者」の〈獄中〉表象における系譜であったと言うこともできるだろうが、大杉はそのような意味性を、大正期の文化的スローガンであった「改造」をも取り込みながら、そこで更に強調、増幅させているのである。

また、「続獄中記」の部分にある「僕の古郷」の章では、トルストイやコロレンコの「悪い仲間」を読んでいた自身の過去に言及し、「が、当時の此の創作欲は今に到つてまだ果されない。と云ふよりは寧ろ殆んど忘れ果て、、社会評論とも文学評論ともつかない妙な評論書きになつて了つた。そして今では又、こんな甘い雑録に、漸く口をぬらしてゐる」と自嘲《じちょう》が示されるのだが、その直後の「監獄人」の章では「しかし、今だつてまだ、多少の野心のない事はない。現に此の獄中記の如きは、此の雑誌に書く前には、「監獄人」とか「監獄で出来あがつた人間」とか云ふやうな題で、余程アンビシヤスな創作にして見ようかと云ふ気もあつたのだ」という、〈獄中〉を「書くこと」をめぐる意識が示される。〈獄中〉の思索は、「書くこと」を強力に支える構想を熟成させ、そこで、ある確固とした「書物」を完成させたいというキッチュな欲望を喚起する。この「アンビシヤスな創作」の根拠となるものは〈獄中〉体験の重さのみであり、その他の根拠は存在しない。いわばそこでは、「体験」とそれを「書くこと」をめぐる構造的転倒が起こっているのだ。自己の体験が語り得ない（ほど強烈だった）ということが、現実行為としてそこで「書いていること」のアクチュアリティを背後から保証してゆくという、いわば自己完結的な言葉の構造がそこに見出せる。それは、同時代の文壇における「傑作」「大作」憧憬《しょうけい》幻想と通底した現象であると見なすこともできるだろう。

この後、「僕は自分が監獄で出来あがつた人間だと云ふ事を明かに自覚してゐる。自負してゐる」と、表紙でも表明されていた命題が再確認された後、このような記述が続く。

> 入獄前の僕は、恐らくはまだどうにでも造り直せる、或はまだ碌には出来てゐなかつた、ふや〳〵の人間だつたのだ。（中略）
>
> そればかりではない、僕の今日の教養、知識、思想性格は、総て皆な、其後の入獄中に養ひあげられ、鍛へあげられたと云つてもよい。二十二の春から二十七の暮れまでの獄中生活だ。しかし、前に云つたやうに、極めて暗示を受け易い心理状態に置かれる獄中生活だ。それがどうして、

僕の人間に、骨髄にまでも食ひ入らないでゐよう。

故郷の感じを始めて監獄で本当に知つたやうに、僕の知情意は此の獄中生活の間に始めて本当に発達した。いろ〳〵な人情の味、と云ふやうな事も始めて分つた。自分とは違ふ人間に対する、理解とか同情とか云ふやうなことも始めて分つた。客観は愈々益々深く、主観も亦愈々益々強まつた。そして一切の出来事をたゞ観照的にのみ見て、それに対する自己を実行の上に現はす事の出来ない囚人生活によつて、此の無為を突き破らうとする意志の潜勢力を養つた。

教養、知識の場としてのこの監獄観は、ドストエフスキーとの相同性を示していながらも、やはり大杉特有の意味合い、つまり自己を根本的に変容させる場としての性格を明らかにしている。執拗《しつよう》に繰り返される、自己の現在を構築してくれた場としての監獄空間の意味付けは、歴史的な〈獄中〉の意味的コンテクストに、自己変容という要素を更に付加するものであった。ただし、そこでの自己変容は、単なる人格的な変化ということには留まらない性質のものであった。その後、このような記述が続く。

僕は又、此の続獄中記を、「死処」と云ふやうな題で、僕が獄中生活の間に得た死生問題に就いての、僕の哲学を書いて見ようかとも思つた。現に、一と晩夜あけ近くまでかゝつて、其の発端だけを書いた。（中略）

実際僕は、最後に千葉監獄を出た時、始めて自分が稍々真人間らしくなつた事を感じた。世間の何処に出ても、唯一者としての僕を、遠慮無く発揮する事が出来るやうになつた事を感じた。そして僕は、僕の牢獄生活に対して、神の与へた試煉、み恵み、と云ふやうな一種の宗教的な敬虔な感念を抱いた。

ここで「牢獄生活」が「唯一者としての僕」としての自己を創出し、「一種の宗教的な敬虔な感念」を生み出していることが注目されるだろう。アナーキストのイメージには似つかわしくない「神の与へた試煉、み恵み」といった言い方さえ見られるのであり、宗教的感覚に似た感覚がそこには瀰漫《びまん》しているのだ。

このような特性を孕んだ『獄中記』という書物においては、〈獄中〉表象をめぐる従来の意味的コンテクスト、つまり読書と創作構想の場としてのコンテクストが継承、増幅されている一方で、「暗黒」のトポスという明治以来の〈獄中〉の意味付けは明らかに後退している。それに代わって、自己を霊的に超越化させる階梯《かいてい》としての〈獄中〉の神秘的な意味性が、新たに前景化させられているのである。この『獄中記』は、その意味で〈獄中〉のコンテクストをめぐる転回点に位置付けられるテクストであった。

総合すると、大杉の『獄中記』という書物は、従来の〈獄中〉言説の形態を総合的に再構成すると共に、〈獄中〉を自己の超越的変容の場として記号的に意味付けたテクストであったと定義できるだろう。そこで〈獄中〉者の主体は、宗教的感覚の内に超越化した自己のあり方を誇示するのであり、その誇大化した意識に保証されて、〈獄中〉は根源的な「書くこと」の場へと反転するのだ。権力的な政治体制からの弾圧と、個人の身体への監視と管理、矯正《きょうせい》という要素を根源的に抱える空間である監獄は、政治や権力の領域へと接続する、外に開かれた社会空間であると同時に、そこでしかあり得ない特権的で密《ひそ》やかな「言葉」を生成する、いわば内に閉じられた表現空間でもあることを、このテクストは明示したのである。そのような特質を抱えた大杉の『獄中記』の登場によって、以後の〈獄中〉言説は、「獄中記」という規範的ジャンルにおいて制度化されてゆく。

そして、そのような制度化の傾向は、監獄空間をめぐる意味性を限定し、その想像力に一定の枠組みを与えることになった。つまり、そこにおいて〈獄中〉という表象領域は、書き手の感性によって個別的に創造されるような表現領域ではなくなってしまうのである。〈獄中〉表象の形態自体は以後も多様に展開されてゆくのだが、それらの表象が孕む意味合いは、次第に一元的に規範化されたものになってゆく。「大逆事件」以降の「社会主義者」の記号化に加えて、このような規範的「獄中記」の「誕生」が、近代日本の〈獄中〉表象に構造的な転換をもたらしたのである。

5 〈獄中〉の想像力のゆくえ――こぼれ落ちる言葉／堕胎される身体

〈獄中〉のフェミニニティ

そのような〈獄中〉言説の制度化の過程において、注目すべきテクストがある。一九一五（大正四）年六月に『青鞜』に発表された原田皐月《はらださつき》「獄中の女より男に」である（図版⑭）。『青鞜』の一九一四年一二月号に生田花世に反論した「生きるこゝと貞操と――反響九月号「食べる事と貞操と」を読んで」を発表し、伊藤野枝や平塚らいてう、大杉栄が参加した「貞操論争」の契機を生み出した原田は、当時の『青鞜』における「性」への問題意識と活発な発言▼注[21]」の傾向を担う中心人物であったが、この「獄中の女より男に」では、「堕胎」というタブー化された主題を提示している。『青鞜』同月号の発禁の原因となったとされ、以後同誌上に「堕胎論争」を引き起こしたこのテクストは、「堕胎」という主題への「大胆きわまる挑戦▼注[22]」が主に注目されがちなのだが、その〈獄中〉の想像力の特異性においても特筆されるテクストである。

　私には暗い〳〵日許り続いて居ます。もう幾日経つたのか忘れて了ひました。此処に斯うして居ると堪らなく世の中が恋しくなります。貴方の傍が……貴方の傍が……貴方はあのテーブルの上でお仕事をして被入るでせう?。一輪ざしの草花がもうぼろ〳〵に枯れたらうなんて昨夕も考へましたの。そして貴方は其ぼろ〳〵の花を矢張り捨てないで眺めて居て下さるんだと思つたりしてましたの。妙な事迄考へたんですよ。貴方がね、毎晩私のあのつぎだらけの寝巻を抱いて寝て被入るのだなんて。そして私の考へてる事が皆事実の様な気がするんですの。私にちやんとそれが見える様な、私が知り抜いて確かな事実の様な気迄するんですの。（一）

一八八三（明治一六）年の岸田俊子「獄の奇談」、一九〇四年の福田英子「妾の半生涯」といった自由民権運動期の女性による〈獄中〉言説の系譜ともまた異質な表現性を、この「獄中の女より男に」というテクストは抱えている。まず、手紙形式を採ったこのテクストの書き手である「私」の収監が、自由民権運動に関わった女性達とは異なり、おそらく堕胎罪によるものであるということが、他の女性の書き手による〈獄中〉表象とは異なっている。この「私」の「犯罪」は、抽象的な思想や社会運動ではなく、あくまで「私」個人の身体と性の領域に密接に関わるものであるのだ。引用した冒頭部分でも「貴方がね、毎晩私のあのつぎだらけの寝巻を抱いて寝て被入る」と、そ

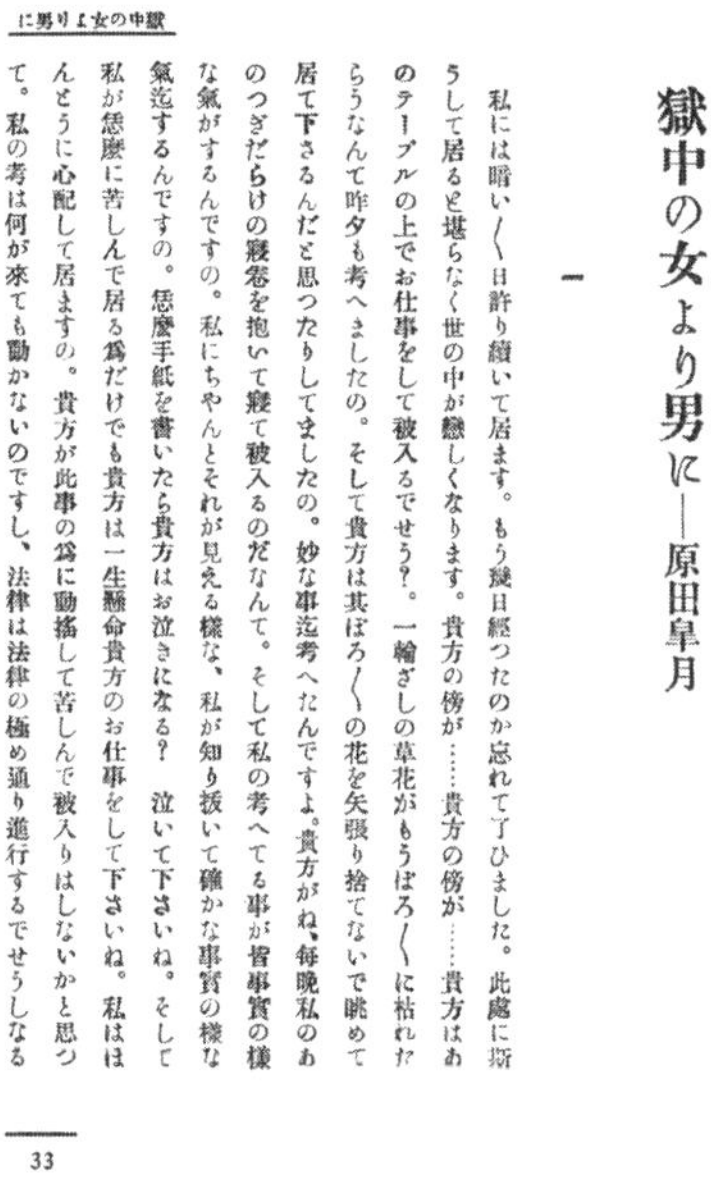
獄中の女より男に

獄中の女より男に――原田皐月

一

私には暗い〳〵日許り續いて居ます。もう幾日經つたのか忘れて了ひました。此處に斯うして居ると堪らなく世の中が戀しくなります。貴方の傍が……貴方の傍が……貴方はあのテーブルの上でお仕事をして被入るでせう?。一輪ざしの草花がもうぼろ〳〵に枯れたらうなんて昨夕も考へましたの。そして貴方は其ぼろ〳〵の花を矢張り捨てないで眺めて居て下さるんだと思つたりしてましたの。妙な事迄考へたんですよ。貴方がね、毎晩私のあのつぎだらけの寢卷を抱いて寢て被入るのだなんて。そして私の考へてる事が皆事實の樣な氣がするんですの。私にちやんとそれが見える樣な、私が知り拔いて確かな事實の樣な氣迄するんですの。怎麼手紙を書いたら貴方はお泣きになる? 泣いて下さいね。そして私が怎麼に苦しんで居る爲だけでも貴方は一生懸命貴方のお仕事をして下さいね。私はほんとうに心配して居ますの。貴方が此事の爲に動搖して苦しんで被入りはしないかと思つて。私の考は何が來ても動かないのですし、法律は法律の極め通り進行するでせうしなる

33

図版⑭　原田皐月「獄中の女より男に」

の想像力において性的な領域が取り込まれ、それが「私の考へてる事が皆事実の様な気がする」という思いなしにおいて、半ば暴力的に読み手の側に突き付けられることになる。このような想像力の形態は、それまでの〈獄中〉言説においてはほとんど見られなかったものであろう。

そのような「私」は、「悪かつたと思ひます。ほんとうに。然しそれは私が今迄妊娠した経験がなかつた為に其方に不注意だつたと云ふ事に対してなのです」（二）と裁判で自分の考えを主張する。おそらくその主張こそがこのテクストの主題的な核心であり、それは現代でもなおフェミニズムの問題意識に連なる批評性を孕む記述[▼注23]であろう。「堕胎」に関して「女は月々沢山な卵細胞を捨てゝゐます。受胎したと云ふ丈けではまた生命も人格も感じ得ません。全く母体の小さな附属物としか思はれないのですから。本能的な愛などは猶さら感じ得ませんでした」と裁判の場で語る「私」の言葉は、「堕胎」をめぐる同時代のジェンダー規範は勿論、現代の微温《びおん》的な「母性」観をさえ相対化して喰い破りかねないようなラディカルさを孕んでいる。このテクストを「原稿の段階で読」んだ伊藤野枝がその「堕胎問題」に「即応」し、その論争の「孵化役を果たした」[▼注24]という事実も、このテクストが孕む本質的な批評性を示唆しているだろう。

ただ、監獄の外にいる恋人の「貴方」にも「口を開かずに幾日も幾日も考へ」て用意されたその言葉は、ついに彼女の本意を伝達することはなく、逆に「実に怖ろしい」悪逆な「女」、「虚無党以上の危険思想」という記号化されたステレオタイプを裁判という公共空間内に創出することになる。「判つて貰はなくともいゝから云ふ丈けは云はう」とするその「私」の能弁さは、おそらく彼女の監獄内、及び社会空間での孤絶性を極限まで臨界化させることになるだろう。語れば語る程、その語る主体は自らの記号性の内で空転してゆく。それはおそらく、メディア内における自己の「言葉」の主体性をめぐる同時代的状況のアレゴリーでもあるのだろうし、それは『青鞜』という雑誌メディア自体が内包していた空転でもあっただろう。

だが、そこで注目されるのは、「私」のそのような空転にもかかわらず、「私」が裁判官側を体制的な「悪」として一元的に意味付けてはいないということである。つまり、このテクストの〈獄中〉には、絶対的「悪」も「抑圧者」もいないのだ。そこにあるのは、ただ空転する「私」の身体とその言葉、そしてそれを取り巻く自意識のみである。「私」が発言した時に流す涙が「悲しい涙でも口惜しい涙でもそんな意味のある涙ではないのです」と述べられていることは重要であろう。その涙は決してエモーショナルなものではなく、誰かを告発するものでもない。そこでは「私の声の一ツ〳〵の響が涙管を震はして涙の玉を振り落す様に只々はら〳〵こぼれる」のであり、自己の身体の内部で完結し、決して公共化されない「言葉」の運動がそこには存在しているのである。その意味でこのテクストは、政治小説以来の文学的〈獄中〉言説に見られる「自由と圧制が対峙する構図」としての「アレゴリイの方法」[注25]そのものを相対化する、初めての〈獄中〉言説であったのかもしれない。

このテクストにおける監獄は、自分を外部から意味付けてゆく記号を自らの「言葉」が非意識レベルにおいて生み出してしまい、それが自己の主体的領域を抑圧してゆくような自己閉塞的状況を表象しているとも考えられる。ただ、そのような自己の記号性からの抑圧は、テクストの中で二人（「私」と「貴方」）の強い内的な結び付きを逆に強化するように作用するのであり、そこで「私」の感性の領域は異様なまでに増幅することになる。

貴方は世の中の嘲罵を浴びて被入るでせうね。堕胎女の情夫はあれだと。貴方はぢき其れが怎うした？　とそふ気になつて力み返るんでせう？　さう思ふと私はふんと笑ひたくなります、何でもい、、二人を知つてるのは二人ですはね。二人ぢやない、二人はほんとに独りなんですものね。私はほんとに嬉しいのです。毎日の尋問に疲れ切つた時でも私を隅から隅迄知つてる人が今仕事をして居る。私は凡てを知られて居ると思ふと、世の中の人間が皆私に唾してもあゝ沢山だと思ふんですの。

この部分は裁判を回想する「二二」の直前にある記述であるが、そこで増幅した〈獄中〉の「私」の想像力が、その後の裁判での能弁かつ孤絶した語りを強力に起動しているかのような印象さえ受ける。「私」は「私と貴方」という対構造に「暗い世界」の〈獄中〉者としての根拠を見出してゆくのだが、そこで発された「何でもい、、二人を知つてるのは二人ですはね。二人ぢやない、二人はほんとに独りなんですものね」という言葉に孕まれた不明性は、この「私」にとっての〈獄中〉の本質的な孤絶性を示唆《しさ》している。更に、裁判終了後に「けれど私の信念には少しも動揺がない」と「私」は述べるが、その「信念」の内実は、このテクストからほとんど窺い知ることができない。それは「貴方」との結びつきそのものであるのかも知れないが、そこに男女のロマンスの物語を安易に描き出させるような余地を、このテクストは最初から許容していないのだ。勿論、「女より男に」というヘテロセクシャルの対《つい》構造を前提としたこのテクスト自体が、「貴方」という男性ジェンダーに好都合な形で作られた言説であると断罪することは可能だろう。ただし、そのような外在的判断を超えた地点で突出してくるのが、「三」のテクスト最終部の記述である。

又く〴〵云ふ様ですけど私の事をお考へになつたらお仕事丈けをして頂戴ね。二人が葬られて了ふ様な事があつたら私はそれこそお恨みしますから。それが私には心配で〴〵堪らないんですの。どうかすると貴方が絶望してこの暗い世界へ飛び込んで被入りはしないかともう恐ろしくて堪らない事があるのです。私の知らない間に貴方も此処へ来て被入る様な気さへする事がありますの。どうぞね無駄にならない様にしませうね。

あ、今ね貴方の下駄が片方踏み石の下へ引繰り返へつてるのが見えます。一つは格子の側の処へ飛んで貼り柾がむけて来ましたね。

監獄内の「私」が最後に見る「貴方の下駄」の幻視的風景は、書き手の意図云々とは無関係な地点で、自律的なダイナミズムを孕み込んでしまっている。「私の事をお考へになつたらお仕事丈《だ》けをして頂戴ね」というロジックの反復（一見「殊勝な女」を見せかける）によって、「私」の領域に「貴方」という存在が現実的に波及してくる可能性は遮断され、その上で「私」はいわば非在化した主体として貴方を幻視し続けることになる。そこにいない「私」が「貴方」を見つめ続けるという構図――それは極端に一方向的なものであり、もはや「私と貴方」の緊密な内的結び付きなどと安易に名付けることさえできないようなものだ。このような独自の想像力を孕んだ〈獄中〉のあり方は、決して他の〈獄中〉表象の内に見出すことはできないものであろう。「性」の領域への意識化という越境的意志が生んだその〈獄中〉表象は、誇示的なマスキュリニティに支配されていた同時代の〈獄中〉言説を相対化する可能性を確かに孕んでいる。

ここに見られるような性質の〈獄中〉の想像力は、大杉の『獄中記』以降の〈獄中〉言説の系譜においては「黙殺」されることになる。しかし、この原田皐月の特異な〈獄中〉言説は、大正期の言説一般を考える上でも重要な示唆を与えてくれるだろう。「小説的〈獄中〉言説」（C・a）の形態を採ってはいるが、このテクストは、従来の〈獄中〉言説をめぐる規範の枠組みではうまく捉えられない逸脱性を孕み込んでいる。換言すれば、このテクストをめぐる事態は、以後の〈獄中〉表象において何が切り捨てられ、何が拡張されていったのかを窺わせるものであるのだ。勿論、この「獄中の女より男に」掲載当時の『青鞜』誌上の事態は特殊なものであり、テクストをめぐる事情を安易に普遍化することはできない。また、原田が示したような幻視的想像力も、それ以降更に方法的に展開された訳でもない。しかし、『青鞜』という不安定で流動的な「言葉」の場に起きていた事態、つまり、自らの記号性をめぐる流通がまず先行してしまい、その記号主体の側はその記号を事後的に追認しつつ、記号化された自己の主体性が空白化されたその場の中で新たに「言葉」を生み出さねばならないという事態は、おそらく「大正」的言説を担っていった人々が多かれ少なかれ抱えていた現実であった。そして、そこでの彼／彼女らの「言葉」の分岐点は、そこで流通する記号の性質ではなく、その記号的混沌の中における自己の「身の処し方」の巧拙であった。

よって、そこでの「〈獄中〉の想像力」とは、もはやある主体が独占的に所有するものではあり得ない。それは、メディア内の様々な記号の氾濫の内に共有され、公共的に流通してゆくものなのだ。『中央公論』における〈獄中〉表象の系譜は、文学的想像力をめぐるそのような変容過程を典型的に示すものである。個人の内的な冥想の場として特権化される〈獄中〉は、実はその個人の「自由な」想像力の特権性など、もはや成立し得ないという事実を突き付ける場でもあった。そこにおいて、監獄という場の抑圧や暴力を個人の感性のレベルから対象化し、そこに根源的な自己の疎外性を見出してゆくような原田の言説が、以後の〈獄中〉言説の制度的カテゴリーから排除されてゆくのは、ある意味必然的なことであった。実際、原田のような存在が「大正的」言説空間に参与してゆくことは、おそらく深い困難を伴う行為であっただろう。実際に、この原田皐月という書き手は、『青鞜』以外の場で自らの言葉を更に展開することはなかった。そして、このテクストに示された、監獄内の女性の身体と性の領域としての〈獄中〉は、以後大衆的な好奇心を喚起する類型的なトピックスとして用いられるのみであり、文学的表現の場に主題として再度浮上することはなかったのである。『青鞜』という特異な言説の場で偶発的に生み出され消え去っていったこのテクストは、近代日本の〈獄中〉表象の構造とその変容を考察する上で、本質的な問題を提起していると言えるだろう。

1 「大正的」言説の構造的特性をめぐって

〔1〕蓮實重彦「「大正的」言説と批評」（浅田彰・柄谷行人編『批評空間 No.2 大正批評の諸問題』〔一九九一・七 福武書店〕所収）p15

〔2〕社会心理研究所「文化産業の成立」（南博＋社会心理研究所『大正文化 1905～1927』〔一九六五・八 勁草書房〕所収）p130

2 メディア空間としての『中央公論』──雑多な記号の交錯と流通

〔3〕ここで用いている「問題」や「大正的」という用語は、本章1節で引用した蓮實重彦「「大正的」言説と批評」における指摘、つまり、「『大正的』な言説」が「分離よりも融合を、差異よりも同一をおのれにふさわしい環境として選びとり、曖昧な領域に『主体』を漂わせたまま『問題』と戯れ続けている」といった指摘を全て踏まえたものである。

〔4〕「新しい女」と「新しき女」は混用されており、その使い分けにおける明確な意味上の差異は見出しがたいが、平塚らいてうの「新しい女」が掲載された一九一三年一月の『中央公論』以降、「新しい女」という言い方が主流になると考えられる。

〔5〕堀場清子『青鞜の時代』（岩波新書 一九八八・三）p69

〔6〕清水孝『裁かれる大正の女たち』（中公新書 一九九四・四）で詳しく検証されている。

〔7〕『中央公論社七十年史』（一九五五・一一 中央公論社）p121

［8］ヴァルター・ベンヤミン「複製技術時代の芸術作品」（一九三六）。

3 松崎天民の流通と終焉——記号の駆使者として

［9］この点について紅野敏郎は「松崎天民の再評価」（『国文学』一九八五・一〇）p149において、「『青鞜』の「新しい女」出現も時代の話題であったが、その裏側の『淪落の女』も同時代の産物、従ってあわせ眺める複眼の意識が当然必要」であると指摘している。
［10］杉森久英『滝田樗陰　ある編集者の生涯』（一九六六・一一　中公新書）p94
［11］注10杉森同書　第二章　新人の発掘
［12］日夏耿之介「獄中文学考」（『東京朝日新聞』一九二二・五・二五）。

4 大杉栄『獄中記』の誕生——規範的ジャンルとしての「獄中記」

［13］関礼子「伊藤野枝という表象——大正期のメディア空間のなかで——」（『岩波講座　文学』〔二〇〇三・一〇岩波書店〕所収。引用は『女性表象の近代　文学・記憶・視覚像』〔二〇一一・五　翰林書房〕p273,287に拠る）

［14］以下、引用した「雑音」の本文は全て『定本　伊藤野枝全集　第一巻　創作』（二〇〇〇・三　学藝書林）に拠った。

［15］「編輯室より」（『青鞜』一九一六・一）。

［16］『定本　伊藤野枝全集　第一巻　創作』の「解題」の「雑音」の項p402には、「このなかで、K（木内錠子と推定）を除く『青鞜』の女性たちとその周辺の人々は実名で登場するが、辻潤は「純一」となつている」との指摘がある（堀切利高執筆）。

［17］日高昭二「大杉栄再考」（鈴木貞美編『大正生命主義と現代』一九九五・三　河出書房新社）。

[18] 竹中労『断影　大杉栄』（ちくま文庫　二〇〇〇　筑摩書房）がその代表的な例であろう。
[19] 以下、引用した大杉栄『獄中記』の本文は全て、一九一九年刊行春陽堂版初版に拠った。
[20] 紅野謙介「解説　一九一九（大正八）年の文学」（『編年体 大正文学全集　第八巻 大正八年』〔二〇〇一・八　ゆまに書房〕所収）p631

5　〈獄中〉の想像力のゆくえ――こぼれ落ちる言葉／堕胎される身体

[21] 堀場清子『青鞜の時代』（岩波新書　一九八八・三）p208
[22] 注21堀場同書 p231
[23] このテクストが二〇一六年現在「青空文庫」で公開されており、YouTubeにおいてもそのテクストがアップロードされているという事実は、このテクストが現在もなお読まれ得るだけの衝迫力と批評性を内包していることを示しているだろう。
[24] 関礼子「伊藤野枝という表象――大正期のメディア空間のなかで――」（『女性表象の近代　文学・記憶・視覚像』）p286
[25] 前田愛「獄舎のユートピア」p132

第三章

大正期 2

——内的な自己超越のトポスに変貌する〈獄中〉

1　近代出版メディアと山中峯太郎（一）――変貌する自己記号性とその流通

山中峯太郎の記号的「漂流」

大杉栄『獄中記』の登場によって、「回想的〈獄中〉言説」（B）を中心にした「獄中記」的言説は、ジャンル化された規範的言説形態として広く認知されてゆくことになった。それに従い、『中央公論』誌上にも「獄中記」的言説が一九一九（大正八）年頃から頻出するようになる。当然それは、メディア空間内での流行に敏感に反応する『中央公論』側の戦略であったと言えるだろうが、同時にそれは大正中期における個人の〈内面〉をめぐる表象のあり方と密接に関わるものであった。そこにおいて〈獄中〉の想像力は、「書くこと」をめぐるアクチュアルな場そのものとして立ち現れてくるのである。

一九一九年一一月の『中央公論』に、山中峯太郎《やまなかみねたろう》の「獄を出て」という全四三頁の文章が掲載された[注1]（図版⑮）。その冒頭部直後には、このような記述がある。

一年半の獄中生活。その時間が、長かつたか、短かゝつたか。その長短の量に、値は全く無い。たゞこの自分が、現世における此の生涯のうちに、「獄」と名づけられる特異な境遇に身を措いてきたといふ事は、他ならぬ自分が違法の罪を敢て犯して了つた為の、必然の果を結んだ一事象であるとはいひながら、それが我れながら全く意想の外に超越した永遠より永遠へ通じて真に稀有な、猶ほ或ひは何としても有り得べからざる一事であつたやうに、思ひなされてならない。それだけに、わたくし自身にしてみれば、さながらに一時の幻想に消て、然かも最も顕はな特異な現実に他ならぬ既往最近の獄中生活の始終を、その印象が未だ新しく歴々と、貽《のこ》されてゐる昨今のうちに、縦ひ一わたりでも如実に回顧して纏めてをくことは、只だ其れだけの思索に耽つてみることばかりでも、試みてみたいとおもふ欲求が、出獄後の半月前から、既に頻りに萌しつゞけてゐる。

（山中テクストの傍線は以後全て副田に拠る）

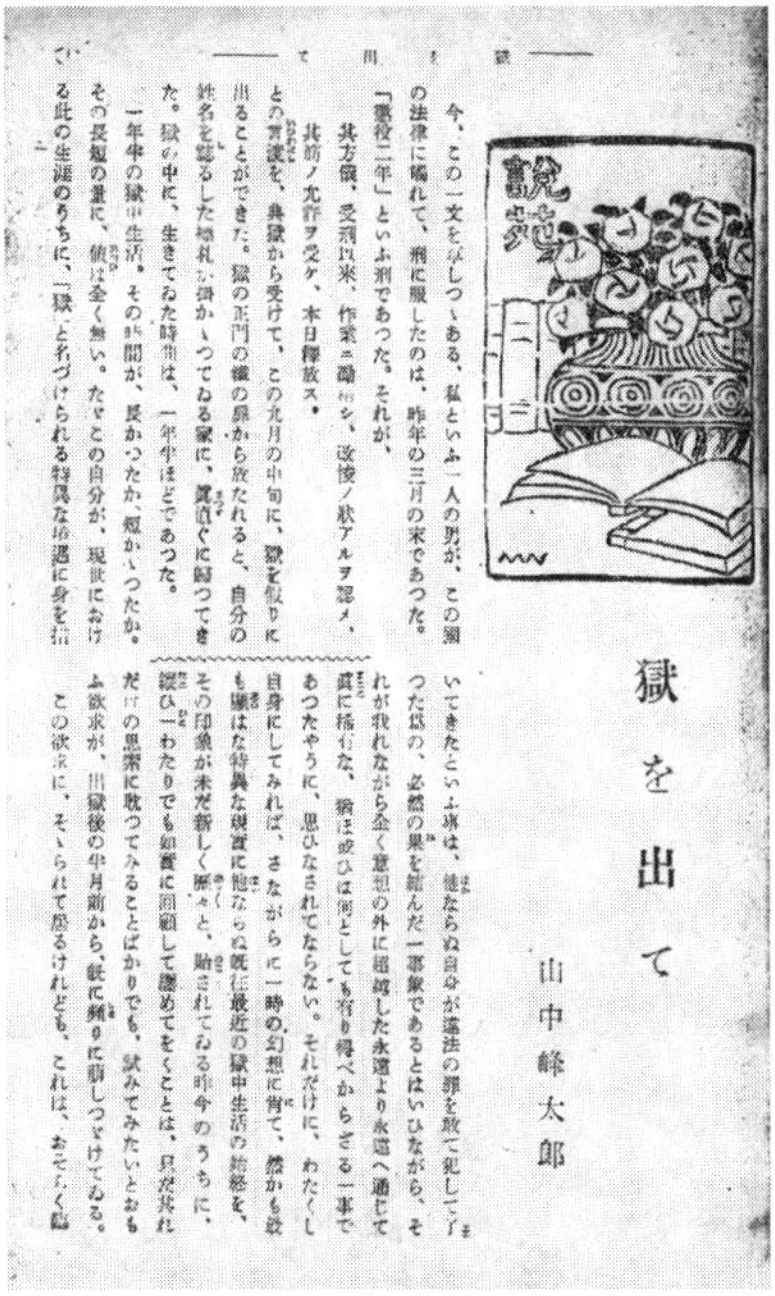

獄を出て

獄を出て

山中峯太郎

今、この一文をなしつゝある、私といふ一人の男が、この国の法律に觸れて、刑に服したのは、昨年の三月の末であつた。「懲役二年」といふ刑であつた。それが、

其方儀、受刑以来、作業ニ勵ミ、改悛ノ状アルヲ認メ、

其筋ノ允許ヲ受ケ、本日釋放ス。

との言渡を、典獄から受けて、この九月の中旬に、獄を假りに出ることができた。獄の正門の鐵の扉から放たれると、自分の姓名を認るした標札が掛かゝつてゐる家に、眞直ぐに歸つて來た。獄の中に、生きてゐた時間は、一年半ほどであつた。

一年半の獄中生活。その時間が、長かつたか、短かゝつたか。その長短の量に、僕は全く無い。たゞこの自分が、現世における此の生涯のうちに、「獄」と名づけられる特異な境遇に身を措いてきたといふ事は、他ならぬ自身が違法の罪を敢て犯して了つた因の、必然の果を結んだ一事象であるとはいひながら、それが我れながら全く意想の外に超越した永遠より永遠へ通じて眞に稀有な、猶ほ或ひは何としても有り得べからざる一事であつたやうに、思ひなされてならない。それだけに、わたくし自身にしてみれば、さながらに一時の幻想に消て、然かも最も顕はな特異な現實に他ならぬ既往最近の獄中生活の始終を、その印象が未だ新しく歴々と、貽されてゐる昨今のうちに、縦ひ一わたりでも如實に回顧して纏めてをくことは、只だ其れだけの思索に耽つてみることばかりでも、試みてみたいとおもふ欲求が、出獄後の半月前から、既に頻りに萌しつゞけてゐる。

この欲求に、そゝられて居るけれども、これは、おそらく臨

図版⑮　山中峯太郎「獄を出て」

「永遠より永遠へ通じて真に稀有な、猶《な》ほ或ひは何としても有り得べからざる一事」として想念化された収監体験は、この書き手に「書くこと」への欲求を喚起しているのだが、その前にまず注目されるのは、この手記が「中央公論の主幹記者、滝田樗陰氏から、私の獄中の感想を書くやうに、ゆくりなくも希望されてきた」ことによって書かれたということで

ある。そこで山中は「滝田氏よりの此の申込みと、わたくしの現に懐いてゐる欲求とは、良く相協《かな》つてゐる」と述べており、山中自身の内的なモティーフと『中央公論』側の要求とが見事に一致していたことが窺える。▼注[2]

加えて、翌月一二月には同じ山中の「未決囚」という三五頁の文章が掲載される。前回の「獄を出て」が既決囚として入獄中のことを書いていたのに対し、これはそれ以前の未決囚の時のことを書いたものであるが、そこにも「中央公論の、滝田樗陰氏から、十一月号の《獄を出て》に書き漏らした事があるならば、それを書くやうにとの、御希望」によって書いたとあり、そのページ数をも考え合わせると、そこには『中央公論』側の強い意向が働いていたと考えられるだろう。

そこでは、一九一八年の『中央公論』「秘密と開放」号に見られたような、好奇心をもって「秘密」的内実をまなざしてゆく一方向の視線だけではなく、その視線からの被視感のもとで、それに応えるだけの神秘性、内面性を持った自己の「内部」を表出しようとする自己暴露《ばくろ》的な志向が萌《きざ》している。監獄という空間をめぐる歴史的記号性と、筆者が〈獄中〉者であったという厳然たる体験性、そして、それを読者が「知っている」という既知性が、その〈獄中〉言説の前提となっているのであり、そのどれか一つが欠けても、その言葉は成立しない。そこにはまさしく、〈獄中〉言説をめぐる相互的な立体化作用が発動していたと言えるだろう。編集長滝田樗陰の意図も、〈獄中〉をめぐるそのような言説の場を制度化し、新たな趣向的カテゴリーとして立ち上げることにあったのではないだろうか。

ただ、この山中峯太郎という人物が抱える問題は、そのような個別の対メディア的領域に留まるものではない。『中央公論』における天民のポジションを引き継いで、多くの探訪もの、情話ものを書いていた大窪逸人《おおくぼいつと》は、実はこの山中峯太郎の別名であった。その意味で、山中峯太郎は、自分自身をめぐる記号性を、同時代メディアの構造の内部で幾つも使い分けていたと言えるだろう。山中峯太郎という主体、そしてその言説の変遷過程は、「書くこと」を生み出す存在が自らを記号化してメディア内に流通し、消費されてゆくという、近代出版メディアにおける生産と消費の普遍的な構造を体現していたのである。▼注[3] ただ、その「書くこと」の領域と形態は天民のそれとは大きく隔《へだ》たっており、その「身の処し方」もまた独特である。以下、この人物について詳述することにする。

まず、混沌とした大正期の言説空間におけるこの人物の位置を確認しておく必要があるだろう。その執筆経歴を、『中央公論』に掲載されたものを中心に以下列挙する▼注[4]（括弧内はその文章の筆名）。

亡命の記（亡命客の一人）	一九一三・一二	『中央公論』
続亡命行（亡命客の一人）	一九一四・八	同
江潮（未成）	同・九〜一五・五	『日本及日本人』
空中戦の研究と批判（未成）	同・一〇	『中央公論』
ワルデックとなつて観たる青島要塞戦の批判（山中未成）	同・一二	『中央公論』
流転一如（旧亡命客）	一九一五・一	同
失はれたる攻勢計画〔翻訳〕（山中未成訳）	同・三	『日本及日本人』
幽霊探訪（一）（大窪逸人）	同・九	『中央公論』

幽霊探訪（二）（大窪逸人）　同・一二　同
女難（大窪逸人）　一九一六・二　同
殺人実記（山中未成）　同・三　同
男難（大窪逸人）　同・四　同
中華民国大統領に代つて日本人に与ふ（山中未成）　同・四　同
支那第三革命情話翡翠の耳飾（大窪逸人）　同・八　同
葭町哀話桃奴の母、小春の母（大窪逸人）　同・一〇　同
人穴《ひとあな》お糸一代記（大窪逸人）　同・一一　同
尼僧の沈黙（山中未成）　一九一七・一　『新小説』
明治大正五代尽情史（大窪逸人）　同・一　『中央公論』
初乗飛行感想記（山中未成）　同・二　同
亡骸の前にて（山中未成）　同・三　『東方時論』
甲州奇談黒髪（大窪逸人）　同・四　『中央公論』
沢田中尉の死―麒麟児の死を悼む―（山中未成）　同・四　同
獄を出て（山中峰太郎）　一九一九・一一　同
未決囚（山中峯太郎）　同・一二　同
『我れ爾を救ふ』（山中峯太郎）　一九二〇・一　同
懺悔し得ぬ男の懺悔（山中峯太郎）　同・一　『婦人公論』

殉教少女物語（山中峯太郎）　同・五　同

親鸞の出家（山中峯太郎）　一九二二・八　『中央公論』

内の十字街＝西田天香さん・倉田百三さんと人生について語り合つた記録＝（山中峯太郎）　一九二三・一　同

親鸞上人の懺悔（山中峯太郎）　同・七　『婦人世界』

支那革命秘史（山中峯太郎）　一九二五・八～二六・八　『太陽』

山中は一九一三（大正二）年に上海に渡り、龐継竜《パンチィルン》と名乗り中国の第二革命に参加、「山中未成」の名で『大阪朝日新聞』に現地報告を送っていた。「亡命客」という筆名はそこに由来する。翌年七月には孫文の中華革命党に入党し、九月に東京朝日新聞社に政治部記者として入社する。▼注[5] そして翌一九一五年に「山中未成」の正体が発覚し一躍寄稿依頼が殺到、それから一九一七年までの間が最も執筆が盛んな時期であった。つまり、山中峯太郎という人物は、現地報告、亡命記、中国実録物、軍事物、情話物、そして後には獄中記、宗教的告白記などの多様なタイプの言説を、「未成」「亡命客」「山中未成」「大窪逸人」「山中峯太郎」といった様々な筆名を使い分けて発表していた存在であったのだ。ただ、その筆名の使い分けは、昭和初期における林不忘《はやしふぼう》／牧逸馬《まきいつま》／谷譲次《たにじょうじ》の場合とは異なり、ジャンルの書き分けや商業的事情といった理由に基づくものではない。山中のそれは、錯綜する同時代メディア言説の場に、自己の記号性を多様に展開させることで参入し、自己の「言葉」の棲息場所を手《た》繰《ぐ》り寄せようとするその「身の処し方」の様態を表すものであったのだ。

『中央公論』には、一九一三（大正二）年一二月の「亡命の記」以降、山中の亡命記が掲載されていたが、その筆名は「亡命客」であり、それが同時期に軍事物を書いていた「山中未成」と同一人物だという ことを当時の読者が知っていたとは考えにくい。山中が「山中未成」として『中央公論』の読物的言説の場に登場するのは、一九一六（大正五）年三月の「殺人実記」と題された文章であった。この、おそらく読み手の好奇の視線を存分に喚起するであろうタイトルのついた文章は、再読しても実体験なのか虚構の小説なのか、決して明瞭にはならない。このいささか不可解な文章において、作者の「山中未成」が一体何を言いたかったのかは、おそらく当時の読者にもわからなかったであろう。それはただ好奇心を喚起し、「殺人」の禍々《まがまが》しさを否応もなく印象付けるだけであって、それ以上のものは何もない。このテクストの最終部では、スパイとして司令部に潜入していた「朝鮮の無政府党員」の「洪子考」に対し、「むら〳〵と渦をまいて縺れ上るやうな昏《くら》い殺気」を覚えた「彼」が、洪を射殺するシーンが、このように描かれることになる。

一つの響と僅かな淡青い煙とが、そこにあつた。さうして、洪は右手を振りあげて、自身の前額を押へると、そのまゝ右後に胸を旋した。と、延びあがるやうに其の胸を著しく反らして、右脇を下に横に仆れると共に、左手をばたりと土の上に伸ばしきつて、土を攫むだ。更に胸を真下にして、長くなつた全身が地上に一転した。そのまゝ動かなかつた。

彼は洪の然うした所作を、はつきりと視さだめた。洪が動かなくなつたのを見ると、裏がへしになつた其の赭革の靴の底が、最も近く自分の脚下に延びてゐるのを知つた。その自身に最も近い洪の靴底が、彼の存在に端的に矛盾してゐるやうに、たゞ一途に直感された。さうして、彼は何かは知らず極めて細心になつて、拳銃を静かに衣嚢に蔵してしまうと、直ぐに身を躍らして、洪の脇腹に両手を当てゝ、我ながら大膽に、洪の全体を前方に押しやらうとした。それは確かに死骸になつてゐた。さうして意想外に重量を有つた死骸は、彼に押されて、僅かに地上を摩つて位置を換えた。彼は只だ叱咤し痛罵するやうな気分に掩はれて、更に起上ると再び洪の靴底を視た。その靴底の輪郭が、新しく彼の瞳に深く収まつた。

二分間ばかり、彼は地上の靴底を熟視してゐた。さうして、洪の死骸を谷あひに抛棄すべき、最初からの予定を画然と断念した。

この後、翌日に「昨日まで洪の凭れてゐた空椅子」を見て「「居なくなつた」とのみ彼は思った」ことが記述され、語り手も「たゞそれだけであつた」と述べるのだが、この「洪」の「消え方」は、まさにこのテクスト自体のあり方にも重なるものであろう。圧倒的な「体験」性の掲示と、その主体的「意味」の奇妙な欠落を露呈したこのテクストにおいて、山中は『中央公論』の読物的言説の系譜の内に参入していった。

更に、山中が「大窪逸人」として一九一六年八月に発表した、上海を舞台にした「支那第三革命情話翡翠の耳飾」には、「第三革命」という同時代の記号が使われている。中国で第二革命が起きた一九一三年には戦闘にまで参加し、新聞に中国革命通信を送っていた山中が書くこの言葉は、日本の枠組みを超えた圧倒的な「体験」性を読者に突き付けたと思われる。作者名の違いによって「殺人実記」との連続性は直接的に伝わらないようにはなっているが、それでもその禍々しい感触は『中央公論』の読物的言説の中でも特筆されるものであろう。

〈獄中〉と自己変革のコンテクスト

そして、一九一九年一一月に掲載された「山中峯太郎」の「獄を出て」は、このような読物的言説を経由して示されたテクストであったのだ。とは言え、「獄を出て」「未決囚」における収監理由は、「殺人実記」に描かれた殺人罪ではない。山中は一九一七年の三月二八日に「淡路丸偽電事件」（日本郵船の客船淡路丸が沈没したという虚報を流して株式市場を混乱させ、それに乗じて巨利を得ようとした事件）の容疑者として逮捕され、翌年の七月一六日に取引所法・電信法違反で懲役二年の実刑判決を受け東京監獄市ケ谷《いちがや》刑務所に服役しており、「獄を出て」「未決囚」は、おそらくその体験を書いたものであると考えられる。ただ、一九一五〜一六年の『中央公論』誌上における読物的言説の内で作り上げられた「亡命者」「殺人者」等の記号的コンテクスト、いわば「帰還不能地点《ポイント・オブ・ノー・リターン》」まで到達してしまった絶対的な「体験者」としてのコンテクストは、山中の〈獄中〉言説における不気味な衝迫力を、確実に内と外から支えているようにも思える。

まず、〈獄中〉を描いた山中のテクストで注目されるのは、回顧的に自らの入獄体験を語ってゆく、書き手自身の現在の位置である。「未決囚」冒頭にはこのような記述がある。

獄を出て、わたくしの右手は、今、ペン軸を再び握つてゐる。
「自分」は、不断に変改せられつゝある。代謝の作用が刹那ごとに、しづかに施されつゝある。ペン軸を握つてゐる自分は、元より常住のすがたではない。しかし、自分に執し、同時に、自分を反映してゐる「事実」は、その時に既に在つた不滅の象として貽《のこ》つてゐる。
その実在——その自分を、「今」の上から、あらためて観なほしたい。やがて代謝変改の跡を、成し得るかぎり鮮やかに眺めたい。

ここで過去の入獄体験の絶対的事実性が示されると同時に、今そこで書いている自己が過去の自分ではないということが強調されるのだ。そこにおいて〈獄中〉は、必然的に、自己変革のドラマが上演される場としてあらかじめ定義されることになる。このテクストは、監獄という空間に濃厚な意味性を投影し、それを特権化する傾向を露わにしている。

そのような〈獄中〉の意味化において注目されるのが、読者との「音信」性がそこで予期されていることである。山中の〈獄中〉言説は、「回想的〈獄中〉言説」（B）として大杉の『獄中記』の系列上に位置しながらも、同時に読者とのインタラクティブな「音信」を希求し、自らの住所までを開示するという特異な要素を孕んでいる。大杉の『獄中記』でも、実際の獄中信としての手紙形式のテクストが「回想的〈獄中〉言説」としてのその第一、第二章の後に加えられていたが、それはあくまで「音信的〈獄中〉言説」（A）の感触を「回想的〈獄中〉言説」としての『獄中記』という書物の中に付加した、というだけのことであって、そこで実際に読者との音信が目指されていた訳ではない。大杉の『獄中記』における「音信的〈獄中〉言説」は、あくまで過去に大杉自身が書いた言説の歴史的再現という範疇にあるものであって、そのエクリチュールの完結した実在性自体は揺るぎないものであった。また、松崎天民の読物でも読者との音信性は常に意識され、積極的に表明されていたが、それは記事の話題性を喚起し、その社会的な波及の様までもを「ネタ」にしようとする、いわば読者の興味を喚起するための拡張志向であった。しかし、山中のテクストにおけるそれは、そのような明瞭な目的性を帯びてはいない。「未決囚」の末尾では、読者に対する「音信」意識がこのように示されている。


旧い屍骸と、別かれやう。

あてどもなく書いてきた、此の一場の叙述の上に、醜穢なる一人の屍骸よ、おまへは暫らく、数万の人々の観せものになれ。

畢はりにのぞみ、御音信を賜はりました方々の御友情を感謝しまつり、この一文をお読みくださる大方諸兄姉の御健祥を、希念いたしつゝ。

——一九一九・一一・一七夜——

——東京市外・西大久保・九四——


ここで「御音信を賜は」ったことに感謝する書き手は、自らの過去を読者の眼前に「屍骸」として曝した上、自らの現住所を提示することで、更なる「音信」をたぐり寄せようとする。だが、そこに展開された主体がもはや「数万の人々の観せもの」としての「醜穢なる一人の屍骸」であるのならば、ここで「御音信」をなおも待ち続ける主体は一体誰（何）であるのか。この末尾の言説は、そのような決定的な空白（提示された記号としての「自分」と、今現在それを「書くこと」をなしている「自分」をめぐる空白）を露呈させている。そして、そのような空白にこそ、「山中峯太郎」という記号的存在は棲息しているのだ。テクストの冒頭直後にもこの書き手は、現在の自己のあり方についてこう述べている。

わたくしは、瞳を、こらした。眼のまへに、今さきまで、倒れてゐた屍骸は、今、その痕をも、止めずに、そこに、何も無い。虚無。

『何処に、往つたらう』

何も無い。

ここには、自らの記号性と身体をめぐる恒常的な距離感の破綻、失調がある。このような主体性をめぐる欠損は、大杉栄の『獄中記』には決して見られなかったものだ。ここでは、絶対的な「体験者」としての自己記号性を帯びた書き手（山中）が、自らの主体性の欠損を被虐的なまでに告白することによって、自らの〈獄中〉空間を読者と感性レベルで共有しようとしているのだ。読者との告白的「音信」の内に醸成されたその共同性の感触において、このテクストにおける〈獄中〉は、密やかで親密な超越的自己変革のトポスとして浮上することになる。このような感性的共同性の創出こそが、大杉栄の『獄中記』には見られなかった、山中の〈獄中〉言説の特性であると言えるだろう。大杉の場合でも〈獄中〉は超越的自己変革の場として意味付けられてはいたが、そこで想定される共同性の領域は、あくまで「社会主義者」（闘争の同士たち）に限定されるものであった。だが、山中の〈獄中〉表象においては、「音信」を受ける読者達全てにその共同性の感触は拡張されるのであり、そこでは誰もが、山中と同質の「〈獄中〉の想像力」を共有することができるのである。その意味で、山中のテクストは、マス・メディアの内部にこそ棲息可能な、いわば「大衆化」された〈獄中〉表象の形態を呈示するものであった。山中の〈獄中〉表象が孕む誘引力は、「音信」性を抱え込んだその言説の構造自体にあったのである。このような〈獄中〉表象の形態は、「需要過剰の市場として形成されようとしていた」ところの一九一九（大正八）年前後の「「文学市場」」[注6]の内部において必然的に要請された、いわば高機能な商品であったとも言えるだろう。

このような山中の〈獄中〉言説は、それまでの〈獄中〉表象の系列内に、内的告白と超越、そして自己変革という意味的なコンテクストを編み込んでゆく機能を果たしたと考えられるだろう。山中は自らの欠損と空白を「音信」として提示することによって、〈獄中〉という空間を、親密な共同性の空間（読者と共有される空間）に変容させたのである。宗教的欲動にも似た山中のそのような内的欲求が『中央公論』というメディアの要求と偶発的に一致した地点に、その特異な〈獄中〉表象は浮上したのである。

勿論、そのような山中のテクストが当時の言説空間に決定的な影響を与えた訳ではないし、その明確な証拠もない。それは順次「読み捨て」られる消費物であり、そこに「文学的」価値など何も存在してはいない。ただ、そこで重要なのは、山中峯太郎という存在が、様々な記号が散りばめられた同時代のメディア言説空間の構造と密接に融合して棲息していた、いわば記号のキメラ的存在であったことなのだ。そして、それ故に山中のテクストは、時代を超えた訴求力を持つ普遍的な「獄中記」には決してなり得ないのである。山中は、空白としての「私」をそこで被虐的なまでに示し続け、自己変革という擬似的ドラマを体現する（ように見せる）ことによって一定のポピュラリティを獲得した。そこでは、その自己像の空白性が、逆に様々な意味（山中自身がその〈獄中〉回想の内に付与するものであると同時に、読者との擬似的「音信」の内に共有されるもの）を呼び込んでいったのである。山中の過去のその経歴、つまり禍々しい「殺人」の実体験者が、人生の裏面を潜り抜け、入獄体験を経て内的覚醒にまで辿《たど》り着いたというその自己記号性ゆえに、その〈獄中〉言説は、『中央公論』誌上にアクチュアルな想像力の空間を創出させることになった。勿論そこには、大杉栄の『獄中記』出版とその広告による、「獄中記」という標語の流通に乗じたタイミングの良さ（おそらくそれは滝田樗陰の嗅覚であろうが）が作用していたと思われるが、自己記号性をめぐる山中の「身の処し方」は、まさに大正期に特有の「主体性の風景」であった。

2　近代出版メディアと山中峯太郎（二）——〈獄中〉者と宗教者の融合

自己記号性をめぐる融合と展開

このような山中の言説に見られる過剰さは、『中央公論』側の意図を越えるものであったのかも知れないし、当時の読者にそれがどのように捉えられたのかを正確に知る術はないのだが、一つ明確に言えるのは、それが「獄中体験記」としての側面よりも、自己の内的覚醒をめぐる告白記として受容されたということである。先述したように、山中の〈獄中〉言説には、そのような受容を誘発させる構造があらかじめ組み込まれていたのであり、それは容易に同時代の文化モードの一つであった「宗教」と接続することになった。

実際に、「未決囚」の翌月（一九二〇・二）の『中央公論』に掲載された「『我れ爾《なんじ》を救ふ』」では、山中は意味不明なまでに自己の内面の神秘的吐露に傾斜してゆくのであり、その言説は急速に「宗教」という領域にシフトしてゆく。あまりにも濃密な記号性（殺人者・獄中者・革命者など）を抱えた「山中峯太郎」という主体が、「宗教」という統合的意味に収束してゆくこの成り行きは、陳腐ではあるが、同時代の読者にとっては心地よいカタルシスを感じさせるものであったのかも知れない。このテクストに関しては、「刑法に触れて牢に這入つたといふことに就いては、別に彼是云ふには当らないけれど、それを自慢らしく吹聴して、而も其の倨傲な精神を感傷的な宗教論で蔽ひ隠さうとするのは、不愉快である」[注7]といった同時代評も見られ、そこで大杉の『獄中記』以来の〈獄中〉言説に孕まれた「倨《きょ》傲《ごう》」的な拡張性を読み手が感じ取っていたことが窺えるのだが、この山中峯太郎という主体が、キメラ化した自己記号性を抱えた〈獄中〉者として、同時代の言説空間に広く流通していたことは確かであるだろう。そして、その〈獄中〉表象が備えていた、読者との「音信」による共同性の創出構造は、まさしく宗教的言説におけるそれと同質のものであったのである。山中峯太郎は、まさにそのような共同性の空間において自らの言葉のポピュラリティを獲得していった存在であった。

　実際に、この『中央公論』掲載の「『我れ爾を救ふ』」から展開されたものと思われる単行本『我れ爾を救ふ』が、一九二〇（大正九）年一一月から一九二二年三月にかけて、正篇四冊、外篇三冊という大部で刊行されていることを見ても、そこにはある程度の好意的反響と需要があったと考えざるを得ない。山中自身にも「「我れ爾を救ふ」の啓蒙のために、文筆活動の一切をささげる決意をした」[注8]という側面があったらしく、この単行本『我れ爾を救ふ』の「外篇　五」である『維摩　完』（一九二三・四）には山中の単行本の広告が載せられており、そこでは『否（自叙伝）我れ爾を救ふ　序篇』『イエスか親鸞か　我れ爾を救ふ　序篇』『我れ爾を救ふ　第一集』『我れ爾を救ふ　第二集』『我れ爾を救ふ　第三集』『親鸞と更生　我れ爾を救ふ　第四集』『俺は帰る　我れ爾を救ふ　外篇・一』『三人の告白　我れ爾を救ふ　外篇・二』『生ける少女　我れ爾を救ふ　外篇・三』『戯曲　親鸞聖人　我れ爾を救ふ　外篇・四』といった、宗教的な傾向を持つ膨大な量の単行本が広告されている。

　勿論、これらの全てが多くの読者を獲得したとは考え難いが、少なくとも、当時この「山中峯太郎」という存在が、〈獄中〉者（犯罪者）と宗教者という自己記号性を、自らの内に奇妙に融合させた存在として広く流通していたことは確かであるだろう。これらの一連のテクストは、松崎天民がその読物シリーズで趣向として用いていた、「心霊上の教訓」を得た「獄中者」像を、書き手としての自己の記号性の内部で劇的に実体化させたテクストであったと捉えることもできる。一九二〇年代に入ったこの時期以降、〈獄中〉言説は次第に精神的、宗教的なニュアンスを強めてゆく。

また、「未決囚」と同じ一九一九年一二月の『中央公論』には野村隈畔《のむらわいはん》の「東西文明の根本精神と日本将来の哲学」が掲載されており、まさに神秘主義的観念論との交錯が、この時期の『中央公論』誌上に起きていたことが窺えるのだが、山中の言説の内部においても、神秘化された〈獄中〉は宗教的心性と融合し、「山中峯太郎」という主体はキメラ化してゆく。そもそも、「我れ爾を救ふ」のような、全く普遍性に欠ける妄想的体験記までが『中央公論』というメジャー誌に掲載されたということからも、〈獄中〉者としてのそのアトラクティブな外貌と、その自己変革のドラマが如何に強く要請されていたかがわかるだろう。「体験」という事実が「文学」的言説のアクチュアリティを補完してゆくという想念構造の形成は、「私小説」のコンテクストと並行しつつ、このような〈獄中〉言説をめぐる構造においても進行していたと考えられる。

その後、単行本の出版と並行して、山中はしばらく宗教的な活動に従事し、一九二一年八月の『中央公論』誌上に「親鸞《しんらん》の出家」（「想華」欄に掲載）を「山中峯太郎」の名で発表するのだが、そこで主人公の「親鸞」は「稲田の草庵」の中にこのように横たわっている。

うすい白麻の蒲団を、円窓の下に長く敷かして、親鸞は、すでに三日三夜のあひだ、たゞ寝てばかりゐた。
紙障子をとりはづしてある円窓の、すぐそとに、低い簷《のき》の板庇が、斜めにさし出てゐて、八月の初旬の輝かしい直射光に蒸しかへされてゐる庭のいきれが、庇のはしを嘗めるやうにユラ〳〵と濃く騰つてゐる。暑さと眩しさとに親鸞は瞼をふるはせて、簷の蔭の暗い方を見あげた。

そして、テクストの最後で「親鸞」は「越後の国府の配所にすごした五年のあひだの生活」をこう思い返している。

語のとほりの柴の庵の、めぐりを掘りまはし土を燥かして、……ことに夜の、小さな短檠の燈の下の読書こそ、わけても心ゆくばかり愉しいかぎりのものであつた。後の山の叢林の風の音、梟の啼く声、狐の叫びごゑ、そして世もすがら筧の水の、清くせゝらぎ流れておちる澄んだ高い響が、胸に深く更に深く透きとほり、眼は聖経の上に曝らされ、尊い仏語と信心とが一つに統べられて思はず膝をたゝきつゝ法悦の声をあげた深い感激に、とめどなく充たされる夜な夜なに、しかも常侍のものは、蓮位房のみ一人であつた。土地にて、ゆくりなくも出来た御同朋とても、覚善房のみ一人であつた。そのほかには誰れもなかつた。（中略）
……寒暑の苦るしさ、ものゝ乏しさはあつたけれども、玉日、範意、また師の御房をしのびまゐらする侘びしさもありはしたが、それだけになほ、この胸のうちに、まざりものは遂に無かつた。

ここで「親鸞」が蟄居する「稲田の草庵」、そしてそこで想起される「越後の国府の配所」という空間は、まさに〈獄中〉という空間に非常に類似した表象性を帯びている。いわばこの「親鸞」像は、監獄内で内的な超越体験を経由してきた〈獄中〉者＝「山中峯太郎」像にそのまま重なるものであるとも言えるだろう。

そして、そのような「霊性」への志向は、倉田《くらた》百三《ひゃくぞう》などの宗教文学の流行とも共起的なものであると考えられる。▼注[9] というよりも、この「親鸞の出家」というテクスト自体が、倉田の「出家とその弟子」（『生命の川』一九一六・一二）の影響下にあるものであろうし、実際に山中は「西田天香《にしだてんこう》さん・倉田百三さんと人生について語り合つた記録」である「内の十字街」という文章を、一九二二年一月『中央公論』に発表している。山中自身が「一篇の報告的告白書」と呼ぶこの文章には、まるで聖人のように描かれる西田天香像と、極端なまでに卑小化された自己像が溢れており、自分の「告白」を「読むでいたゞ」けたという読者への卑屈な親愛の情のもと、退屈な「内面の記録」が延々と書き連ねられることになる。それは自らの記号性をめぐる「身の処し方」のみを追い求めた存在が惰性的に辿り着く、ある類型的な道すじを示すものであろう。宗教のなま温かい殻の内に自己の記号性を融解させることで、全く安全な言葉の連なりがそこに形成されることになった。

なお、山中は一九二三（大正一二）年に『叛逆《はんぎゃく》の子は語る』と題した単行本を新光社から出版しており、その語り口には大杉栄のそれを思わせる部分もある。山中峯太郎という存在は、「社会主義者」達の〈獄中〉言説において創り出された新たな意味合い、つまり、宗教的感覚における自己の超越化という意味合いを自らの〈獄中〉言説の内部に取り込み、それを更に記号化していった存在であると言えるだろう。そして、そこで〈獄中〉者としての自己の記号性を山中は『中央公論』の「読物」の系列内で多彩に駆使し、松崎天民以後のその分野の代表的な担い手の一人となったのだ。しかし、一九二〇年代になると、そのような自己の記号性の濃密さ故に抱え込んでしまった、自らの主体をめぐる空白性を、山中は「宗教」という「意味」によって充填《じゅうてん》することを選択したのである。

ただ、結局山中にとっての「宗教」もまた、あくまで一時的な寄生の場でしかなかったのかも知れない。[注10] 昭和期に入ると、山中は大窪逸人、石上欣哉《いしがみきんや》等の名で婦人雑誌に女性向けの大衆小説を執筆し[注11]たり、『少年倶楽部』等の少年雑誌に冒険小説を書いて活躍することになるのであり、そこで山中は再び自らの蓄積された記号性を活用できる場を見出していった。つまり、山中峯太郎という主体は、女性や子供など、いわばあらかじめ制度として区画化、規範化された想像力の領域へと展開して、そこに自らの「棲息地」を見出したと言えるだろう。一般的に言えば、『少年倶楽部』に連載された「敵中横断三百里」(一九三〇)や「亜細亜の曙」(一九三一)等の冒険小説の作者として山中は著名であるが、そのような「少年冒険小説作家」という自己記号性を獲得する以前に、山中峯太郎は大正期のメディア言説空間の中で、自己の記号性とその「言葉」をめぐる関係構造の変遷過程をまさに体現していた存在であったのである。そして、自己の記号性をめぐるそのような変容とメディア内での消費は、山中という存在のみに固有のものではない。それは、大正後期から昭和一〇年代までの「文学」的言説のアクチュアリティの生成過程において広く見出すことのできる特質なのである。

3　〈獄中〉に投影される内的変革のドラマ

「冥想」の場としての〈獄中〉

いわゆる「社会主義」運動が、それ以前の多様で混沌とした断片的活動から、次第にマルクス主義思想に基づく総合的「闘争」へと組織化されてゆくにつれて弾圧も強化され、そこで多くの〈獄中〉表象が生み出されることになる。明治後期から、自らの収監体験に基づく〈獄中〉言説を発表していた荒畑寒村は、一九二〇年一一月三〇日の京都赤旗事件で逮捕され、京都刑務所に拘留された。寒村は翌二一年一月二四日に出所して帰阪したが、同年一月から二月、『労働者新聞』『日本労働新聞』紙上に寒村の〈獄中〉言説が続けて掲載される。「音信的〈獄中〉言説」(A)を核としたこれらの寒村の体験記は、幸徳秋水との連続性を持つ「正統的」な〈獄中〉言説であると言えるだろう。その収監体験は、後に「獄を出てから」(『解放』一九二二・四〜五)で本格的に物語化されることになる。ただ、「獄中記」としてジャンル化された言説形態は、一九二〇年代以降、より一般化された形で用いられるようになり、その意味性や表象のデザインも多様に増幅されていった。

まず、一九二〇年代の〈獄中〉言説の特徴として挙げられるのが、同時代の様々な標語的要素との融合である。例えば、一九二一年一〇月に出版された毛利柴庵《もうりさいあん》の『獄中の修養』(丙午出版社)は、一九二〇年代を代表する文化的スローガンの一つである「修養」を表題に取り入れた「回想的〈獄中〉言説」(B)であり、筆者が一九一七年八月に和歌山県の田辺監獄に収監された経験を『牟婁新報《むろしんぽう》』に連載した文章をまとめたものである。そのような地方紙連載の文章が「獄中記」的書物として出版されていることからも、〈獄中〉言説が「社会主義」運動のコンテクストにおいて広く一般化していたことがわかるだろう。

また、この時期には神秘主義(あるいはスピリチュアリズム)的傾向が〈獄中〉表象にまとわりついてくる。一九一二年の時点で本間久雄訳で出版されていたオスカー・ワイルドの「獄中記」には、入獄体験を「霊的経験と云ふものに変形しなければならない」といった一節が見られるが、そのような傾向は大杉の『獄中記』にも反映されていた。一九二〇年代になると、更にそこに「霊性」といった神秘的領域が融合し、〈獄中〉の超越性が多元的に見出されることになる。その要因としては、山中峯太郎や宗教文学的言説からの影響と共に、やはり『改造』や『解放』等の創刊に促された、「社会主義者」という記号性の多彩な流通という事態が挙げられるだろう。例えば、一九二〇年頃から「社会主義者」の枠内で特異な位置性を帯び始めていた賀川豊彦《かがわとよひこ》は、「星より星への通路」(『改造』一九二一・九)の中で、まるで「託宣者」であるかのようにこのような言葉を語ることになる。

それにあれ、猶、私の眼の前にちらつくのは、生田の森から駈け出した菜葉服とカーキー色の労働者が一目散に下へ下へと走るあの荘厳な光景である。恰度旭日が労働者の肩を照らしてゐた。その数一万三千人と云はれた労働者の密集部隊がたゞ一筋に駈けてゐるのである。(中略)私はあんな荘厳な光景を未だ嘗て見たことが無かつた。それは日本アルプスの高峰より厳粛に見えた。一人の人間が偉大であるのに、万人の生産者が、解放の日の為に駆け出した。その光景は何とも云へぬ厳粛な偉大なものであつた。

之が紀元前二十世紀であつたなら、必ずや奇蹟の一つや二つは起つた筈だ。あの駆け出したは《ママ》、出埃及の日のイスラエル人の駆け出した模様と全く同じであつた。（中略）そうだ、奴隷の国より自由の国へ、圧制の国より、解放の国へ、暗黒の国より、光明の国へ――駆け出す日であつた。


「予言者賀川豊彦君」▼注[12]などと宗教的同一感の内で偶像化されていた賀川は、自らの安定した記号性に浸って語り続け、メディアもまたそのような傾向を促進していた。当然そこには、『死線を越えて』の圧倒的な販売実績がまず先行し、その後に人物像が流通するという固有の事情があったと言えるだろう。つまり、先に売れてしまった賀川という記号の商品性は、いわば事後的に追認し続けることで十分保ち得るものだったのだ。

賀川は、一九二一年七月二八、二九日に起きた神戸の川崎・三菱造船所での労働争議に参加し、争議団首脳部百七五名と共に騒擾《そうじょう》罪で検束され、翌三〇日神戸監獄橘《たちばな》分監に移される。その後八月一〇日に証拠不十分で釈放されるまで賀川は獄中生活を送ることになり、その体験がこの「星より星への通路」等の文章を生むことになるのだが、そこでは自らのすでに認知された記号性（キリスト教的社会主義者？）の枠組みの中で、託宣《たくせん》的な「言葉」を語ることが求められていた。そして賀川も、自らにも心地よいそのような「言葉」を再生産してゆく。読者の側も、そのような言説に擬似的な「精神性の改造」を見出すことが心地よかったのかも知れない。ここにもまた、「大正」的言説に典型的な、「言葉」の意味内容をめぐる相互補完構造が見出せるだろう。「賀川の暗黒への関与は、文明の外部と認識したうえで、それを文明へ吸収しようとして実践を図るものといいうる」[注13]と指摘される大正期の賀川の言説においては、〈獄中〉もまた「暗黒」の場として把握されていたかのように一見思えるのだが、実際の賀川のテクストを見ると、そこは甘美な内的冥想の場として虚構化されているのであり、その本質的な他者性や暴力性といった側面は完全に捨象されている。そこでは、本来他者性に満ちたカオスの場である筈の労働争議の場でさえ、宗教性を帯びた賀川の視線において粉飾され、イノセント化される。そして、「神戸の街にイスラエルを見た」らしい「星より星への通路」の「私」においても、〈獄中〉はやはり内的な冥想の場であった。

　裁判所で調べられ夜の十二時過ぎに未決監の独房に入れられたが「光明」はそこにもついて来た。

　夜は月と星とが祝福してくれ、昼は太陽と監房の前の鶏頭の青葉が祝福してくれた。面壁して静座すると壁が私を祝福してくれた。壁は幕のように、私の前に巻き上り、私はお伽噺の国に住んでゐるような気がした。一冊の新約聖書の差入があるまで四日半日、私は冥想した。何と云ふ甘い冥想であらう。

このような「甘い冥想」を可能にするものは、単にその時間的な「自由」だけではない。そこには、〈獄中〉における「被拘禁感」とでも言うべき感触が確実に作用しているのであり、その「不自由としての自由」の内に、日常世界では躊躇されるような放漫《ほうまん》な夢想や幻想がいわば「解き放たれる」ことになる。

このような賀川の「甘い冥想」が、「監禁の場所としての牢獄が、夢想の場所でもあるというパラドックス」▼注[14]を孕んだ一八世紀ヨーロッパのロマン主義的想像力を基盤としていることは言うまでもないだろう。このような擬似的ストイシズムは同時代的に広く見られるものであり、いわゆる「森戸事件」の主役であった森戸《もりと》辰男《たつお》の「獄を出で、」（『改造』一九二一・四）という感想記においても、「霊的生活の方面では、彼處の三ヶ月は比較的多くの瞑想と祈祷との機会を私に与へてくれました」とされ、その〈獄中〉は「聖パウロや聖フランシスや聖ベルナルドやジヨンバンヤン」らの境遇になぞらえられた上で、「此の鈍重な私をも少からずインスパイヤする」ことになる。ここにおける〈獄中〉とは、もはや明治二〇年代の透谷テクストに見られるような自己の〈内面〉世界の詩的暗喩でもなければ、社会的桎梏《しっこく》に苦しむ「闘争」の場でもない。森戸や賀川にとって、そこは自己の内的変革のドラマを投影するための透明なスクリーンなのである。

このような〈獄中〉表象のかたちは、大ベストセラー『死線を越えて』下巻『壁の声きく時』（一九二四・一一　改造社　図版⑯）の六九章にも登場する。そこでも「貧民窟に較べて、監獄は王宮であ

図版⑯『壁の声きく時』表紙

つた」という主人公「新見栄一」の意識が示され、「看守」や「入監者」が「栄一」に対して非常に親切に接してくれる監獄の様子が描写される。労働争議によって収監された労働者たちからの好意的反応は現実的にも推測可能であるが、体制側の人間である「看守」や「看守長」もが同じく好意的であるという描写には、明らかに書き手の意図的な操作が加えられていると考えられるだろう。「女囚監」の「看守」の「内池」は「栄一」に「大勢の人の為めにお尽しになつた結果こんな処にお出でになつたのですから……嘸《さ》ぞ御難儀で御座りましようが、少し御辛抱なされたら……」という言葉までを掛けるのであり、その〈獄中〉から他者性は完全に排除されている。本質的に、監獄では異なる種類の「犯罪者」がほぼ同質の空間を共有することになるのであり、そこでの孤絶感と他者性が、〈獄中〉者の意識を更に自らの〈内面〉へと強力に志向付ける場合もあるのだが、ここで監獄内の「栄一」に起きている事態は、それとは全く異なるものである。そこでは「監獄の中は静かである」「獄中は静かであつた」と繰り返しその静謐《せいひつ》さが示唆され、思考の場としてのその特権性が強調される。

> さうすると監獄の生活は凡て貧民窟の生活より勝つて居る。その上に栄一に読書と執筆が許可されるとするならば、監獄は栄一に完全な天国であると考へて居た。
>
> そして、正しく栄一の想像は当つた。監獄は彼に取つて　修道院以上の浄房であつた。彼は静

思して、ひとり神と交つた。

静かに壁が彼に声をかけた。――『四囲の障壁は、魂の実在に取つては透明である』と。

静かに、壁が瞬いた。壁の上に印刻せられた爪先の楽書きが、凡て彼に物語を初めた。

在監の日を忘れない為めに書き記された暦日を示す算用数字が踊り出して来た。今迄その監房に這入つた未決囚はみな、女だけに優しい心の持主であつたとみえて、楽書までが誠に優しいそれらが凡て新見に発言を求めた。新見は一々その言葉に聞き入つた。

『人間――人間――人間――』

さう壁が云ふた。人間の側に立つと、壁が人間化すると壁が云ふた。

「私は無生物ではない」

と壁が云ふた。（中略）

周囲の壁は、新見に取つては、無生物ではなかつた。それは女看守よりも親切な天使であつた。

神はそれを通じて物語つた。

「開けよ！」

と彼が一言云へば、パウロとシラスの前にピリピの監獄の牢門が打開いたやうに、開くであらうと、彼は考へた。牢獄は誠に彼に取つては至聖所であつた。

単行本『死線を越えて』下巻のタイトルである「壁の声きく時」のモティーフが最も直截的に表現されたこの箇所は、まさに賀川において理想的に想念化された〈獄中〉のかたちであった。「女囚」

の女性ジェンダーの内に見出された「優しい心」（勿論それ自体は恣意的な「発見」に過ぎないが）に中和され、他者性を抹消されたこの監獄の中で、宗教的な全能感の下、自己の超越化のドラマが延々と展開されることになる。

ここで、監獄の壁に「印刻」された「爪の楽書き」が「物語を初め」ていることは注目される。そこでは、監獄という空間自体が、歴史的に堆積するエクリチュールの場として立ち現れ、〈獄中〉者としての「栄一」に語り掛け、内的に交錯しているのである。この幻視的な〈獄中〉の光景は、それが歴史的な〈獄中〉の想像力によって形成された虚構の場であることと共に、〈獄中〉が「書くこと」のエクリチュールの感触と密接に結び付けられた表現の場として浮上していることを明確に示している。賀川の〈獄中〉表象は、そのような〈獄中〉の超越性の感触とその自己超越のドラマを広く一般化する役割を果たしたのである。

また、そのような〈獄中〉表象は、決して小説テクストに限定されるものではない。一九二三年一月の『種蒔く人』に掲載された中西伊之助《なかにしいのすけ》『死刑囚と其裁判長』（新人叢書第二篇　自然社）の広告には、このような説明文が付けられている。

一宣教師が殺人の嫌疑を以て死刑の宣告を受け、未決囚として在監六ヶ年。凡ゆる努力を以て死刑を免れんとし、神の天国と実在。自己の生命とについて深酷なる思索。生死の界にありて現社会制度を呪つて、反抗と悩みの結果……凡ゆる宗教を否定したる現実の人間性の本能から滲み出た強烈な執着が■（不明　副田注）巻に漲つてゐる傑作集。

「神の天国と実在。自己の生命とについて深酷なる思索」を可能にする〈獄中〉で、〈獄中〉者は「凡ゆる宗教を否定」した超越性を身に付けることになる。この広告文では、プロレタリア文学としての思想性ゆえに「宗教」は否定的に捉えられているが、超越への階梯《かいてい》を登る〈獄中〉者という類型は、山中や賀川の〈獄中〉言説と何ら変わるものではない。宗教的、神秘的な感触を濃密に纏《まと》ったジャンルとして、〈獄中〉言説が同時代的に広く展開、認知されていたことがここからも窺えるだろう。この宗教（的超越）性という要素は、後の一九三〇年代の〈獄中〉言説の機能に大きな影響を与えることになった。

尾崎士郎「獄中より」の意義

更に、この頃から「小説的〈獄中〉言説」（C・a～c）、つまり虚構の物語としての小説の素材として、収監非経験者が〈獄中〉を素材にして描いた言説が多く発表されるようになる。その中でも、尾崎士郎《おざきしろう》は特筆される存在であるだろう。

尾崎のデビュー作「獄中より」▼注[15]（『時事新報』一九二一・一・四　図版⑰）は、『時事新報』懸賞小説の第二位になった小説であり、この作家がまさに新聞社のメディア・イベントの内部で創り出されていった存在であったことが窺える。そして、そこで効果的に用いられたのが、フィクショナルな素材としての〈獄中〉であったのである。その第二位の選評として里見弴《さとみとん》は「小説としてよりも一つの手記とし

當選せる懸賞短篇小説

獄中《ごくちう》より

尾崎迦作

Ｉ事件と言へば、日本開闢以來、國民の歴史に印せられた、最もおそろしい事件の一つとして記憶せられてゐる。その事件については數年前、Ｈといふ法學士がＴ雜誌に「××」といふ小説を書いて、その小説の内容が多少その事件の實體を説明したものであつたといふ理由から、いまゝで嘗て官憲から注意を受けたことのないＴ雜誌が發賣禁止に處せられたほど、政府がその發表を厭ひ且つ恐れてゐたものである。——從て、社會的にはこの事件は今猶混雜した誤解にとりまかれてゐる。

私は、その事件に關與して捕へられ、同時に死刑臺に連れてゆかれた一人の友人を持つてゐる。彼の名前は○と言つた。○が何故その事件に關與してゐたか？○がいかなる思想の所有者であつたか？○はいかなる理由の下に死刑臺に上つたか？——それらについて語ることは私にとつて全然不可能である。然し○が世の中の所謂革命を希ふRevolutionistの一人でなかつたことだけは事實であつた。彼は一種の運命的な享樂主義者であつた。そして彼は最後まで——おそらくはその死にいたるまで——その運命主義で一貫した。かういふ愛すべき青年がＩ事件の犧牲となつて死んだといふことは考へるだけでもいたましいことである。

私は今、その頃○が私に送つた次の數通の手紙によつて幾分にても○のその當時の遣瀬ない氣持を世間に傳へ度いと思ふ——。附け加へて置く、○が死んだのは廿四歳であつた。彼には緊累といふ者は一人も無く、彼だけが思ひ焦れてゐた一人の戀人があつたばかりであつた。その戀人と言ふのは、Ｉ事件以後十年間に亘る日本の××××運動の中心として動いた——そして同時に彼の思想上の先驅であつた、Ｔ博士の令孃Ｙ子であつた。Ｙ子は今Ｆ縣下のある有力な新聞の主筆の妻君になつてゐる。○はいさゝか吃りであつた。そしてせき込むやうな物の言ひ方が一層彼の性格を情熱的にしたやうであつた。彼は眼の鋭い、髮の豐かな顏をした小男であつた。今、私の手許には彼が生前私にくれた、マキシム・ゴルキーの古びた寫眞丈けがある。「淋しさに野邊に來りて木をゆれど木をゆすれども葉さへ散らず」——その裏に細い鉛筆で彼の作つた歌がかう書かれてある。

×月×日

君がこの前くれた手紙を僕は何度讀み返したかわからぬ。君は書籍をすつかり燒いてしまつたと言つて悄氣返つてゐるが僕の現在では君のそういふ心に同情するやうな氣持ちにはとてもなれぬ。ありていに言へば、そういふ呑氣な遊びに耽つてゐることのできる君の境遇が羨ましいといふよりも輕蔑したくなる。僕はこの二月ほどの目まぐるしい身の變化を思ふと全く夢のやうだ——しかし、君の手紙はうれしかつた。僕は今此處から出られるとも考へないが、また出られないとも考へない。僕は最近にとんでもない天變地異が起りはしないかといふことを何時も考へる、昨夜も僕は××が××を提げて押しかけてくる夢を見た僕は今でもその夢を憶ひ出すと、思はず胸が躍る。——僕の最後の判決もいよいよあと二週日に迫つた。

書き度いことや言ひ度いことで胸が一はいだ。監獄の鐵格子を見上げると、ちらつとばかり青い空が見える。世間はさぞ賑やかなことだらう。監獄は十二月に入つて滅切り寒くなつた。わけて獨房は寒い。Ｙ子さんのことについてもいろいろ言ひ度いことがある。あゝ僕は何と言ふ馬鹿だ。さきざき故郷のことを考へる。昔の憶ひ出が——いまゝで忘れ切つてゐた微少な斷片的な憶ひ出までが——それからそれへとはつきり頭に描き出されてくる。君が差入れてくれたマクドナルドのSocialist Movementも半分ほど讀んだ。けれども僕の現在にはこんなものは何の興味も無い。それより僕はウンと複雜な西洋の探偵物が讀みたい。しかし、それはとても駄目だらう。若し駄目だつたら何か天文學の本を入れてくれ。人間の生活からとびはなれた宇宙といふ概念の中に入ることが、僕の現在の僕の惱みを柔げ、救つてくれるであらう。

×月×日

大分寒い日が續く——僕は如何しても地球の滅ぶることを信ずる。今日、マクドナルドを讀んでゐたら、フリエーの章に「世界の存在は八萬年で終る」と書いてあつた。何だか知らないが僕は非常に嬉しかつた。八萬年經てば、歴史も傳統も、藝術も戀愛も、何も彼もがみんな滅び去るのだ。僕はＫさんが此前獄中で病死した時書殘した遺書の文句を憶ひ起す。——「死といふものは高山の雲のやうなもので遠方から眺めてゐると大した怪物の形にも見ゆれけれど、近づいてみれば何でもない。唯物論者には左右に振つてゐた柱時計の振子が停止したより以上の意義はない」——こんな言葉を憶ひ出すことさへ僕にはうれしいのだ。先便で僕は一寸Ｙ子さんのことを書いたが僕は矢張りＹ子さんに戀してゐるのだ。あゝ何故僕はもつと勇敢でなかつたらうか。僕は何といふ哀な男であらう。

革命家——あゝ何といふ馬鹿々々しい名辭であらうか。Ｋさんにしろ、Ｉさんにしろ、それから二三の先生にしろみな革命が一つの享樂なのだ。遊びなのだ。彼等は女郎買ひをしたり、[illegible]をしたりするのと同じ氣持で革命運動をやつてゐるのだ。そして、死ぬまで彼等はその遊戯の中にあることを意識して悔ないのだ。

今日は空の色がはかばかしくない。去年の冬、君と二人で醉はらつて、街を暴れ廻つたことを憶ひ出し、覺えず吹き出してしまつた。人間といふ奴はどんな苦しい境遇に置かれても「笑」といふことを忘れることはできないものだ。段々年の暮が近づいてきた。吉原なぞはさぞ酉の市が賑はふことだらう。僕は最早全く運命を信ずるのほかはない。

×月×日

多少豫期はしてゐたものゝこの手紙を書く日がこんなに急激に而もこんなに不意にやつて來やうとは思はなかつた。君は最早疾くに新聞で承知してゐるだらう。何もかもよくおしまひだ。この手紙を書くまでの僕が如何に惱み通したかといふことは君にも大抵想像がつくだらう。僕は中學の頃君と二人で語り合つたあのシェレーの詩を思ひ出す。晴れた秋の日の午後、僕等はよくあの植物園の雜草の上に寢轉んで愉快な空想を恣にしたものだ「月見よ、これの墨々たる霧の中に多くのミルトンとシェクスピアとが眠る」と。僕等は何遍繰返して話合つたらう。僕は僕が天才で無いといふことを如何にしても信ずることができない。そして僕は今、牢獄の中で殺されやうとしてゐるのだ。

何といふ淋しいことであらう。僕は革命といふ名辭の下に僕の死の隱されることが厭だ。バーディン・ソイルのネツダーノフは未だ僕よりも幸福であつた。彼には自分で自分を處理する自由が與へられてゐたか。どうぞ君らたちよ、かりそめにも僕を志士だとか何だとか呼んでくれるな。——けれども、そういふ渾沌の底から僕は未だ奇蹟を信ずる。——あのバスチールの牢獄が壞されたやうに——。

恐怖と焦燥と、それから限りない憤懣が夜毎に僕を苦しめる。僕といつしよに死んでゆく○○人の人々はそれぞれ彼等の死後に對して犧牲者としてのあるあこがれを持つてゐるやうだ。それだけに彼等は幸福なのだ。淋しい、淋しい、しかし今は最早その淋しさも忘れる位にぼんやりしてゐる。Ｔ博士なぞは相變らず、親切に青年を煽動してさわいでゐることだらう、考へてみればあの人にとつてはそれが當然なのだ。今後十年、あるひは幾十年、Ｉ事件といふものが始めて世の中の批判に上る日がくるであらう。Ｙ子さんの周圍には彼女をとりまく男の群が無數に現はれるであらう。そして、同じやうな年が同じ革命的功名心と出來心とに興奮されて、同じやうな努力をつゞけてゆくことだらう。そして、[illegible]Ｙ子さんが死ぬことになつて——××運動の巨頭の一人が失はれたことになつて——Ｔ博士の地位は益々安全となるであらう。あゝ何といふ悲痛な矛盾だ。——同じことを何度くりかへしても同じだ。最早紙が無いから止める。昔の友人に會つたらよろしく傳へてくれ。君にも長い間厄介をかけたな。

（作者住所、本郷區千駄木町五五高島方）

図版⑰　尾崎士郎「獄中より」

ての面白みでとりました」[注16]と審査員の立場から述べており、同じく審査員である久米正雄《くめまさお》も「第二等として文句なし。第一等に推すには少し具象的な要素が足りないし、第三等以下に落すは余りに貴重な材料であると思つた。事実あの手紙の原型があるのだらうと思はれる位である」[注17]と述べている。「材料」としての面白さにまず目を向けたこれらの選評からも、〈獄中〉から「発信」された言説の持つ強い喚起力が窺えるだろう。〈獄中〉からの「手記」という「材料」としての面白さ、いわばその「素材的価値」こそが、尾崎の文壇デビューを推し進めたと言うこともできる。このような懸賞小説における受賞は、「みずからをより大きな社会のなかで位置づけ、確認するための記号の獲得を意味する」ものであり、それは「「文学」をとりあえず目に見えるものに換える装置のひとつ」[注18]であった。そのような自己の記号を獲得するための懸賞小説のシステムにおいて、〈獄中〉がアトラクティブな趣向的素材として用いられたことは非常に興味深い。それは、一九三〇年代中盤以降における「文学」概念の実体化と〈獄中〉言説をめぐる関係性を考察する上でも重要なヒントになるだろう。

　この「獄中より」における、死刑を宣告された友人「A」をめぐる物語の記述は、禁忌とされた「大逆事件」をめぐる〈獄中〉の想像力を全面的に活用したものであった。以下はテクストの冒頭部である。[注19]

> L事件と言へば、日本開闢以来国民の歴史に印せられた、最もおそろしい事件の一つとして記憶せられてゐる。その事件については数年前、Hといふ法学士がT雑誌に「××」といふ小説を書いて、その小説の内容が多少事件の実体《ママ》を説明したものであつたといふ理由から、いま丶で嘗

て官憲から注意を受けたことの無いT雑誌が発売禁止に処せられたほど、政府がその発表を嫌ひ且つ恐れてゐたものである。——従て、社会的にはこの事件は今猶混雑した誤解にとりまかれてゐる。

そして、「L事件」に連坐したとして死刑宣告を受けた「一人の友人」が書いた三通の手記が順次示され、その手記という位相のままにテクストは閉じられる。「小説的〈獄中〉言説」（C・a）に分類されるであろうこのテクストにおいて、「今此処から出られるとも考へないが、また出られないと考へない」と語る「僕」は、「人間の生活からとびはなれた宇宙といふ概念の中に入ることがどの位僕の現在の悩みを柔げ、救つてくれるであらう」と述べるのであり、超越性への場としての〈獄中〉の意味合いがここでも示されている。二通目の手記は、このように書き出される。

×月×日

大分寒い日が続く——僕は如何しても地球の滅ぶることを信ずる。今日、マクドナルドを読んでゐたら、フリエーの章に「世界の存在は八万年で終る」と書いてあつた。何だか知らないが僕は非常に嬉しかつた。八万年経てば、歴史も伝統も、芸術も恋愛も、何も彼もがみんな滅び去るのだ、僕はKさんが此前獄中で病死した時書残した遺書の文句を憶ひ起す。——「死といふものは高山の雲のやうなもので遠方から眺めてゐると大した怪物の形にも見えるけれど、近づいてみれば何でもない。唯物論者にには左右に振つてゐた柱時計の振子が停止したより以上の意義はない」――こんな言葉を憶ひ出すことすら僕にはうれしいのだ。

「社会主義者」の中で最も原理的な存在として意識されているのであろう「無政府主義者」のステレオタイプにおいて「僕」の〈内面〉が描かれる。そして、この〈獄中〉者「僕」は、超越的な視座に立ち、現実世界を俯瞰《ふかん》する。監獄内から「僕」は過去の獄中手記を想起しつつ、監獄外の現実世界を相対化するのだ。また、三通目の手記の中には「あのバスチールの牢獄が破壊されたやうに」という言い方も登場するのであり、政治小説以来の〈獄中〉表象のかたちがそこで歴史的記憶として浮上している。そこでは、作家尾崎士郎自身の思想や表現よりも、「大逆事件」の記憶に彩られた〈獄中〉表象という記号的素材の方がはるかに読み手の興味を喚起し、テクストの「価値」を生み出しているのだ。

一九二二年三月に『改造』に発表された尾崎の「獄室の暗影―ある死刑囚よりその若き友へ―」は、「幸徳秋水の書簡集よりヒントを得て、彼の死刑直前の獄中の苦悩を描いたもの」▼注[20]との指摘もあるテクストであり、その表現には明らかに「無政府主義」「社会主義」という記号性が投影されている。その結末部では死刑執行直前の「十一月四日」に、死刑囚「私」から「若き友」に向けてこのような「獄中信」が送られる。

今日は煙のやうな雨が降つてゐる。窓から見える樹梢にはもう何時のまにか黄色い葉裏が雨に輝いてゐる。薄暗い獄室の中には洞穴のやうな暗い湿めつぽい暗愁が漂つてゐる。いま私が坐つてゐるこの古い臭のする板の間の上にはいかに多くの死刑囚が暗い悲しみに泣き悶えたことであらう。いや、これから幾年もの後猶その絶望的な幽暗はこの獄室を充たすことであらう。——あゝそれにしても……人々の中にはまだ彼等の前に立塞がつた大きな黒い岩壁の前に突つ立つて精根のつゞくかぎり力一ぱいに押しのけやうとしてゐる数人があるかと思ふと涙ぐましいほど淋しい。けれどこの淋しさも悩ましさもすべてが地の底に潜りこむやうに沈んでゆくときがくるにちがひない。マテリアリストとして生きてきた私には神に祈ることもできないし、奇蹟にすがることもできない。（中略）

友よ——私は今こそほんとに落ちついてゐる。およそ宇宙に働く如何なる力も私のこの和かな心を奪ひ動かすことはできないであらうほどに。いよいよかういふ決定的な運命が来たのだとわかつたとき、私の頭の中には一つの小さい要求が芽を出してきた。それは獄中の思索を基礎とする小著の完成である。実は一週間ほど前からこの気持は起りかけてゐたのだ。そして少しづつひそかに筆を執つてはゐたのだ。その要求が昨日あたりから一層強く、明瞭りしてきた。けれどもうらめしいことにはもう時日があるまい。おそくとも明後日までには神聖なる神の裁断がある筈だ。

一八九六（明治二九）年の翻訳小説「死刑前の六時間」から繋がるこの「死刑囚の獄中記」という形態は、「小説的〈獄中〉言説」の定型としてしばしば用いられるものであり、同時代の『新青年』にも頻出するパターンであるが、このテクストではその定型が、「社会主義者」の末期の意識という意匠において再生産されていると言えるだろう。ここで、「私」が居る〈獄中〉の過去と未来にわたる歴史性が想起されるのだが、「マテリアリストとして生きてきた私」は、自己を超越化する術《すべ》を持たない。しかし、死刑執行が近づくに従って「私」には唐突にも思える変化が訪れる。そこでは、やはり「獄中の思索を基礎とする小著の完成」が夢見られると共に、死に直面した監獄内の夢想する主体は絶対的な「落ちつ」きを獲得する。ここでも〈獄中〉は、〈獄中〉者の言葉をコンパクトに凝縮し、ユニット化してくれる生成空間なのであり、この「私」の覚醒は、まさにそのような〈獄中〉での「書くこと」と共起的に生まれてくるものであるのだ。尾崎は作家デビュー当初から一貫して「大逆事件」への興味を抱き続けていたらしく、一九五二年には「大逆事件」(一二月『別冊文藝春秋』)という小説を発表しているが、大正期の作家デビュー時点からその創作行為の中で「幸徳秋水」は、〈獄中〉の想像力を喚起する存在として意識され、活用されていたと言えるだろう。自己の超越化、全体化のドラマを〈獄中〉に見出す傾向は一九三〇年代に入ると更に拡大し、林房雄もそのような意味的コンテクストに則って多くの〈獄中〉言説を生み出してゆくのだが、そのような想像力の発生の原点は、幸徳秋水を中心とした「社会主義者」達の〈獄中〉言説、そして彼/彼女等をめぐる報道言説の内にあったと考えられる。

大正期を生きた「社会主義者」達の多くは、当時の法制上ではしばしば「犯罪者」の範疇《はんちゅう》に入れられるような存在であったが、同時にメディア内での有名人でもあり、また、当時最も流行していた「改造」という標語を「本気で」実行しようとしている過剰な行動者でもあった。そのような「社会主義者」

の多様な記号性が、〈獄中〉の想像力の発動において重要な要素として働いていたことは確かであろう。そして、その想像力は、彼／彼女らが自ら抱えていたものであると同時に、その「社会主義者」たちを眺める外部からの視線によって絶えず記号的に生成されていたものでもあった。特に、『中央公論』に代表される当時の雑誌メディアの言説空間は、「女性」「犯罪者」「革命」「アナーキズム」など、実体的な記号も非実体的な記号もすべて雑多に混融した、いわば記号のメルティング・ポットであったと言えるだろう。〈獄中〉の想像力は、まさにそのような場所から生成されていたのである。

実際のところ、「社会主義者」達が同時代的な規範を逸脱しようとしているその身振りこそが彼／彼女らを最も特権化する記号性であったのであり、そのパフォーマンスレベルの記号性をメディア側は巧みに利用して、そこに商品性としての「趣向」を培養していたとも言えるだろう。一方で、当の「社会主義者」自身は、「趣向」の培養地でありつつも、そこで培養された「趣向」を自らの「言葉」のアクチュアリティとして捉えるという錯誤に囚われていた。そこで「社会主義者」たちは、〈獄中〉という場の「普遍的」感触の内で、その自らの皮肉な位置を感じつつも、そこで誇大化する自意識を抱えていた。そして、そのような自意識を保証していたものは、〈獄中〉というトポスが孕む、文学的な「言葉」の「塒《ねぐら》」としてのその機能性への信頼であったのである。

4　ジャンル化される〈獄中〉言説／制度化される想像力

反転するユートピア

一九二〇年代になっても大杉栄は変わらず誇大な〈獄中〉言説を生産し続けていた。一九二三年九月『改造』に発表された「入獄から追放まで」という文章は、「どうせ何処かの牢やを見物するんだらうと云ふ事は、出かける時のプログラムの中にもあつたんだが、とうとうそれをパリでやつちやつた」という一節から始められている。そこで自己の実体験としての〈獄中〉空間はパリにまで拡張され、まさに「インターナショナル」なものとして誇示されることになるのだ。そのようなテクストのあり方を大杉特有の「エロス的結合」[注21]の顕現として表現論的に捉えることもできるだろうが、そこにおける〈獄中〉は、大杉にとっての「普遍的」空間であった。この、パリでの収監体験を綴《つづ》ったテクストには、収監後に娘の魔子へ宛てた電報の文章を考え、書きつけている内にでき上がったとされるこのような文章が示されている。

魔子よ魔子
パパは今
世界に名高い

パリの牢やラ・サンテに。
パパは直ぐ帰る。
喜べ魔子よ
牢やのお蔭で
そして此の
（中略）

おみやげどつさり、うんとこしよ
お菓子におべべにキスにキス
踊つて待てよ
待てよ魔子魔子

この引用の後、「その日一日、室の中をぶら〳〵しながら此の歌のやうな文句を大きな声で歌つて暮らした」「さうして歌つてゐると涙がほろ〳〵と出て来た。声が慄えて、とめどもなく涙が出て来た」と自分の感傷的な姿が示される。ここには、自身への諧謔的な意識と同時に、〈獄中〉こそが「自由」へと繋がる逆説的な空間であるというアイロニカルな意識の表明がなされていると言えるだろう。監獄という空間の「普遍的」機能として、そのようなアイロニーを寓意的に提起しようとする傾向が窺える。

ただ、このような傾向は大杉のみのものではなく、「社会主義者」たちの〈獄中〉表象に広く見られる傾向であった。一九二六年に刊行された単行本『監獄学校』（白揚社）の著者であった堺利彦は、大杉とも共通する監獄観、つまり、抑圧されればされるほど、〈獄中〉は自己を超越的に誇大化させるユートピア的な場に反転してゆくというアイロニカルな意識を常に抱えていた存在であった。堺は、一九二五年一二月『改造』の特集「明後日のユトーピ《ママ》ヤ」の中で、監獄とユートピアを重ね合わせた「ユートピア獄」というパロディ的文章を発表している。

　私は近い中に正味六個月ばかりの入獄をする事になつてゐる。そこで課題のユートピヤも、矢張りそこの事にして考へて見る。

　六個月の入獄、その長さから云つて、如何にも手頃で、理想的である。それをその他の点に於いても、いろ〳〵理想的にして考へて見る。

　三畳の板の間の独房、真中に一畳敷の胡坐、あれはあれでよし。畳を敷いて貰ひたいとも、四畳半にして欲しいとも考へない。一尺五寸に二尺五寸くらいの小机、あれは責めて少しばかり拡大して欲しいのだけれど、マア我慢して置く。禁錮の事だから作業はなし、毎日その小机で本を読むのが唯一の仕事。場合に依つては筆記も許されるだらうから、そうすれば使ひなれた万年筆でノート・ブックにでも何か書きつける。然しそれも誰から催促されるではなし、いつまでに書きあげねばならぬと云ふではなし、そして衣食の心配は全く無いのだから、何しろ気楽千万な理想生活に相違ない。

（中略）

次に又散歩。同じくせめて一時間、この散歩の時、庭はき、草むしり、草花の虫とりなどやらせて呉れると、申分がない。散歩が終ると、知りあひの囚人をその監房に訪問する。或は自分の監房でそれの訪問を受ける。いろ〳〵雑談をやる。茶があれば猶い丶が、それはマア無くてもい丶。碁盤はぜひ欲しいな。夕飯までの間、邪魔のはいる気遣ひはなし、心置なくパチリ〳〵とやる。そんなつひでに、外国語など教はつたり、教へたりするのは大に好い。朝鮮語なども少しかぢつて見たい。

ここに示された「ユートピヤ」としての〈獄中〉表象には勿論アイロニーと反骨心が投影されているのだが、その空間内のディティールをめぐる記述自体がトリビアルな蘊蓄《うんちく》として自己完結しており、その語り口は楽しげでさえある。また、そこでの〈獄中〉者の欲望の羅列自体が、そこでの禁忌に関する知識を示唆するものとなっている。後の一九九〇年代の〈獄中〉表象にも繋がるようなこのテクストのあり方は、単なるアイロニーとして一元化できるものではない。実際、〈獄中〉という場は、堺にとって社会運動の営為と文学的な営為とを総合化させてくれる刹那《せつな》的なユートピアであったのかも知れない。堺は一九二七年にも、監獄内での「食べもの」「読みもの」「着もの」「困りもの」をめぐる話題を随筆的に記した「続楽天囚人——ものづくし——」を『解放』（初出一月号　発禁につき六月臨時特別号に掲載）に発表しており、〈獄中〉の具体的事象や出来事をめぐるその語り口は以後も展開される。

現実的には、「社会主義者」たちの運動は国家体制側の暴力によって完全に抑圧され、〈獄中〉でのその夢想が現実化することはなかった。「社会主義者」たち自身も、そのような現実の暴力性と構造的矛盾に十分に自覚的であったであろうし、そこで彼／彼女たちが〈獄中〉をめぐる歴史的な想像力の内部のみに安住していた訳でもない。堺自身、一九二七年二月に『改造』に発表された「獄中独問答」において、そのような自己の皮肉な状況とそこへの意識を自虐的に表現している。そこでは、自分の〈獄中〉での「言葉」について、「白状したつて、自分の卑怯が減りも消えもしない。然し黙つてゐるのは一層苦しい。だからマア取りとめもなく、しやべつて見るのさ。要するにこれが即ち一種の曲芸であり、曲芸の練習であるのさ」と述べ、「要するにこれが矢張り獄中ひまつぶしの一策なのかな」という一節でテクストは閉じられている。明治後期からメディア内で活躍し、様々な〈獄中〉言説の中心となってきた堺利彦は、大杉と異なり、そのような〈獄中〉者としての自己のアイロニーに対し十分自覚的であった。しかし、そのような彼／彼女等の〈獄中〉言説自体は、実際の社会主義者達がそこで直面していた現実的な暴力に対する批評的な想像力を喚起する言説としてではなく、自己超越、あるいは霊性への階梯としての〈獄中〉の神秘性を増幅させる言説として受容されてゆくのである。そこに、彼／彼女等の「言葉」をめぐるもう一つのアイロニーがあった。

赤瀾会をめぐるメディア報道

そのような「社会主義者」をめぐる想像力の形成に関しては、彼／彼女等を外側からまなざす視線が深く関与していたことは先に論じたところであるが、中でも当時の新聞、雑誌メディアにおける表象が重要であることは言うまでもない。そのような想像力の問題を考察するための好個の例が、一九二一年四月の「赤瀾会《せきらんかい》」結成とそれをめぐるメディア報道であろう。そこには、メディア言説から文学的言説の内部へと〈獄中〉表象がいわば「昇華」される当時の様相が、典型的なかたちで映し出されている。

山川菊栄《やまかわきくえ》、伊藤野枝、近藤真柄《こんどうまがら》等を中心にして結成された女性社会運動団体赤瀾会は、一九二一年五月一日の第二回メーデーにおいて、メンバー一〇数名が「婦人に檄す」という檄《げき》文のビラを携え参加し、全員が検束《けんそく》されることになった（『東京朝日新聞』一九二一・五・二の二・三面の記事　図版⑱⑲）。その後弾圧とメンバー検挙により消滅し、その運動は八日会へと引き継がれることになるこの赤瀾会に対するメディアの視線は、最初から非常に敏感であった。▼注[22] 先述した『東京朝日新聞』の記事（三面）にも赤瀾会の名が出され、警官隊が「赤瀾会の旗と真柄（近藤真柄　副田注）を押へろ」と「叫んで突進」していたという記述も見られる。それは、その「謎の如き会旗‖物凄き光景」（同記事（二面）タイトル内の言葉）の中の最もアトラクティブな表象であったと言えるだろう。

更に、同年六月『改造』の特集「赤瀾会の真相」（図版⑳）には、山川菊栄の「社会主義婦人運動と赤瀾会」と伊藤野枝の「赤瀾会について」が掲載されているのだが、その特集タイトルからは、一九一八年七月の『中央公論』における「秘密と開放」号とも共通する、真相暴露的な傾向が強く窺える。その特集論文の後に掲載された、『改造』側の書き手によって書かれたと推測される「赤瀾会の人々」という感想的文章には、「殊に今年の労働祭は思ひも掛けぬ黒地赤ヌキの会旗を押し立てた娘子軍の出現で、一層の熱狂と逆上振りを発揮させたようだ」とあり、赤瀾会という団体が、その社会主義的主張

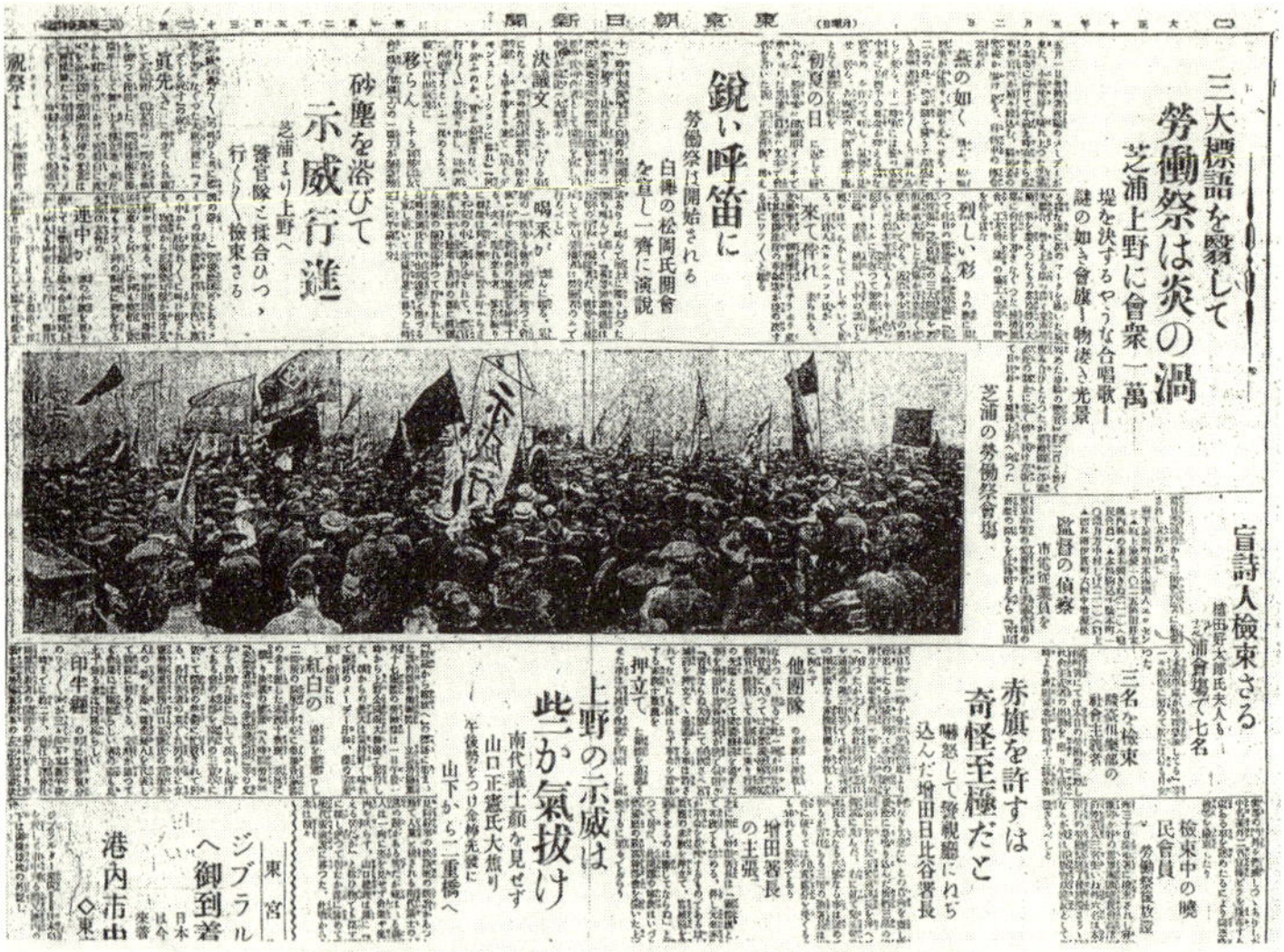

三大標語を翳して 勞働祭は炎の渦

芝浦上野に會衆一萬

堤を決するやうな合唱歌― 謎の如き會旗―物凄き光景

鋭い呼笛に

勞働祭は開始される 白噺の松岡氏開會を宣し一齊に演説

砂塵を浴びて 示威行進

芝浦より上野へ 警官隊こ揉合ひつ、行く〳〵檢束さる

芝浦の勞働祭會場

盲詩人檢束さる

赤旗を許すは 奇怪至極だと

上野の示威は 些か氣拔け

図版⑱　1921年5月2日付『東京朝日新聞』2面

亂闘に終る

狂暴を極めた警官隊

上野の大衝突

雲集し來る示威行進

檢束者 三十餘名

爭議中の 大電を筆頭に 大阪の示威五千人

檢束者は僅かに一名

図版⑲　同年5月2日付『東京朝日新聞』3面

や女性解放運動だけでなく、その異相的なイメージにおいても強い印象を与えていたことがわかるだろう。そのことは、同文章中に「赤瀾会と云ふ名が面白い云ふ人もある」と述べられていることからも窺える。その特集内の伏字だらけの文面とも併《あわ》せて、それは「秘密と開放」のコンテクストをいわば肉体化したかのようなイメージを与えたのかも知れない。

そして、この特集における山川菊栄の「社会主義婦人運動と赤瀾会」には、「以心伝心的に社会主義的信念を抱いては居」る存在としての普遍的「婦人」像が示され、その第二回メーデーの光景が、このように描かれることになる。

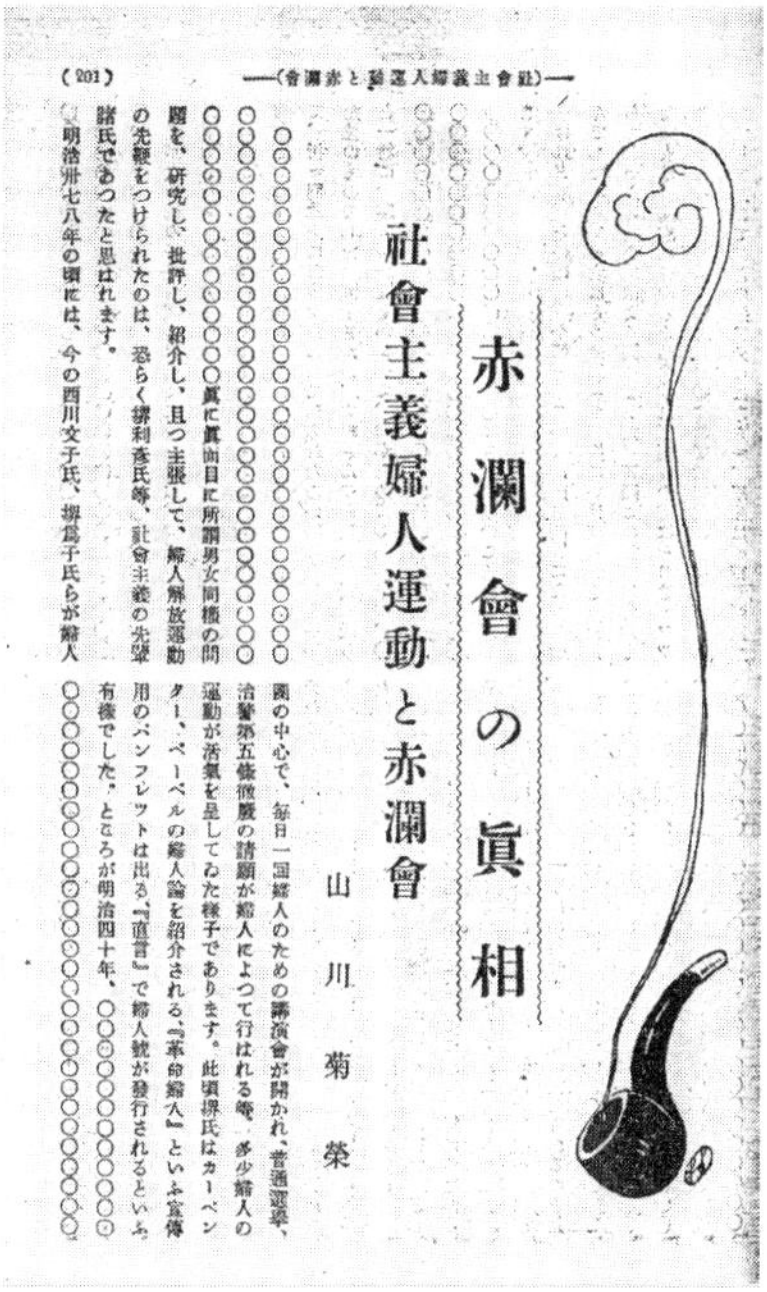
—（社會主義婦人運動と赤瀾會）—　（201）

赤瀾會の眞相

社會主義婦人運動と赤瀾會

山川菊榮

○○○眞に眞面目に所謂男女同権の問題を、研究し、批評し、紹介し、且つ主張して、婦人解放運動の先鞭をつけられたのは、恐らく堺利彦氏等、社會主義の先輩諸氏であつたと思はれます。

明治卅七八年の頃には、今の西川文子氏、堺爲子氏らが婦人團の中心で、毎日一回婦人のための講演會が開かれ、普通選擧、治警第五條撤廢の請願が婦人によつて行はれる等、多少婦人の運動が活氣を呈してゐた樣子であります。此頃堺氏はカーペンター、ベーベルの婦人論を紹介される『革命婦人』といふ宣傳用のパンフレットは出る『直言』で婦人號が發行されるといふ有樣でした。ところが明治四十年、○○○○○○○○○○○○○○○○○○○○○○

図版⑳　特集「赤瀾会の真相」

警察は最初からこの○○婦人団を恐れ且つ憎んで居りました。メーデー——日本に於て婦人の参加した最初のレコードを作った——の前日には、赤瀾会内の活動分子に対しては、悉く検束の命が下ったに拘らず、彼等は巧みに厳重な警戒網を突破して当日まで身を潜め、赤色の紙に印刷した『婦人に激す』なるビラは、市の内外に普く撒布せられました。五月一日メーデーの大示威行列が日比谷辺にさしかゝるや、会旗を擁した眞柄氏を中心に、各自に小旗を打ふつた会員十数名が、突如行列の中央に参加した時には、同志の意気が頓に加つたと聞きました。警察側は、特に赤瀾会員の奪取に意を注いだるに拘らず、同志の鞏固なる結束と巧みなる戦術とは、遂に勝ち誇れる婦人団を上野まで無難に到着させ、当日の示威運動は、大々的成功を収め得たのでありました。〇〇〇〇〇〇〇〇〇〇〇〇〇〇〇〇〇〇〇〇〇〇〇〇〇〇〇〇〇〇〇〇〇そして半数以上の婦人は検束せられ、秋月、中名生の二氏は、獄につながれた事実、其等は既に新聞に委しいことですから茲に記することは省きます。

ここでは、五月のメーデーの光景が、体調が悪く当日はそこに参加できなかった山川の視点から、赤瀾会をめぐる描写を中心に映像的に再現されている。内藤千珠子は、「伏字という記号」が「政治的な禁止」としてのイメージでありつつも、その使用において読者は「文脈と伏字の数から語句を推定することもでき、内容を復元的に想像することができた」と指摘している。▼注[23]『改造』掲載のこの山川の言説における伏字は、その「復元的」な「想像」がもはや不可能になる程の過剰な長さで連ねられており、読者の想像力はそこで空転、惑乱することになるのだが、それ故にそこでは、メーデーという非日常的事態における「秘密」のコンテクスト自体を読者自らが放恣に想像、創出してしまうという、いわば想像力の過剰な参与という事態が生み出されていたとも考えられるだろう。また、内藤は伏字のイメージの「もう一方の極」として「性的なイメージ」を挙げ、「女性ジェンダー化された記号」としての伏字のそのイメージが「ポルノグラフィーの表象と相同的なもの」であると指摘する。▼注[24]山中の言説においては、メーデーと赤瀾会の様相が、そのように政治的・性的イメージが本質的に交錯する伏字の間からかすかに洩れ出でるところの「深く記憶す」べき光景として、イメージ上でも多くの「余白」を含み込んで描き出されることになった。そして、山川がここで「秋月、中名生の二氏は、獄につながれた事実、其等は既に新聞に委しいことですから茲《ここ》に記することは省きます」と述べていることからも窺えるように、このメーデーの光景をめぐる叙述の背後には、〈獄中〉をめぐるメディア報道と、そこを覗き見る好奇の視線の存在が前提とされているのである。メディア内に流通する報道言説とそこへの視線を包含しつつ、「社会主義者」をめぐる想像力がそこで総合的に喚起されようとしていることがわかるだろう。そして、赤瀾会の様相を中心に報道され、山川によっても再現的に描かれたこの第二回メーデーの光景は、後に小説テクストの表現において、このようなかたちで再現されることになる。

捕つた八十余人の中には女の人も二人ゐた。詩人で音楽家である盲目のロシア人もゐた。支那人もゐた。朝鮮人もゐた。そして、それ等の珍しい人々が交つてゐると云ふ事が尚更みんなの心をはしやがせたらしい。その上、みんな同じやうな「大きな手」に依つて鯱二無二捕へられたのだと云ふ共通の感じが、妙にお互の心を強く結びつけるためか、これほどはしやぎ切つた騒ぎの中にも、到底平生では見られない程の親しさと温かさを漲らせてゐた。それが尚更みんなの心を特殊な甘い激動で彩つたらしい。私は舞ひ上る埃と渦巻く煙草の煙の中に蹲つたまま、一寸言葉では現はせないほの明るい亢奮に覆はれながら生れて始めて接したこの異常な光景を物珍しく眺

（江口渙「留置場の一隅にて」『改造』一九二三・一一）

めたものだ。

おそらくワシリー・エロシェンコであると思われる「詩人で音楽家である盲目のロシア人」や「支那人」「朝鮮人」、そして「女の人」らの「珍しい人々」が「交つてゐる」その光景においては、本質的に全く異質なものが等価的に並列され、「社会主義運動」という世界的全体性をそこに創出する。「秘密」的な内実と「世界」の普遍性が融合された総合的な光景として、この第二回メーデーの場面は繰り返し表象され、それは「社会主義者」たちの言説が孕む（とされる）「体験」性を視覚的に構築、創出してゆく。そこで国家権力側は「外部」として（擬似的に）見出され、「われわれ」側の「言葉」の明らかな抑圧者として対象化されることにより、「われわれ」側の「言葉」の社会的アクチュアリティは保証される。一九三〇年代以降、より強力な国家の暴力が顕在化し、もはやそのような擬《ぎ》制《せい》が成立し得なくなるまで、その構造は文学テクストやメディア報道言説の内部で、一定のかたちで保持されたと考えられる。

そして、先に論じたように、そこで報道される側の「社会主義者」自身が、そのような構造の擬制性を十分に意識し得なかったことも確かである。そこに瀰《び》漫《まん》していたのは、その「異常な光景」を「物珍しく眺め」、「共通の感じ」に酔うことであった。そして、そこには、〈獄中〉の想像力の内部で生み出される「書かれるべき書物」のイメージが頻繁に浮上することになる。「社会主義者」に自伝を書かせる傾向が一九二〇年代初頭から拡大するのも、そのような想像力の変貌と密接に結びついた事態であると言えるだろう。大杉は、一九二一年九～一二月及び翌年二、一〇月の『改造』に「自叙伝」

を発表しており、それらをまとめた単行本『自叙伝』が一九二三年一一月に改造社から刊行されている。また、片山潜《せん》も一九二一年六〜八、一〇、一二月、翌年一〜二月にかけて『改造』に自伝を発表している。また、一九二七年二月『改造』掲載の堺利彦「獄中独問答」の誌面には『堺利彦伝』（堺利彦著　改造社刊）の広告文が載せられている。そこでは「社会主義者」の生涯が「自伝」として物語化され、更なる流通の場に商品として乗せられていたのだ。

そして、そのように刻々と変化する同時代メディア状況の中で、実際の「社会主義者」たちは、自らの記号性の位置と機能を正確に捕捉し、制御し得ていた訳ではなかった。大杉は一九二二年九月の時点になって葉山事件を回想した「お化を見た話」を「自叙伝の一節」として『改造』に発表しているのだが、そこで掘り起こされた一九一六年の「歴史的物語」は、「お化」に擬されるような、不可解な領域への好奇的な視線を呼び寄せようとするだけのものであり、自らの記号性に対してのパロディ化さえなし得ていない、大杉の「身の処し方」の稚拙さがそこからも窺える。

一方、そこで「お化」に擬された神近市子は、翌一九二三年一、二月に「下獄二年」と題した〈獄中〉言説を『女性改造』に発表しているのであり、神近もまた〈獄中〉のコンテクストを生成する存在であった。一九二五年一〇月にはそれを収めた単行本『社会悪と反撥《はんぱつ》』を求光閣から出版している。そもそも神近は、オスカー・ワイルドの〝De profundis〟の翻訳を一九二〇年に「深き底より（獄中記）」と題して『ワイルド全集』第五巻論文集（天佑社刊）に発表しており、当時から神近は「獄中記」というジャンルと密接に関わる存在であったのである。神近は一九二九年に改造文庫で出版されたワイルド『獄中記』（省略版）の訳者でもあり、その意味で自己の記号性を神近は大杉よりも巧みに利用していたのかも知れない。大杉の『獄中記』の周辺においても、多様な〈獄中〉言説が、出版メディアにおける需要の状況に応じて多方向に展開されていたのである。

一九二〇年代以降、〈獄中〉言説は、このような過程において次第に独立したジャンルとして認知されていったと考えられる。そこでは、大正期の雑誌メディア空間に散乱、混在していた様々な〈獄中〉表象の断片的なあり方が、「獄中記」的言説として整理、ジャンル化され、それ自体がコンパクトな商品として流通させられてゆくことによって、〈獄中〉の想像力そのものが制度化されていった。そして、その制度化された表象形態の規範になっていた書物が、同時代のメディアの好奇の視線の中で、誇大な自己顕示志向によってその〈獄中〉者ぶりを自己記号化していた大杉栄の『獄中記』であったのである。これ以降〈獄中〉は、内的な自己超越のトポスとして自律的な意味を帯びることになる。特に、そのコンテクストを表現するために最適な「回想的〈獄中〉言説」（B）は、様々なレベルの書き手によって執筆されることになる。そしてそれ故に、近代日本文学という制度にふさわしい「文学」概念を創出してゆくイデオロギー的言説の内部にも、〈獄中〉表象が次第に組み込まれてゆくのである。

▼第三章・注

1　近代出版メディアと山中峯太郎（一）――変貌する自己記号性とその流通

［1］この「獄を出て」の初出では、筆者名の表記が「山中峰太郎」となっている。以降は「峯太郎」。

［2］山中の〈獄中〉表象と同時代言説空間との関連については、『編年体 大正文学全集　第八巻　大正八年』（二〇〇一・八　ゆまに書房）の紅野謙介による「解説　一九一九（大正八）年の文学」p631が、「「獄中」もエンターテイメントの対象たりうるという、したたかな発見」が、大杉栄の「獄中記」から山中の「獄を出て」「未決囚」といった「新・獄中記に引き継がれている」と指摘している。

［3］拙論「山中峯太郎とその記号的「漂流」――昭和初期の『主婦之友』掲載言説を中心に――」（『昭和文学研究』第56集　二〇〇八・三）において、山中における「書くこと」とその記号性との関わりについて論じている。

［4］山中峯太郎の著作に関しては、平山雄一氏のウェブページ「しょうそう文学研究所」に収められた「山中峯太郎作品年表」を参考にした（http://page.freett.com/Shoso/Jyamanakanenpyo1.htm）。

［5］山中の伝記的側面に関しては、尾崎秀樹『夢いまだ成らず　評伝山中峯太郎』（中央公論社　一九八三・一二）を参考にした。

［6］山本芳明「経済活動としての〈文学〉――明治末年から大正八年まで――」（『文学者はつくられる』〔二〇〇〇・一二　未発選書第9巻　ひつじ書房〕所収）p210

2　近代出版メディアと山中峯太郎（二）――〈獄中〉者と宗教者の融合

［7］太田善男「初春の文壇（十三）「中央公論」に書いた山中氏　丘淺次郎氏と大山郁夫氏と」（『読売新聞』

一九二〇・一・一九)。

[8] 尾崎秀樹『夢いまだ成らず　評伝山中峯太郎』(中央公論社　一九八三・一二) p255

[9] 千葉正昭「倉田百三の登場」及び千葉幸一郎「空前の親鸞ブーム粗描」(共に五十嵐伸治他編『大正宗教小説の流行――その背景と〝いま〟』(二〇一一　論創社)所収)がこの当時の宗教文学や親鸞ブームについて言及しているが、両論文ともにその分析は表層的なものに留まっている。

[10] それを実証するように、山中は晩年に再び宗教的世界に「回帰」することになる。

[11] 拙論「山中峯太郎とその記号的「漂流」――昭和初期の『主婦之友』掲載言説を中心に――」では、昭和戦前期の『主婦之友』に掲載されたそのような山中の読物について詳細に論じている。

3　〈獄中〉に投影される内的変革のドラマ

[12] 沖野岩三郎「予言者賀川豊彦君」(『改造』一九二〇・一)。

[13] 成田龍一「文明/野蛮/暗黒」(吉見俊哉編『都市の空間　都市の身体』(一九九六　勁草書房)所収) p97

[14] 前田愛「獄舎のユートピア」p101

[15] この初出での筆者名表記は「尾崎湎作」。

[16] 里見弴「懸賞短篇小説　選後の感　芸術的の見地から」(『時事新報』一九二一・一・二一)。

[17] 久米正雄「最善を尽した」(『時事新報』一九二一・一・二一)。

[18] 紅野謙介『投機としての文学　活字・懸賞・メディア』懸賞小説の時代(二〇〇三・三　新曜社) p26

[19] 引用した「獄中より」の本文は全て初出(『時事新報』一九二一・一・四)に拠った。

[20] 浅見淵「解説」(『尾崎士郎全集』第七巻(一九六六・三　講談社)所収) p416

4　ジャンル化される〈獄中〉言説／制度化される想像力

［21］森山重雄「大杉栄――エロス的アナキズム――」（『文学』一九七四・六）p745

［22］鈴木裕子は『日本女性運動資料集成　第1巻　思想・政治』（一九九六　不二出版）の「解説」p41で、赤瀾会のこのメーデー参加が「商業ジャーナリズムの恰好の餌食となってセンセーショナルに書きたてられ、一躍その存在が知られるようになった。そのことは、赤瀾会の活動にとってプラスとはならなかった」と述べている。

［23］内藤千珠子『愛国的無関心　「見えない他者」と物語の暴力』　第二章　伏字のなかのヒロイン（二〇一五・一〇　新曜社）p43

［24］注23内藤同書 p43-44

第四章

大正期３～昭和期１

――文学的トポスとしての〈獄中〉と「闘争」のロマンティシズム

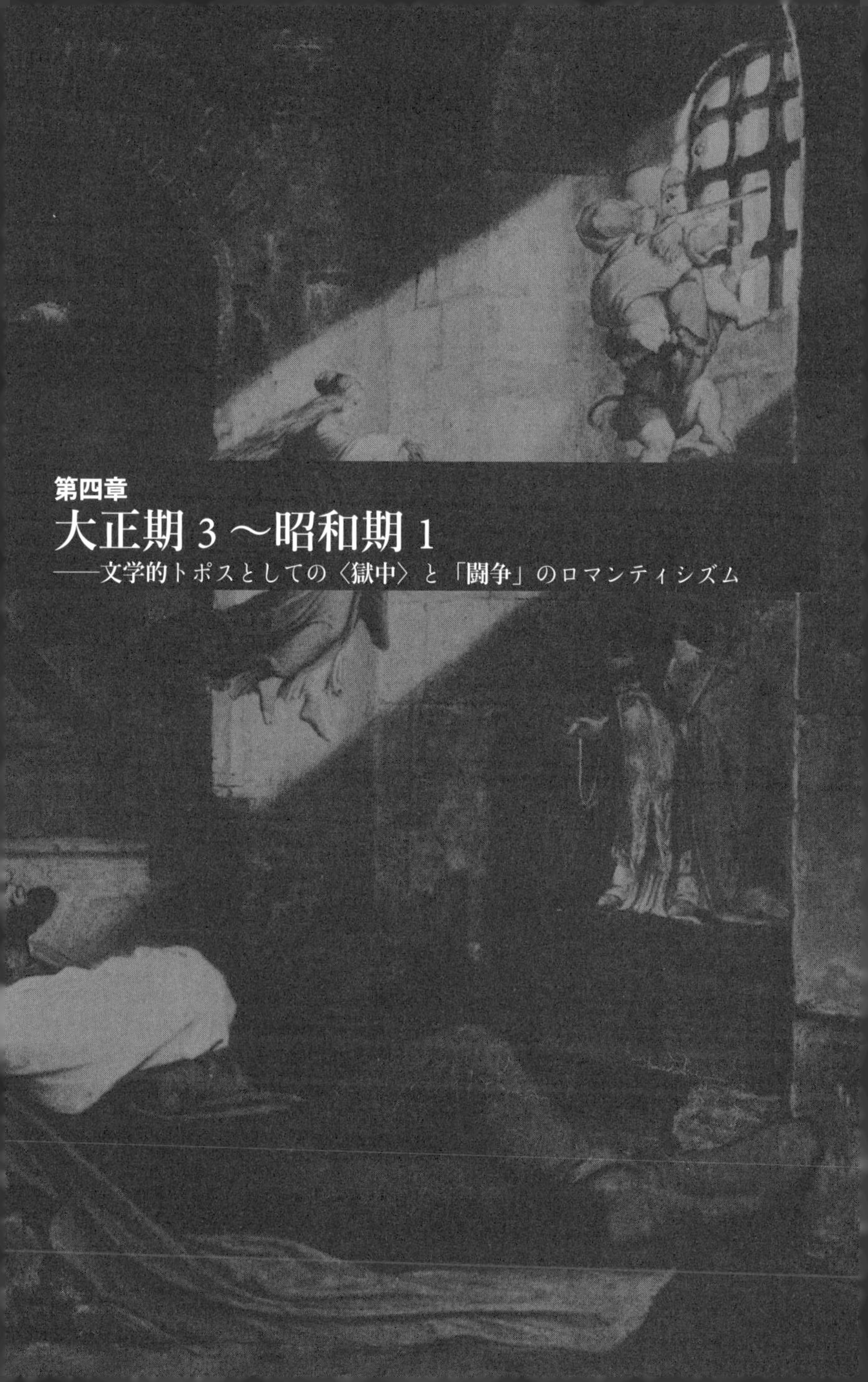

1　プロレタリア文学の〈獄中〉と「闘争」をめぐる表象

プロレタリア文学の〈獄中〉と「闘争」

〈獄中〉の想像力をめぐる制度化は、決して『中央公論』等の総合雑誌のメディア空間に限定される現象ではない。大正後期から本格化したプロレタリア文学においても、明治以来の「暗黒」のトポスとしての類型に、「社会主義者」をめぐる記号空間としての側面を加えて、〈獄中〉表象は、そのプロレタリア的「闘争」のあるべきかたちをイメージ化するための格好の枠組みとして広く用いられることになる。

資本主義社会体制や権力構造の矛盾や暴力を直視、告発するというプロレタリア文学の本質的な性格上、監獄という空間が登場するテクストは多いのだが、そこに見られる多くの〈獄中〉表象からは、当然ながら〈搾取者／被搾取者〉〈抑圧者／被抑圧者〉という二項対立の構図が明らかに透けて見える。例えば、『女性改造』一九二三年一月号に掲載された藤範晃誠《ふじのりこうせい》の「叛逆をたくらむ女囚」では、被差別部落出身の「川村芳江」が、堕胎罪により収監された監獄内で「教誨師《きょうかい》」に自分の悲惨な過去を告白し、「この恨みを、氷のやうに冷い社会へ、思ひきりおくりたいので御座います」と述べる。その後、「教誨師」は辞表を提出して、「自由なる、解放運動への門出に就かうとする悲壮な自分の帰郷姿」を「ありくと」思い浮かべることになる。そこでの〈獄中〉は、社会の暴力によって個人が極限まで

「虐《しいた》げ」られる場であり、同時に残酷な社会に対する「闘争」が生成される始原的な場として定義される。よって、そこでは〈獄中〉から外部の社会へと、告発の視線が向けられることになるのだ。プロレタリア的「覚醒」と「闘争」の場という意味付けこそが、プロレタリア文学における〈獄中〉の「あるべき」意義とされていたことは確かである。女性の〈獄中〉者を主人公にしたこの「叛逆をたくらむ女囚」では、一九一五年の原田皐月「獄中の女より男に」で対象化されていたところの、「堕胎罪」と名付けられた「犯罪」の固有性は、ほとんど問題にされることはない。そこではプロレタリア的「闘争」の場であることのみが重視され、そこでフェミニニティをめぐる差異の問題が焦点化されることはない。

プロレタリア文学における告発的主題としての〈獄中〉の意味合いは、一九二八（昭和三）年五月の『文藝戦線』に発表された遠藤清吉の「留置場」という小品が「曝露小品・1」という見出しの下に掲載されていることからも窺えるだろう。この小品は、講演中に思想犯として拘束され、留置場に拘留された「大谷」が、非道な扱いを受けながらも、突然監獄内に投げ込まれた、「一人の年若い巡査」が「原稿紙」に書きつけた思想的共鳴の手紙を読んで「言い知れない感謝と感激」を覚えるという話である。その思想の是非や当時そこに作用していた外的要素の有無は別にして、プロレタリア文学の内部に氾濫するこのような単純な物語群は、他者性を完全に欠落させた、いわば自己充足のための遊戯に過ぎないようなものであるが、そのような類型的、自足的な「言葉」が、普遍的な価値を具備したメッセージであるかのようにそこでは提示されることになる。この遠藤のテクストには、『文藝戦線』という雑誌の特殊な共同性（「同志」としての連帯意識）が強く作用しているのは言うまでもない。そして、そのような機能的一元化が、本質的な想像力の貧困を招くことにもなったと断じることもできるだろう。そしてそのような事態は、政治小説における〈獄中〉表象の場合と同質性を持つものであったとも言える。

だが、プロレタリア文学に見られる〈獄中〉表象の全てが、そのような一元的な機能において統御されていた訳ではない。例えば、近代日本における社会主義運動の総合的な実践の場として発刊され、その後隆盛を極めるプロレタリア文学運動の先《せん》鞭《べん》をつけた雑誌『種蒔く人』の一九二二年二、三月号の「生活」欄に、「囚人ＳＭ生」による「監獄生活から見た諸名士」という記事（図版㉑）が掲載されていることが注目される。そこでは「山羊髯の高橋義信」「役人を呑んで居る野依秀一」「勢のよい平渡信」など、様々な著名人の監獄内での様子が物語形式で詳しく語られるのであり、「偽電の、山中峯太郎」も三月号でその「偽電事件」の詳細をも含めて大きく取り上げられることになる。そこでは、「以前文壇に山中未醒《ママ》と云つて、元が陸軍々人出の人で朝日新聞記者が居た」と、山中のそれ以前の記号性がなぞられるのであり、その収監の理

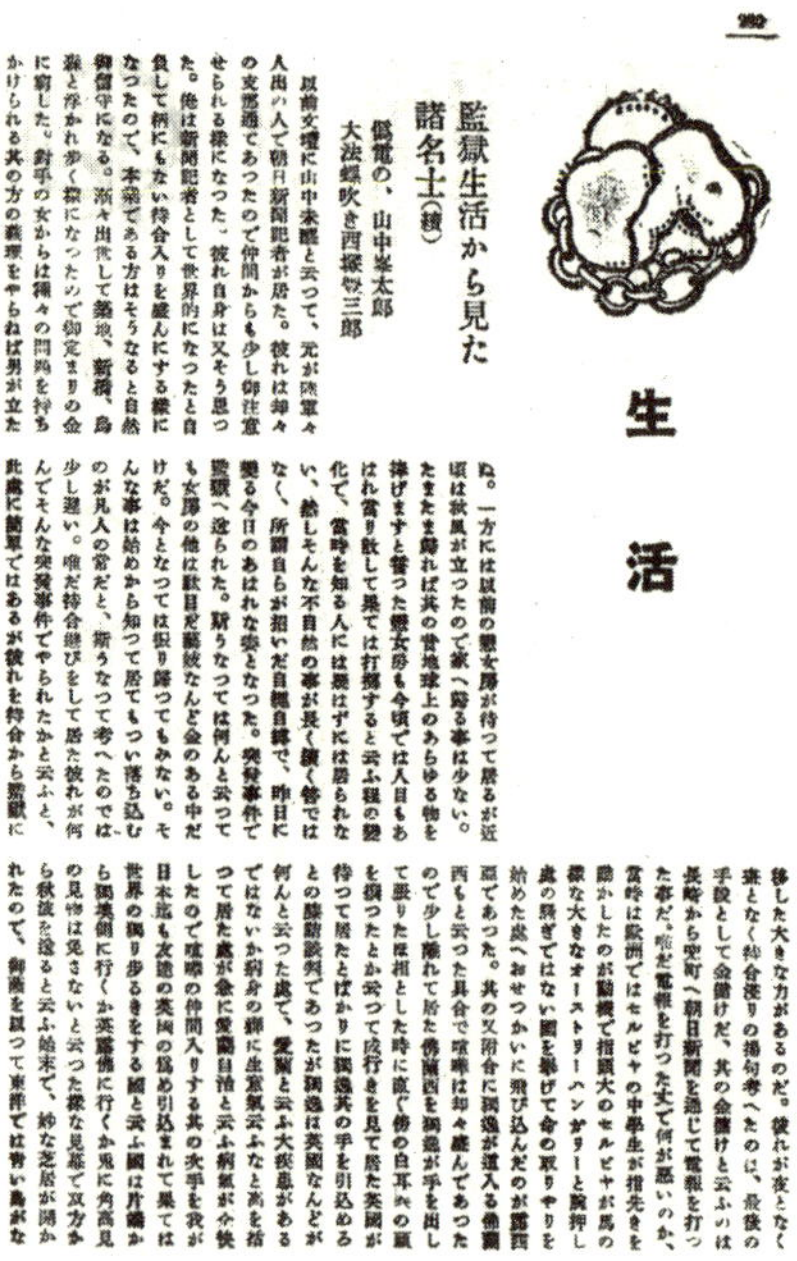
生活

監獄生活から見た諸名士（續）

僞電の、山中峯太郎

以前文壇に山中未醒と云つて、元が陸軍々人出の人で朝日新聞記者が居た。彼れは仲々の支那通であつたので仲間からも少し御注意せられる様になつた。彼れ自身は又そう思つた。俺は新聞記者として世界的になつたと自負して柄にもない待合入りを盛んにする様になつたので、本業である方はそうなると自然御留守になる。諸々出張して築地、新橋、烏森と浮かれ歩く様になつたので御定まりの金に窮した。對手の女からは種々の問題を持ちかけられる其の方の義理をやらねば男が立たぬ。一方には以前の藝女房が待つて居るが近頃は秋風が立つたので家へ歸る事は少ない。たまたま歸れば其の昔地球上のあらゆる物を捧げますと誓つた藝女房も今頃では人目もあはれ當り散して果ては打擲すると云ふ程の變化で、當時を知る人には涙はずには居られない、然しそんな不自然の事が長く續く筈ではなく、所謂自らが招いだ自縄自縛で、昨日に變る今日のあはれな姿となつた。突發事件で監獄へ送られた。斯うなつては何んと云つても女房の他は數目に縁なんど金のある中だけだ。今となつては振り降つてもみない。そんな事は始めから知つて居てもつい落ち込むのが凡人の常だと、斯うなつて考へたのでは少し遅い。唯だ待合遊びをして居た彼れが何んでそんな突發事件でやられたかと云ふと、此處に簡單ではあるが彼れを待合から監獄に移した大きな力があるのだ。彼れが夜となく晝となく待合渡りの揚句考へたのは、最後の手段として金儲けだ、其の金儲けと云ふのは長崎から安町へ朝日新聞を通じて電報を打つた事だ。唯だ電報を打つた丈で何が惡いのか、當時は歐洲ではセルビヤの中學生が指先きを動かしたのが動機で指頭大のセルビヤが馬の様な大きなオーストリーハンガリーと腕押し處の騒ぎではない國を擧げて命の取りやりを始めた處へおせつかいに飛び込んだのが露西亞であつた。其の又附合に獨逸が這入る佛蘭西もと云つた具合で喧嘩は仲々盛んであつたので少し離れて居た佛蘭西を獨逸が手を出して張りた様相とした時に直ぐ佛の白耳義の贔屓を損つたとか云つて成行きを見て居た英國が待つて居たとばかりに獨逸其の手を引込めるとの勝諾談判であつたが獨逸は英國なんどが何んと云つた處で、獲物と云ふ大喰慾があるではないか病身の獅に生意氣云ふなと高を括つて居た處が余に愛蘭自治と云ふ病氣が不快したので喧嘩の仲間入りする其の火手を我が日本迄も友誼の英國の爲め引込まれて果ては世界の踊り歩るきをする國と云ふ國は片端から獨英側に行くか英露佛に行くか兎に角高見の見物は免さないと云つた様な見幕で双方から秋波を送ると云ふ始末で、妙な芝居が開かれたので、御機を以つて東洋では奇い鳥がな

図版㉑　「監獄生活から見た諸名士」1922.3

由となった事件に至るまでの詳細が示される。勿論、この記事はあくまで興味本位のものであって、山中の一連の〈獄中〉言説にまで記述が及ぶことはなく、「昔の恋女房」等をめぐる瑣事《さじ》をからかいつつ、記事はその後他の人物のトピックスに移っている。そこでの〈獄中〉は、同時代のゴシップ的興味の要請に答え、隠された著名人の一面を暴露する、いわば人間の多様な側面を覗くカレイドスコープ的な場として用いられているのである。

このような〈獄中〉表象が、プロレタリア文学のコンテクストにおいても確実に存在していたことは、見逃すことのできない要素であるだろう。「プロレタリア的闘争」の根源的トポスとしてのコンテクストのみが、彼／彼女等の〈獄中〉の意味であった訳ではない。一見、一元的に統合、整序させられているかのように見えるプロレタリア文学のテクストにおいても、〈獄中〉は、雑多な視線が交錯する表象の場としての多義性を発散し続けていたのである。

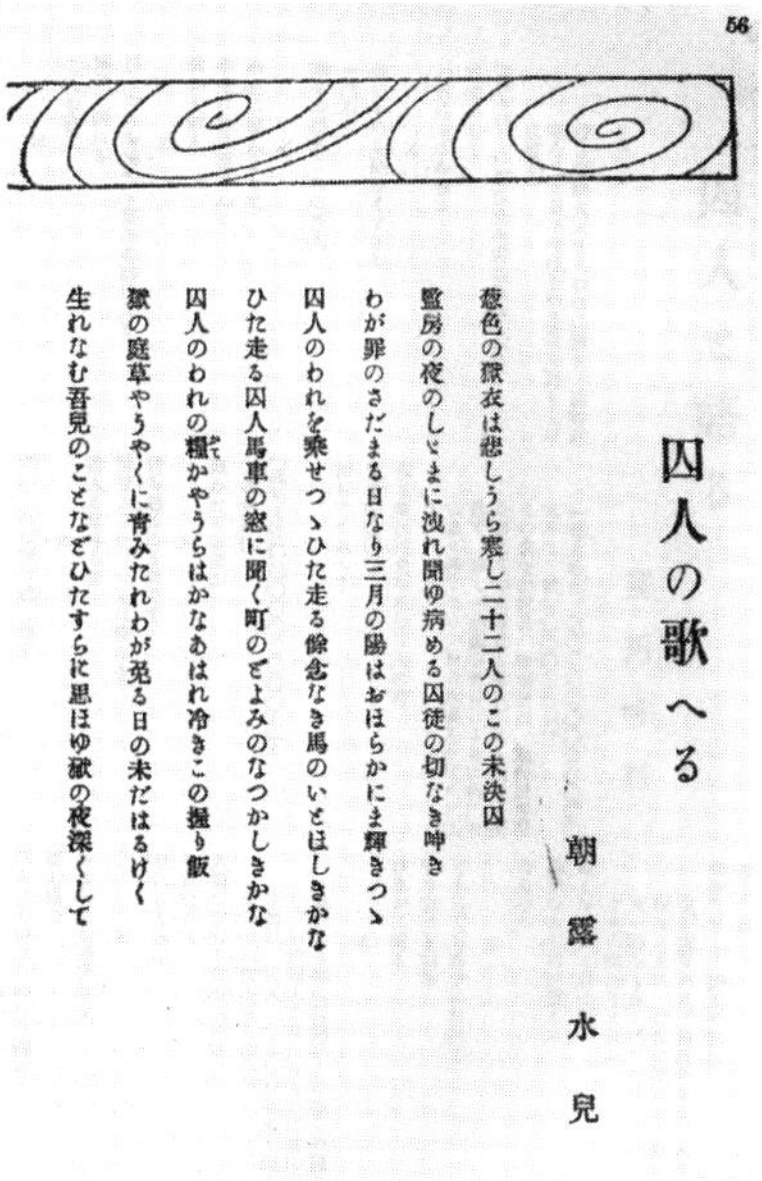
56

囚人の歌へる　朝露水兒

葱色の獄衣は悲しうら寒し二十二人のこの未決囚
監房の夜のしゞまに洩れ聞ゆ病める囚徒の切なき呻き
わが罪のさだまる日なり三月の陽はおほらかにま輝きつゝ
囚人のわれを乗せつゝひた走る餘念なき馬のいとほしきかな
ひた走る囚人馬車の窓に聞く町のどよみのなつかしきかな
囚人のわれの糧《かて》かやうらはかなあはれ冷きこの握り飯
獄の庭草やうやくに青みたれわが死る日の未だはるけく
生れなむ吾兒のことなどひたすらに思ほゆ獄の夜深くして

図版㉒「囚人の歌へる」

また、一九二三年五月の『新興文学』には、「囚人の歌へる」と題された朝露水兒の短歌が八首掲載されている（図版㉒）。「葱色の獄衣は悲しうら寒し二十二人のこの未決囚」「監房の夜のしゞまに洩れ聞ゆ病める囚徒の切なき呻《うめ》き」「囚人のわれを乗せつゝ

図版㉓　「牢獄の反響」1925.11

図版㉔　「牢獄の反響」1925.12

ひた走る余念なき馬のいとほしきかな」「ひた走る囚人馬車の窓に聞く町のどよみのなつかしきかな」といった、「悲し」「切なき」「なつかしき」等の感情表現が多用されるこれらの獄中歌には、〈獄中〉を寂寞《せきばく》とした趣向的「風景」として捉える感性が発動しており、それは必ずしもプロレタリア運動の目的性と全て合致するようなものではない。この種のリリシズムに基づいた〈獄中〉の風景化という消費のパターンもまた、一九二〇年代の〈獄中〉表象消費の確かな一形態であった。[注1]

また、一九二五年一一、一二月に『文藝戦線』に掲載された中濱鐵《なかはまてつ》の「牢獄の反響　批評でない批評」（図版㉓㉔）というテクストにも、〈搾取者／被搾取者〉〈抑圧者／被抑圧者〉といった二項対立構造には還元できないノイズ的な要素が内包されている。当時の〈獄中〉表象の様々な機能が集約的に体現されているこのテクストの第一回（一九二五年一一月）の冒頭はこのように始められている。


　これは文線社編輯部合議室宛の私信のつもりだが筆の運ぶに伴れて或は寄稿家諸君にまでも流弾が飛ぶかも知れない。

　公表するとも破棄するとも又は尻を拭つて半平をキメコムともそれは君等の意のま、になるであらう。まア、卑怯なマネは止して良く売れるさうな尊重《ママ》な紙面を割愛して堂々と第一の形式を採用するのが決闘条件として自他共に男らしい。

　先づ名告りを上げやう――

　此方は大阪刑務所北区支所の一独房に死刑を求刑されて苦笑してゐる一未決囚だ。


　ここには山中峯太郎の〈獄中〉言説にも見られた「私信」性が、テクストの表現機能の一部として用いられていると同時に、大杉の『獄中記』に見られた誇大な自己宣伝的志向もそこには示されている。いわゆる「プロレタリア的」な主題性を擬装しつつ、このテクストは青野季吉《あおのすえきち》、千葉亀雄《ちばかめお》、小牧秋江、前田河廣一郎《まえだこうひろいちろう》、平林初之輔《ひらばやしはつのすけ》、新居格《にいいたる》などに「片ツ端インネンをつけ深切《ママ》な誤託《ママ》を列べる」のであり、その第二回（同年一二月）では、今野賢三《いまのけんぞう》、武藤直治《むとうなおはる》、中西伊之助、尾崎士郎、伊福部隆輝《いふくべたかてる》等を痛烈に批判している。そのような放言的な中濱のテクストの背後に、監獄という場をめぐって歴史的に堆積してきた記号性が深く作用していることは、この一二月発表分の第二回の末尾にこのような「プーシユキンの詩」が載せられていることからもわかるだろう。

牢獄よ！
俺達の心にとつて
どの位多くのものが
お前の裡に交り合つてゐることだらう！
どの位多くのものが
お前の裡に響いてゐることだろう！

この詩はアナーキスト中濱鐵の〈内面〉の吐露であると同時に、〈獄中〉表象という表現の様態を端的に象徴したものでもあるだろう。〈獄中〉は、まさに「多くのもの」が「交り合」い「響いてゐる」場所、つまり様々な歴史的、同時代的な要素が混在、交錯するトポスであったのであり、中濱もそのような〈獄中〉のイメージを共有していた。一九二六年一月の『文藝戦線』にも中濱の「牢獄私信」という文章が載っているが、そこでも酒井八洲男の「監獄破片」（『文藝戦線』一九二五・一〇）や葉《は》山嘉樹《やましき》の「牢獄の半日」など、同じプロレタリア文学系の〈獄中〉表象に対して敏感に反応している。そこには、監獄という場そのものが抱える厳然たる体験性と、その体験的価値に基づいて自明的に意義付けされた、隠蔽された要素の暴露と告発というコンテクストが強力に作用しているのである。その意味で、これらの中濱の一連の言説は、『中央公論』に代表される大正期の雑誌メディアの視線との同質性を露わにしているとも言えるだろう。

葉山嘉樹の固有性

　また、プロレタリア文学における〈獄中〉表象の機能を考える上では、中濱も言及していたように、やはり葉山嘉樹のテクストについて問題にする必要があるだろう。葉山嘉樹は、一九二三年七月の名古屋刑務所収監中に「淫売婦」を、一九二四年一〇月から翌二五年三月までの巣鴨《すがも》刑務所での収監中には「誰が殺したか」の構想メモと草稿、「鼻を覗ふ男」「船の犬『カイン』」等を執筆することができたという、近代日本文学の歴史においては非常に特異な経歴を持っている。それが可能になった要因に関しては名古屋刑務所所長の個人的な許諾という要素があったらしく、巣鴨刑務所での創作活動に関しても、葉山自身の「一九二四年（大正十三年）巣鴨刑務所で刑を受けた。名古屋の刑務所長が転任になつて来てゐたので、余り闘争する要なく、ペンと紙が許され、『誰が殺したか』『鼻を覗ふ男』『船の犬カイン《ママ》』『袋小路の同志たち』『歪みくねった道』などを書いた」という証言があり、[注2]その事実は葉山嘉樹研究の領域でも認められている。[注3]その監獄内での特異な執筆体験はやはり特筆すべきものであるし、それは監獄が決して一元化できない、不確定で個別の要因を抱えた場であることを示唆する事例であるだろう。ただ、実際の葉山テクストにおける〈獄中〉表象をめぐる問題は、作家自身のそのような特異な経歴によってのみ説明できるようなものではない。

　葉山の最初の発表作である「牢獄の半日」（『文藝戦線』一九二四・一〇）は、治安警察法違反で名古屋刑務所に収監されていた時に、関東大震災の余波の地震の中で監獄に放置された体験を元にして書かれたテクスト（「小説的〈獄中〉言説」（C））である。そのようなストーリーの内容からすると、そこにはプロレタリア文学に頻出する二項対立構造が示されているように思えるのだが、このテクストの場合は、そのように単純化できない表現性を抱えている。このテクストは、自らの「プロレタリア文学」的構造をその過剰な「言葉」によって内壊させてしまうようなダイナミズムを抱え込んでいるのであり、従来のプロレタリア文学の〈獄中〉言説とは異質な性格を見出すことができる。

テクスト内の会話部分と書き手の心中語がカギ括弧等の記号で明確に区分されないまま、拘留されている「私」の激情のみが噴出するこのテクストにおいて、〈獄中〉は抑圧された自己の感情と絶対的な現実の制度が交錯し、激しい軋《きし》みを立てるようなカオスの場として存在している。そこでの「私」の言葉は、テクストの「二」章以降、小説の語りとしての規範性を打ち破りつつ、ひたすら溢《あふ》れ出すことになる。


斯くて、地上には無限に肥つた一人の成人と、蒼空まで聳える轢殺車一台とが残るのか。

さうだらうか！

さうだとするとお前は困る。もう啖ふべき赤ん坊が無くなつたぢやないか。

だが、その前に、お前は年をとる。太り過ぎた轢殺車がお前の手に合はなくなる。お前が作つた車、お前に奉仕した車が、終に、車までがおまへの意のまゝにはならなくなつてしまふんだ。

だが、今は一切がお前のものだ。お前は未だ若い。英国を歩いてゐた時、ロシアを歩いてゐた時分は大分疲れてゐたやうに見えたが、海を渡つて来てからは見違へたやうだ。「こゝ」には赤ん坊が無数にゐる。安価な搾取材料は群れてゐる。

サア！　巨人よ！

轢殺車を曳いて通れ！　こゝでは一切がお前を歓迎してゐるんだ。喜べ此上もない音楽の諧調
――飢に泣く赤ん坊の声、砕ける肉の響、流れる血潮のどよめき。

此上もない絵画の色――山の屍、川の血、砕けたる骨の浜辺。

彫塑の妙――生への執着の数万の、デッド、マスク！

宏壮なビルディングは空に向つて声高らかに勝利を唄ふ。

地下室の赤ん坊の墳墓は、窓から青白い呪を吐く。

サア！　行け！　一切を蹂躙して！

ブルジョアジーの巨人！▼注［4］

おそらく資本主義の「搾取」者であろう「お前」に対する呼びかけがここで示されるのだが、そこで予期されるところの「告発」「糾弾」「闘争」のようなプロレタリア文学的目的性は、その呪詛《じゅそ》的「言葉」の奔流の内に無化されてしまう。そして、その「言葉」の奔出は、さながら新感覚派の実験的表現にも似た感触を湛えつつ、テクストの終わりにおいて唐突に断ち切られる。このようなテクストの内部において、「私」は「監獄」についてこのように語る。

監獄で考へる程、勿論、世の中は、いゝものでもないし、又娑婆へ出て考へる程、勿論、監獄

は「楽に食へてい丶処」でもない。一口に云へば、社会と云ふ監獄の中の、刑務所と云ふ小さい監獄です。

勿論、このテクストにも、プロレタリア文学特有の告発的主題としての〈獄中〉像が濃厚に作用していることは間違いない。だが、このテクストに見られるカオスとしての〈獄中〉は、賀川豊彦や江口《えぐち》渙《かん》における〈獄中〉とは全く異質な表現性を発散している。ここで示される「監獄」に対する醒めた視線は、制度化された同時代の〈獄中〉表象とその想像力を相対化する可能性を孕んでいる。プロレタリア文学という枠組みの中でのみ認知されがちな葉山嘉樹の〈獄中〉表象は、同時代の〈獄中〉表象を差異化する契機を抱え込んでいるという点で特筆されるものだ。

ただ、このようなカオス的な言葉の運動の場としての〈獄中〉は、自己を超越的に誇示するような「獄中記」的言説が全盛であった同時代の言説空間の中では明らかに異質であり、それが新たな〈獄中〉表象のバリエーションとして広く認知されることはなかった。実際に、このテクスト以降、葉山がその小説テクストで監獄という場を用いる場合でも、その表象は同時代の〈獄中〉のコンテクストから常に逸脱するものであった。一九二六年二月の『文章往来』に掲載された「出しやうのない手紙」は、「監獄の内と外、あるいは過酷な労働状況に閉塞された人間の生活や闘争を描いたプロレタリア文学」に頻出する「隔てられた二つの世界をつなぐ唯一のコードとして、あるいは、語りの形式そのものを多層化するトランス▼注[5]」としての手紙形式を採った短篇小説であるが、それは監獄内からの手紙ではなく、「俺」が「娑婆へ出て来た」後に、消息不明となった「お前」（妻）宛てに出された手紙である。

そこでは収監中の家族との面会と「看守」とのやり取りを回想しつつ、非在の「お前」に対して獄外から返信を求めるというねじれが内包されており、それはテクストの題名にも刻印されている。また、一九二八年九月の『文藝戦線』に発表された「独房語」は、収監された「私」が直面する監獄内の様相を描いたテクストであるが、そこでは同じく収監されている賭博常習犯の「亀」や看守との会話が主に展開されるのであり、その会話劇的なあり方において、「私」という〈獄中〉者は決して超越化することはない。また、一九三一年に発表された「便器の溢れた囚人」（『改造』一九三一・九）の冒頭は「私は胃拡張に罹つてゐる」という記述から始められるのであり、葉山が監獄の空間をあくまで臨界化した身体の場として把握していたことが窺える。このテクストは「独房の一つのエピソード」として監獄内での食事と排泄をめぐる姿を描いたものであるが、そこに主に見出せるのは、身体的な領域に関する執拗な視線であり、その空間内に充満する「排泄物」の臭いという非意味性である。葉山嘉樹のテクストにおける〈獄中〉は、それまでの〈獄中〉表象をめぐる歴史的なコンテクストと接続しながらも、それとは決定的に断絶した様相を示しているのである。換言すれば、「プロレタリア文学」と「純文学」という枠組みの両方を相対化する契機を、このような葉山のテクストは示していると言うこともできるだろう。

2　芥川龍之介と「獄中の俳人」和田久太郎

芥川龍之介と「社会主義者」

「社会主義者」たちにとっての〈獄中〉は、彼／彼女等にとっての「闘争」の現実であり、またその

「闘争」の思想的根拠として、確かに固有の意味を持っていた。だが、それと同時に、その存在を「域外」から眺める存在にとっては、彼／彼女等の〈獄中〉は、隠蔽された領域へのロマン的想像力を喚起させる、いわば詩的な主題として受容されるようなものでもあった。つまり、そこでの〈獄中〉は、その書き手によって個人的に意図され、創造されるところの主体的表現である以前に、その読み手の側が個々に抱える想念が投影されるスクリーンとして機能していたのである。そのような〈獄中〉をめぐる意識の多彩な様相を明らかにするために、ここでは少し考察の角度を変えて、いわゆる「純文学」側からの視点を導入してみたい。

大正期の「純文学」作家の代表とも言える芥川龍之介は、最晩年の「玄鶴山房《げんかくさんぼう》」（『中央公論』一九二七・一〜二）等のテクストからその社会主義思想への関心の存在を指摘されることもあるが、概してそのような境界的領域への志向は薄かったとされることが多い。確かに、その社会主義思想への関心は情緒的、感性的なものであって、その思想形態への体系的な理解や実践性への共感を芥川が実

際に抱えていたとは到底思われない。しかし、逆に言えば、そのような情緒的、感性的な関心こそが、大正後期の「社会主義者」達の言葉をまなざす視線においては普遍的なものであったとも考えられるのだ。その意味で、芥川が持っていた「社会主義者」への視線の質を考察することは、当時の言説空間の様相を再現するという意味で、一定の有効性を持つものであると言えるだろう。

一九二四（大正一三）年九月一日、つまり関東大震災一周年記念日に、無政府主義者和田久太郎《わだきゅうたろう》は、大杉栄、伊藤野枝虐殺への報復として、震災時の戒厳司令官であった陸軍大将福田雅太郎《まさたろう》を狙撃した。殺害は失敗し、和田は無期懲役の判決を受けて秋田刑務所で服役することになる。そして一九二八年二月二〇日、和田は監獄内で縊死を遂げることになった。まさにこの和田久太郎は、幸徳秋水、大杉栄と続く無政府主義的「社会主義者」の系譜に連なる存在であった訳だが、一九二七年三月、その監獄内で生み出された俳句、短歌、書簡、知人による人物評等を集めた単行本『獄窓から』（近藤憲二編　労働運動社）が刊行されていることは注目される。この単行本は一九三〇年一一月には改造文庫としても刊行されており、この書物が一定の読者を獲得していたことが窺えるだろう。そのような和田の「獄中吟」はプロレタリア文学系の雑誌にもしばしば掲載されており▼注［6］、ある意味、当時のプロレタリア文学の言説空間における一つの「風景」ともなっていた。

芥川はこの『獄窓から』を評した「獄中の俳人――「獄窓から」を読んで――」と題した短文を、一九二七年四月四日の『東京日日新聞』「ブックレヴィユー」欄に寄せている。そこで芥川は、「僕は和田久太郎君に会つたことはない。又社会運動家としての君のこともごくぼんやりとしか知つてゐない」と表明した上で、「この本のうちに現れた君のことをちよつと紹介したいのである」として、そこに収められた書簡[注7]についてこのように述べている。

和田久太郎君は、この書簡の中に、君の心臓を現してゐる。しかも社会運動家でも何でもないわれわれに近い心臓をあらはしてゐる。僕はこゝに理性の力を云々しようとは思つてゐない。又和田君の心臓を云々しようとも思つてゐない。たゞこの心臓の持ち主は、同時にまた唯物主義的に鋭い頭脳の持ち主だつた。これは勿論和田君には悲劇的な矛盾である。しかし同時代に生れ合はせたわれ〲に共通する矛盾である。和田君はこの矛盾を持つてゐるために必ずしも大を加へないかも知れない。けれどもとにかくわれ〲には少からず親しみを加へるのである。

このような記述からは、芥川にとっての「和田久太郎」が、その「われわれに近い心臓」「唯物主義的に鋭い頭脳」において、自分達「芸術家」との共通性をもった「獄中の俳人」として捉えられていることがわかる。そこにおいては、和田の「社会運動家」としての他者性は全く顧《かえり》みられておらず、その無政府主義的思想の内実についても全く触れられることはない。そこでは、芥川が和田のことを「ごくぼんやりとしか知つてゐない」という前提こそが、「獄中の俳人」として和田をロマン化するための重要な要件になっているのである。その後、芥川は和田の俳句について言及し、「君の獄中の生活は、成程《なるほど》君の俳句の中にも暗い影を投げてゐるのであらう」と呼びかけながら、その俳句の「やさしみ」を高く評価して、このように述べる。

和田久太郎君は恐らくは君の俳句の巧拙など念頭に置いてはゐないであらう。僕もまた、獄中にゐる君の前に俳談をする勇気のないものである。しかし君の俳句は、幸か不幸か僕を動かさずには措かなかつた。僕は前にもいつたやうに、何も和田君のことは知つてゐない。けれども僕は「獄窓から」を読み、遠い秋田の刑務所の中にも天下の一俳人のゐることを知つた。

のどの中へ薬塗るなり雲の峰

五月雨やあか重りする獄の本

麦飯の虫ふえにけり土用雲

しんかんとしたりやなのみのはねる音

かういふ俳句を作るものは和田君の外にはないであらう。僕は或は和田君のかういふ俳句を作ることも排悶のためかと思つてゐる。しかし君の才力や修練は『排悶のため』を超越してゐる。僕は「獄窓から」を前にしたまま、一気にこの短い文章を草した。

ここで芥川は、和田久太郎の監獄内での心理について想像しつつ、和田の俳句の表現的な普遍性、芸術性を指摘している。「排悶のため」という、旧来の〈獄中〉者像をめぐる歴史的な解釈のコードをなぞりながらも、その枠組みを超えた、俳句としての表現の可能性を見出しているのである。そのような芥川の視線は、先述した一九二三年五月『新興文学』での「囚人の歌へる」を読むプロレタリア文学の読者たちと同質性を持つものであると言えるだろう。〈獄中〉を寂寞とした趣向的「風景」

として捉えるという同時代の感性と共振しつつ、芥川が描く「獄中の俳人」としての「和田久太郎」は、その極限的な状況ゆえに純粋化された「芸術家」として想念化されることになる。そこでは、和田が監獄内で実践している俳句という伝統的な芸術表現自体も、近代的「文学」主体における閉塞から遙かに超越した「境地」として彼岸《ひがん》化されることになる。

ただ、そのような芥川の「芸術家」意識の内実などは問題ではない。注目すべきなのは、「獄中の社会主義者」である和田が、「俳句の巧拙など」という自己の表現をめぐる自意識からも解放された、いわば逆説的な「表現の自由」を獲得した存在として認識されていることなのである。勿論、その認識自体が、芥川自身の単純なロマンティシズムと自己消滅願望が投影されたところの、恣意的なものであることは確かである。更に、和田久太郎という「エッジ」的な行動者に対する単純な憧憬もそこには作用していたのかもしれない。しかし、この芥川の認識の背後には、〈獄中〉者こそが、逆説的に自己の超越化をその「獄中からの言葉」によって可能にする、という、「文学」の生成点をめぐるイデアが投影されていると言えるだろう。当時、〈獄中〉言説を表現、提示する側の主体の内部には、確実に〈獄中〉をめぐる歴史的コンテクストが共有されていたのだが、〈獄中〉からの「言葉」を外側から眺める獄外の消費者の側にも、そのコンテクストは広く共有されていたと考えられるのである。

ロマン化される〈獄中〉

また、芥川は「侏儒《しゅじゅ》の言葉」の「Blanqui の夢」（『文藝春秋』一九二四・一〇）において、フランスの空想的社会主義者ブランキの宇宙観とその〈獄中〉について述べている。その宇宙観とは、「宇宙の大は無限」であるが「宇宙を造るものは六十幾つかの元素」であるからその「結合」は有限であり、よって「我々の棲息する地球も、——是等の結合の一つたる地球も太陽系中の一惑星に限らず、無限に存在してゐる筈である」という、いわばパラレル・ワールド的な観念であった。それを紹介した後、このような記述が続く。

これは六十七歳のブランキの夢みた宇宙観である。議論の是非は問ふ所ではない。唯ブランキは牢獄の中にかういふ夢をペンにした時、あらゆる革命に絶望してゐた。このことだけは今日もなほ我我の心の底へ滲み渡る寂しさを蓄へてゐる。夢は既に地上から去つた。我我も慰めを求める為には何万億哩の天上へ、——宇宙の夜に懸つた第二の地球へ輝かしい夢を移さなければならぬ。

図版㉕
モーリッツ・フォン・シュヴィント「囚人の夢」1836

ここでも芥川は「我我の心の底へ滲み渡る寂しさ」という表現において、「社会主義者」に対する情緒的な共感を表明しているのだが、ここに示された、現実の閉塞に直面し絶望しながらも、そのオルタナティヴとしての世界を「かういふ夢」の中に夢想する老いたブランキの姿は、芥川が抱いていたロマン的人間像の一形態であった。そして、そのような〈獄中〉者をめぐるロマンティシズムは、ブランキと同時代に、ドイツ・ロマン派の画家モーリッツ・フォン・シュヴィントによって描かれた「囚人の夢」（一八三六図版㉕）における〈獄中〉者イメージとも通底するものであろう。そのような芥川の情緒的なブランキ観において、〈獄中〉は、絶望と閉塞に溢れた帰結的な場でありながらも、同時に自らの「夢」を超越的な領域に投射し、自己を解放する場として捉えられていたのである。藤井貴志は、この「Blanquiの夢」からオスカー・ワイルドの〈獄中〉観に言及し、「芥川はブランキというよりも、どちらかといえば〈監獄〉のエピソードに魅かれていたのかもしれない」「実際、〈監獄〉あるいは〈獄中〉というモティーフへの芥川の執着、偏愛には些か尋常ならざるものがある」と述べ、「追憶」（『文藝春秋』一九二六・一二）におけるアナーキスト久板卯之助をめぐる芥川の言及を問題にしている。[注8] 藤井はその後「獄中の俳人」を取り上げるのだが、その論考は芥川テクストが孕む偶発的かつ一回的な批評性の瞬間への追及の方に志向し、〈獄中〉をめぐる言葉の歴史性自体が問題にされることはない。ここで藤井が芥川の晩年テクストをめぐる固有のアクシデントと見なすもの、つまり「〈監獄と詩〉の構造的反復の亀裂から〈歴史〉が露呈する稀有な瞬間」[注9]とは、特段芥川テクスト固有の問題ではない。それは、〈獄中〉をめぐる言説と表象の歴史性から継承された、〈獄中〉をめぐる想像力の一つのバリエーションに過ぎない。狭隘《きょうあい》で硬直した従来の芥川研究の制度性から逸脱して、その研究言説を外部に開こうとする藤井の論考は新鮮で魅力的であるが、芥川の〈獄中〉観と「Blanquiの夢」というテクスト自体は、決して特権化できるような「独自性」を持ったものではない。藤井が主張するほど、芥川の（そしてその同時代の他の）〈獄中〉言説は、決して「批評的強度」などを孕んではいないのだ。芥川もまた、一九二〇年代後半に〈獄中〉言説を好んで消費し、そこに自己の新たなコンテクストを投影していた「ありふれた」存在の一人であったことを、ここで確認しておくべきであろう。

実際に、当時芥川と関わりのあった南部修太郎《なんぶしゅうたろう》も、一九二四年三月に単行本『若き入獄者の手記』（文興院出版）を刊行している。そこに収められた同名の小説は「小説的〈獄中〉言説」（C・a）に分類されるべきものであり、本書の第三章3節で取り上げた尾崎士郎のテクストとの共通性をそこに見出すことができるだろう。ただ、〈獄中〉を描いた小説テクストとしての「若き入獄者の手記」においては、〈獄中〉者としての「己」を苦しめるものは、監獄という閉鎖空間やその制度的な暴力性ではない。テクスト内で監獄内の描写がなされることもあるが、その描写は表面的な領域に留まっている。そこで「己」は自らの入獄について「ただ主義のためだ。己の真実に生きようとするためだ」と自答するのだが、その「主義」の具体的な内実がテクストに描かれることはない。そこでは、獄外にいる「時子」への「己」の恋愛感情と、友人「竹内」と「時子」との関係への疑念、煩悶が中心であり、〈獄中〉という場を借りた通俗的な「恋愛もの」とでも言うべき描写がそこには連ねられている。その意味で、このテクストは非常に「大正的」な言説であると言えるだろうが、そのような言説のモードこそが、一九二〇年代の〈獄中〉言説のあり方を代表するものであったのである。その意味で、「Blanquiの夢」に見られるような芥川の〈獄中〉観は、まさに賀川豊彦における「幻視される〈獄中〉」と表裏一体であると言えるだろう。言うなれば、それはまさに「文学」的な〈獄中〉風景なのであり、そのロマン主義的な想像力は、〈獄中〉において「文学」の行為性が特権的に見出されるという昭和初期以降の文壇の傾向にも繋がってゆくものなのである。

3　暴力性のゆくえと治安維持法

「赭土に芽ぐむもの」と「外地」の〈獄中〉

近代化と共に着々と進められた近代日本の植民地政策は、必然的に〈獄中〉を従来の「日本」の「内地」空間から更に拡大させることになった。そこで監獄という身体・思想管理の空間が孕む本質的な暴力性も、「内地」から「外地」の側へと拡張されることになる。

そのような拡張の過程にあった一九二〇年代の「外地」における〈獄中〉を描いた貴重なテクストが、中西伊之助『赭土《あかつち》に芽ぐむもの』（一九二二・二　改造社）であろう。中西の「文学的才能が最初に認められた」▼注[10]テクストである「若き改革者」（『新社会』一九一八・五）は、「華氏百度以上の此の朝鮮の夏」に監獄に収監された「彼」を描いた小品であった。その〈獄中〉をめぐる描写を取り込みつつ、「C半島」「C植民地」で「N人」による植民地支配の実態に直面した「金基鎬」と日本人新聞記者「槇島」を中心に、「H監獄」に収監された両者が監獄内で出会い、「二八号」こと「金基鎬」の死刑が執行され、「槇島」が釈放されるまでの過程を描いた『赭土に芽ぐむもの』は、〈獄中〉をめぐる膨大な描写を特徴とするテクストである。そこでは「槇島」の過酷な監獄内での状況が描かれるだけではなく、そこで〈獄中〉者としての「槇島」の様々な幻想や夢が描出されることになる。

「鮮人金基鎬の反抗心理の爆発や、獄屋で夜中囚人が夢の中で殴合ふ光景を描写したあたりは、確かに表現主義芸術の生命が見られる」[注11]（傍点原文）と発表当時評価されたそのような描写について、堺利彦は「殊に獄中生活に於ける、極寒極熱の両極を痛切に描写しそれに関聯して遂に或る逆徒等の刑死を幻想した所などは、私の如き読者をして、実に泣くにも泣けない心持を起させた。更に最後の一節、大同江に張りつめた厚氷が、底から通ふ脈々の春気に侵されて、今や続々として潰裂する其の爆声を聞きつゝ、暁の薄あかりに故国に向つて去らうとする所、如何にも力強い結末であつた」と評している。[注12]このテクストの特に後半に浮上するその幻想的描写の想像力が、朝鮮独立運動、そして社会革命へのエネルギーと重ね合わされて当時読まれていたことを窺わせる記述であろう。

そして、更に注目されるのは、そこで「内地」と「外地」の〈獄中〉の差異が、このように対象化されている点である。

> 彼（槇島　副田注）は昨夜こゝへ這入つた時のことを考へると思はず戦慄した。そしてあゝした夜がこれから続いて行くのだと思ふと、彼は起つても居てもゐられないやうな気がした。彼は今までに露西亜《ロシア》あたりの小説家の書いた牢獄の印象や、彼の故国の思想家や社会運動者の書いた下獄記をよく読んだけれど、しかし、彼がどのくらゐ想像を逞しくしても、牢獄とは現実にこんなものだとは到底思はれなかつた。たとへ自由は束縛されてゐても、かくの如き惨じ目な状態であるとは思はれなかつた。――彼はその後、彼の故国の監獄に幾度も投ぜられて、この考への真実であつたことを瞭らかにした。――彼のその時の牢獄に対する知識によつても、この監房は確かに独房である。独房の面積は普通に三畳敷きであるから、彼の故国の監獄では囚人一人を収容する

やうになつている。それにここでは十三人を容れてゐる。――百十度以上の烈熱下で三畳に十三人の牢獄！　それは果して想像し得べきことであらうか？　彼は昨夜、この監房の有様を瞥見して、自分もまたその中へ押し込まれた瞬間に、彼は強く自尊心を傷けられたことを感じた。――自尊心と云ふよりも、もつと切実に、吾等の胸に薄《せ》まつて来る。むしろそれは根本的な人間性に対する憤ふろしき侮辱であつた。（五四）

紅野謙介《こうのけんすけ》は、『緒土に芽ぐむもの』の「「監獄」体験をめぐる記述」に注目し、それが中西自身の平壌監獄における収監体験（信用毀損罪による）を反映したものであり、そこでの「外地の「監獄」は実存としての人間に対するむきだしの暴力として描き出された」と指摘している。[注13] 更に紅野は、中西自身の収監体験を詳細に検証した上で、『緒土に芽ぐむもの』における〈獄中〉描写には「平壌監獄での実存的な暴力とともに、検事局や裁判所の恣意によって拘留期間が際限なく延長されるという、「未決囚」への精神的暴力が重ね合わせて小説に取り込まれた」と指摘している。そこでは大杉栄の「監獄体験」と中西のそれとが比較され、中西のテクストが「自尊心はおろか人としての尊厳を破壊しつくす」「暴力＝権力の二重の構図を浮かび上がらせた」と評価している。[注14] この紅野の指摘は、〈獄中〉をめぐる問題を「内地」の枠組みに限定せず、より普遍的な考察と相対化の場に引き出すための重要な前提となるものであろう。

それを踏まえた上で、本書において注目したいのは、その「未決囚」をめぐる描写である。中西のテクストでは、「既決囚には放免される日の確定した目標がある。彼等はたゞそれまでの苦役を忍べばいい、しかし未決囚にはそれがない」（六〇）と、その制度的な問題が対象化されている。それは、紅野の指摘にあるように、まさに「検事局や裁判所の恣意によって拘留期間が際限なく延長される」「精神的暴力」の状態として描かれていた。だが、山中峯太郎の「未決囚」（『中央公論』一九一九・一二）においては、「自分の旧い屍骸が、横になつてゐる」過去の〈獄中〉空間として「未決囚であつた時の自分の内外」が描かれていたのであり、そこでは中西のテクストのように、権力側の恣意性や暴力性が対象化されることはない。そこでは、このような記述が延々と続けられることになる。

獄のなかの第一夜を、その後、いかにして眠りに就いて、その夜を明かしたかを、わたくしは、今、すこしも記憶してゐない。印象の最も深かるべき其の夜のことを、不思議にも全く忘れはてゝゐる。印象し得ないまでに、全く悩み乱れてゐた故え《ママ》かとも思はれる。おそらく然うであらう。従つて、その大きな悩みが、何処へ往つてしました《ママ》かさへも、やはり同じく、すこしも記憶されてゐない。意識の外から外へ、どれだけの夥しいものが、殊に其の一夜のうちに、流動して往つたことだつたらう。現在斯うして原稿を書いてゐるうちにも、意識の圏外に、自分のほかの自分の何かゞ、黙つて動いて、次ぎから次ぎに移つて往きつゝある無象のすがたを感じる。遠くに、近くに、また自分の直ぐ胸さきにも、自分のほかの自分が、幾つも分派的に生きて動いてゐる。一つの太陽系統に属する星の群が、更に一団となつて天界を運行してゆくやうに、わたくし自分の多くの群も、一つの環界を造つて、時と共に、ずん〳〵と現象界と無象界の中を過ぎて往く。その群のうちの現象の一人が、今、これを書いてゐる。

ここで回顧される「未決囚」としての監獄空間は、現在「原稿を書いてゐる」「自分」の曖昧な存在空間と融合され、その境界は融解する。そこでの「未決囚」という言葉は、曖昧にサスペンドされた主体のあり方を寓意的に示すものでしかなく、そこに権力の恣意性、暴力性といった「闘争」的主題が交錯することはない。山中のテクストにおいて重要なのは、そこでの自己変革と内的覚醒のドラマなのであって、「未決囚」としての〈獄中〉は、それを劇的に演出する舞台に過ぎないのである。そこにおける「未決監獄」は、従来の自己の固着したあり方を「流動」させ、そこで自己を未分化な「現象」とすることでそこに自己変革のドラマを胚胎させる、いわば生命的な象徴空間であった。

そもそも、「未決監獄」という監獄空間は、「雑多な拘禁性と不透明な便宜性」▼注[15]を内包した「未決拘禁」の場として、洋の東西を問わず普遍的に使用されてきた。そこに関する法制度は未整備な場合が多く、制度側の恣意的な思惑や暴力が這入り込む余地がそこに生まれがちであった。山中が収監された市ヶ谷監獄は「独居房を主とした一三〇〇名収容の大規模木造未決監として多くの著名事犯未決囚を扱って」▼注[16]いた施設であったのであり、その様相は大杉の『獄中記』をはじめとして、多くの〈獄中〉言説に描かれているが、山中の「未決囚」におけるその〈獄中〉は、高度に象徴化され、メタ的な意義を付与された象徴空間として浮上しているのである。

このような中西と山中の「未決囚」像を比較することで、近代日本の植民地主義と「外地」への侵略的拡張を下支えした、いわば「内地」的〈獄中〉の想像力のかたちを浮かび上がらせることができるだろう。中西のテクストに孕まれていた監獄の他者性とそこへの不安感は、山中の〈獄中〉言説には殆ど見出すことができない。そして、同じく一九二〇年代初頭に生み出されたこの二つのテクストが孕む問題系は、その後の〈獄中〉言説とその表象においてもそのまま引き継がれることになる。

つまり、そこで〈獄中〉は、権力側の身体・思想管理の装置としての本質的な暴力性を告発する「闘争」の場であると同時に、大衆的な好奇心を喚起するトピックス性を強力に帯びたトポスでもあり続けるのだ。それはそのどちらの「意味」の側にも総合的に回収されることなく、〈獄中〉という多義的な記号性として保留されたまま、断片的に消費され続けることになる。言い換えれば、そこで暴力性の告発と「闘争」のトポスとしての「正統的」な〈獄中〉表象は、卑俗な好奇心を喚起する自らのトピックス性を、その「闘争」のイデオロギーの内部に取り込み、方法化することはできなかったのである。「闘争」「暴力」「汚穢」「暗黒」といった前者のコンテクスト上にある記号たちと、「犯罪」「殺人」「悔恨」「愛欲」といった後者のトピックス的記号たちは、これ以後もあくまで並列的に消費され続けるのだ。「内地」としての近代日本における〈獄中〉表象は、そのような思想的、方法的ねじれを抱え込みつつ、淡々と消費される記号的な場であり続けたのである。

一九二三年一月の『種蒔く人』には、「表現座上演脚本」として戯曲化された「緒土に芽ぐむもの」が「（ある囚人の夢）」という副題と共に掲載されている。そこでは新聞記者の「槇島」が「地獄の釜」のような獄中から「鮮人達」と共に脱走し、最後には鉱夫の「一之瀬」と共闘してゆく光景が描かれており、それはまさに〈搾取者／被搾取者〉〈抑圧者／被抑圧者〉の構図に則って展開された典型的なプロレタリア文学テクストであると言えるだろう。小説テクストに比べて構図が単純化されているが、〈獄中〉表象が演劇という表現の場でも展開されていたことを窺わせる。

また、一九二三年八月の『種蒔く人』には中西の「獄を出て A兄へ」が掲載されている。釈放後に出された「A兄」に向けた手紙という形態を採ったこの言説は小説とも評論とも言えないようなものであるが、そこには「牢から出てみると文壇では、例によつてプロレタリア文学に対するかなりばかばかしい謬論が横行してゐるね」という記述があり、同時代の文壇状況を俯瞰し、その社会的な束縛を超越した地点からそれを眺めるための特権的視座として〈獄中〉が用いられていることが窺えるだろう。

『改造』一九二五年八月号に掲載された大杉栄の単行本『自叙伝』の広告には、以下のような文言が見られる。

彼、大杉君の戯曲的の運命には我が国人にも、外国人にも多大の衝撃を与えた。彼が殺されてから無政府主義者たちの福田大将事件あり、そしてかれらは最近検事から死罪を論告された。彼の三周忌は迫まって来月である。このとき彼を想い、彼の伝記に尋ねて我が将来の社会活動を想うこととの徒爾でないことを知る。

本書は大杉君がもっとも、意を注いで書き上げたもので、その文章の洗練せる、創作としてもりっぱな芸術価値ありと称せらる。彼の獄中記、葉山事件などを読むものは小説以上の興趣をそそられるであろう。

「芸術価値」という漠然とした標語の下に、現実の監獄に孕まれるところの他者性と暴力性は隠蔽され、「無政府主義者」という存在はそこでロマン的に記号化される。つまり、そこで「小説以上の興趣をそそ」るトピックスとしての〈獄中〉は、一方的に意味化される視線の場に過ぎないのである。大杉はその死後も、その視線の中心に位置付けられる存在であり続けることになった。

そして、そのような〈獄中〉をめぐる恣意的な意味化、ロマン化の背後では、監獄という場所が本質的に抱える暴力性がさらに顕在化してゆく事態が進行していた。言うまでもなく、一九二五（大正一四）年四月の治安維持法の制定、施行である。その意味で、一九二七年一〇月に、大杉・伊藤虐殺事件の当事者であった甘粕正彦《あまかすまさひこ》によって書かれた単行本『獄中に於ける予の感想』（甘粕氏著作刊行会）が出版されていることは非常に象徴的な事実である。「大逆事件」や大杉・伊藤の虐殺をめぐる記憶は、そこに孕まれた他者性を消去されたまま、以後の〈獄中〉表象の内部で記号化されて消費されていた。そのような〈獄中〉表象の系列に、事件の当事者たる甘粕の〈獄中〉言説が加わったことは、まさに、〈獄中〉の想像力がそこで公的に認知された制度として馴化《じゅんか》され、整備されたということを示しているだろう。そこで〈獄中〉は、「社会主義者」側／権力体制側という区画を越えて、監獄にいる自分自身を含めた現実世界を特権的な視座から覗き見、そこに深遠な「実相」を見出すための、いわば超越的な窓としての機能を付与されることになった。現実の監獄が、治安維持法以降、その恣意性と暴力性を更に増大させる一方で、その同時代の〈獄中〉言説の内部には、制度化された均質な〈獄中〉の想像力が、広く惰性的に瀰漫《びまん》していたのである。

4 『新青年』における〈獄中〉表象の消費

『新青年』の〈獄中〉表象

そのような〈獄中〉表象の制度化の一方で、大衆文化の領域においても、〈獄中〉は、その本質的なトピックス性においてコンスタントに消費されるコンテンツであり続けていた。一九二〇年代における〈獄中〉表象のあり方を考える上では、プロレタリア文学的な言説における「闘争」の場、「文学」概念における理念的な場としてのコンテクストと同時に、当時急速に発展していた大衆文化メディアとその大量消費をめぐる問題を避けて通る訳にはゆかない。特に、監獄という場の持つ本質的なトピックス性が、そのようなメディアと消費の場において十分に活用されたであろうことは、これまで論じてきた大正期のその記号的消費の様相を見ても容易に推測されるであろう。ここからは、一九二〇年代のモダニズム的文化消費の内部において〈獄中〉がどのように消費されたのかについて、雑誌『新青年』におけるその表象を中心に検証を進めてゆく。

一九二〇年一月に創刊された『新青年』が、探偵小説の舞台に留まらず、怪奇、幻想、都市、犯罪、女性、性、そして戦争や軍事等の多彩な趣向を散りばめて展開された豊穣な記号表現の場であったことは言うまでもないが、〈獄中〉もまた、そのような記号表現の一つとして活用されるものであった。探偵小説と切

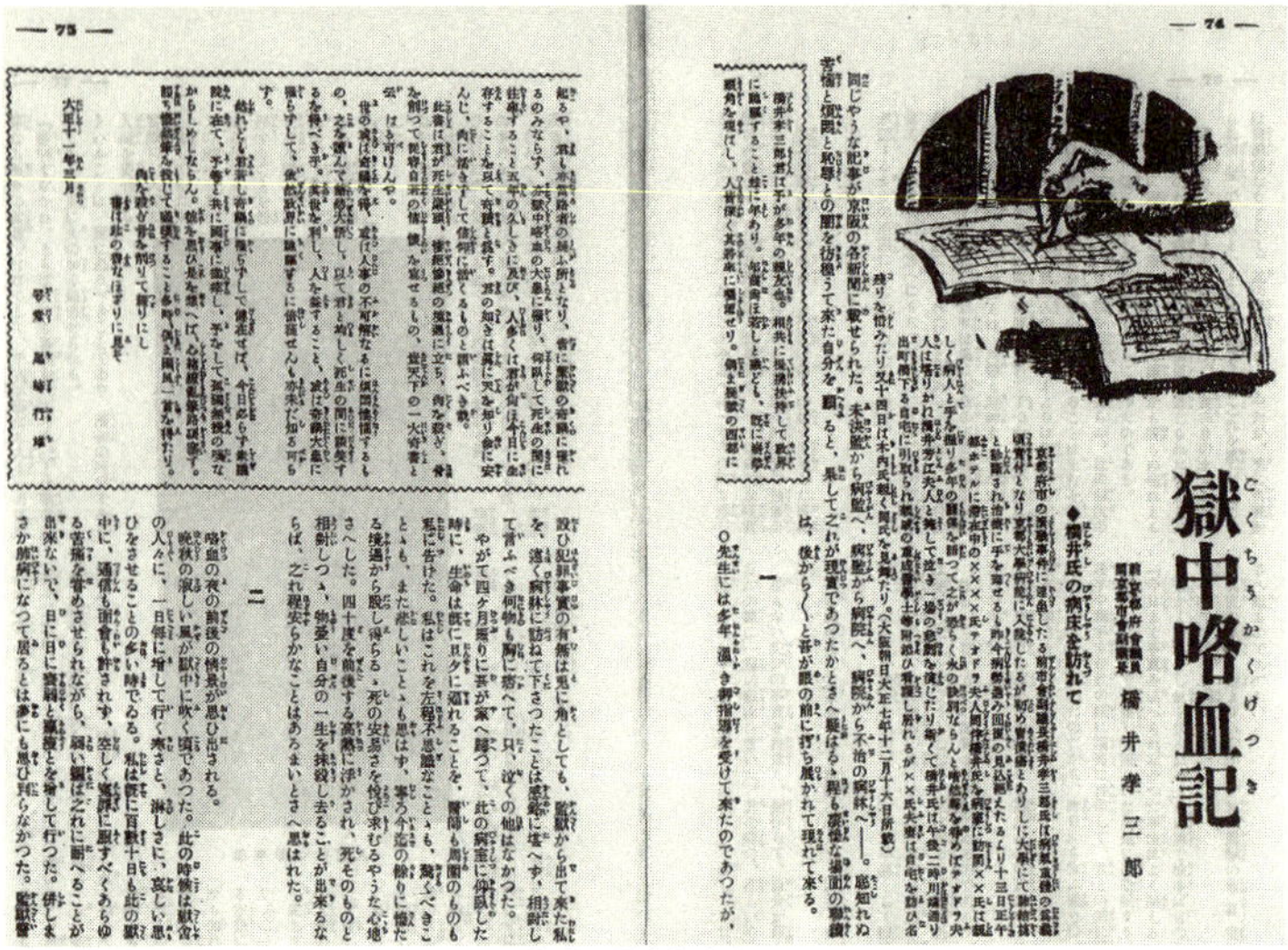

獄中咯血記《ごくちゅうかっけつき》

前京都府会議員
前京都市会副議長　橋井孝三郎

◆橋井氏《はしゐし》の病床《びやうしやう》を訪《おとづ》れて

図版㉖　「獄中咯血記」

り離せない「犯罪」と監獄は当然イメージ的に結びつくものであるし、監獄からの「脱獄」ものというジャンルは、少年誌を含めた大衆的雑誌メディアにおけるドラマティックな物語性を最も喚起するコンテンツであっただろう。

ただ、そのようなドラマティックな物語としての〈獄中〉表象は、一九二〇年代の言説空間においては、決して主流となるようなものではなかった。『新青年』はその刊行初期から、探偵小説を含めた多くの「犯罪」ものを掲載していたが、まだモダニズム的な傾向を強める以前の『新青年』▼注[17]誌上では、独立した虚構世界として監獄という空間が表現されるのではなく、未だ現実と繋がっているルポルタージュとしての性格が、その〈獄中〉言説に強く反映されていた。

『新青年』での最初の本格的な〈獄中〉言説であると思われるのは、一九二一年八月号掲載の「獄中咯血《かっけつ》記」である（図版㉖）。タイトルからしてビザールな趣向性を最大限に喚起するこのテクストは、「前京都府会議員」であった「橋井孝三郎」が、「京都府市の瀆職《とくしょく》事件に連座し」「未決監から病監へ、病監から病院へ、病院から不治の病牀へ」と「底知れぬ苦悩と煩悶と恥辱との闇を彷徨《さまよ》うて来た自分を顧」みた「回想的〈獄中〉言説」（B）の形態を採ったテクストである。その最初の見開きページには尾崎行雄《おざきゆきお》による「大正十一年三月」の紹介文が波線囲いで示されており、「橋井孝三郎」が実在の人物、それも地位の高い人物であったことが示唆されている。そこには、「政治」と〈獄中〉という、明治期以来の歴史的なコンテクストが反映されていると言えるだろう。そのような人物が、冤罪《えんざい》であるのにその罪を自ら認めて収監されたことへの後悔と共に、自らの転落譚としての回想を語っていく訳だが、そこでは監獄内の苦痛だけではなく、そこで「地獄そのものを見るやうな恐ろしさを感じさせ」る囚人達の「死」に直面し、自らも「真紅な血」を「喀血」することでそれを更に実感してゆく。その後「私」が「長い五年の垂死の試練を経て漸く闇から出でて、真如の光りを認め、純なる信仰の生活に入ることを得た」と語られた所でテクストは終わる。そこには、先述した山中峯太郎の『我れ爾を救ふ』や賀川豊彦の「星より星への通路」のような、宗教的自己超越の場としての〈獄中〉の同時代的コンテクストが明らかに反映されている。

また、『新青年』刊行初期から連載されていた「労働青年の手記」コーナーに、「碧泉生」による「獄に入るまで」という投稿手記が掲載されている（一九二一・一〇）ことも注目される。その内容は特段ドラマティックではない平凡なものだが、「労働青年」という、当時の社会情勢において注目された存在のまなざしにおいて〈獄中〉が取り込まれていることは、やはりそこに同時代の社会的コンテクストとの連関を見出すことができるだろう。その意味で、一九二〇年代初頭の『新青年』における〈獄中〉は、

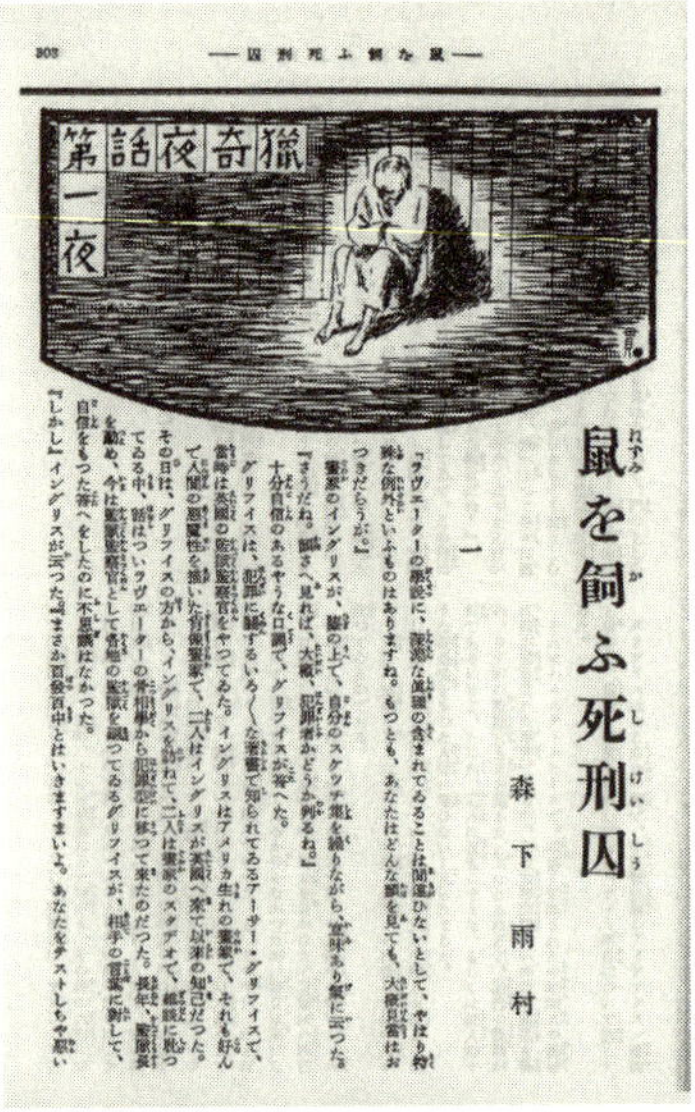
獄奇夜話　第一夜

鼠《ねずみ》を飼《か》ふ死《し》刑《けい》囚《しう》

森下雨村

一

図版㉗　「鼠を飼ふ死刑囚」

他の雑誌メディアにおけるその表象と明確に分離したものではなく、そのモダニズム的な消費形態も、決して独自性を持つとは言えないものであった。

その後、『新青年』における〈獄中〉言説は、主に海外の監獄をめぐる物語やエピソードが中心となり、同時代の日本の〈獄中〉が表象されることは少なくなる。一九二一年八月号に掲載された「獄中の詩人」と題された文章の内容は、「一千九百十年の初頃、セントポール・ミンの囚人新聞」に掲載された囚人の詩を読んだ「ウイリアム判事」がその作者を監獄に訪ね、その作者の男「カーター」を調査し、その詩的才能を見出して彼の放免運動を起こし、彼が釈放されるまでを書いたもので、それは〈獄中〉者をめぐる一種の伝記である。また、一九二四年一〇月号掲載の「死刑囚　牢獄の結婚式」（小花卓朗訳）は、ニューヨークに住む「ジョン・コート」をめぐる波瀾万丈の物語であり、小酒井《こざかい》不木《ふぼく》による「死刑雑話＝犯罪ローマンス＝」（一九二四年一二月号掲載）も、海外の様々な囚人の数奇なエピソードを紹介するものである。

ただ、そこでは監獄をめぐる描写よりも、その囚人の数奇な運命や悲惨な境遇という側面に物語の焦点が当てられており、彼らの激動の生涯を描いた伝記的読物という性格が強い。そのような性格は『新青年』における〈獄中〉言説の特徴であり、その後も、フランス革命時の監獄とマリー・アントワネットを描いた大木篤夫《おおきあつお》「赤襯衣《あかしゃつ》物語」（一九二八・五）や「世界二大牢獄物語」と題された浅野玄府《あさのげんぷ》「倫敦塔」と田内長太郎《たうちちょうたろう》「バスチーユ牢獄」（一九二八・六）、スチュアート・マーチン「第七独居房」（一九三〇・八）、「英国の監獄監察官」「アーサー・グリフィス」の見聞記である森下雨村《もりしたうそん》「鼠を飼ふ死刑囚」（一九三一・一　図版㉗）と、継続的にその種の読物は掲載される。

　また、木村毅による「ヘファンヘンポールト牢獄の見物記」（一九三〇・一一）は、オランダの同監獄を旅行者として訪ねたルポルタージュである。ただ、「鼠を飼ふ死刑囚」が「猟奇《りょうき》夜話第一夜」として掲載され、「ヘファンヘンポールト牢獄の見物記」の副題も「――欧州猟奇旅行（二）――」とされていることからも、それらの〈獄中〉が、「猟奇」への好奇心によって要請されるトピックスの場でしかなく、それ以外の〈獄中〉の「機能」は、『新青年』誌上においては要請されていなかったことが窺えるだろう。当時の「エロ・グロ・ナンセンス」のキーワードでもある「猟奇」においてその〈獄中〉表象が回収されるものであったことは、『新青年』における明確な特徴であった。

　そのような『新青年』での〈獄中〉表象の消費について、一九三六年二月号掲載の浅見篤「刑務所物語」は、このように言及している。

　　刑務所といへば、探偵小説とは縁故の深いものであるがこれを舞台に取入れたものは、多いやうで実に少い。不可能を可能にする夢が純粋探偵小説の面白味なのだから、あの看視の厳重な刑務所を巧妙に脱獄する小説の一つ位、或は、あの到底トリックの行はれさうにもない刑務所で、突如として一大犯罪が行はれたといふやうな破天荒な物語の一つ位あつてい丶筈と思ふのだが、傑作は一つもないが、それは推理構成に秀でた探偵作家が無い。

いま私は、刑務所を巧みに小説の舞台に取扱つた傑作は一つもないと言つたが、有繋《さすが》に刑務所内で犯罪の起るものを取扱たのは、私の寡聞でないやうだが、脱獄を取扱つたものは無くもない。しかしそれも近代科学の粋を集めた現代の所謂刑務所には矢張りないやうで、古い時代の城塞乃至所謂監獄時代までのものに止めをさすやうである。

浅見が言うところの刑務所ものの少なさの要因としては、その設定上の難しさと同時に、近代日本において刑務所が抑圧と暴力を秘めた政治的な場としてあまりにも現実的であったことも関わっているだろう。勿論、これまで論じてきたように、そこが趣向的な場として表象されることもあったが、それは権力・政治体制側への批判や屈折した意識に裏打ちされることで成立している、アイロニカルな色彩の強いものであった。浅見はその要因を、主に作家の空想力と表現的構成力の問題に見出しているが、本書の視点から見れば、その要因はそれに留まるものではない。この浅見の言及は、〈獄中〉言説とその表象をめぐる重要な一側面を図らずも指摘したものであると言えるだろう。要するに、「文学」という概念、そして「内面」をめぐるドラマとは位相の異なる、あくまでモダニズム的な趣向と物語の場としての『新青年』の表現空間においては、〈獄中〉をめぐる想像力とその歴史的機能は決して不可欠なものではなかったと考えることができる。つまり、そこでの〈獄中〉は、あくまで他の様々な記号性や趣向と並列されるような代替《だいたい》可能な記号に過ぎなかったのだ。それは同時代にそのトピックス性が社会的に話題になり、その趣向的価値が拡張した場合には暫定的に集中して使用されるが、そうでなければ使い捨てされ、他の記号と容易に代替されるものに過ぎないのである。

ただ、そのような〈獄中〉表象の「使い方」自体は当時の大衆文化においては一般的なものであり、別に奇妙ではない。その意味で、そのような『新青年』における〈獄中〉表象の消費形態は、「文学」概念とその想像力の生成の側にその機能を畸《き》形《けい》的なまでに偏らせていた、一九二〇年代の〈獄中〉表象のあり方を逆照射するものであるだろう。この時期の〈獄中〉表象は、大衆文化の中で貪欲に消費されるコンテンツであったと同時に、プロレタリア文学的な「闘争」の側、そして「文学」概念をめぐる言説の側において特権的に保持されるべき機能でもある、という多面性を孕むことになった。そこで〈獄中〉を描き出す表現主体は、そのような概念領域をめぐる様々な欲望と自意識を、自らが使用する〈獄中〉表象の歴史的系譜性において抱え込むことになる。そして、それ故に、一九三〇年代になると〈獄中〉は、より「文学」概念の側に引き付けた形で活用され、特権化されるイデオロギーの場へと変容してゆくのである。

1　プロレタリア文学の〈獄中〉と「闘争」をめぐる表象

［1］一九二九年一〇月『改造』に掲載された明石鉄也「独房からの訪問客」は、監獄内から送られた「感傷的なKの手紙」を獄外の「同志A」が読み、その心境と闘争ぶりに敬意を感じるという内容の小品であるが、それが「秋」と題された特集内の一本として掲載されていることからも、その風景としての〈獄中〉表象消費のかたちが窺える。

［2］葉山自筆「年譜」（一九三三年版『葉山嘉樹全集』所収）。

［3］浦西和彦『葉山嘉樹』（一九七三・六　桜楓社）所収の「葉山嘉樹年譜」でも確認されている。

［4］引用した葉山テクストの本文は全て『葉山嘉樹全集』第一巻・第二巻（一九七五　筑摩書房）に拠った。

［5］石川巧「「あなた」への誘惑――葉山嘉樹「セメント樽の中の手紙」論」（『山口国文』一九九六・三）p65

2　芥川龍之介と「獄中の俳人」和田久太郎

［6］例えば、『文藝戦線』には一九二四年一〇月に「獄中吟」として三句が、同年一二月には「獄中近詠」として五句が掲載されている。
［7］一九二五年八月一九日付堺利彦宛和田書簡。
［8］藤井貴志「芥川龍之介とL-A・ブランキ『天体による永遠』――〈政治の美学化〉あるいは〈監獄と詩〉をめぐって――」（『日本近代文学』第70集　二〇〇四・五）p10-11
［9］注8藤井同論文 p14

3　暴力性のゆくえと治安維持法

［10］小林茂夫「解説」（『日本プロレタリア文学集・6　中西伊之助集』解説　一九八五・七　新日本出版社）p503

［11］藤井真澄「新進プロレタリア作家及評論家」（『新潮』一九二二・七）p115

［12］堺利彦「『赭土』の中西君」（『改造』一九二二・一〇）p176

［13］紅野謙介「中西伊之助『赭土に芽ぐむもの』における「監獄」」（平成24年度　人文科学研究所総合研究　研究報告書「東アジアにおける〈文化的統制と抵抗〉の錯綜をめぐる総合的研究」〔『研究紀要』第八十七号　日本大学文理学部　人文科学研究所　二〇一四〕所収）p117-118

［14］注13紅野同論文 p120

［15］重松一義『図説　世界監獄史事典』第Ⅺ章　未決監獄（二〇〇五　柏書房）p262

［16］注15重松同書 p284

4　『新青年』における〈獄中〉表象の消費

［17］『日本近代文学大事典』第五巻「新聞・雑誌」（一九七七　講談社）の「新青年」の項（中島河太郎執筆）p199-200には、「昭和二年に編集長となった横溝（正史　副田注）は、モダニズムで本誌の色彩を統一し、ナンセンスを謳歌した。そのため処世訓、軍人回顧談は姿を消し、随筆読物、コント、海外漫画がふえ、翻訳も堅苦しい探偵ものはひっこめた。誌面全体に漂うモダンで、機智に溢れたムードは本誌を探偵小説中心の雑誌から、青年向きのユニークなカラーの雑誌に変貌させた」との指摘がある。

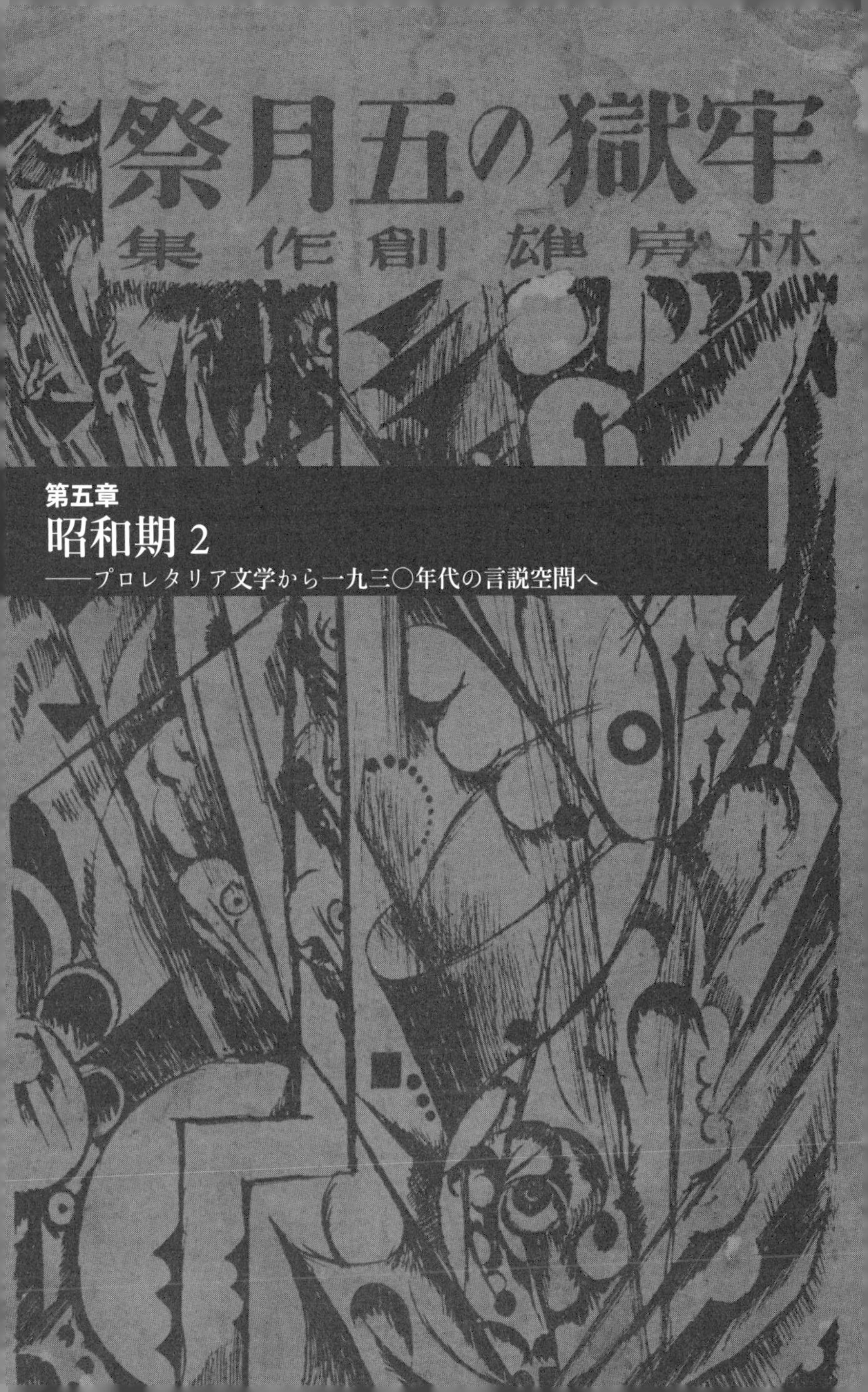

第五章

昭和期 2

——プロレタリア文学から一九三〇年代の言説空間へ

1　昭和初期の〈獄中〉言説――メタ視線とニヒリズムの浮上

一九二〇年代後半の〈獄中〉言説の様相

一九二〇年代後半、昭和期に入ると、明治後期からの「社会主義者」像の枠組みに沿った〈獄中〉言説は、同時代の労働運動や階級闘争の拡大に乗って盛んに生み出されるようになる。例えば、一九二六年九月の『解放』には庄野義信《しょうのよしのぶ》の「一死刑囚の手紙」が掲載されている。このテクストは「ギロチン団」のメンバーであった河合康左右《かわいこうぞう》の監獄内からの手紙を「裸のまゝ発表」したものであり、その所々に庄野の説明が挿入されている。最後の「八」では「余りに傷ましい河合君の決意にぼくは斯ういひたい」として庄野からの呼びかけの言葉が示されているのだが、その殆どが伏字（・・・）にされている。実際に監獄にいる人物からの手紙をそのまま紹介するという、「音信的《クルウシフハイド》〈獄中〉言説」（A）としても最も直截的な形態を採ったこのテクストは、その冒頭で「実際の被囚刑者たる中濱哲の『獄窓だより』」にも言及している。一九二八（昭和三）年六月には『叛逆者の牢獄手記』と題した単行本が行動者出版部から刊行されており、そこでは大杉栄、伊藤野枝、和田久太郎等の著名な「社会主義者」のみならず、中濱鐵や小西次郎、更には金子文子、朴烈《ぼくれつ》といった大正末期の無政府主義者、朝鮮独立運動家の〈獄中〉言説が列挙されている。このような書物は一般に広く出回るものではなかったであろうが、当時、彼／彼女等の〈獄中〉言説こそが最も原理的な「闘争」の「言葉」として把握されていたことを窺わせるものであるだろう。

また、一九三〇年一二月には原菊枝《はらきくえ》『女子党員獄中記』（春陽堂）が刊行されており、依然として大杉的な「獄中記」的言説は再生産されていた。▼注[1] また、一九三一年一〇、一一月には、鈴木清《すずききよし》の「監房細胞」（『ナップ』、『プロレタリア文学』一九三二・四　作品増刊号）が発表される。「単なるプロレタリア文学というよりも、熾烈な階級闘争が展開された一九三〇年前後の、青年の思想的成長小説と呼ぶにふさわしい側面を備えていることによって、一層優れた「牢獄小説」になっている」▼注[2]と評価されるこのテクストで、主人公の「大原」は、同じ空間に収監されている「中国」「台湾」「朝鮮」の「同志」とも声や音、動作や歌で通信し、その強固な連帯を確認する。そこでの〈獄中〉は、プロレタリア同盟の最も原理的かつ根源的な「闘争」の場であり、そこでは「細胞」として構造化された〈獄中〉表象が本格的に提示されることになった。亀井勝一郎は、「およそ獄中生活におけるあらゆる日常の生活と闘争とを、異常な困難な状態の下における組織的運動としてとりあつかつてゐる点が、そしてボルセビーキのみがその困難を敢てなしうる客観的根拠をかなりの程度に描いてゐる点」が「過去の所謂『獄中記』類に対して断然歴史的優位性をかち得てゐる所以」として「時にそれは小説であるよりも、むしろ階級的な『獄中入門書』でさへある」▼注[3]と同時代に評価している。

ただ、この時期の〈獄中〉が全て、「社会主義者」や日本共産党的イデオロギーに傾斜した「闘争」の場として展開された訳ではない。そこに孕まれた差異を示すテクストとして、一九二九年一二月の『中央公論』に発表された細田民樹《ほそだたみき》の「黒の死刑女囚　一九二五年代の犠牲者に関する小説」が挙げられる。

このテクストは、松崎天民の読物を思わせるタイトルと、「犠牲者」「同志」「階級闘争」等の言葉が散乱するその表現のあり方からして、一見すると、同時代のトピックス的記号が散りばめられた典型的な〈獄中〉言説であるように見えるのだが、実際はそこには様々なノイズが内包されている。

このテクストは、「××地方裁判所」の判事であったが、現在は思想の変化によって「無産階級の為に、貧乏な弁護士」になった「同志K・Y」の「手記」の一部分を紹介するという体裁を採ったものであり、そこには隠された事実を暴露するという伝統的な〈獄中〉表象の機能も明らかに作用している。その「手記」とは、「一九二五年代」に「当時一世を震撼させた議会××事件の、女主人公」である「高井蕗子」に関するものであった。朝鮮独立運動家であった夫の朴烈とともに大逆罪で拘禁され、無期懲役を宣告された後自殺を遂げた金子文子をめぐる記憶がそこに反映していると考えられるし、テクスト内では「大杉夫妻と宗一少年が、あのどさくさ紛れに惨殺され」た記憶も想起されている。そのような〈獄中〉をめぐる歴史性の刻印が、まずこのテクストの特徴であると言えるだろう。

「高井蕗子」は、「無産者の階級闘争」が盛り上がっていた一九二五年当時の潮流とは異なり、「個人の絶対的な自由」をあくまで主張する「虚無主義者」として、取り調べを行う判事「K・Y」に自分の経歴を語ってゆく。そこで「蕗子」は「人類の絶滅運動」を目指すその極端な虚無思想を語り、監獄や死刑を恐れることなくその信念を主張してゆく。そのような取り調べと裁判の様子を記述した「K・Y」の長い手記が示された後、「爆弾」を用いたテロリズムにまで邁進《まいしん》した「蕗子」について論じる「判事」や「看守」達をめぐる描写を交えながら、「K・Y」宛ての「蕗子」の監獄内からの二通の手紙の文面が示され、最後に「伊東屋の草色の原稿紙に、思ひのまゝを感想風に書き散らした」「蕗子」の長文の「手紙」が紹介される。その設定自体は、一九二二年三月に『改造』に発表された尾崎士郎「獄室の暗影——ある死刑囚よりその若き友へ——」と似ているが、「黒の死刑女囚」の場合は「獄室の暗影」とは異なり、監獄内で死刑を迎える〈獄中〉者自身が、「書くこと」において自己を超越化させるような欲望を示すことはない。「黒の死刑女囚」の「蕗子」は、その死刑執行直前の「手紙」にこのような言葉を書いている。

私は昨日フオイエルバツハを読みながら、ふと、本の頁をめくる私の爪を見ました。爪の色を見て、自分がムザムザこのまゝ殺されてしまふのが、——自殺でなく——残念な気がしました。同時に自分の若い日の終りの来たことが、限りなく淋しくなりました。私の爪の色は、まるで桜の花弁のやうな美しさを持つてゐます。ギユツと指で押すと、血が傍に寄つて、爪そのもの、白さがすき透るやうになります。その時の爪の色は死人の顔を見るやうな白さです。指を離すと、赤い血がスウツとにじむやうに寄つて来て、爪は元通りの色にかへります。私はこの色を見ると、本当に、自分の綺麗な血汐が若い生命を代表してゐると思ひ、この薄紅色の血汐が、いとほしくなりました。この若い血はまだ残つてゐる。力も残つてゐる。それだのに私は死なねばならないのか。あの獄吏や裁判官の手に死なねばならないのか。私はフオイエルバツハを読みながら、もし私を野に放てば、あなたの再三の御忠告のやうに、マルキシストとなるかも知れないと思ひました。しかし、間もなく殺されることが解つてゐるから、そんなことを感じたのかも知れません。やがて死ぬ私には、アナもボルも同じやうに、むなしきものとなるのです。

一九一五年に『青鞜』に発表された原田皐月「獄中の女より男に」とも共通する、自らの身体領域を監獄内で凝視するような想像力の運動が、このテクストにも示されている。この「蕗子」は、監獄内で最終的に宗教的超越を志向することもなく、「虚無主義」を抱えたまま、ひたすら自己の消え去ろうとする身体を凝視し続ける。このテクストが、監獄の外に「驟雨がやつて来」てそこで「雀」が「水溜り」で水浴している光景を「蕗子」が凝視している場面で閉じられることも「獄中の女より男に」と共通性を持っている。女性の〈獄中〉者というジェンダー上の差異において、その想像力の内部にずれとノイズが孕まれていることが窺えるだろう。「蕗子」が「僕の思想を変へてしまつた」と語る判事「K・Y」に関しては、その後判事を辞め「無産階級の為」の「貧乏な弁護士となつた」とテクスト冒頭であらかじめ紹介されていたのであり、「蕗子」の「虚無主義」的あり方が現実として一人の判事を思想的に「転向」させたというイデオロギー的設定は安易であるが、「蕗子」をめぐる描写自体は特筆すべきものである。このようなテクストがプロレタリア文学の枠組みから出現してきたこと自体が注目すべきことであろう。つまり、大正期から昭和初期にかけて進行していた〈獄中〉言説の制度化という事態があってこそ、このようなニヒリズムと彷徨《さまよ》うまなざしを抱えた特異な〈獄中〉者像が出現したとも考えられるのだ。同時代の歴史的記憶を多様に内包しつつ、〈獄中〉言説の制度化の様相を裏面から照射するテクストとして、そこに固有の批評性を見出すことができると思われる。

〈獄中〉をめぐる記号消費

一九二〇年代後半に、「闘争」のコンテクストにおいて多くの〈獄中〉表象が浮上した背後には、当然ながら国家体制側の政治的抑圧と暴力性が更に増大したという事実があった。ただ、そこでは同時に、トピックスとしての〈獄中〉への好奇の視線が更に活性化するという事態が訪れていたと考えられる。一九三一年七月に金子ふみ子の『何が私をかうさせたか：金子ふみ子獄中手記』（春秋社）が刊行さ

図版㉘『獄中性愛記録』表紙

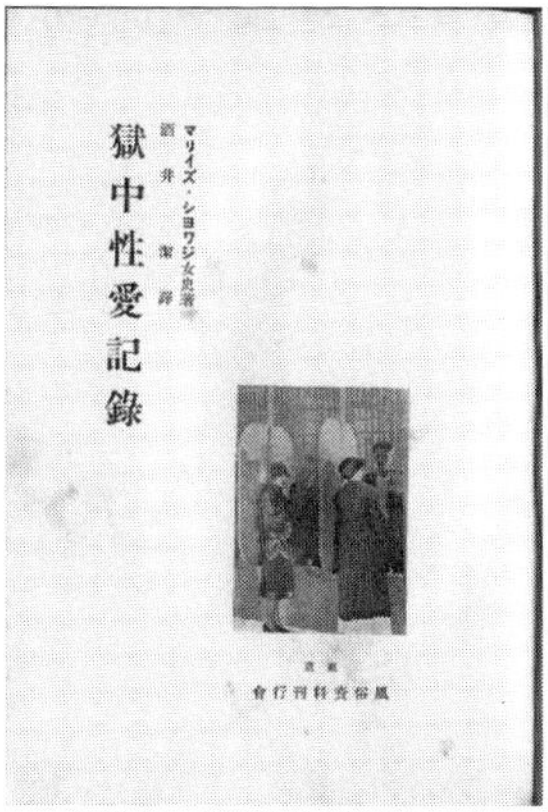

図版㉙『獄中性愛記録』扉

れた、その翌月の八月に、マリイズ・ショワジ『獄中性愛記録』（酒井潔訳　風俗資料刊行会　図版㉘㉙）という書物が刊行されているという事実からも、その同時代的な欲望のかたちが窺えるだろう。

いわゆる「朴烈事件」[注4]により大逆罪で逮捕され獄死（『何が私をかうさせたか』では縊死とされている）した金子のこの書物は、自身の生い立ちを中心に書いた自伝である。そこには朴との個人的な関わりや会話も描かれているが、その逮捕、収監の要因や背景への具体的な言及は見られない。当然そこには検閲の圧力があったと予想されるし、出版社側の配慮と編集も介在していただろう。一九二七年に刊行され一九三〇年に映画化された藤森成吉《ふじもりせいきち》の戯曲『何が彼女をさうさせたか』の記号性のコンテクスト上に置かれながらも、「極限的な権力否定の無償性を前提とした、もっとも純

粋に人間の自由と平等とをもとめる魂の照応とすらいえるほど切ない愛」[注5]に彩られ、同時代社会の根源的な歪みを照らし出すこの文子の苛酷な生涯の物語は、以後も読み継がれてゆくことになる。

　それに対し、『獄中性愛記録』は、いわゆる「エロ・グロ・ナンセンス」の傾向を反映した「覗き見」的な内容のものである。「絶対的報告文学」という奇妙なカテゴリー名を付与されたこの書物の「訳者の言葉」で、酒井《さかい》潔《きよし》は「日本でも近来、いゝ加減に、冗長退屈な所謂大衆文芸には飽き〳〵して来た。そして実話文学が擡頭した。然しこの実話文学なるものも甚だ平板低調で、婦人雑誌の読物を一歩も出でず」「今やルンペンものと猟奇文学とが、時代の寵児たる感があるが、これ等とても、単に売文的の作品では、最早や識者の一顧も買ふ事は出来なくなつた」と、従来の「大衆文芸」や「実話文学」が行き詰まり「猟奇文学」も読者への訴求力を持ち得なくなったとした上で、「かゝる時代にこそ、身を以て究め尽し、それを発表するに天馬空を行くが如き快文を以てする、所謂曝露的報告文学が要望されつゝあるのである。只問題とすべきは、その報告さる可き材料と報告との厳重なる撰定である」と、それらを差異化する「曝露的報告文学」を提唱している。

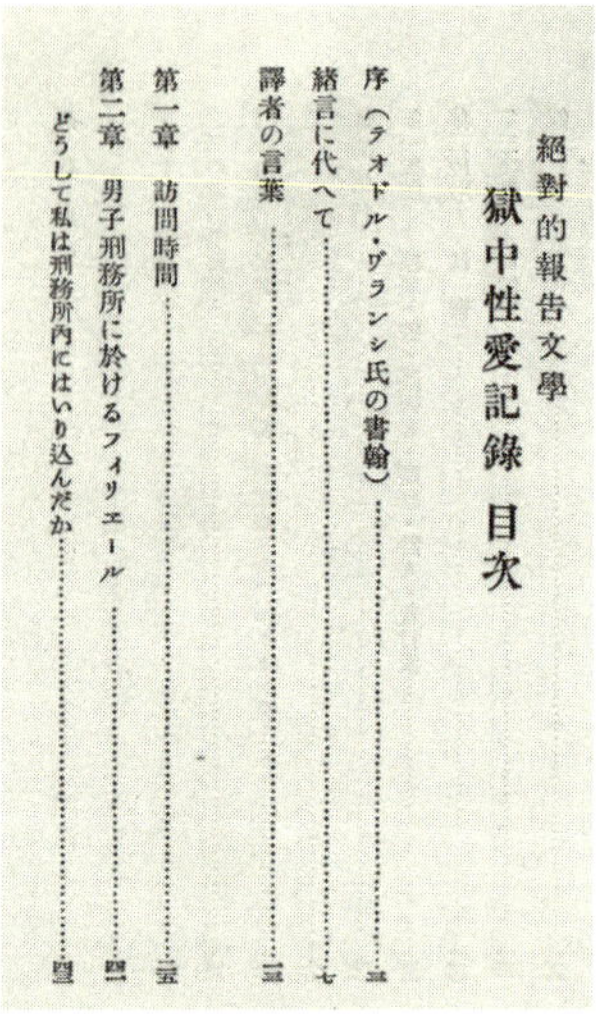
絶對的報告文學
獄中性愛記録　目次

序（テオドル・ヴランシ氏の書翰）……三
緒言に代へて……七
譯者の言葉……二三
第一章　訪問時間……二五
第二章　男子刑務所に於けるフィリエール……四一
どうして私は刑務所内にはいり込んだか……四三

図版㉚　目次1

　勿論、そのような大仰な文壇的意味付けは単なるデザインであって、内容としてはこの書物は、監獄内の「秘密」の暴露や性的な要素を「釣り」にした興味本位の読物であるのだが、「文筆家にし

図版㉛　目次2

刑務所

フレスヌ。

アメリカが、その物質文明の最後の完成を、我々の耳許で口喧しく喚き立てる時、我々は常に、「フレスヌ」と答へることが出來る。合衆國には、こんな刑務所はない。模範農場のやうに、端正で、白くて、清潔で、衛生的だ。巴里から十二キロメートル離れた所、クロア・ド・ベルニのすぐ近くにある。此處には、模範的な消毒室がある（監獄入りする時に大いにこの消毒室を必要とする囚人がある）。一ミリメートル立方のキュバージュ・デール（空氣容量測定器）がある。美しい湯殿がある。外の景色は見えないが光を散亂させる條入り硝子がある。南北兩アメリカの社會學者諸氏を喜ばせた特に優秀な硝子である。塵一つ、細菌一つ存在しない。批判的な眼をうるさく附き纏はせる缺點が一つもない。フレスヌは、すべて完

46

図版㉜　挿絵1

刑所に引渡されたのであつた。私は、三ケ年半の禁錮刑に處せられた。然し私は、この刑務所には、ほんの暫くしかゐなかつた。と言ふのは、私は、この判決に對し、直ちに控訴したから。私は共處から、モントプリエ（これは輕罪刑務所だ）に移された。ベジエには、三ケ月以内の受刑者しか收容されない。未決拘留の者は、したい者だけが仕事をする。起床は夏は五時、冬は六時だ。この刑務所には仕事が二通りある。紐で編んだ履物と牛の鼻づらにつける鐵線網の製造だ。

仕事の報酬は大してよくない。どんなによく働いても、二百五十フランそこ〱しか稼げない。この中から國家が、未決囚に就いては十分の三、懲役人に就いては十分の五づゝ上前をはねる。つまり手渡し百二十五フランだ。この中から半分は貯金になり、半分は小使になる。で囚人は、六十サンチーム二分の一しか消費出來ない。他の二十スーは監獄を出る時に渡される。

一つ監房の中に數人收容されてゐる。取締は、ひどく嚴重な方ではない。食事の如きは、

64

大いに改善の餘地ありだ。朝は九時に、スープがお椀に半分（但したゞの白湯と言つてもいゝやうな代物）。晩は、大抵（何時でもと言つてい・位）煮てない事の多い野菜がお椀に半分、日曜だけは、肉を一人前食べることが出來る。そして毎日、朝起きるとすぐ、よく燒かれてゐない事の多い黑パンを一片づゝ、あてがはれる。この刑務所には、看守が二人、看守長が一人しかゐない。二人の看守の中一人は、年配の男で、囚人に對し意地惡くしない。も一人の方は、年が若く、鵜の目鷹の目で落度を探してゐる。私は、一般に若い看守ほど殘酷だ、といふ事を發見した。然し看守長は、仲々おとなしい男で、罰を喰はせることを喜ばない。せい〱、叱りつける位の所が落だ。」

65

図版㉝　挿絵２

處罰が宣告されると、この違反者は、腕を取られて、小さな部屋に連れて行かれ、共處で土牢のプレヴォ（昔の警備のための役人のこと——譯註）の手に、引渡される。この番人が、彼の衣服を脱がせ、被罰者服を着させる。

獄內裁判所に引出されてゐた者の中一人は、おしやべりしたといふ罪で、二フランの罰金と、三日間の味なしパンを言ひ渡された。も一人の男は、仕事をなまけるといふので、十五日間の懲戒室入りを命ぜられた。懲戒室は、恐ろしい處罰だ……朝眼が醒めるとすぐから晩迄、兩手を組みながら歩きつゞけなければならぬ。五十分歩いて、十分休む。休む時は、兩手を膝の上に置いて、砂糖パンのやうな恰好した杭の上に臀をおろす。處罰期間中は、パンを一片（朝半片、晩半片）とスープを大匙一杯しか、あてがはれない。私は、九十キロも體重のある囚人が、懲戒室で目方を半分かた減らしてしまつたのを見た。大抵の者は、足が水膨れになつてしまふ。然しそれでも歩かなければならぬ。洟をかんだり、用便したりする時間は與へられる。然し話することは絶對禁止だ。洟をかむとか、用便するとか、何か用事があ

72

朝眼が醒めるとすぐから晩迄、兩手を組みながら歩きつゞけなければならぬ。五十分歩いて、十分休む。休む時は、兩手を膝の上に置いて、砂糖パンのやうな恰好した杭の上に臀をおろす。

図版㉞　挿絵３

散歩の時間（女子刑務所）

憂鬱な散歩の時、私は、髪の根元から三分の二位の所迄白くなつた、半白の一婦人を見かけた。彼女はもはや、監獄でまで、髪を染める勇気を持つてゐないのであつた。

「あの女《つま》は何度も此處へ来るの？」と私は仲間の女に尋ねた。

仲間の女は微笑んだ。

「あの人が此處にゐない時は年に二ケ月ツきあ、ありやしない。丁度此處を出て、又盗みをやり、つかまへられ、それから輕罪裁判所に廻されて此處にやつて来るその間だけ。あの女《つま》はこの監獄の主《ぬし》よ。」

育見所

若し私が何時か、私の戀人の周りをうろつく女を殺す事があるとすれば、私は、その犯罪を犯す時、丁度妊娠してゐるやうにしておきたい。そうすれば確かに、フレスヌの育見室に入れられるにきまつてゐるのだから。

161

図版㉟　挿絵 4

獄中の詩人

さて、隠語に就いて私が考へてゐる事を、此處に述べねばなるまい。と言ふのは、刑務所内の落書は、必然的にみな、この隠語で書かれてゐるから。私は言ふ、必然的に、と。何故なら、多くの美しいことと同じやうに、隠語も必要から生れるのだから。御調子者徒が、時代の尖端に立つてゐることを示すために、隠語を矢鱈に使つてゐるのを聞くと、私はおとなしい小さな金狼を見つけた牝虎のやうに、はしやぐのである。その道の人が隠語を創り出すのは、詩人の楽しみのためではなく、全く怖いおぢさん達を蜂がらせるためである。彼等は、ムートンには解せない便宜な言葉を必要とする。隠語、それは、セバストの暗號電報だ。不幸にして、暗號の鍵はすぐに見つかつてしまふ。そこで、絶えず新しい暗號が必要になる。だから、隠語には、金（一番かくさなければならないもの）だとか、警官（一番敬遠しなければならないもの）だとか、いふ言葉の同意語が澤山ある。隠語は、世の中の最も生きた言葉だ。それは絶えず更新される。で、最尖端人たらんと欲する哀れなる御調子者達は、彼等が隠語を話す時、常に時代おくれになつてゐるのだ。と言ふのは、彼等が話す隠語は、彼等がそれ

160

図版㊱　挿絵 5

て心理学者」の「マリイズ・シヨワジ女史」が潜入したフランスの監獄の内実と、性的な要素を中心にしたその収監者たちの「心理」がそこで詳細に「報告」されることになる(図版㉚㉛)。そこでは、監獄内の生活や空間のディテールが言葉で語られるだけではなく、豊富な挿絵や写真図版でそれが表象されており(図版㉜㉝㉞)、特に、「女子刑務所」という通常は秘匿《ひとく》されがちな空間についての記述や表象が多く示されている(図版㉟)。また、「娑婆にゐる時身体を使つた人間、筋肉労働者は、監獄では、詩人になる。普段頭を使ふ人間は、一度自由を奪はれるや、行為の阿片を必要とするに至る。先にあげた詩はすべて壁上にぬたくり廻る無用のデッサンはすべて、どん底生活を送つてきた若者達の作品である」(同書 p108)と、シニカルな視点から〈獄中〉からの言葉が対象化されており、そこで「獄中の詩人」のイメージ(図版㊱)やその実際の作品が提示されていることも注目される。原書が出版されたフランスでのその意味合いはまた異なるものであろうが、ヴィジュアル面を重視したその内容は、第四章4節で論じた、『新青年』における〈獄中〉表象の消費とも共通性を持つものである。その意味でこの書物は、「モダニズム」的〈獄中〉表象の典型例と呼ぶこともできるものであるだろう。

この書物と『何が私をかうさせたか』とほぼ同時期に、小林多喜二「独房」(『中央公論』一九三一・七)が発表され、同年一〇月には鈴木清「監房細胞」(『ナップ』~一一月)が発表されていたことは、当時の〈獄中〉表象の消費の様態を示す、象徴的な事実であると言うことができるだろう。この時期には「闘争」の場としての〈獄中〉の意味性が強く前景化していたと考えられるのだが、そのような「闘争」的テクストと金子の自伝的〈獄中〉言説、そして性的な好奇心の喚起を主目的にした『獄中性愛記録』の刊行が全て同時期であることは、一九三〇年代初頭の〈獄中〉の想像力自体が高度に複合化されたたかたちで生成されていたことを示すものだ。また、『何が私をかうさせたか』に「性の渦巻」「街の放浪者」と題された章があることからも窺えるように、その自伝言説の内部にも、読者の性的な好奇心と想像力に対応するような言説が組み込まれていた。出版社側の意向であった可能性もあるが、それは女性による「自伝」に必須の機能として意識されていたのかもしれない。そのような同時代の想像力のあり方において、『何が私をかうさせたか』と『獄中性愛記録』という二つの書物は、いわばコインの裏表であった。

一九三一年九月の満州事変勃発以降の日本の言説空間は、自らの帝国主義的欲望を具現化した「戦時下」のモードに染まってゆくのだが、〈獄中〉という表象の場はそれ以後も、多彩な要素を孕んで展開されてゆく。一九三二年一二月には、江連力一郎という人物の獄中体験を綴った『獄中日記』（郁文書院）が刊行されている。この書物には、単なる一人称の獄中記に留まらず、市ヶ谷刑務所の監獄内からの実際の音信や回顧録、懺悔録、そして「酒呑み青年の告白」「若き捕はれ人の回顧」などと、他の収監者の視点から虚構的に創作された読物も収録されているのであり、それは松崎天民の読物とも類似した虚構性の形態を示している。この『獄中日記』の「総合性」には、〈獄中〉に対する好奇の視線の存在と、明治以来の〈獄中〉表象の歴史性が刻まれているのである。

2 〈獄中〉文学者・林房雄（一）――「文学」をめぐる発信と受信

林房雄と「文学」概念の再編成

日本の近代文学史において既に定型化されている通り、一九二〇年代、つまり大正末から昭和初期にかけて、「私小説」「心境小説」「本格小説」等のジャンル概念や「散文芸術」をめぐる論争、そして「純文学／大衆文学」の二項対立構造に則った文学論議が盛んになり、「文学」という共同性をめぐる新たな視線とその定義の欲望が本格的に湧き起こってくる。そこには様々な要素が複雑に交錯しており、その全ての現象を簡明に構図化することはできないが、総じて言えば、「文学」という概念そのものが、素朴実在的な認識の枠組みにおいてはもはや定立し得なくなってきたという同時代的事態がそこでは露わになっていたと言えるだろう。そして、「文学」をめぐる言説空間のそのような多元化は、「文学」という概念自体を差異化し、その再編成を要請するモティベーションともなったのである。そこにおいて〈獄中〉の想像力も、その従来の歴史的な記号性を保持しつつ、「文学」という概念そのものと寄り添いながら、新たな形で展開されてゆくことになる。

そのような一九二〇年代後半から三〇年代の「文学」概念の再編成において最も注目すべき存在が、林房雄《はやしふさお》である。プロレタリア文学者、そして「転向」者という記号性を孕みつつ、一九三〇年代の「文学」の理念化に深く関与していた林房雄は、まさにこの〈獄中〉の想像力に基づいて（あるいはそれを新たに展開させて）、自らの「言葉」の根拠とその棲息地を探っていった存在であると言えるだろう。林は、自己の収監体験に基づいた小説や感想を多く書いている。三島由紀夫は「林房雄論」（『新潮』一九六三・二）で「氏の才能は、獄中にあるときに、ふしぎとそれ自身の言葉を呟く」と述べ、「獄中の氏は必ず自然へ、氏の才能の母胎へと帰つてゆく」と、その〈獄中〉文学者としての独自性を指摘し、林の『獄中記』（一九四〇・二　創元社）についてこのように述べている。

「獄中記」は本来、現実変革の思想が、いつの間にか現実を夢みさせる、といふ逆説的なドラマから、林氏がいかに醒めてゆくかといふ記録であるべきだつた。その醒めてゆく先が現実であるか、もう一段深い夢の中へであるか、「獄中記」第一部は、ほとんど何も明かしてゐない。もつとも早い転向者であつた林氏の、この一見「転向の書」らしき書簡集から、転向とは何かといふことを探らうとしても、徒労にをはる懼れが多い。（中略）それにしても「獄中記」第一部の読後感は、こんなに心のやさしい、こんなに世俗の塵に染まらない、こんなに努力家で勉強家の青年が、どうして獄中に呻吟してゐなければならないのかといふ、説明のつかない違和感である。▼注[6]

林の「獄中記」に孕まれた問題を三島は洞察しつつ、その特異性を感じ取っている。そして、三島は「獄中記」に「本質的な孤独が存在しない」とし、そこで「世界との親和感は、つひに絶たれることなくつづいて行く」と述べる。ここで指摘される「世界との親和性」という要素には、三島の視野には捉えられてはいない、〈獄中〉表象の歴史性をめぐる問題が深く関わっていると考えられるだろう。林の文学性の核を〈獄中〉という場に見出す三島の卓抜な視力は、まさに林の作家的本質を洞察しているのだが、そこには三島が訝るような奇妙な作家的資質とロマン主義的文学性の問題だけには留まらない、歴史的に蓄積された〈獄中〉の想像力との密接な繋がりと共犯性を見出すことができるのである。まず、昭和戦前期の林の著作と発表時期について大まかに確認しておきたい。

○林房雄主要著作目録（一九二〇～四〇年代）

林檎	一九二六・二	『文藝戦線』
繭	同・七	『解放』
N監獄署懲罰日誌	同・一〇	『新潮』
牢獄の五月祭	同・一二	『文藝時代』
絵のない絵本（単行本　文壇新人叢書第三篇）	同・一二	春陽堂
鉄窓の花	一九二七・四	『文藝戦線』
牢獄の五月祭（単行本）	同・六	春陽堂
戦闘艦ポチョムキン	同・一〇～一一	『文藝戦線』
鎖（単行本）	一九二八・一	春陽堂

檻の中の四人　一九二九・一『戦旗』
独房の筆　同・五『文藝春秋』
都会双曲線（単行本）　一九三〇・一　先進社
鉄窓の花（単行本）　同・六　先進社
獄中信　一九三二・二『改造』
作家のために　同・五・一九〜二一『東京朝日新聞』
文学のために　同・七『改造』特別号
作家として　同・九『新潮』
青年　同・八、一一、一二『中央公論』
一九三三・一〇、一九三四・二『文学界』
青年（単行本）　一九三四・三　中央公論社
入獄前記　同・一一『文藝』
獄中信　一九三五・二『改造』
獄中記　同・六『文学界』
獄中記（二）　同・九『文学界』
独房文学論　同・九『経済往来』
青年（戦時体制版）　一九三八・一〇　第一書房
獄中記（単行本）　一九四〇・二　創元社

『文藝戦線』を中心に活動していた林が一般の商業雑誌に登場するのは一九二六年一〇月の『新潮』「特輯新人号」であった。高見順が「新人の華やかなデビューという点で、当時、もっとも強い印象を私たちに与えた」▼注[7]と述べるこの「特輯新人号」に掲載された林の小説が「N監獄署懲罰日誌」であったことは示唆的であろう。そこでは、獄吏であった伯父の日誌帳が紹介され、それを紹介者の「私」は「高い好奇心と興味とをもつて」読んでゆく。その末尾では「此の小さな物語では、読者にたゞ「牢獄の中の犯罪」と言ふものがどんなものであるか」を「如実にお伝へできれば、それで満足なのである」と述べられている。ここからは、林が自らの「書くこと」をめぐる対メディア戦略を、謎めいた「牢獄の中」を覗き見る好奇の視線を誘発することの中に見出していたことが窺える。

図版㊲　林房雄『牢獄の五月祭』
1927.6　春陽堂

同年一二月に『文藝時代』に発表され、一九二七年六月に刊行された単行本（図版㊲）のタイトルにもなった「牢獄の五月祭」も、〈獄中〉を舞台にした小説であった。タイトルの後に「（一九一四年の小事件。組合書記ジヨン・ケネディの手記。）」との附記があるこの小説は、舞台をアメリカに設定し、そこでの労働組合の「五月祭」の様相を描いたものである。そこでは監獄内の「同志」との連帯と闘争の姿が描かれ、それが「看守」側の制度性と衝突する様が描写されており、同時代にも「文藝時代十二月号の小説は、林房雄だけが光つてゐる。『牢獄の五月祭』の持つ魅力が他の小説の光りを消すのだ。然し彼の作品の持つ明るさを以て、全世界を獲得すべきプロレタリヤの信念の明るさ、若しくは作者等の戦線を支配してゐる希望の明るさの表現されてゐるものと見ることには賛成出来ない。それは寧ろ彼自身の文学の持つ明るさである」[注8]との肯定的評価もあったのだが、テクストの描写自体は抽象的な理念の領域を脱しておらず、それが広範な社会的、文壇的評価を受けたという訳ではなかった。

この両テクストにおける〈獄中〉は、まだ象徴的イメージとして内在化されたものではなく、プロレタリア小説的な二元的意味付けも目につく。もし、林房雄という書き手における〈獄中〉がそれだけのものであれば、林は特筆すべきところのない平凡な作家のままに終わったのかもしれない。だが、林における〈獄中〉は、決して「権力への反抗と闘争」といった単純な二元的構図において存在するものではなかったのである。

一九二七年四月『文藝戦線』に発表された「鉄窓の花」は、「私」が「K市の未決監で、三十八人の同志と一しよに暮してゐた」体験を語るテクストである。そこではまず、その〈獄中〉をめぐる日々のディテールが淡々と叙述される。その点では従来の「回想的〈獄中〉言説」(B)の形態を採った「小説的〈獄中〉言説」(C)であるのだが、特筆されるのは、そこでの「検事達」との対話の中でこのような事態が起きることである。

検事達は困り果てたらしく局面を展開する為に、正攻法をとり始めた。被告一同を優待して、個人的な親密を増さうと心掛け始めた。そして私に歌でも作らないかと言つた。これが君達の仲間が作つた歌だと言つて、紙片の綴りを見せた。私はその表に見覚えのある幾つかの手蹟を見た。

窓の鉄は太きこそよしわれをりて

それを焼き切る欲を思ふ

Mの手蹟らしかつた。

城壁に旗ひるがへりそのもとに

"Shot, killed" のビラ散りてあり

——北京の追憶——

（傍点●原文）▼注[9]

それらの「歌」を見せられた「私」は、「読んでゐるうちに微笑が湧いて来」て「監房に帰つて」「詩みたいなものを考へ」て、それを「次の出廷の時に検事の紙の上に書きつけ」る。このような「検事」＝制度側との、そしてそれを介した「同志」との「歌」による監獄内での交流は、他の〈獄中〉言説には見られない特徴である。「当世な療養院《サナトリユーム》　未決監とは　当世なサナトリユームだ——」の一節から始まるその「詩みたいなもの」の全文が紹介された後、唐突に「私」が「監房の中」で「珍しいものを発見した」ことが語られる。それは「足の下の明り窓の硝子を通して」見つけた「一本の朝顔の蔓《つる》」であった。それ以降「私」は「や、抒情的にな」り監獄外の「囚人の作つた花園」に思いをめぐらすようになる。

その日々で「私」は「何冊かの本」を「熟読」することで「明るい秋の午後のやうな風景が私の

心に展つて、暗い独房の壁が、聖堂の壁のやうに輝いた。新しい計画と勇気が、五体の中に満ち満ちた。――腕を組み、胸を張り、若い騎士のやうに晴々と、私は監房の中を大股に歩くのであつた」と前向きな意識を回復することもあったが、次第に疲労が蓄積し、「色々な追憶やら空想やらに時を消し」てゆく中で「母のことを考へ」て、またも「検事の手帳の上に」「歌のやうな歌でないやうなもの」を書きつけることになる。「獄窓《まど》によりて母を想はぬ日のなきを　心弱しと嘲ける君」「その子われ獄舎にありて母を想ふを　心弱しと嘲はざれ君」といったセンチメンタルな獄中歌は、テクスト内の物語的要素には接続されないまま、その後「見事な花をつけた」「Sの監房の朝顔」のイメージに総合化される。〈獄中〉で発見した「一本の朝顔の蔓《つる》」のイメージは、後の「独房の筆」（『文藝春秋』一九二九・五）でも「一本の筆」として反復されるのだが、ここでの「一本の朝顔の蔓」は、「私」の〈獄中〉での「書くこと」や思索の「結実」を表徴する夢想的イメージであるだろう。その意味で、このテクストは林における〈獄中〉の想像力の基本形態を窺わせるテクストであるのだが、同時代的にはその内容が大きな反響を呼ぶことはなかった。

そのような林の〈獄中〉言説が同時代の言説空間に広く影響を与えるようになったのは、一九三二年に発表された「文学のために」（『改造』一九三二・七　図版㊳）以降であると考えられるだろう。その冒頭部には、このような一節がある。

ぼくは、獄中での、自分のみじめな動揺や、よわい絶望をけつしてかくさうとは思はない。ぼくは、たとへば鈴木清の「監房細胞」の中に、みごとに描かれている、そしてまた、自分の眼でたしかにそのとほりであることを見た、獄中同志のりつぱな態度をとつたなどとはけつしていはない。ぼくはたゞ、おとなしい受刑者のひとりにすぎなかつた。ぶじに刑期をすませるために、自分をひたつゝみにつゝみかくし、なんの闘争も行ふことなく、おとなしくでてきた平凡な囚人にすぎない。

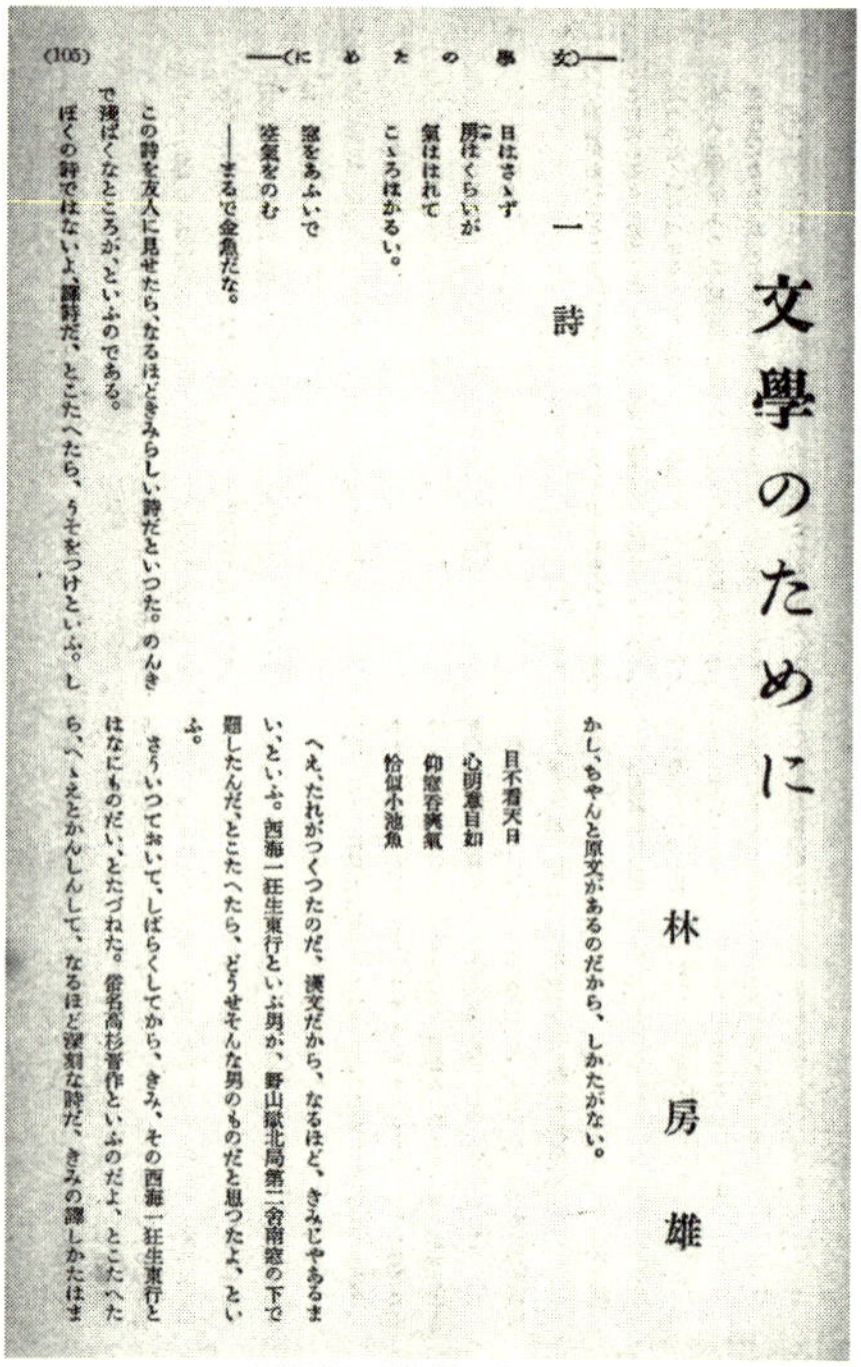
(105) ——(文學のために)——

文學のために

一　詩

日はさゝず
房はくらいが
氣ははれて
こゝろはかるい。

窓をあふいで
空氣をのむ
——まるで金魚だな。

この詩を友人に見せたら、なるほどきみらしい詩だといつた。のんきで淺ぱくなところが、といふのである。
ぼくの詩ではないよ、譯詩だ、とこたへたら、うそをつけといふ。しかし、ちやんと原文があるのだから、しかたがない。

林房雄

日不看天日
心明意自如
仰窓呑爽氣
恰似小池魚

へえ、たれがつくつたのだ、漢文だから、なるほど、きみじやあるまい、といふ。西海一狂生東行といふ男が、野山獄北局第二舎南窓の下で賦したんだ、とこたへたら、どうせそんな男のものだと思つたよ、といふ。
さういつておいて、しばらくしてから、きみ、その西海一狂生東行とはなにものだい、とたづねた。俗名高杉晋作といふのだよ、とこたへたら、へゝえとかんしんして、なるほど深刻な詩だ、きみの譯しかたはま

図版㊳　「文学のために」

ここで林は、プロレタリア文学の最も原理的な〈獄中〉表象、つまり「闘争」と「連帯」を実践し、自覚する場としての監獄像を展開した鈴木清の「監房細胞」と自分の〈獄中〉者ぶりを比較し、自らを「平凡な囚人」であると規定する。だが、この一見謙虚にも見える林の身ぶりは、〈獄中〉というトポスを自己の「文学」の更なる根拠にして自らの「言葉」を展開してゆこうとする、したたかな欲望を内包しているのだ。「文学のために」に見られるように、林は、自らが

昭和初期に何度も検束、収監された体験に基づく小説や評論、エッセイを、一九三二年から三五年にかけて多く執筆、発表することになる。そして、その〈獄中〉言説（実際に監獄内で書かれたものもあるが、そのような形式を採ったというものが多い）が、同時代の言説空間に広く受け入れられたのである。

現代の目から見れば不思議に思えるほど、林を高く評価する言説が、昭和初期の言説空間には溢れていた。その様相は、亀井勝一郎《かめいかついちろう》の「同志林房雄の近業について」（『プロレタリア文学』一九三二・一〇）におけるこのような記述からも窺えるだろう。

私は、彼が獄中から出てきて間もない同志であることを、彼を評論する場合必ず顧慮にいれておかなければならないと信ずる。それは、出獄者が現在の闘争の段階に直ちには適応出来ないといふ意味からばかりではなく、彼が獄中における生活もやはりひとつの戦ひであつたといふ意味でとくに大切である。この戦ひの性質をはつきりのみこんでおくことなしに、彼を正しく理解し批評することは出来ない。

既に彼自身の告白してゐるように、彼は「監房細胞」の主人公のごとくには闘争しなかつたし、また闘争することも出来なかつた。けれども彼はその二年間の独房生活中に、決して手をこまぬいて怠けてゐたわけではなかつた。戦ひをいどまなかつたわけでもなかつた。否、むしろ彼は執拗な反抗をつゞけたと言ひ得る。たゞその方向が非常に内省的なものであつたこと、云はゞ過去の彼自身の文学的活動の自己批判といふかたちで行はれたこと、そこに彼の反抗の特質があるように私は考へてゐる。それは孤独な、身にしみるような苦しい自己批判であったことは、彼自身「文学のために」の「詩」のなかで書いてゐるとほりである。

ここからも、林房雄への評価が、明らかにその〈獄中〉実体験者としての記号性を踏まえた上で成立しているものであることがわかるだろう。そして、その〈獄中〉での思索こそが、現在の林の文学行為の批評性を生み出しているとされるのである。

ただ、このような林に対する称賛は、決して林の言葉に含まれた本質的な批評性や独自性によって喚起されたものではない。勿論、プロレタリア文学者でもあり「純文学」派でもあったこの作家の視点に、当時の規範的な文学的視点には欠けていたある種のリアリティが含まれていたのかもしれない。しかし、当時の林の言説が現代の文学研究の場では必ずしも注目されていないことからも窺えるように、そこに時代のパラダイム・チェンジを引き起こすような高度な批評性や独自性があったとは考え難い。つまり、林房雄ブームとでもいうべき現象の背後で作用していたものは、その言葉の内容が含有する批評性ではなく、それが舞台とした〈獄中〉という磁場の歴史的コンテクストであったのである。これまで論じてきたように、林の登場以前から、文学的言説空間の内部で〈獄中〉表象は様々に用いられ、独自の展開と機能を示してきたのだが、そこで「醸成」された〈獄中〉表象の歴史的形態が、林の言説の背後で強力に作用していたと考えられる。以下、林房雄のテクストにおける〈獄中〉表象のあり方を中心に、一九二〇年代末から三〇年代の言説空間と、「文学」という概念の展開をめぐる問題について考察を進める。

歴史性としての〈獄中〉の再生

林房雄の〈獄中〉言説の中で特に注目されるのが、先述した「文学のために」(『改造』一九三二・七)である。この文章は発表当初から広く共感、反響を呼び起こしたのだが、その多くは非常に好意的、共感的なものであり、その後のいわゆる〈文芸復興〉の傾向にも大きな影響を与えた言説であった。だが、このテクストは一元的な〈獄中〉言説ではないし、そもそも「文学論」ですらない。まず、その冒頭で高杉晋作の獄中詩の翻訳と引用がなされ、その作者の気持ちへの共感が表明された上で、「文学のために」として、パセティックな意思表明がなされることになる。

日はさゝず
房はくらいが
気ははれて
こゝろはかるい。

窓をあふいで
空気をのむ
——まるで金魚だな。

この詩を友人に見せたら、なるほどきみらしい詩だといつた。のんきで浅ぱくなところが、といふのである。
ぼくの詩ではないよ、訳詩だ、とこたへたら、うそをつけといふ。しかし、ちやんと原文があるのだから、しかたがない。

目不看天日
心明意自如
仰窓呑爽気
恰似小池魚

へえ、たれがつくつたのだ、漢文だから、なるほど、きみじやあるまい、といふ。西海一狂生東行といふ男が、野山獄北局第二舎南窓の下で題したんだ、とこたへたら、どうせそんな男のものだと思つたよ、といふ。
さういつておいて、しばらくしてから、きみ、その西海一狂生東行とはなにものだい、とたづねた。俗名高杉晋作といふのだよ、とこたへたら、へ丶、えとかんしんして、なるほど深刻な詩だ、きみの訳しかたはまちがひだぞ、かるつぽいじやないか、といつた。あ丶、さうかもしれないと、ぼくはこたへた。

この獄中詩における高杉晋作の「気もち」が「ぼくにはよくわかるような気がする」と林は強調す

る。ここには自分を「維新の志士」になぞらえられるような存在として誇示しようとする単純な英雄化志向があるのだが、過去の「獄中記」が自らの「獄中記」の中でこのような形で想起されることは、大正期には見られなかったものであった。「音信的〈獄中〉言説」と「回想的〈獄中〉言説」を組み合わせる（A＋B）だけでなく、それを自らの文学論的な言説の内部で用いるという入れ子型の言説構造がここには見られる。そして、そのような複合的な構造において、林の「言葉」は高杉晋作の獄中詩という歴史的な〈獄中〉言説と遡及的に遭遇し、そこに自らの文学的系列性を見出すことになるのである。

林はこの「文学のために」の中で、〈獄中〉者に限らず、閉塞状況にあった多くの歴史的人物を想起している（高杉晋作、ハインリッヒ・ハイネ、バイロンなど）。そこで過去の偉人達の「書くこと」の系列内に自分もまた属しているという一体感が確認されると同時に、自分の卑小な過去を客観視する、巨視的で全体的な視点を獲得することになるのだ。

　刑務所といふところは、妙なところで、ぼくのかんじをいへば、あそこにはいると、自分のしたことが、自分の過去が、じつになにもかも、はづかしくてはづかしくてならなくなる。逆説をこのむわけではない、が、人は罪人であるから刑務所に入るのではなくて、刑務所に入つたから罪人になるのだ、といひたい気さへした。

　どんなことがはづかしかつたか、ときかれると、こんなことが、といち例をあげるのが、いまになつてみるとはづかしいほどそんなつまらないことまで気にかゝつてならないのである。

北村透谷における「牢獄」は、ロマン的世界観に基づく内的なストラグルを観念化させた主題的トポスであったが、ここで「ぼく」の「はづかし」さを生んでいるものは、そのような内的なストラグルでもなく、鋭敏化した自意識でもない。それを生み出しているのは、〈獄中〉にそもそも孕まれている超越的な拡張性、普遍性なのだ。そこで個人は、監獄という普遍的な場の中で、自らの「書くこと」をめぐって深く「覚醒」する。そして、そのような自分の姿を、「ぼく」は「はつきりかいておこうと決意する。つまり、〈獄中〉の「普遍性」は、「ぼく」の「書くこと」の系譜性までを保証し、その「言葉」の根拠を生成してゆくのだ。そこで、「ぼく」としての「文学」は、自らの連帯的な共同性の感触を自らの内部に奪還するのである。

その後、「死の床におけるハイネを心からなぐさめてくれたもの」が「自由のための、解放のためのたゝかひの中で、敵の弾にさらされた陣地を、ひたむきに、忠実にまもりとほしたといふ自覚とほこり」であると述べ、「これこそ、詩人のほこりではなからうか?」と訴えかける。そのようなパセティックな口調の内に、林は「文学」に対する自らの「自覚とほこり」を誇示する。そして、そのような激情の価値を保証してくれるのが、〈獄中〉をめぐる系列的、歴史的な想像力であったのであり、そこで「文学」の名の下に、共同体としての自らの連帯感が形成されるのだ。

更に、その「二　文章」の章では、このような述懐がなされる。

ちかごろしきりに、漢字の重さをかんじてゐる。

むろん、文字だけではない。美妙、二葉亭から、島崎藤村にいたる日本の市民文学の文章の重さが、なぜかしらぬが、ひしひしと身にこたへる。春のあわせのやうにすつぽりと、ぬぎすててしまふ工夫はないものかなど丶、できぬのぞみに、身をよじらせてゐる。

「漢字の重さ」、そして「美妙《びみょう》、二葉亭から島崎藤村にいたる日本の市民文学の文章の重さ」に直面することで、林の言葉の内部に存在している「文学」の歴史性がそこで顕在化する。林の「歴史」への志向の内実については後に論ずることになるが、総じて林の〈獄中〉言説は、監獄という場を歴史的連続性、全体性の空間として組み換えることによって、そこで生み出される自らの言葉を「歴史」化するという志向を含んだものであったと考えられるだろう。そして、その組み換えにおいて、〈獄中〉表象は、「文学」という概念の根源領域へと深く接合することになるのである。

また、同じ一九三二年九月には「作家として」という文章が『新潮』に発表されるが、その冒頭部はこのようなマニフェストから始められている。

ぼくは心をきめた。ぼくは文学のために一生をかける。
文学の仕事は高くそして大きい。それは男の一生をかけるにあたひする。いな、一生をかけないかぎり、文学は――およそ文学の名にあたひしうるものは、けつして生まれない。
（ここでぼくは、はでな宣言文章をかかうとしてゐるのではない。作家としての再出発を行ふにあたつて、小さなおぼえ書をつくらうとしてゐるにすぎない。だから、いふことはおのづから単純である。それは心の複雑な、大人びた同時代人の微笑をさそふものであるかもしれない。しかし、「確信によつてうらづけられた単純なことば」のみを、ぼくはいまこの上なくあいしてゐる。そのことばのみが、まことの詩であり、ただ一つの文学であることも、知つてゐるつもりである。）

伊藤整《いとうせい》は「孤独な獄中にあって、新しく文学者の使命感にめざめた林房雄の言説が、爆弾的な衝撃を一般同盟員にも指導部にも与えた」[注10]と述べているが、そのリアリティを現在の文学研究の意識の水準で再現するのは難しい。「孤独な獄中にあって」と伊藤が述べているように、文学的言説の構成要素としての〈獄中〉は、その言説にいわば注釈的に寄り添い、そのアクチュアリティを補完するものであったのだ。そして、そのような機能は、決して特定の政治共同体においてのみ共有されていたものではなく、同時代の言説空間に広く満ち溢れていた、いわば「日常的光景」であったのである。

林房雄ブームの同時代的位相

「文学のために」を始めとする林房雄の一連の文章が衝撃的であったという事実は、当時の様々な言説から、明確に読み取ることができる。先述した亀井の評論（「同志林房雄の近業について」）にも「彼が獄中における苦しい自己批判から、真実の文学者にならうとする熱い欲望を告白した点」を「一つの発展」として評価しているが、林の言葉は、その発表当初から、共産党の枠内に留まらない範囲にまで影響を与えていた。

作家としての林個人の意識レベルで考えるならば、監獄内で生み出されたそのような林の「文学」への確信を根拠付けているのは、小説「青年」（『中央公論』一九三二・八〜一二）の執筆という事実であったのであろう。「青年」は、伊藤俊輔、志道聞多《しぢぶんた》、高杉晋作らの青年達を中心にして明治維新の激動の時代を描き出したものであり、それは林に創作の手応えと自信を与えたのみに留まらず、発表後は新たな歴史小説の試みとして広く賞讃された。小林秀雄は、一九三四年六月『文藝春秋』の「文芸時評」において、「青年」をこのように激賞している。

林君、「青年」を有難う。今、読み終つた処だ。近頃になく気持がよい。この気持は、約束した「青年」評を書くよりも、じかに君に手紙を書くのに適する。（中略）「青年」は雑誌に発表以来、いろいろ批評された様だが、さういふものを全く念頭に置かずに、読後心に浮んだ感じを率直に言ふなら、これが林房雄だといふ言葉で僕の心は一杯になつて了つたと言ひたい。（中略）君は獄中でこの長編の腹案を立てたといふ。ある処では稚気さへも感ぜざるを得ぬほど明るいこの長編を獄中で空想してゐた君を考へてみると、僕は一種羨望に似た感を覚えるのである。作品のなかで、独房で作者が海の夜明けを写した日本画に感動し、「心が海の様にわきたちはじめた」と書いてゐる処があるが、読んでゐて偽りのない率直な感じだらうと思つた。

このような「純文学」側からの高評価に対し、プロレタリア同盟側からはその政治的不徹底と立場の歪みゆえに指弾されたのだが、それでもその文学的、社会的波及力は広く認められることになる。一九三二年の発表時点で「文学のために」を高く評価していた亀井勝一郎は、「『青年』に就いて」（『コギト』一九三四・七）において、「批評する精神の以前にまづ感動するといふ素朴な心情を、それをのみ楽しんでいさゝかの不安を与へない作品、林房雄の「青年」こそ稀なるもの、ひとつであらう。これをよみ私は、「青年」につかまれてひたすらな喜びを味ふことが出来た」として、「青年」に対し「私は専ら純粋な一個の鑑賞者・享受者でありたいと願ふ。この作品は否応なしにそのような態度を強制する力をそなへてゐる。いかなる秘密が、かくも美しいものをもたらしたのか」と手放しで絶賛している。そして、その後亀井は「二年前」を回想し、こう述べる。

おのづから私は、二年前、林が獄中から出てきたとき、自分たちのとつた態度を思ひ出さざるをえない。青年は、彼がそこでしづかに育みそだてたものであらう。が、当時の自分たちは、それを彼の内面的問題としてこまやかにとりあげることが出来なかつた。換言すれば、彼が獄中で得た明治維新に関する史料的智識と、それへの経済的政治的な分析能力と、そこにのみ期待して、他方、うつてつけたように所謂現段階の「政治的課題」なるものを彼に強制したのであつた。もとよりそれらのことは全く無視されるべきものではあるまい。が、それよりもまづ、入獄が一作家の心に、どのような影響を与へるものであらうかと、たとへばシエストフがドストエフスキイを吟味したごとき吟味を試みたものは絶無であつた。そういつた探求こそ、実のところ左翼作家批評家のとらへるべき絶好のテーマではなかつたか。史的智識と政治的課題――しかも獄中に成長したひとりの人間の深い夢を、その夢想といふもの丶価値をうつかり忘れ去つてゐたのだ。人間の生涯には、しばしば大切な時期がやつてくる。入獄などもその場合のひとつで、そこへ向つて人間の精神は全力をあげて緊張し、光りのようにそのつよさを明滅するものだ。「監房細胞」の作者が、かつてそのような場景のひとつを我々の前に力づよく描いてみせたが、か丶る機会を明確につかんで、魂を肥やしうるものと萎縮させるものとの微妙な差異を私はそのとき理解することが出来た。（中略）「青年」の作者たる林房雄は、少くとも純金を得て帰つてきた少数のひとりだつた。厳格な過去への批判と、純粋な夢想と、底しれぬ健かな楽観主義《オプティミズム》と。彼は出獄後はじめての感想のなかで、つぶさに反省の告白をのべた。

茫然慙既往
黙座慎将来

そのなかには、高杉晋作の右のような詩も引用してあつた。あゝ、大切なものを林はつかんだと、そのとき誰がこの美しい心理を人々の前に鮮明しえたか。「青年」はたゞこゝからのみ生れえたのだ。明治維新の資料あさりとか、抽象的な政治命題のなかゝらではない。おそらくその生涯のうちで最も純粋になりえた瞬間——それは俗世間にあつてはまたたく間に失はれがちなものであるが——それを突嗟につかまへて遮二無二二年間おしとほした林はほんとうに並大抵でなかつたと思ふ。一九三〇年代の日本の、最も……《ママ》的な素直な智識人が、苦悩と動揺と覇気のなかから生んだ美しい理想の詩がこゝにかたちづくられた。

一見、プロレタリア文学への批判とも読めるこの文章であるが、そこには「文学」という概念をめぐる旧来の様々なイメージと意味に裏打ちされた、林の「入獄」とその意義に対する過剰なまでの理想化、神秘化が発動している。勿論、それは「青年」という小説固有の訴求力によるものなのであろうが、同時にそこには、「青年」が林の収監体験のまさに直中においてこそ生み出された、いわば〈獄中〉の想像力の産物であった（あるいは、そういうものとして林によって語られていた）という記号的な事実が深く関与していたと考えられるのである。まさに「獄中に成長したひとりの人間の深い夢を、その夢想といふもの、価値」をそのテクストと作家主体の内に見出されることによって、林房雄は、プロレタリア文学と「純文学」を架橋し、同時代の言説空間の内部に「文学」という共同性への連帯感を創出する媒介者となっていったのである。

当時流通した林の〈獄中〉言説には、原田や山中のそれとは異なり、明白な「悪」（としての仮想敵）が存在しており、それに対しての抵抗や反撥が（あくまで検閲の範囲内でだが）「主体的」に示されてゆく。そして、そのような林の身ぶりが、その「獄中記」的言説の「男性的」相貌を生み出していることも確かであろう。大正期における大杉の『獄中記』における誇示的な身ぶり、つまり、俺は抑圧されればされるほどしたたかに生きてゆくのだ、といった倨傲的な意識の表明とも通底する要素がそこには見出せる。

そして、大杉の『獄中記』に見られた重要な要素、つまり「読むこと」の実践空間、そして「書くこと」の構想空間としての監獄の特質も、林の〈獄中〉言説においては更に増幅されている。一九三二年二月の『改造』に発表された林の「獄中信」では、豊多摩刑務所での日記的な記述の内に、「エヂソン伝」「民間信仰史」「国体と倫理」「ハルツの旅」「武士道」「織田時代」「西東詩集」「伊藤博文・井上馨」「人種改善学」「明治文学研究」「漱石全集」「大久保利通」など、まさに全方位的な読書がそこで実践され、内的な作用を起こしていることが詳細に記述されている。また、「独房文学論」(『経済往来』一九三五・九)では、「今度の刑期の間、前回の下獄の際に読んだ本を、十冊ほど再読した」とか、聖書を「数回の独房生活のおかげで、二十度近くも読みかへさせられた」などと、「読むこと」の実践空間としての監獄像が幾度も示される。そして、そのような読書体験が、内的な自己覚醒、超越のための蓄積的体験として確実に自らに作用していることが強調されるのだ。

ただ、そのような林の〈獄中〉言説のあり方は、決して「獄中記」というジャンル自体の「方法的深化」を示すものなどではない。そのような構図的な「意味」は同時代のプロレタリア文学においても多用されているものであり、それは林のみが所有する固有性ではない。逆に、林のテクストにおけるその誇示的な身ぶりと擬似的な社会性の表明は、逆にその主体の「内部」の空虚さを照らし出すものなのだ。あるいは、林という存在が孕んでいた記号的な曖昧さが、〈獄中〉という他律的かつ歴史的な表象を呼び寄せたと言うこともできるだろう。〈獄中〉をめぐる歴史的記憶はそこで反復され、「文学」概念の新たな歴史的系列性を生み出してゆく源泉として再定義されることになる。

3　〈獄中〉文学者・林房雄（二）――氾濫するエクリチュール

「独房の筆」と「書くこと」の欲望

次に、そのような多くの林の〈獄中〉言説の中から、一九二九（昭和四）年五月に『文藝春秋』に発表された「独房の筆」（図版㊴）という小説テクストを取り上げてみたい。この小説は従来ほとんど注目されることがなかったものであるが、監獄という空間が「書くこと」とどのように結び付き、そこにどのような想像力が作用しているのかを窺わせるテクストである。それは、林房雄自身の体験記としての性格を背後に抱えつつも、自立した虚構的

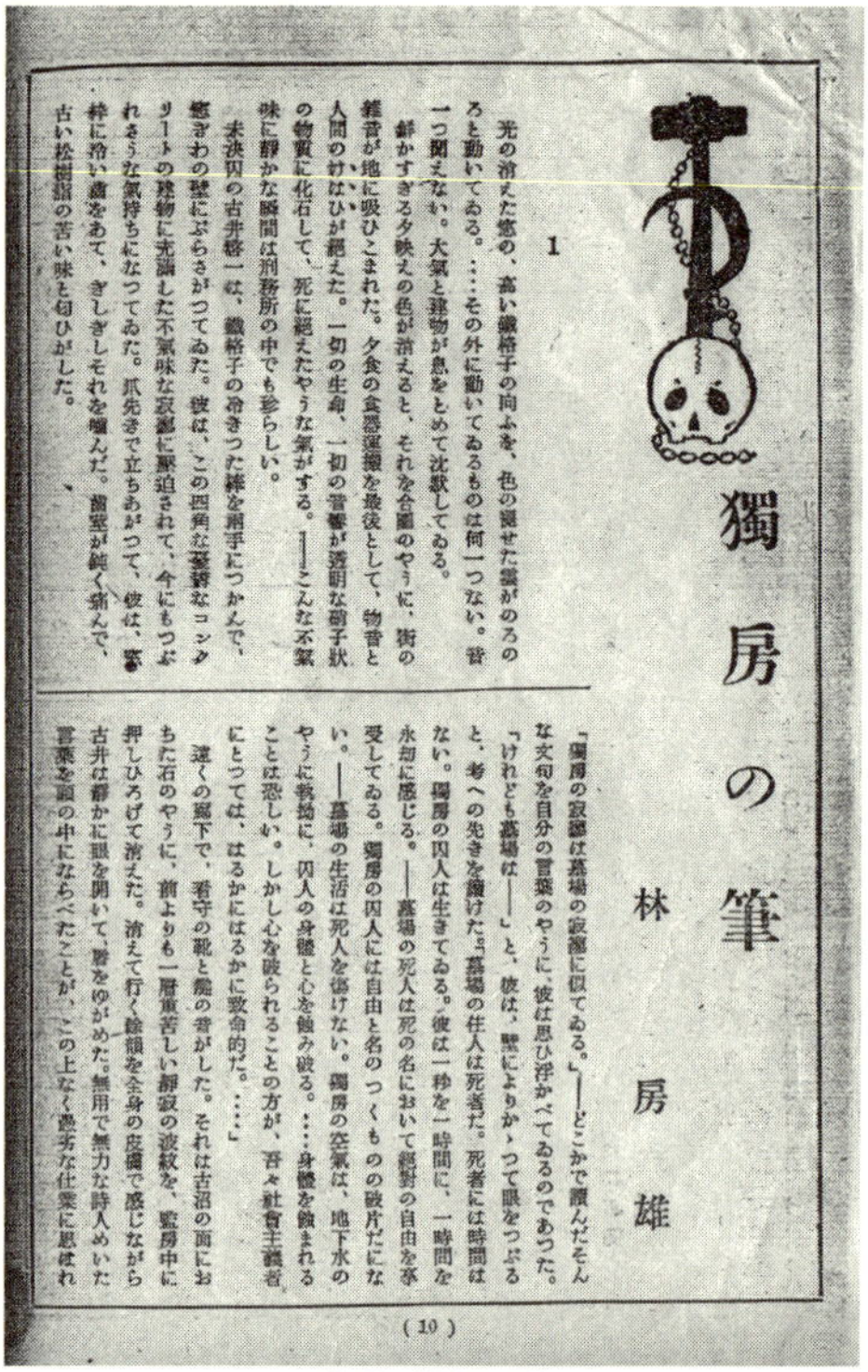

獨房の筆

林房雄

1

光の消えた窓の、高い鐵格子の向ふを、色の褪せた雲がのろのろと動いてゐる。……その外に動いてゐるものは何一つない。音一つ聞えない。大氣と建物が息をとめて沈默してゐる。

鮮かすぎる夕映えの色が消えると、それを合圖のやうに、街の雜音が地に吸ひこまれた。夕食の食器運搬を最後として、物音と人間のけはひが絶えた。一切の生命、一切の音響が透明な硝子狀の物質に化石して、死に絶えたやうな氣がする。――こんな不氣味に靜かな瞬間は刑務所の中でも珍らしい。

未決囚の古井條一は、鐵格子の冷えきつた棒を兩手につかんで、窓ぎわの壁にぶらさがつてゐた。彼は、この四角な蒼白なコンクリートの建物に充滿した不氣味な寂寥に壓迫されて、今にもつぶれさうな氣持ちになつてゐた。爪先きで立ちあがつて、彼は、窓枠に冷い齒をあて、ぎしぎしそれを噛んだ。齒莖が鈍く痛んで、古い松樹脂の苦い味と匂ひがした。

「獨房の寂寥は墓場の寂寥に似てゐる。」――どこかで讀んだそんな文句を自分の言葉のやうに、彼は思ひ浮かべてゐるのであつた。

「けれども墓場は――」と、彼は、壁によりかゝつて眼をつぶると、考への先きを續けた。「墓場の住人は死者だ。死者には時間はない。獨房の囚人は生きてゐる。彼は一秒を一時間に、一時間を永劫に感じる。――墓場の死人は死の名において絶對の自由を享受してゐる。獨房の囚人には自由と名のつくものの破片だにない。――墓場の生活は死人を傷けない。獨房の空氣は、地下水のやうに執拗に、囚人の身體と心を蝕み破る。……身體を蝕まれることは恐しい。しかし心を破られることの方が、吾々社會主義者にとつては、はるかにはるかに致命的だ。……」

遠くの廊下で、看守の靴と鍵の音がした。それは古沼の面におちた石のやうに、前よりも一層重苦しい靜寂の波紋を、監房中に押しひろげて消えた。消えて行く餘韻を全身の皮膚で感じながら古井は靜かに眼を開いて、唇をゆがめた。無用で無力な詩人めいた言葉を頭の中にならべたことが、この上なく愚劣な仕業に思はれ

（10）

図版㊴　「独房の筆」

小説としての外貌を示した「小説的〈獄中〉言説」（C）である。

テクストの梗概を述べると、「知識階級出の社会主義者」である主人公「古井啓一」は、政治犯の「未決囚」として収監された結果、笑うことさえできなくなった自分を発見する。そこで「古井」は、以前監獄内から「どうしても笑へない」と手紙で訴えてきて間もなく発狂した同志「杉村」のことを想起し怯えてゆく。ある取り調べの日、古井は検事調室の窓際に一本の干からびた筆を発見し、それを盗む。長い獄中生活での様々な欲望の中で「字を書きたいといふ慾望」に最も圧迫されていた「古井」は、その筆を使った筆記や写生を心ゆくまで楽しむのだが、ある日新しく収監された刑事囚が突然発狂した叫び声を耳にして、その卑小な楽しみを相対化され、筆を他の既決囚に与えてしまう。その十日ほど後、「古井」は差入れの本に書き込みをしたとして看守部長に呼び出されて筆の出所を訊ねられ、検事調室から盗んだと述べる。しかし意外にも部長はその返答に怒り、検事調室に筆などなかったという嘘の申告を促す。筆を放置していたことに関する責任を回避しようとするこの部長の態度に、「古井」は「彼から二度まで笑ひを奪つた堅固不動な支配的組織の大きな秘密」、更には「〇〇主義の内在的な欠陥」「官僚主義の自己崩壊」を見出す。「小さな一本の筆が、こんなに大きな影響と変化を心に与へようとは、全く思ひがけないこと」と感じる「古井」は、そこで再び「笑ひ」を取り戻すことになる。

このような「独房の筆」の内容は、当然林自身の収監体験を元にしたものであろうが、このテクストで問題にされるべきなのは、そのような実体験からの影響でもなければ、各所に披瀝される監獄内での抽象的、哲学的思索の内容でもない。主人公「古井」の人物像自体は、従来の〈獄中〉者像の類型からさほど逸脱するものではないし、その心理説明の饒舌さは、逆に書き手による意味付けの過剰さ、性急さを照らし出してしまう。小説表現として特筆すべき所はない平凡なこのテクストにおいて問題になるのは、〈獄中〉での「書くこと」をめぐるイメージと欲望の内実なのである。

まず、注目すべきなのは、その監獄内で様々な肉体的欲望が発生する中で、「思索」という抽象的な営為は「無用で無力な詩人めいた言葉を頭の中にならべ」るようなものとして相対化される一方で、「字を書く」という行為への感覚的欲望が突出して拡大してゆくことである。つまり、このテクストにおいては、言葉を想起してそれを構成し、そこである思索（のようなもの）を組み立てることよりも、判然としなくても「文字の形」を書き付けるというその筆記行為の感触の方が、はるかに優位的なのである。

本来、監獄とは、書物を読むことはできても書くことは厳しく制限された場であり、そこは書物を私蔵することも著作することもできない空間である。紅野謙介は、一九三二（昭和七）年から約二年間にわたる中野重治《なかのしげはる》の監獄生活における読書行為について、「書物の内容を初めから終わりへリニアーにたどるのではなく、ときにコンテクストをはずし、テクストの部分と部分をつなぎ、引き裂き、あるいは引用されたテクストに固執し、書物相互を参照するといったラジカルなテクスト論的解釈実践だった」と指摘し、そこにおいて書物は「まぎれもなく制限され、空間を占有する物質であるとともに、言葉の織りなすフロー」として出現したと述べている。▼注[11] まさに〈獄中〉は、書物への渇望を喚起するが故に、日常的な言葉の形態を脱構築する契機を孕んだ場であったと言えるだろう。中野重治と同じく転向体験を抱え込んだ林房雄においても、〈獄中〉は言葉との恒常的な関係構造を組み換えるような場であったと考えられる。

ただ、「鈴木　都山　八十島」（『文藝』一九三五・四）に見られるような「言葉をめぐる闘争」[注12]を徹底して展開した中野の場合とは異なり、林のテクストはあくまで言葉の表層をなぞり、その感触を愛玩することに終始するのであり、そこに「書くこと」をめぐる緊張感は感じられない。「独房の筆」においても読書への欲望は明示されており、「古井」は「監獄読本」まで読みたがるほど読書に飢えているのであるが、そもそもこの「古井」が欲望するものは、読書と思索の反復の内に、その断片の結合として本格的な書物を織りなすことではなく、監獄内に散らばった断片（その風景や自己の思索など）を断片のままに撫で回すような、いわば非構築的で皮相的な「書くこと」なのである。「古井」は筆を手に入れて、「絶望するな　笑へ！」という「同志杉村」に書き送った文句をまず書くのだが、その後は「日記風の感想を、時々和歌に似たものを、それからしまひには、検事の似顔、箒、洗面器、窓、便器、監房の構造の写生までやつ」たり、筆から墨が消えた後でも「時々とり出しては口で湿めし、掌の上に文字の形を書いては楽し」んでいる。そのような行為はいわば手遊《てすさ》びであって、自らの思想や〈内面〉を書いたようなものでは全くない。その意味で、言葉の闘争の場としての中野重治の〈獄中〉とは全く異質な〈獄中〉像が、そこには呈示されていると言えるだろう。

その後この手遊び的な「書くこと」の快楽は、新来の囚人の発狂を契機に相対化され、自己呵責《かしゃく》の念が湧き上がることになるのだが、書き込みが発見された後の検事の官僚的対応を目の当たりにして、

「古井」は再び強い確信を取り戻すことになる。つまり、そこで一本の筆は、全く思いがけない形で「古井」をめぐる内的、外的状況をすっかり変えてしまったのだ。つまり、そこで書き付けた文字（らしきもの）が、「古井」の〈内面〉を何も表現などしていないのに、意外な形で検事達によるドタバタ劇を引き起こし、「古井」の眼前にはその官僚的な監獄制度の内部構造が晒《さら》されることになったのである。当然、そのような「書くこと」は、大杉の『獄中記』で夢想されていたような確固とした書物の完成には決して繋がるものではない。しかし、そのような具体的形態を欠いた「書くこと」こそが、自己の外部にまで深く作用し、「古井」自身を超越的な位置にまで押し上げることになったのであり、そこには「書くこと」をめぐる意識、そしてその行為の効力をめぐる極端な誇大化が起きていると言えるだろう。〈獄中〉で醸成されたエクリチュールの領域は、空白のままに外部にまで拡張、波及してゆく。最終的には絶対的な外部（ここでは支配的組織）の内部構造までがそこで透視され、その「官僚主義の自己崩壊」さえ確信的に予見されるのだ。

しかし、そのような確信を生むだけの根拠がこのドタバタ劇の内に果たしてあったのかと問うならば、そんなものはない、と答えるしかないだろう。「今度の事件が暗示する」ところの「〇〇組織の内在的な欠陥」は、既に過去に読んだ「本の中」に示唆されていたものであって、この事件で初めてそれらしいことを目の前で実際に見た、というだけのことでしかない。勿論、この事件の内に硬直化した官僚主義の戯画を見出すことはできるだろうが、それは囚人の狂気の叫びを相対化させる程の決定的な契機になり得るものであるとは到底考えられない。つまり、ここでの「古井」の「笑ひ」は、無根拠なものが空白のまま根拠付けられたというその偶発的な達成感を反映した「笑ひ」であるのだ。

ここで、「古井」の監獄内の意識は極限まで誇大化し、あらゆる他者性が消去されることになる。

そして、この「古井」の意識は、最終的には非常に単純な構造、つまり「プロレタリア文学」において期待される〈抑圧者／被抑圧者〉の二元構造に収束してゆく。それは、この「古井」が「字を書きたいといふ欲望」を「自分ながらあまりに知識階級的に思つて滑稽」に感じることからも、その単純な意識の構造が窺えるだろう。「古井」は自らの「知識階級」性を既に相対化し得ているという思い込みの内に獄中生活を過ごしているのだが、そこで「古井」自身がどのような存在の根拠を持ち得ているのかは終始曖昧なままなのだ。そのような自己の曖昧さを抱えたまま、「古井」は最終的に自らの「闘争」の姿を誇示することになる。そもそも、この「小さな一本の筆」をめぐる事件が起きる前には、「古井」はこのような内的なストラグルを確かに抱えていたのだ。

――敵は武装してゐる。歯の先まで武装してゐる。味方は全くの裸身である。武装に対する裸身、権力に対する思想、全に対する無…力を伴はぬ思想はこれを幻想といふ。今日まで自分を導き、そして今この独房への道を開いてくれた《ママ》。あの一見輝かしい思想は、その実単なる幻想にすぎなかつたのではなからうか？

しかし、「小さな一本の筆」をめぐる事件の後、このような混沌とした憂悶は全て消し去られ、絶対的な「笑ひ」が回復されるのである。そして、その自己の超越化作用の根底には、歴史的な〈獄中〉

の想像力が確実に作用している。と言うよりも、「古井」という存在が抱える本質的な空白性が、〈獄中〉という機能をそこで要請したと捉えた方が正確であろう。そこでは、〈獄中〉というトポスの記号的特権性のみが、「古井」の超越的な「笑ひ」の根拠となっているのである。


　小さな一本の筆が、こんなに大きな影響と変化を心に与へようとは、全く思ひがけないことであつた。――彼から二度まで笑ひを奪つた堅固不動な支配的組織の大きな秘密を、この小さな筆が教へてくれたのだ。それは〇〇主義の秘密である。さきに筆を密輸入し得た時に感じた敵の組織の隙間は、全く偶然の、いはばかすり傷のやうなものだ。が、今度の事件が暗示するものは、〇〇主義の内在的な欠陥であつて、それは不治の宿痾のやうに、一見頑丈な肉体を徐々に内部から蝕み崩す。…官僚主義の自己崩壊。――幾度も本の中で読んだ《ママ》ことのあるこの理論を、単に理論としてしか受入れてゐなかつた自分の幼稚が微笑まれた。

「絶望するな、笑へ！」

　さう自分で書いておきながら、二度も笑ひを失つてしまつた弱い自分のことを考へると、またおかしかつた。

「今度こそは、どうやらほんとに笑ひをとりかへしたらしいぞ。」

と、古井は思つた。「少くとも当分は大丈夫だらう。杉村の二の舞ひをやらなくてもすむわけだ。」

　日の暮れには、まだ間のある時間であつた。斜めに射しこむ窓の夕陽の色を、古井は美しいと思つた。

このテクスト末尾において、「古井」は圧倒的に超越的、優位的な場所に立っている。そこでは体制側の官僚主義的な構造のみならず、その前で右往左往していた自己の心理構造までが俯瞰されることになる。そして、そこでの確信は、自己相対化による更なる超越、つまり、「二度も笑ひを失つてしまつた弱い自分のことを考へると、またおかしかつた」という自意識さえも生み出しているのだ。だが、その確信と平安こそが、逆にそこで抱え込まれたものの決定的な空白性を指し示しているのである。

「書くこと」のフェティシズム

そして、そのような「古井」の空白性を補填《ほてん》するのが、監獄内での「一本の筆」の実在感と、それを用いた「書くこと」のフェティッシュな感触そのものであった。筆を「検事調室」から盗み出した「古井」は、このような意識を示す。

乾枯らびた一本の筆の穂きに、これほど沢山の墨汁が含まれてゐようとは、全く思ひがけなかつた。唾でしめして、そつと掌の面を撫ぜて見た時、思ひがけなく濃い墨の色が現れたので、食事用の茶碗の底に水を入れてその中にとかし出して見たら、烏賊の汁に似て光沢のある汁がとろりと底にたまつた。

その汁を穂先きにかへし、差入れの本の余白に、習字のやうに丹念な手つきで、真黒な文字を現した時の喜び、それには口でいひきれないものがあつた。

「ざまあ見やがれ！」

誰に向つてともなしにさういつて、古井は書きあげた一頁を窓の光にすかして見た。敵の組織にも、すきがなさそうですきがある。天晴れ成功した密輸入者が、こゝでかうして、その獲物を楽しんでゐる。検事も看守も予審判事もそれを知らない。俺は俺の書きたいものを書ける。俺は自由だ！


その後、含んでいた墨がなくなり、「買ひたてのやうに真白くなつて、乾くとたんぽゝのやうに先きが開い」てしまうこの筆の乾きは、逆に一層「古井」の誇大化する意識を保証することになる。実際、その使用済みの筆自体はその後既決囚に与えてしまい、目の前には実在しないものになるのだが、「古井」の高揚感がそこで減衰することはない。この「筆」を通して〈獄中〉という空間と「書くこと」の感触が結びついた瞬間に、そこで〈獄中〉者は、自らの空白性を全く処理し得ないような状態であったとしても、超越的な主体として根拠付けられ、自己変革のドラマがそこに創出されるのだ。そこでの〈獄中〉は、主体の内的変革と自己超越というコンテクストを、そこでの「書くこと」の感触において無条件に付与してくれる、豊饒《ほうじょう》かつ濃厚な記号空間であった。

林房雄におけるそのような〈獄中〉での「書くこと」のイメージは、「独房の筆」のみに示されている訳ではない。それを窺わせるテクストとしては、「独房文学論」（『経済往来』一九三五・九）の「筆の魔力のこと」と題された章の以下の一節が挙げられる。

独房生活の終りの一月半ほど、ペンとノートを許されたが、仕事の暇をぬすみながら、毎日筆をとつてゐるうちに面白いことに気がついた。

疲れきつて——または疲れてゐなくとも、まるで頭の中が灰色な感じがして——なにも書くことがないやうな気のするとき、無理をして、なんでもいゝから一行書く。それに、味もそつけもない次の一行を重ねる、更らに、前行と殆んど連絡があるとは思へぬ第三行を、足をひきずるやうな気持でつゞける。すると、第四行と五行とがひとりでに生れてくる。十行目あたりから、興がのり、思想が流れはじめる。このとき、始めの三行を読みなほして、ちよつと手を入れると、滅裂な文字がぴんと血のかよつた文章になる。かうして、ノートの三四頁が楽に埋まるのである。

……

記号的に空白化した自己をめぐる状況の中で、自らの「言葉」をいったいどこに向かわせるのか？という問いがここに発生する余地は、おそらくどこにもないだろう。この自動筆記的な「書くこと」は、どこにもそのベクトルがないがゆえに、どこに流れ込むこともできるのだ。そこで「言葉」は、「茶碗の底」に「とろりと」溜まった「烏賊の汁に似て光沢のある汁」（「獄中の筆」）のような可変的でリキッドな流動体と化して、自在に新たなエクリチュールへと変容してゆくのである。氾濫するエクリチュールとでも呼ぶべきこの「書くこと」のイメージは、〈文芸復興〉という標語の空白な内実を補完する肉体性そのものとして、同時代の言説空間内に広く瀰漫していたものであったのだ。

拡張する〈獄中〉空間

「言葉」をめぐる拡張と生成の場としてのこのような〈獄中〉の意味合いは、林のテクストに限らず、この時期の〈獄中〉表象に広く見出すことができる。例えば、一九三一年七月の『中央公論』に発表された小林多喜二の「独房」にも、「言葉」をめぐる欲望の場としての〈獄中〉が登場する。その冒頭は、このように書き出される。▼注[13]

誰でもさうだが、田口もあすこから出てくると、まるで人が変つたのかと思ふ程、饒舌になつてゐた。八ヶ月もの間、壁と壁と壁と壁との間に――つまり小ッちやい独房の一間に、たつた一人ッ切りでゐたのだから、自分で自分の声をきけるのは、独り言でもした時の外はないわけだ。何かものをしやべると云つたところで、それも矢張り独り言でもした時のこと位だらう。その長い間、たゞ堰き止められる一方でゐた言葉が、自由になつた今、後から後からと押しよせてくるのだ。
（傍点原文）

島村輝は、「独房」を「「言葉」にこだわり、「言葉」にまつわる言説に満ち満ちている」テクストであるとして、そこには「無力感に陥らないための抵抗」としての「「交通」への欲望を掻き立て」る受刑者達の姿が描かれていると指摘している。▼注[14] この指摘は間違いではないが、テクストのあり方を外在的になぞるこのような「読み」によって、旧来の監獄イメージの類型に何らかの解釈を与えることが、従来の文学研究における〈獄中〉表象へのアプローチの形態であり、その限界でもあった。この島村論もまた、「抑圧」と「抵抗」というプロレタリア文学の二元構造に囚われ、そこからの「言葉」を特権化するという陥穽に陥っている。ここで重要なのは、そこで交通的「言葉」が欲望されているということ自体ではなく、この〈獄中〉で生成されている「言葉」の質そのものなのである。

このテクストにおける「独房」という空間は、決して抑圧と圧政の場として一元的に意味付けられている訳ではない。勿論、そこは主人公の「俺」（田口）に「恐怖に似た物狂ほしさ」を感じさせる場所であることは確かだ。しかし、同時にこの「俺」にとっての「独房」は「そのどの中にも我々の同志が腕を組み、眼を光らして坐つてゐる」空間なのであり、そこでの「刑務所」は、「新しい精気と強い身体を作つてお」くための「赤色別荘」として語られるのだ。大杉や堺の「回想的〈獄中〉言説」（B）にも共通する、誇大化する意識の顕示と、〈獄中〉のパラドックス性への認識がこのテクストでも示されている。

また、テクスト末の「独房小唄」の章では、「この前ドストイエフスキーの『死の家の記録』を読んでから、そんな處で長い〳〵暗い獄舎の生活をしてゐる兄さん」のことを「色々想像」して「眠ることも出来ず、本当に読まなければよかつた」と後悔する「妹」の手紙を読み、「俺」はこのように受け流す。

俺はこの手紙を見ると、思はず吹き出してしまつた。ドストイエフスキーとプロレタリアの×

×をならべる奴もあるもんでない、と思つた。俺も昔その本を退屈しいしい読んだ記憶がある。成る程、人道主義者には此處はあんなにも悲痛で、陰残で、救ひのないものに見えるかも知れないが、未来を決して見失ふことのないプロレタリアートは何處にゐやうが「朗か」である。のん気に鼻歌さへうたつてゐる。

ここで、ドストエフスキー的な〈獄中〉者像、つまり人類的なヒューマニズム意識に裏打ちされた〈獄中〉者像が「妹」の感傷的な視線の側から導入されることによって、「俺」の〈獄中〉者性は差異化される。そこで「俺」の「プロレタリアの闘士」としての主体性は全く揺らがされることはない。そこに作者小林多喜二の「闘争」的信念の強靱な姿を見出すこともできるだろうが、ここで重要なのは、「俺」の監獄内での意識のあり方を保証するものの内実なのである。この後も、傲慢なまでに「俺」は自らの「未来を決して見失ふことのないプロレタリアート」としてのあり方を誇示する。テクストの最終部は、このように書かれている。

彼奴等がわれ〳〵をひツつかんで、何処へ×××もうとも、われ〳〵は自分たちの××を瞬時の間だつて止めやうとはしてゐないのだ。――「独房」「独房」と云へば、それは何んだか地獄のやうな処でゞもあるかのやうに響くかも知れない。そのために、そこに打《ぶ》ち込まれることを恐れて、若しも運動が躊躇されると考へるものがゐるとしたら、俺は神に（神に、と云ふのはおかしいが）かけて誓はう――

「全く、のん気なところですよ。」

と。

第一、俺は見覚えの盆踊りの身振りをしながら、時々独房の中で歌ひ出したものだ――

独房よいとォこ、

誰でーもォおいで、

ドツコイシヨ

……………

ここには、「独房」が「闘争」の根拠としての場として転位し、理念化されている光景を見出すことができるだろう。これが単なる自己韜晦《とうかい》ではないことは、大杉以来の「回想的〈獄中〉表象」（B）との連続性からも容易に推測できる。ここでの「独房」は閉じられつつも開かれた空間なのであり、そこは「闘争」のための連帯感を最も明確に感じることのできる場なのだ。よって、このテクストに「無力感に陥らないための抵抗」としての「「交通」への欲望」[注15]を過大に見出すことはできない。逆に、研究言説レベルでのそのような監獄空間の特権化こそが、更なる〈獄中〉のステレオタイプを生成してしまうのだ。小林の「独房」は、まさに大杉的な「獄中記」的言説の系列上に位置する、歴史的〈獄中〉表象の一形態であると言えるだろう。その傲慢なまでの語りの素振りは、「プロレタリア的闘争」の強度という意味付けのみにおいて特権化されるべきものではない。

そして、林房雄は、「独房の筆」発表以降も、「獄中記」的言説をコンスタントに生み出してくれる「〈獄中〉文学者」としての自己記号性において、メディア側からその種の言説を要請され続けることになった。一九三四年一一月に『文藝』に掲載された林の「入獄前記」には、「第一、「入獄前記」なんて題が糞面白くない。入るまへに、何か書かせてやらうといふ厚意はありがたいが、明日死ぬつてわけでもあるまいし、高が一年間くらひのことに、前記も後記もあるものか」という感想が書かれており、この当時にもなお〈獄中〉言説がメディア側から半ば惰性的に要請され続けていたことを窺わせる。実際に、一九三二年から三五年の間に、三〇〜三二年の豊多摩刑務所、そして三四〜三五年の市ケ谷、静岡刑務所での林の収監体験に基づいた「獄中信」「獄中記」「独房文学論」といった〈獄中〉言説が、『改造』『文藝』『文学界』『経済往来』等の総合・文学雑誌を中心に頻繁に掲載される。そこで林は、「音信的〈獄中〉言説」(A)「回想的〈獄中〉言説」(B)「小説的〈獄中〉言説」(C)の全てのパターンを駆使した多彩な〈獄中〉言説を発表し続けることによって、当時の〈文芸復興〉の潮流を加速させる役割を果たしていたのである。

林は一九三五年になると、監獄内で構想した長編歴史小説「青年」「壮年」の壮大な企図性をしきりに誇示し、それを根拠にして「小説の本道」(「独房文学論」)を提唱してゆくことになる。そして、同年二月に『改造』に発表された「獄中信」では、このような宣言がなされることになった。

浪漫精神は、文学の故郷です。忘れられた故郷です。文学の再生を理想とする精神が、この聖地の回復を目ざして集り始めたといふ事実は、まことに喜ばしい当然です。長く叫びつゞけられて、しかも誰もその原因を知らなかつた「純文学の衰微」の真因は、実は浪漫精神の欠除にあつたことに、僕たちは、今気がつくのです。

現在の視点から見れば単純な誇大妄想でしかないようなこの「気炎」が、常に監獄という場において書きつけられていた（それは現実の作家の状況のみならず、テクストの表象レベルにおいてそうであった）ということ、そして、「獄中に於て林房雄は何を考へてゐたか？（中略）その何よりも強く人間を信ずるといふ信念であつたと思ふ。この信念の故に、彼の獄中記は美しい。実に美しい人間記録になつてゐる」▼注[16]といった賛辞において、林の言葉が同時代に広く受け入れられていたということは、決して当時の〈文芸復興〉の狂騒を示す特殊な例として片付けられるものではない。

総じて言えば、林の〈獄中〉言説は、一九三〇年代に顕在化した「文学」概念をめぐる再定義の欲望を、同時代言説空間にイメージとして内在化させるという機能を果たしたものであった。そこで「文学」は、制度化された〈獄中〉の想像力に支えられて、実質などなくても拡張し、理念として共有され、流通することができるのである。そこでは〈獄中〉をめぐって蓄積された複合的な記号性が、「文学」を理念化しようとする人々の夢想のリアリティを補完することになる。つまり、今度は「文学」という巨大な記号の側が、〈獄中〉という場がまとってきた擬似的ストイシズムという「意味」を要請することになったのである。そこでは、現実の監獄が含有する暴力性は、決して個人を抑圧する否定的な疎外状況として見出されることはなく、逆に「文学」のための肯定性と特権性に反転させられ、そこに「普遍的」な「文学」のための超越的契機が見出されるのだ。近代日本文学が自らの内部に「文学」概念を定置し、棲息させてゆくために創出された一九三〇年代の自己回路的な言説構造は、〈獄中〉の想像力の側面からも絶えず補完されていたのである。

4 「歴史」と「文学」の接合と〈獄中〉表象

相関概念としての「歴史」と「文学」

そのような〈獄中〉表象とその想像力の内実を考える上で避けて通れないのは、当時の「歴史」と「文学」の関係性の問題である。林房雄という作家が、当時の「文学」概念の展開、特に、いわゆる〈文芸復興〉の傾向の顕在化において重要な役割を果たした存在であったことは度々指摘される事実であり、近年はその存在の記号性についても考察されるようになってきた。神谷忠孝は、昭和の「転換期に林房雄が大きくかかわっているという事実」を指摘しているが、[注17]「文学」と「歴史」の関係性をめぐる構造転換においても、林は強力な煽動者《せんどう》であったと言えるだろう。ただ、その煽動的な言説の内実については、具体的な検討が十分に加えられているとは言えない。林は、先述したように一九三二年に伊藤俊輔、志道聞多《しぢぶんた》、高杉晋作らの青年達を中心に激動の明治維新期を描いた「青年」を発表した。本書第五章2節では、このテクストへの賞讃の背後にある、〈獄中〉をめぐる歴史的コンテクストについて論じたが、更にこの「青年」というテクスト、そしてそこでの〈獄中〉表象のあり方について、当時の「歴史」概念と関わらせた上で以下検討を加える。

林房雄にとっての小説「青年」執筆とは、監獄内での体験を通じて生み出された自らの思想や意識の形象化であったと同時に、新しい「歴史小説」の必要性の提唱という実践行為でもあった。一九三二年九月『新潮』に発表された「作家として」には、「青年」について述べたこのような箇所がある。

ぼくは毎日だまつて、八時間だけ机のまへにすわりとほす。それがもう三月つづいた。一生つづける決心である。

今かいてゐるのは小説「青年」である。作家としての最初の出発。記者的要素を全力をあげてのぞきさること。

「青年」はぼくの血と肉をすひとる。ぼくは「青年」をかいてゐるときには毎日やせ、ほかのものをかきはじめると、またふとる。「青年」においては、ぼくはまづ、作家として活動するまへに、資料蒐集家として、考証家として、風俗史家として活動する。

（中略）しかし、この資料開拓にあたつて、作家がややもすればおちいるあやまりは、それが創作の前段的仕事にすぎないことをわすれ、歴史家的考証家的興味にとらはれて歴史小説をかくつもりで、歴史そのものをかいてしまふことである。

（傍点原文）

この後林は、「菊池寛、芥川龍之介などの作品」に代表される「社会的時代的背景から抽象した個々の事象に、作家が「現代人的」解釈を加へた」ような「歴史小説」を否定する一方で、一九二九年に発表された島崎藤村の「夜明け前」を評価しつつも、それが「歴史小説でなくて、歴史そのものである部分が多すぎる」ことを非難する。そして林は、作家という熱い「熔鉱炉」を通した「ぼくの血と肉」の実現として、自身の「青年」執筆という行為を誇示する。

　ここで注目されるのは、小説「青年」をまさに今書いている、というその過渡的な創作行為自体が、このテクストの「歴史小説」としてのアクチュアリティを保証する根拠とされていることである。言うまでもなく、それは創作過程における手ごたえがそれだけの自信を林に与えていたためであろうが、この「青年」が当時の言説空間に大きな影響を与えていった要因は、そのような自信に裏付けられた作品自体のクオリティにあるとは考えられない。なぜなら、同時代の読み手たちは、この小説の物語内容にその「歴史小説」としての新しさを見出していた訳ではなかったからである。例えば、徳永直《とくながすなお》は「林の「青年」を中心に」（『プロレタリア文学』一九三二・一〇）の中で、「青年」には「被圧迫階級の立場から描く」という視点が欠落していると批判し、「歴史小説」とは「今日の闘争と、切々脈うつところのわれ〳〵の「歴史小説」でなければならぬ」としながらも、「作者林房雄が、獄中二年の後、早々の病躯を押して、この努力的な百廿枚の作品を発表したことに対して、充分の敬意を持つ」と評価し、「青年」が「「歴史小説」に関するいろ〳〵の問題を吾々に投げ与へたことを喜ばねばならぬ」と述べている。当然この言説は、プロレタリアイデオロギーに基づいた共同性の感触に裏打ちされたものであろうが、ここでの評価が、現在進行形の林の「努力」に向けられ、そこにこそ「今日の闘争と、切々脈うつところのわれ〳〵の「歴史小説」」のイメージが想定されているという点には、彼らのイデオロギー的偏差を超えて、当時の「歴史小説」論議における普遍的な傾向を見出すことができるだろう。そこでは、「歴史小説」として書かれた物語内容ではなく、「歴史小説を書く」という継続的な行為性こそが強調、重視されていた。特に林の場合はそこに〈獄中〉者としての自己記号性が深く関わっていたことは、これまで論じてきた通りである。

林はこの年の七月に「文学のために」を発表しており、いわゆる〈文芸復興〉[注18]を促進する言動を以後示してゆくことになるのだが、「作家として」に示されている「歴史小説」意識も、まさに「文学」の全体性、有効性を回復するという林の志向の一環として位置付けられるものであった。つまり、「歴史」という概念が、それを記述する側の欲望を喚起するだけに留まらず、それを「書く」ということが「文学」の有効性までを根拠付けてゆくという奇妙な転倒がここで自明化され始めているのである。そこで「歴史」は「文学」という領域の擬似的な〈外部〉として定置されるのであり、その〈外部〉に接触してさえいるのならば、「文学」は同時代との密接な連関を回復し、社会的有効性を確保できるのだ、というレトリックが繰り返される。そこにおいて、「文学」の擬似的な批評性が生成されることになったのである。[注19]その意味で、「歴史小説」は事後的に定義されるジャンルとしての概念なのではなく、あらかじめ夢想され、想定された「行為」の形式であったのだ。林房雄の一連のパセティックな言説は、まさにその転倒を自明化するための煽動的機能を果たしたと言えるだろう。そこで当時の言説空間の潮流は、「歴史」の内部に「日本」の根源的な領域を発見してゆくという方向に向けられていった。

そして、そのような「歴史」と「文学」をめぐる概念構造の再編成において、〈獄中〉は最も実践的かつ象徴的な場として、その自己記号性を更に拡張させることになった。つまり、そこで〈獄中〉は、

「文学」が「歴史」という巨大な身体と連続、系列化するための機能的なトポスとして用いられてゆくのである。林の「文学のために」の中で高杉晋作の獄中詩が引用されており、また多くの同時代の視線がそれに注目していたことは先に指摘したが、その引用は決して林の個人的な趣味や嗜好といった要因に還元できるものではない。そこから窺えるのは、当時「文学」概念がどのような場所にその着地点を見い出していったのかという、その歴史性のかたちなのである。

「青年」での〈獄中〉表象

林は「青年」第一三章で、「獄中手記」を執筆する高杉晋作の姿をこのように描いている。

> 高杉晋作は座敷牢の文机に坐つて、今日も「獄中手記」を手写してゐた。「獄中手記」といふのは、父の家の座敷牢に移されるまでの八十日をすごした野山獄の北局第二舎の窓の下で、毎日丹念にかきとめた日誌である。「五月朔日読書四十葉」「二日読書五十葉」などと、書きとめた間に、五言七言の絶句が書きこまれてゐる。
>
> 獄中感慨多
> 聴之又嘆息
> 見之無由見
> 暗涙沾胸臆

徒趨権門屈此身
寧可下獄避埃塵
囚窓静若山中静
幽室人斯遁世人

などと、その日その日の心境が、時に内省的に暗く、時に諦観的に明るく、詩の文字に現して書きつけられてゐる。

その文字のひとつひとつに心をこめて、静かに浄書してゆくことは、いらだちやすい気持をしづめるためにも効果があつた。匂ひわたる墨の香をふくんで、細く尖つた筆の穂先きが白い紙の地をすべるときの微かな抵抗が、指のさきから伝はると、晋作は胸の底のどこからともなく湧起る、秋の木の間の冷気にも似たものを感じることができた。

野山獄にゐるときにも、写本はときどきやつた。師の松陰の「二十一回猛士文稿」、「随誌随録」などを友人の杉篤輔がさしいれてくれ、写本をつくればお礼もするからといつてくれたので、そのとき以来、写字のおもしろさがわかつたやうな気がして、自宅禁錮を命ぜられたのちも、気がいらだち心が鬱すると、よく筆をとつた。読書や黙想とちがつて、字画をたのしむ機械的な仕事であるだけ、心を自由にあそばせておくことができ、しかも、そのあそびまはる心が写される文字にしたがつて動くときには、一種の精読法にもなり、思はぬ観察や内省の動機となつた。林間の幽窟で独り写経を楽しむ人の気持がわかるやうな気のするときもあつた。

「時に内省的に暗く、時に諦観的に明る」く「書きつけられ」たその「言葉」は、他の場所で書かれた言葉とは全く異質な特権性を帯びている。ここで牢獄内の空間は「林間の幽窟」になぞらえられ、自己超越への階梯として表象される。また、「匂ひわたる墨の香をふくんで、細く尖つた筆の穂先が白い紙の地をすべるときの微かな抵抗が、指のさきから伝はると、晋作は胸の底のどこからともなく湧起る、秋の木の間の冷気にも似たものを感じることができた」といった一節からは、林の「独房の筆」にも見られた、自らの「書くこと」を超越化し、そのエクリチュールを無制限に拡張する源泉としての〈獄中〉像を見出すことができるだろう。「文学」であり続けようとする同時代の欲望を誘引し、煽動した林の〈獄中〉言説は、永遠に連なる「歴史」と接続し、そこに自らの系譜性を発見することによって、自らの「文学であること」を根拠付けていたのである。

このような維新期の歴史、特に〈獄中〉者としての高杉晋作への視線の顕在化は、決して林房雄のみに限定されるものではなく、同時代的な現象でもあった。成田龍一は、一九三五年前後に「明治維新を論ずるにあたり、体験＝回顧とは異なる参照系を示し、明治維新という出来事を再構成しようとする立場が登場し、言説としての明治維新の追究というべき作品群が出現」したと指摘している。▼注[20] 大佛《おさらぎ》次郎《じろう》は一九三三年一二月から「安政の大獄」を『時事新報』に連載（〜一九三四・九）しており、「大衆文学」の領域の中でも、維新期の〈獄中〉が近代の「起源」としての歴史的トポスとして捉えられていることが窺える。また、「小説的〈獄中〉言説」（C・a、c）の書き手として一九二〇年代から活躍していた尾崎士郎は、一九四一年八月から一一月の『東京朝日新聞』夕刊に「高杉晋作　黎明篇」を連載し、その続編「高杉晋作　乱雲篇」を一九四三年一月から一二月にかけて『キング』▼注[21]に連載している。一九四三年七月と翌年七月には新潮社からそれぞれの単行本が刊行された。この「高杉晋作　黎明篇」は、安政の大獄での吉田松陰、そして松陰の周辺で活動する高杉晋作等をめぐる描写から始められており、「歴史小説」という枠組みの中でも維新期の〈獄中〉者達が想起されていた。これらのテクストでは直接高杉の〈獄中〉が描かれることはないが、維新期の志士達が、尾崎士郎という〈獄中〉表象の担い手によってこの時期に対象化されていたことは注目される。また、一九四三年七月には山手《やまて》樹一郎《きいちろう》の「獄中記」（『大衆文藝』七〜九、一二）が発表され、そこでは渡辺《わたなべ》崋山《かざん》や高野《たかの》長英《ちょうえい》等の〈獄中〉が登場することになる。歴史的トポスとしての〈獄中〉像は、「純文学」の枠を越えて、同時代的に広く認知、受容されていたと言えるだろう。そこでは、それらの言説によって読者がそこに深遠な「歴史」の系譜性を見出すという、いわば〈獄中〉言説をめぐるリテラシーが浸透していたのである。

図版㊵　林『獄中記』表紙

　一九四〇年には、二四歳から三三歳までの林の獄中書簡を集めた単行本『獄中記』（図版㊵）が創元社から刊行されるが、その「あとがき」で林は「この一巻は私の「旅日記」であらう」として「二十四歳の春から三十三歳の夏にかけて、私は奇妙な放浪をつゞけた。苦しい旅であつた。思ひ出としては懐しいが、若さといふものがなくなれば、もうふたゝび繰返すことのできない旅である」と述べる。そこで若き日の〈獄中〉体験が「奇妙な放浪」であったとされることで、それはまるで「若さ」ゆえの「文学的」体験であったかのようにイメージが再構成され、特権化されることになる。更に林はこのように述べる。

私は世界の多くの獄中文学を、つとめて蒐め読んでみた。深さと広さに於て、私の獄中書簡はそれらのものに及ぶべくもない。たゞ、我ながら不思議な独自性を、私は「我が獄中記」の中に感得する。それが何であるか、私には説明できないが「死の家の記録」や「デイ・プロファンデイス」などの持つ性格とは全く異つたものである。

強ひて類似を求むれば、それは高杉晋作の「獄中記」の性格に近い。この高名な志士に私自身を較べるつもりは毛頭ない。たゞ、彼の若き日の獄中手記をひもどき、その動揺と自悔と明るい諧謔が、あまりに強く私の心にひゞき伝はつて来ることに驚くのである。「日本人の魂」の不思議さが、私の「獄中記」にもまた、惨めながら、貧しいながら、たしかに現れてゐるやうな気がする。

私がこの季節はづれな出版を志したのは、その故である。

この言説には、林の〈獄中〉表象の内部に孕まれていた欲望のかたちが総合的に示されている。林はここで、自分の「獄中記」の内部に「何であるか、私には説明できない」ものを見出し、世界の著名な獄中記と自身の「獄中記」とを差異化しながら、それを高杉晋作の獄中記と重ね合わせる。そこにおいて、「「日本人の魂」の不思議さ」という証明不可能な実体概念が持ち出され、そこに自らの「文学」を保証し、意味付ける実体的な根拠が「発見」されるのである。ここで〈獄中〉という場をめぐる歴史性は、「書くこと」の系列性を保証し、その根拠を遡及的に生み出している。そして、同時に〈獄中〉は、失われた歴史的記憶を想起させる触媒的な場でもあったのであり、そのような記憶の反復的想起という行為が、いわゆる〈文芸復興〉期に共有された、「文学」概念をめぐる連帯意識を支えていた。林のこの言説に見られる、自己の「獄中記」の「起源」への志向は、そのまま近代日本文学の「自己」としての「歴史」への遡行であった。

そして、そのような林の言説の流通と「文学」概念の実体化の背後では、一九三六（昭和一一）年の思想犯保護観察の制定、そして一九四一年三月の治安維持法「改正」による予防拘禁制度の施行という圧倒的暴力が更に顕在化していたことを忘れる訳には行かない。[注22]高杉晋作の獄中詩と自己の〈獄中〉との歴史的連続性を「発見」する林の一連の言説は、一九四一年の予防拘禁制度の制定理由として、「我法治国家体制は、「まつろはざるもの」をも陛下の赤子としてまつろはしむべく包擁せらるる大御心を中心とするところの、我国体に淵源している」[注23]と「独善的信念」[注24]の下に解説する言説と同質の、いわば同心円状のトートロジー的な論理構造を孕んでいる。近代日本文学の「自己」への回帰は、理念としての純粋「日本」像とそこで癒着し、全体化することになる。その意味で、「青年」第三章の以下の部分は、「歴史」の内に「日本」の肉体性を幻視し、そこで自己を超越化する場としての〈獄中〉の意義を典型的に示すものであるだろう。

　作者は日本の国土の美しさ、日本の人と自然の美しさを心から愛してゐる。作者は、他の多くの仲間と共に、日本の「国法」の名において力を加へられつつあるものの一人である。二年の独房禁錮から今出てきたばかりであり、今なほ「国法」の被告でさへある。しかも確信をもつて、日本の国土への愛を宣言することができる。日本の国土は作者のふるさとである。

　独房の中で、作者は一枚の絵を見た。それには日本の海の夜明けが、日本の絵画の誇らかな伝統の一つである清くはげしい様式化をもつて描かれてゐた。朝の潮が風にゆれて模様のやうにわきかへり、潮に洗はれた大岩の上には、松の枝がななめにのびて、一羽の白鷺をとまらせてゐた。松の葉と岩と苔と白鷺と羽の間をみたす心ゆくまで透明な青。その色を見たとき、作者の心は海のやうにわきたちはじめた。日本の色だ。日本の国土の色だ。この色を心をもつて理解しうるものは日本人をほかにしてない！

　作者の心は独房のうす暗の中で夜明けの光を感じた。自分が、この美しい日本の国土のために戦つてゐるものの、少くとも、その一人であることを、誇りをもつて思ひうかべたからである。——自分は「国法」の名によつて力を加へられつつある。しかも自分は日本の国民とともに、日本の国土の真実の友である！

人は国境の外にゐるとき、まことに国土を愛する心を知る。屋根裏の暗い灯かげに、うつろに開かれた追放者の瞳にに《ママ》うつつてゐるふるさとの絵こそ、すべての絵の中で最も美しい絵である。

（中略）

作者をしてこの物語の筆をとらせたものは、日本の働く民衆の胸に共通する愛するものを奪はれた悲しみ、美しいものを汚された怒りである。今こそ、作者は秘められた絵巻の封印を切り、けがされた日本の人と自然の中から真実に美しいものをほりだし、誇りと確信とをもつて人々の前に繰りひろげる。日本の自然の美を全身をもつて感じ得るもののみが、日本人の胸の奥にひそむ高きものに己れをささげる誇らかな精神を承継ぐものである。

　ここで「作者」が〈獄中〉で見る「一枚の絵」は、幻視であるのかもしれない。ここで、閉ざされた空間に幽閉された視線は、歴史的トポスとしての〈獄中〉という意味のフィルターを通して反転し、純化された「日本」の実体をそこに逆説的に見出すことになる。「日本人」と「日本」の概念の内部で際限なく自己運動を繰り返すこのトートロジー的言説こそ、一九三〇年代の〈文芸復興〉現象に孕まれた論理とイメージの構造を典型的に示すものなのである。林は、一九四二年七月に開催された座談会「近代の超克」において「勤王の心」と題した文章を提出し、それに基づいて座談会で発言しているが、そこでもこの硬直したトートロジーを延々と反復することになる。まさに、林の言説が持つそのような自己運動性こそが、当時の「文学」的言説から他者性を排除し、その「文学」概念の「純潔」性を更に絶対化させたのである。

5　空白としての「言葉」の消費――一九三〇年代から戦時下へ

亀井勝一郎における〈獄中〉

一九三〇年代の言説空間において、「文学」という概念の実体性は、巨大な永続する「歴史」との連続性において遡及的に発見されていった。そして、そこで創出された〈文学―歴史〉のキメラ的な共同性の内部で、より巨大な「日本」という実体性が見出されてゆく。〈獄中〉表象は、まさにそのような実体性の発見の過程において重要な機能を果たしたと言えるだろう。日中戦争勃発から太平洋戦争敗戦までの戦時下の言説空間においても、林を中心に表明されていた〈獄中〉言説は常にその作用力を保ち続けていた。そこでは、監獄という空間が本質的に含有している絶対的な体験性や、そこで誇大化する「書くこと」の感触そのものが、「文学」の実体性を補完し、書き手の「書くこと」の全体性を無条件に生み出してゆく。実際の監獄内で起きていた現実的暴力や抑圧とは全く別のレベルにおいて、そのような〈獄中〉の想像力は生成されていったと考えられるだろう。そこから生み出される「言葉」は、そこに込められた書き手の思想の性質や価値如何にかかわらず、〈獄中〉という場をめぐって蓄積された歴史的表象性をまとうことによって、深遠な〈内面〉のドラマを表象する制度的言説として受容され、流通してゆくのである。

林房雄の同時代人であり、一九三〇年代に林の文壇的評価を高める役割を果たした存在でもあった亀井《かめい》勝一郎《かついちろう》もまた、自らの収監体験に基づく「獄中記」的言説を書いた一人であった。一九二八年三月の日本共産党の一斉検挙、いわゆる「三・一五事件」、及び四月の新人会解散命令によって思想的迫害が強化されつつあった時期、共産主義青年同盟に参加していた亀井は、同年四月二〇日に治安維持法違反容疑で検挙された。五月二二日に市ヶ谷刑務所に移送、八月の予審を経て豊多摩刑務所に移送され、その後約二年半に渡って亀井は獄中生活を送ることになった。その体験を一九三一年の時点で執筆した文章が、没後に刊行された『亀井勝一郎全集』補巻三（一九七五・二　講談社）に「獄中記」として収録されている。原題は「血にぬれた夢、深き真実（獄中の思ひ出）」であるこの〈獄中〉言説は、同年一月二四日付のノートに記された構想メモによれば、当初全二三章で構成される予定であったが、その途中の八章までが書かれ、その後は未完で終わっている。この「獄中記」は「回想的〈獄中〉言説」（B）に分類される種類のものであろうが、「明らかにこの『獄中記』は己の実体験を俎上に乗せて、或る特定の観念や図式と結びつけた、一種の「プロレタリア小説」であることは間違ひない」との指摘▼注[25]もあるように、「小説的〈獄中〉言説」（C）としての性質も内包している。

ただ、この「獄中記」は、先述したように敗戦後の全集収録まで公開されなかった。それ以前は、敗戦後の一九四八年六月刊行の自伝『現代人の遍歴』（養徳社　一九五一年九月に『我が精神の遍歴』と改題されて創元社から刊行）の第一章「罪の意識」の中の「幽閉記」及び「怯懦の群に在りて」と題された箇所に生かされたかたちで発表されたものであって、そこには大幅な改変が加えられている。山本直人は、「この「幽閉記」でも、はじめから豊多摩刑務所での入獄の場面から書き起し、検挙から拘留、予審、そして三ヶ月にわたる市ヶ谷刑務所での監房生活を省略してゐる。これも政治運動に関はつた一現代人の獄中体験の〝標本〟として提示し、読み手の視点から煩雑になるのを考慮したものと思はれる」とし、そこに「全く政治体験も獄中体験も持ち合せてゐない読者をも未知の独房生活の世界に導きこむ様な手法で筆を運んでゐる」と指摘している。[注26] それが山本の指摘のように「批評家としての成熟、完成」による改変であるのかどうかは判断できないが、この「幽閉記」が、一九三一年の「獄中記」を元にしつつも、そこに小説的な加工を加えて公開されたことは確かであろう。執筆当時は未公開であったにせよ、一九三一年に執筆された「獄中記」が、一九二〇年代からの〈獄中〉表象のコンテクストを踏まえた、その系列上の言説であることは確かである。〈獄中〉文学者としての林房雄の身近にいた亀井が、そこでどのような〈獄中〉表象を描き出していたのかを、以下検証する。

一九三一年一月二四日付の亀井のノートには、「獄中記」に対する「此の原稿はいかなる立場を以つてかかるべきであるか?」との言葉と共にその構想メモが書かれている。そこには「(一)中心的には、革命陣営内における政治的力より藝術的力への移行過程が、獄中において、いかにして完成されたかの問題」「(四)敵への闘争――内面的なる闘争、支配階級の手代共の苛烈なる心理描写(描くことに依つて闘争すること)」「(五)獄中の諸相、内容的曝ろ、囚人生活一般の描写」等の記述があり、「獄中記」が、収監者の内的変容、政治的闘争、秘された監獄内の様相の暴露といった、従来の〈獄中〉表象における構成与件を総合的に兼ね備えたものとして構想されていたことが窺える。一九五一年九月発表の「幽閉記」にはこのような記述が見られる。

唯ひとりとなつて、自分の裡に久しく眠つてゐたもの、或は党派の名において圧殺してゐたものが、勃然と目ざめてきたやうである。この安堵感の裡には、巧妙に隠されたものがあり、党派の人としては背信的なものが含まれてゐることは、第三の書翰からすでに察して貰へると思ふ。入獄は或る意味で僕にとつては思ふつぼであつたらしい。恐怖しながらもひそかに待ちのぞんでゐたらしい。そんな気持がどこかにあることを自覚した。名誉ある「休息」を利用して、自分の奉仕した党派から「逃亡」する機をねらつてゐたのではなからうか。

（中略）

多忙な政治行為の裡に在つて、自分の胸底に圧殺してきた諸〻の幻影、指導者や仲間の眼を恐れて心中に秘してゐた諸〻の疑惑、いまそれらが勃然と頭をもたげてくる。僕は唯ひとりで、自発的にものを考へる純粋時間をもつたのだ。僕は獄中ではじめて個人の自由を得たのだ。自分の属す党派、自分の抱いてゐたと思つてゐた主義はもとより、この日本、この全世界がたとひどのやうにならうとも、そのときの僕にとつては無関心事であつたやうだ。党派からみればまさに不埒な時間を、自由に濫用出来るかぎり、僕は幸福であつた。

この後に「僕」は「牢獄が自由への空想を刺戟し、これによつて囚人を苦しめるとすれば、この苦痛から免れ、牢獄生活に耐へる方法とは、その同じ条件の逆用から生れる筈である。即ち空想を変へればよい。文学的空想力を極度に運用して耐へる方法を、僕は次第に身につけて行つた」と語る。そここでは、監獄という場が、自らの「空想」のあり方によって反転し、新たな想像力の場として立ち現れるものであることが意識化されている。個人的な思索と欲望を拡張させることを可能にする「純粋時間」としてそこで〈獄中〉が捉え直され、「党派」の硬直した制度性を相対化し、そこからの密かな「逃亡」を可能にすることさえ夢想されている。そこでの〈獄中〉の理念化、抽象化の度合いは非常に高い。

そのような傾向は、「幽閉記」として改変される以前の「獄中記」においても既に見られるものであった。山本直人は、「獄中記」において対象化された亀井の収監体験について、同年一二月三一日の日記における「独房は楽園であつた。」との記述を踏まえた上で、その「二年半の獄中生活は「藝術的喜び」の恢復の場であり、同時に否定した筈の大正文化主義の内的時間を獲得させることになつた」と指摘しているが、▼注[27]そのような自己の内的な「恢復《かいふく》」のドラマ自体は、本書でこれまで述べてきたような、〈獄中〉言説とその表象をめぐる歴史的過程の延長線上にあるものであり、亀井もまたその〈獄中〉の歴史的コンテクストを共有することにより、自らの「言葉」を紡ぎ出す欲望を誘発された一人であった。「牢獄は精神に対して一種の衛生作用を及ぼすらしい。人はこゝで強制的に一切放下の状態におかれる。人間の純粋状態ともいふべき神話的な瞬間が生ずるやうである」と語るこのテクストは、〈獄中〉を特権的なトポスとして捉える定型的なテクストであると言えるだろう。亀井勝一郎という存在が持つ批評性の有無▼注[28]にまで本書で言及する余裕はないが、亀井の〈獄中〉言説は、一九三〇年代初頭においてて〈獄中〉がそのような歴史性を総合化した記号性の場として凝結していたことを窺わせるものである。そして、そのように特権化された〈獄中〉のコンテクストが、後の一九三三年の佐野学《さのまなぶ》・鍋山《なべやま》貞親《さだちか》「共同被告同志に告ぐる書」（『改造』同・七）という「〈獄中〉からの言葉」の衝撃力の背後にも作用していた（その言説自体は〈獄中〉表象を展開したものではないが）と考えられるだろう。

島木健作のリアリズム

また、一九三〇年代における〈獄中〉表象の系譜においては、島木健作《しまきけんさく》も重要な存在である。一九二八年二月二四日に高松市内で検束され、治安維持法違反容疑で起訴、収監された大阪刑務所の監獄内から『無産者新聞』『戦旗』に通信を送っていた島木は、一九三二年の仮釈放までの獄中体験を生かして執筆した「癩《らい》」を一九三四年四月『文学評論』に発表し、作家デビューを果たした存在であった。その後も自己の収監体験に基づいた「盲目」（『中央公論』臨時増刊新人号　同・七）や「医者」（『文学評論』同・一二）を発表し、同年一〇月にそれらの小説を収録した第一創作集『獄』（図版㊶）をナウカ社から刊行した島木は、まさに〈獄中〉という場から誕生した作家であったと言えるだろう。その島木は、一九三四年八月の『文学評論』に掲載された「監獄その他」でこのように語っている。

　私は自分のことだけを言はしてもらふ。はじめ私は「監獄」を書いてみたいとおもつた。監獄一般ではなくて、獄中に於ける政治犯人のいろいろな型を、縦から横から、前から後から、上から下から、巨細に観察し、余すところなく描いて見たいとおもつたのである。私の頭はその欲望のために熱し、しばらくは他のことを考へる余裕も持たぬほどであつた。書くことについては全く素人である私に小説を書かしめた直接の動機となつたところのものはこの欲望であつたといへる。（中略）

最初の欲望はだがその後も依然息苦しくなるまでに私を圧迫しつゞけてゐた。（中略）なぜに「監獄」はかくまでに私をとらへるのであらう。やつぱり私も亦その世界の「珍奇」なる点に心をひかれてゐるのであらうか。病気と監獄と——ごたぶんにもれず、この二つを除いてはこゝ十年間の私の生活といふものは考へられない。私は特殊なその世界に精通してゐる。また文学以外の他の立場からいつても、今日いろいろな政治犯人の型をレアルに描いておくといふことは必要であらう。それらの理由のためにか？　恐らくはそれらの何れでもあるだらう。——しかし考へつめてみれば、結局は、私は、自分自身の内部に闘はれてゐる執拗な闘ひを作品において表現しやうとしてゐるのであり、さういふ私にじつに豊富な素材を提供してくれる「監獄」に心ひかれてゐるにすぎないのであつた。自分の内部にいとなまれてゐる生活を作品のなかに示さうとしてゐるのであり、つまりは自分を語らうとしてゐるのにすぎないのであつた。（中略）また病気とか獄中生活とかその他のもろもろの暗い不幸に取材するものは、何もそれが自分の趣味だといふのではなく、鬼面もつて人をおどろかさうとするのでもなく、そういふ異常時においてこそすべての虚飾がはぎとられ、あらゆる高貴な精神と醜悪な精神とがそこでは格闘し、——客観化された自分自身のいろいろな姿を赤裸かのまゝでそこに見ることができるからである。▼注[29]

図版㊶　『獄』表紙

自分にとっての監獄の意義を簡明に述べたこの言説は、作家デビューの発条としてのその意義や、自らの〈獄中〉があくまで「政治犯人」のものに限定されているという偏向を率直に告白している。また、「やつぱり私も亦その世界の「珍奇」なる点に心をひかれてゐるのであらうか」との一節は、同時代の大衆的〈獄中〉消費の一側面を、作家として島木も意識していたことを窺わせる。そして、引用部後半の「そういふ異常時においてこそすべての虚飾がはぎとられ」との箇所には、実存的空間としての監獄の特性が、「あらゆる高貴な精神と醜悪な精神とがそこでは格闘し」との箇所には、自己の内的な争闘と変革の場としてのその特性が対象化されている。そして「客観化された自分自身のいろいろな姿を赤裸かのまゝでそこに見ることができる」という一節には、超越的視点を獲得する特権的な場としての〈獄中〉の特性が示唆されている。想像力のトポスとしての〈獄中〉の機能が、ここでまさに網羅的に語られているのだ。〈獄中〉から誕生した作家である島木は、最初からそれらの〈獄中〉の機能とその想像力をめぐるリテラシーを具備していた作家であった。

ただ、そのような意識を抱える島木の小説テクストには、従来の〈獄中〉言説形態を反復するだけには留まらない独自性を見出すことができる。デビュー作「癩」では、「大都市に近いこの町の、高い丘の上にある、新築間もない刑務所」の「独房」の中で、「太田」は「はげしい汗疣」と「悪臭と熱気」に苦しめられるが、その一方で「いつしか音の世界を楽しむこと」を知る。「人間同士、話をするといふことが、堅く禁ぜられてゐる世界」である監獄内で、その物音や雀の声などの「なほ自然にかもし出される音の世界」が「太田」に「楽し」みを与えることになる。このような監獄内での「音」

への鋭敏な意識とそこでの慰安感は特筆されるべき点であろう。その後、「何にも増して彼が心をひかれ、そしてそれのみが唯一の力とも慰めともなつたところのものは、やはり人間の声であり、同志たちの声であつた」と、テクストは「同志たち」との連帯感の側に引き寄せられる。そして「太田」の喀血と共に舞台は「病舎」に移り、そこで「ハイかライか?ね」という問いの言葉と共に、共産党の活動家であった「癩病」患者の「村井源吉」や、著名な共産主義者であった「岡田良造」に出会うことになる。特に、「転向を肯んじなかつた」「岡田」に対し「太田」は心惹かれるが、「岡田」の「首筋から肩、肩から背中にかけて」「牡丹の花瓣のやうにバツと紅く浮き上つてゐる」「紅色の大きな痣のやうな斑紋」を監房の外で目撃し、その「癩病」の発病を知る。「太田」は「畏敬すべき存在」である「岡田」から「深い精神的な感動」を受け、「彼の奉じた思想が、彼の温かい血潮のなかに溶けこみ、彼のいのちと一つになり、脈々として生きてゐる」と感じて「なんといふ羨やむべき境地であらう!」「しかしさうかといつて、彼自身は岡田のやうな心の状態には至り得なかつた」と自問し、「寂しい諦めを感じ」ることになる。この後「太田」の肺病での「獄死」というドラマの裡にテクストは閉じられるのだが、「同志」との共感と連帯意識というプロレタリア文学的な物語パターンを踏まえながらも、「癩病」というコンテクストの導入によって、そこには他者性の感触と更なる解釈の可能性が生み出されている。その意味で、「癩」というテクストは、〈獄中〉表象の歴史的な系譜上に位置しつつも、それを差異化するノイズと他者性を孕んだテクストであると評価することができるだろう。

そのような島木の〈獄中〉表象の独自性を更に考察する上では、「要求」(『社会評論』一九三五・五)

という小説が注目される。初出では「要求――『獄』のうち――」と題されていたこのテクストは、末尾に「（この小篇を在T刑務所のK・Mに贈る　一九三五年四月）」と附記が付けられている。そこでは「ほとんど活字に飢え」「昼の間は空しくそこに積み重ね、仕事をする手を休めるあひまあひまにものどから手が出るおもひでぢろりと横目で見てゐた書物にかじりつく」「新しい紙のにほひ、活字のインクのにほひ」が「飢渇をそそり立てずにはおかぬ」監獄内の日常において、読書を妨げていた「天井の隅」の「電球」が「中央にうつして取つけられ、――しかも天井にぢかにではなく、普通の家庭に見るやうに、四尺ばかりのコードが垂れ下つてゐる」という変化が起き、「今晩からはらくに書物が読める、その共通の希望に人々の胸はおのづとふくらんだ」時点からテクストは始まる。そして「かんじんの、何が一体当局者をしてさういふ積極的な設備改善をなさしめたか、といふこと」を収監者の「当麻伊八」は考え始めるようになる。「当局者」に対する自分の「要求」が監獄の管理制度の内部でどのように作用し、どのような反応を喚起するのかを、「当麻」は「看守」側に様々な要求をし、罰を受けながら見定めてゆく。

このテクストで特徴的なのは、まず、監獄内の何かが改善された、という時点から物語が始まっているという点である。多くの〈獄中〉言説、特に「小説的〈獄中〉言説」（C）においては、「癩」も含めて、主人公の悲惨で抑圧的な状況が極端にデフォルメされて描かれることが多いのだが、このテクストはその点で異質性を孕んでいる。

更に、「まだ若い二十二歳の労働青年」であり「治安維持法違反、懲役五年」で収監された「当麻」という人物の「内面」が、その思想闘争や哲学的思考といった抽象領域からは殆ど描かれることはなく、常に監獄内の些細な要求や振る舞いといった具象領域からのみ描かれている点は、「癩」と比較しても特徴的である。「自分達の部屋を愛してゐた」監獄内の収監者たちの一人である「当麻」は、その居住環境の現実的な改善のためだけに要求を繰り返し、それ以外の領域をめぐって言葉を発することはない。このテクストの最後で、「便器」の「臭気」について要求を繰り返す「当麻」の姿がこのように描かれる。


「ちよつとおたづねしますが……、便器に臭気どめがはいつてゐませんが、あれはどうしたんです。」

「時期がまだ早いんだ、あれは七月からだ。」

「七月？ そんなことはないでせう。未決ぢや、たしか五月からはいつてゐましたがね。」

「未決は未決、本監は本監だ。」

その高飛車な調子はしかし最初から当麻にはこたへつかぬのである。

「今まではどうだつたか知りませんが、ぢやああらためておねがひしますから、明日からでもデシンかなにか入れるやうにして下さいませんか。何しろもうかう暑いんですからね。このまゝぢや臭くてとてもたまらないんです。――あなたにおねがひするだけでいいでせうね、もしだめなら、……」

そのあとへつゞくべき言葉が何であるかは相手の役人には明らかだつた。彼はとびこんで行つてひきむしつてでもやりたい憎悪に燃えた。何といふ思ひ上りであらう、おのれの勝利に此奴は酔ひ痴れてゐるのである、——だが彼のこの解釈は的をはづれていた。この要求を提出したとき の当麻の心理にはさきの勝利の事実は何ほどの重さをもつても働いてはゐなかつた。彼はただふ たたび新しく満たされねばならぬ一つの空虚を見、それを現実に満すべく行動しはじめたにすぎ ぬのである。同時に当麻はある人々が、——とくに学生あがりの彼の仲間の多くがかういふ場合 一度は感ずるにちがひない、ある種の躊躇と逡巡からも全く自由であつた。自分は図に乗りすぎ るといふものではないだらうか、さきの要求を通したといふことは向ふ側にとつてはじつに大き な一つの譲歩であるにちがひない、考へて見ればそれは何やら空恐ろしいやうなことでさへある、 しかるにその譲歩に今すぐにまたつけこむとは……

そこから来る躊躇と逡巡に全く無縁であることは、今の彼の言葉の極端な無表情からも知れる のである。

「……もしだめなら、あなたでもしおわかりにならぬのなら、看守長に会ひませう。」

腹立ちの頂点まで今はおしあげられながら、役人はしかしこの度は色に出して反撥することは できなかつた。一瞬のうちに彼の脳裡にひらめき、その怒りを冷やかにおし鎮めてゆくところの ものは、すぐる日の当麻の一切の行動についての記憶であつた。そしてこの男なら、事実何回で も平気な顔でさきの行動をくり返すにちがひはないのである。多年にわたつて多くの人間を扱ひ なれて来た彼の経験がそれを教へた。

監獄内での対話とその反応をめぐるダイナミズム自体を淡々と叙述したこのテクストは、従来の〈獄中〉言説とは異質であり、そこに島木健作という書き手の独自性と批評性を見出すこともできるだろう。「役人」の心中の語りにおいて対象化されている「おのれの勝利に此奴は酔ひ痴れてゐる」姿は、誇大化する〈獄中〉の想像力の歴史的な一面であり、そのような誇大な高揚感にこそ従来の〈獄中〉言説は自らの言葉と「書くこと」のアウラを見出してきた。しかし、ここではその「役人」の「解釈は的をはづれていた」「この要求を提出したときの当麻の心理にはさきの勝利の事実は何ほどの重さをもつても働いてはゐなかつた」と語られ、「彼はただふたたび新しく満たされねばならぬ一つの空虚を見、それを現実に満すべく行動しはじめたにすぎぬ」と説明されることになる。監獄内での「闘争」を、抽象的なイデオロギーや誇大な自意識から描き出すのではなく、あくまでその居住環境の「日常」に即した、些細だが大切な細部の現実的改善という角度から描き出すこのテクストのあり方は、現実の監獄とそこでの制度性、暴力性に対峙する際にも有効性を持つものであるだろう。「極端な無表情」をその言葉と表情の特徴とするこの行動者「当麻」の視点から、監獄制度の自動反復性が捉えられ、その擬装的な公共性の欺瞞《ぎまん》が示唆される。このテクストは、監獄内の「空虚」を過大に意味付けし、そこに超越的な自己変革のドラマを見出してきた従来の〈獄中〉の想像力からは距離を置いた、現実の監獄の実相を的確に表現した数少ないテクストであると言うこともできる。

また、一九三〇年代後半のテクストとしては、中本たか子「受刑記」(『中央公論』一九三七・六〜八)も注目される。第一回「――闘争より発狂まで――」では、「市ヶ谷刑務所」に収監された活動家「私」が公判の場で更なる闘争を決意するが、方法論に迷い健康を害し、次第に監獄内で宗教に傾斜し「発狂」

するまでが描かれる。第二回「――転向への進路――」は、健康を回復し社会に出た「私」が女工として働きつつ労働運動を組織化した末に検挙され、再び収監されて抽象的思索の果てに「転向」に向かうまでを描いている。第三回「――苦闘・解放の日――」では、「私」が実際に「転向」し工場で労働する最中に病気になり、仮出獄するまでが描かれる。著名な活動家の実名を散りばめたその自伝性と共に、「闘争」「発狂」「転向」といったアトラクティブな記号を豊富に内包したこのテクストは、苦悶する〈獄中〉者が「転向」に至り「解放」のカタルシスを得るまでのドラマを待望する、読者とメディアの視線に十分に応えるだけの物語性を示している。

システムとしての〈獄中〉表象消費

ただ、島木が示した監獄空間へのリアリズム的視線は勿論、中本が誇示する階級闘争の「解放」のカタルシスも、〈獄中〉表象をめぐる同時代の消費の中心には決してならなかった。一九四〇年一一月に、齋藤瀏《さいとうりゅう》の『獄中の記』という単行本（図版㊷）が東京堂から刊行されている。それは大正中期、特に大杉栄の『獄中記』以降多数刊行されてきた「回想的〈獄中〉言説」（B）の規範的形態を持つ言説であり、内容はやはり監獄内の身辺の様子や些細な出来事などを観察者として叙述してゆくというものである。その意味で、この書物は

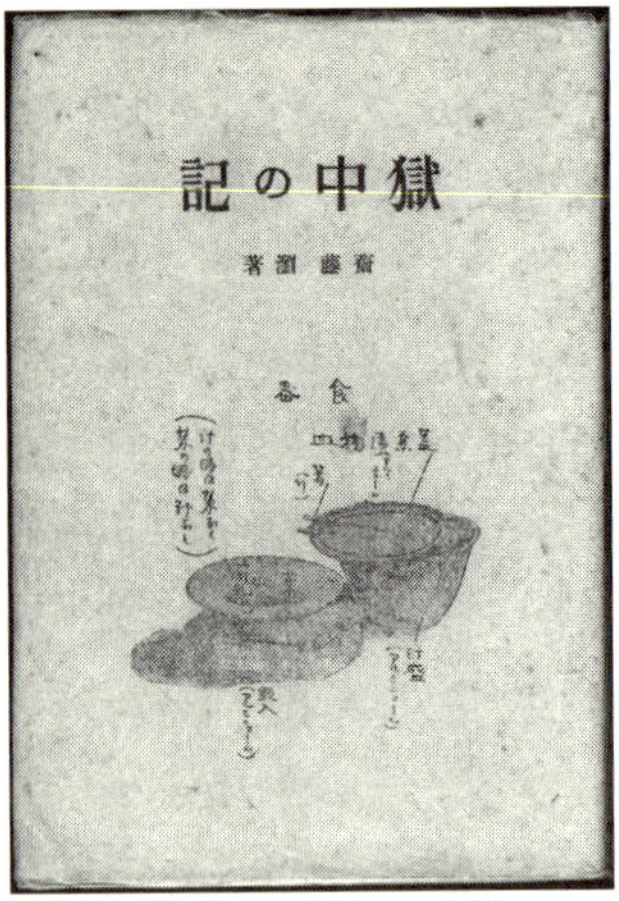

図版㊷　『獄中の記』表紙

一九二〇年代以降大量に生産されたマス・プロ的〈獄中〉言説の一典型であると言えるだろう。その「序」において著者齋藤はこのように述べている。

私の生活は、読書、作歌、冥想、それから牢獄の窓辺に佇むと言つた単調さである。然しかうして居ても心の窓は幸に閉されて居らぬので、此の単調な生活も私を無辺際に拡大して呉れた。

（中略）

生活の境域は狭くとも、私は此処で身心の塵埃を払つて、一切を告白し、赤裸々に感慨を吐露した積りである。従つてこれは私の真実の声である。この脩飾なき蕪雑の行文を咎めず、私の真実の声を聞いて欲しい。

ここには、それまでの〈獄中〉表象が蓄積してきた歴史的要素、つまり「読むこと」「書くこと」の空間、冥想と沈思の場、自己を拡張する超越的トポスといった要素が網羅されている。ただ、その内容自体は特にドラマティックなものではなく、内的な転回や改心が描かれる訳でもなく、ある意味、自作の獄中短歌を他人に読ませるための「獄中記」であるような印象さえ受ける。『心の花』同人でもあった齋藤瀏は歌人でもあったのでそのような形態が必然化されたのであろうし、短歌というジャンルと〈獄中〉は、本書第四章1・2節でも論じたように、一九二〇年代以降、緊密な結び付きを保っていた。また、この書物の中で東京の「衛戍《えいじゅ》刑務所」（陸軍駐屯地の刑務所）から豊多摩刑務所へ移送された体験を語る齋藤は「二・二六事件に叛乱幇助で入獄、一三年仮出獄後は待望の戦争中ゆえ軍国主義のイデオローグとして言論界に活躍した」[注30]人物であったのだが、少なくともこの『獄中の記』という書物からは、そのような齋藤固有の思想や感性を窺うことはできない。表紙と口絵に、監獄内で用いる食器等の解説図版が載っていることくらいが他の〈獄中〉系書物に比べて特筆される位で、その内容は特に興味を惹くようなものでもない。大正期の山中峯太郎の場合とも異なり、自己の実体験性を誇示的に披瀝するような傾向もほとんど見られない。その意味で、この書物は非常に平凡な「獄中記」的言説であると言えるだろう。

しかし、この書物の奥付を見ると、驚くべきことに刊行から一九四一年四月までに、この単行本が四〇版まで重版されたという事実が発見できるのだ（図版㊸）。これといった特色もなく、平凡かつ雑記的な言説、それが〈獄中〉という意匠を纏った瞬間、広く流通し、消費される「言葉」に変容する

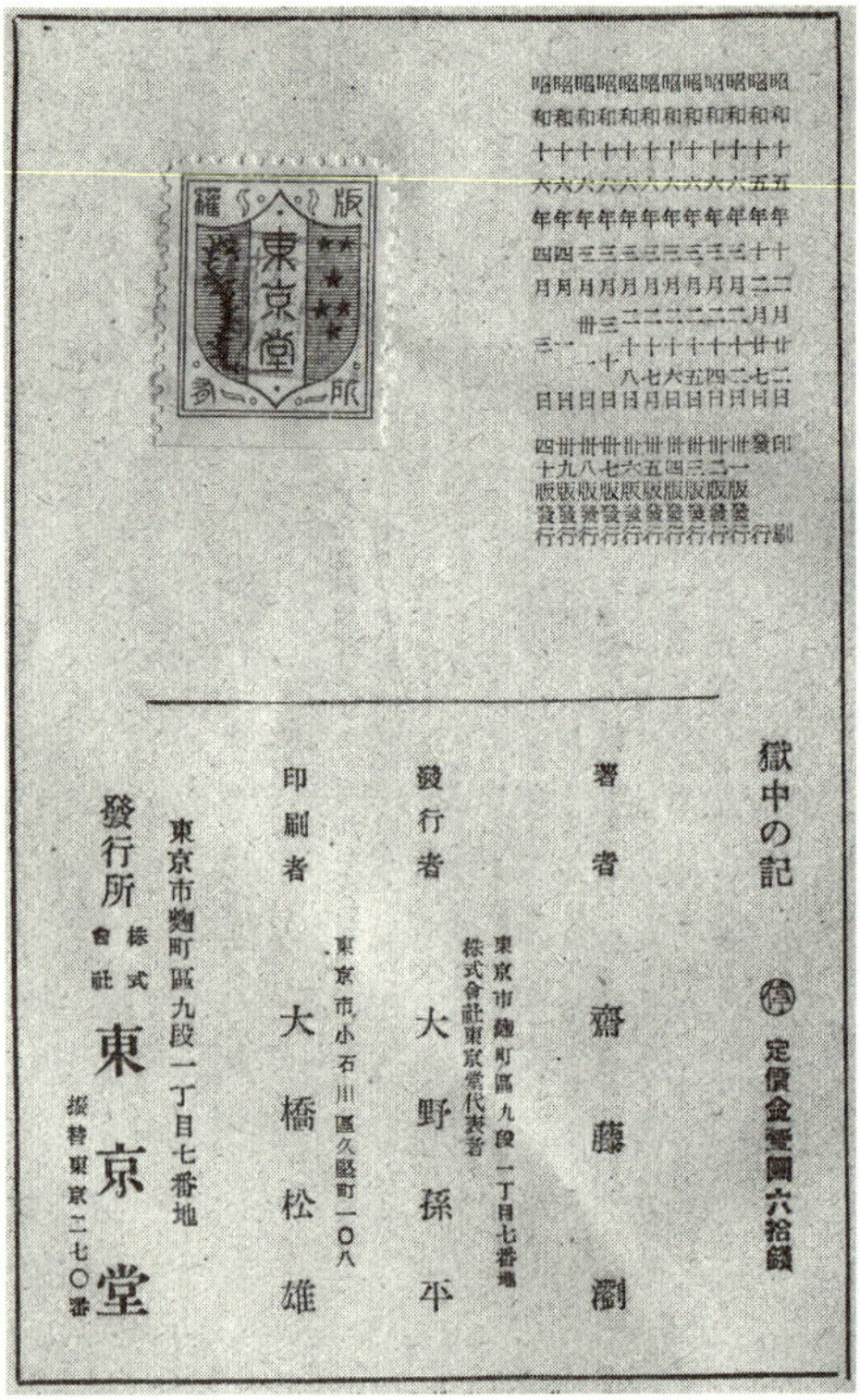
獄中の記 定價金壹圓六拾錢

著者 齋藤瀏

發行者 東京市麹町區九段一丁目七番地 株式會社東京堂代表者 大野孫平

印刷者 東京市小石川區久堅町一〇八 大橋松雄

發行所 東京市麹町區九段一丁目七番地 株式會社 東京堂 振替東京二七〇番

版權所有 東京堂

図版㊸　『獄中の記』奥付

のである。このテクストが語る「私の真実の声」は、二重の意味で「近代的」な意識を反映していると言えるだろう。つまり、それは個人の〈内面〉の声こそが「本当の自分」を実現するという近代的想念を反映していると同時に、その「真実」性自体が、いわばシミュラークルとしての〈獄中〉体験において次々に創出され、記号として広範に流通してゆくというメディア言説のあり方を物語っているのである。

その意味で、〈獄中〉を欲望する主体とは、もはや特定の思想的・文学的傾向を持った「個」でもなければ、特定の意志を抱えたメディア共同体でもない。一九三〇年代の〈獄中〉表象は、概念を実体化させようとする欲望が構造的に要請する一機能でしかなく、その表象自体に何らかの「固有性」がある訳ではない。そこでは、〈獄中〉をめぐる記号性の下に、空虚な「文学」的言説が再生産される。そして、その空白は決して充填されることがないまま、〈獄中〉言説自体は広く流通、消費されてゆくのである。そもそも、近代日本における「文学」概念の形成とは、まさにそのような空白性を自らの内に内在化し、そこに擬制的な「実体」を創出する過程そのものであった。〈獄中〉表象は、その過程で絶えず浮上する、言葉とイメージが融合する高機能なシステムであったのである。

1　昭和初期の〈獄中〉言説――メタ視線とニヒリズムの浮上

［1］『女子党員獄中記』では、監獄内では「為すべき事、考ふべき事も頭の中で整理されて、後は自分勝手なのんきな事でも考へ出して楽しんでゐればいゝのである」（p22）等、大杉の『獄中記』に共通する、監獄という制度を俯瞰するような倨傲的な意識が一貫して示されている。その巻末には大杉の『獄中記』の広告も掲載されている。

［2］松澤信祐「解説」（『日本プロレタリア文学集・31　本庄陸男、鈴木清集』〔一九八七・四　新日本出版社〕所収）p444

［3］亀井勝一郎「「監房細胞」について」（『プロレタリア文学』一九三二・七）p62

［4］「朴烈事件」は、関東大震災直後「不逞行為予防」の名目で検束された朴烈と金子文子が、爆弾テロを企図した爆発物取締罰則違反、その後皇太子爆殺を謀議した大逆罪で起訴され死刑判決を受けた事件。両者の「犯罪」には実体がなく、朝鮮独立運動に対する弾圧の一環として政治体制側が捏造した「事件」であったが、同時にそれはメディア・イベントとしての側面も強いものであった。

［5］「『何が私をかうさせたか』金子文子　解説」（岩崎呉夫執筆　別冊太陽 No.26『近代恋愛物語50』〔一九七九・三〕所収）p110

2　〈獄中〉文学者・林房雄（一）――「文学」をめぐる発信と受信

［6］この「林房雄論」の本文は全て『決定版　三島由紀夫全集』32巻（二〇〇三　新潮社）p347,358,361に拠った。

［7］高見順「昭和文学盛衰史」（『文学界』一九五二・八～五三・一二　講談社版単行本〔一九六五・九〕p68）。

［8］梶井基次郎「「青空語」に寄せて（昭和二年一月號）」（『青空』一九二七・一）。

［9］引用した「牢獄の五月祭」の本文は全て単行本『牢獄の五月祭』（一九二七・六　春陽堂）所収の本文に拠った。

［10］伊藤整「文学・昭和十年前後」（『文学界』一九六〇・三～一九六三・三　引用は文藝春秋社版単行本〔一九七二・四〕p33）。

3　〈獄中〉文学者・林房雄（二）――氾濫するエクリチュール

［11］紅野謙介『書物の近代』第七章　書物の知恵の環（一九九二・一〇　筑摩書房）p199
［12］注11紅野同書 p206
［13］以下、引用した「独房」の本文は全て初出（『中央公論』一九三一・七）に拠った。
［14］島村輝「女・金・言葉――小林多喜二『独房』――」（『日本文学』二〇〇一・五）p68-69
［15］注14島村同論文 p69
［16］阪本越郎「浪曼主義者の手帖（林房雄著・サイレン社版）」（『文学界』一九三六・二）での林の「獄中信」評。

4　「歴史」と「文学」の接合と〈獄中〉表象

［17］神谷忠孝「林房雄研究の一九三〇年代」（文学・思想懇話会編『近代の夢と知性――文学・思想の昭和一〇年前後　1925～1945』所収　翰林書房　二〇〇〇・一〇）p193
［18］この〈文芸復興〉という用語の内実やそこにおける林房雄の役割については、曾根博義「〈文芸復興〉という夢」（『講座昭和文学史　第二巻　混迷と模索』一九八八・八　有精堂）に詳しい。
［19］これらの「歴史小説」論議と同時代の「文学」概念との関係については、拙論「「歴史」という名の欲望――

昭和十年代の「歴史小説」をめぐる言説構造について」（『防衛大学校紀要』第八八輯　二〇〇四・三）で詳細に論じている。

[20] 成田龍一「明治維新像・一九三五年前後」（『江戸の思想』一九九八・六　ぺりかん社）p98

[21] 一九四三年三月から太平洋戦争敗戦までの間は『富士』と改題。

[22] 重松一義『図鑑　日本の監獄史』（一九八五・四　雄山閣出版）の「第八章　戦時行刑　5　思想犯取締りの強化と予防拘禁所の設置」p299では、この予防拘禁制度が「準転向・非転向者を対象としたものである」と解説されている。

[23] 太田耐造（当時の刑事局第六課長　予防拘禁制度の立案者）「改正治安維持法を繞る若干の問題」（『法律時報』一九四一・五）。

[24] 荻野富士夫「治安維持法成立・「改正」史」（荻野富士夫編『治安維持法関係資料集』第4巻解説　一九九六・三　新日本出版社）p705

5　空白としての「言葉」の消費――一九三〇年代から戦時下へ

[25] 山本直人「革命家と詩人（一）――亀井勝一郎『獄中記』をめぐって――」（『東洋大学大学院紀要』文学研究科〈国文学・英文学・日本史学・教育学〉第36集　一九九九）p99

[26] 注25山本同論文 p97

[27] 注25山本同論文 p110

[28] 山本直人「批評家以前の亀井勝一郎――書く行為から創造する主体の確立へ――」（『東洋大学大学院紀要』文学研究科〈国文学〉第38集　二〇〇一）p257は、監獄内で書かれた亀井のノートにある「コムニストとしての孫、ストライキへの参加、投獄。」との書き込みに注目し、「左翼運動の闘士を明治維新の革命的志士の血統に連ねてゐ

るのが面白い」としているが、それは亀井のオリジナルな発想ではなく、〈獄中〉表象の歴史性が生んだ類型的発想であったことを意識しておく必要がある。

［29］引用した島木テクストの本文は全て『島木健作全集』第一巻（一九七六・二　国書刊行会）及び十三巻（一九八一・三）に拠った。

［30］『日本近代文学大事典』第二巻（一九七七・一一　講談社）所収の齋藤瀏の項（米田利昭執筆）p79

第六章

昭和期３〜平成期

――戦後日本のメディア空間と消費される〈獄中〉

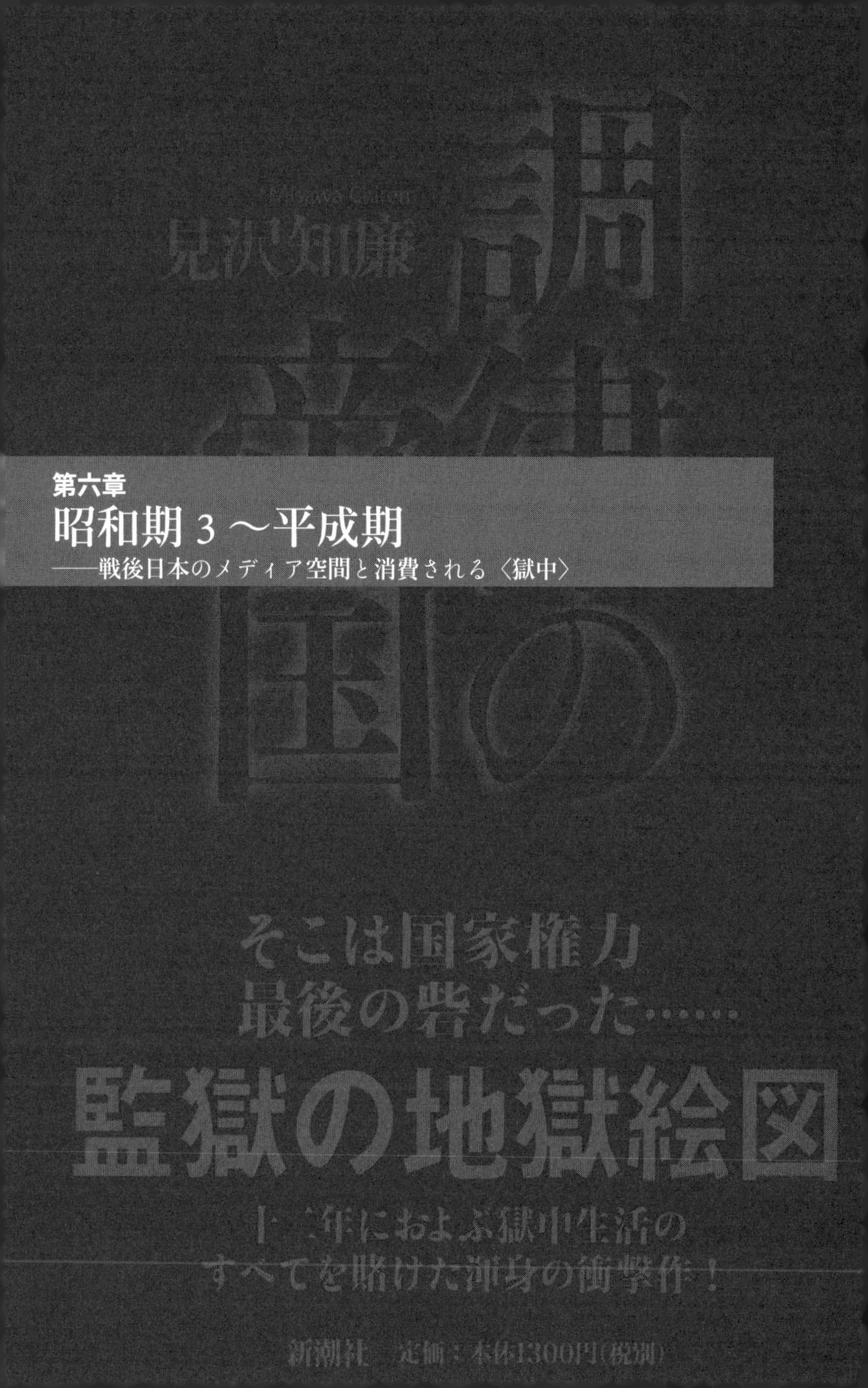

1　敗戦後の〈獄中〉表象をめぐる転換と連続

『愛情はふる星のごとく』の問題

アジア・太平洋戦争の敗戦によって、国民国家としての日本はその近代化の過程で構築してきた制度的な枠組みを解体せざるを得ない事態に直面し、法制度や治安維持システムもそこで大きく変化することになった。必然的に、一八七二（明治五）年一一月に公布された「監獄則」、一九〇八（明治四一）年制定、公布の「監獄法」という明治期に整備された監獄関係の法制度も、その政治的機能と社会的存在意義をめぐる位相転換を迫られることになる。

ただ、そのような制度上の転換の一方で、〈獄中〉をめぐる想像力の文化的系譜は、そのまま引継がれたと言えるだろう。敗戦という体験が、戦後日本社会にとって決して自己相対化の契機にはなりえなかったことについては既に多くの指摘があるが、▼注[1]〈獄中〉をめぐる敗戦後の言説においても、〈獄中〉言説が明治期以降孕み込んできた物語的・記号的な歴史性自体が批判的に対象化され、それが自己言及されるような事態が起こることはなかった。

とは言え、〈獄中〉をめぐる意味性において全く変化がなかった訳ではない。それは敗戦と共に、「戦後民主主義」という新たなデザインに基づいて修正されたと考えられる。特に、「政治犯」「思想犯」というコンテクストにおいては、敗戦によってその意味内容が百八十度転換したことは容易に想像できるだろう。しかし、そのような「犯罪」の相対性（特に「政治犯」「思想犯」という犯罪自体の相対性や恣意性）自体は決して思想的命題として本格的に対象化されることはなく、〈獄中〉言説の歴史性を支える「近代」の本質がそこで暴き出されることもなかった。

ジョン・ダワーは、敗戦後の日本社会を論じる上で、敗戦直後にベストセラーとなった尾崎秀実《おざきほつみ》の獄中書簡集『愛情はふる星のごとく』（一九四六・九　世界評論社）に注目している。▼注[2]『愛情はふる星のごとく』は「獄中の尾崎は手紙を書くことに心血をそそいでおり、検閲で不許可になって家族にとどかないことを危惧し、特に死刑判決が下ってからは、書簡に番号を付け、知らない間に没にされないようにした」「この時期には書簡の文字は極めて小さくなり、文章がぎっしり詰まってくる▼注[3]」といった困難と工夫より生み出された、「音信的〈獄中〉言説」（A）の集合体であった。このテクストについて、ダワーは「敗戦後に彼の評判を高めたのは、彼が一九四一年一〇月にコミンテルンのスパイとして逮捕されてから一九四四年一一月、四三歳で処刑されるまでに、妻と娘に書き送った個人的な獄中書簡であった」とし、「戦争中をとおして、国家への反逆を理由に正式に裁判にかけられ処刑された日本人は尾崎だけであったから、日本の愛国者からみれば、彼は一九四五年八月一五日以前には無類の売国奴であり、そして八月一五日以降は、そうであるがゆえにこそ賞賛すべき英雄とされ、殉教者とされたのであった」とした上で、このように述べている。

皮肉な目でみれば、尾崎についてのこうした評価の豹変こそ、大衆の感情がいかに移ろいやすいものであるかを示す好例ということになるかもしれない。しかし尾崎が残した獄中書簡がまれにみるほど魅力的であることは、誰も否定できない。手紙がかもしだす雰囲気がどんなものであるかは、この書簡集のタイトルになった『愛情はふる星のごとく』という感傷的な言葉にうまく集約されている。このタイトルは、尾崎の手紙の次の一節からきたものであった。「この一生いたるところに深い人間の愛情を感じて生きて来たのです。わが生涯をかえりみて、今燦然と輝く星の如きものは、実に誠実なる愛情であったと思います」。スパイとして処刑された尾崎の魅力が、共産主義の教義そのものとは別のところにあったことは明らかであった。(中略)

尾崎の書簡からは、国際経験豊富な人間の思想や心情を、まれにみるほど身近なかたちでうかがうことができる。獄中で尾崎は、ゲーテの作品やマキアヴェリの『君主論』をはじめ、文学、政治、経済、歴史の文献も幅広く貪欲に読みあさっている。けっきょく不可能ではあったが、司法当局にむけて「転向声明」を準備するため、日本の古典も読みふけった。処刑が近づくにつれ、尾崎は禅への興味も増していったことがわかる。しかし、出版された尾崎の書簡がもっとも魅力を放っているのは、なんといっても妻と娘にむけた彼の愛情、つまり天皇制の「家族国家」とはまったく違う、本物の「家族」への思いやりであった。▼注[4]

更に、そのような尾崎の〈獄中〉言説に対する当時の読者側の消費形態について、ダワーはこのように続ける。

じっさい、大衆はこうした手紙を感激して読んだ。このこともまた、戦争と敗北の経験によって、個人どうしの親密な関係がいかに大切であるかを人々が切実に感じていることを示していた。日本の降伏まで、政府や国家イデオローグたちは、愛国心こそ人間にとって至高の愛であり、それはけっきょく天皇への献身に帰着するのだと声高に号令しつづけた。降伏の瞬間まで、親は息子を、妻は夫を、愛国の情熱に燃え喜び勇んで戦場に送るものだとか、男なら喜んで天皇に命をささげるものだとかいった建前が幅をきかせていた。じっさいには、兵隊たちは家族からの手紙が届いた夜、兵舎ですすり泣いていたとか、死に直面した兵隊が最後の瞬間に叫んだ名前は母であって天皇ではなかったとか、そういった話がしだいに知られていったのは、敗戦後のことであった。尾崎の獄中書簡は、たしかに世界革命とか世界平和といった壮大な見通しについても語ってはいたが、こうした文脈にてらしてみれば、個人の世界がいかに重要であるかを人々が確認できるものでもあった。尾崎の書簡の率直さ、情愛の深さ、知的レベルの高さは、夫と妻、父と娘という関係にある者にとって、いわば魅力的な「テクニック」の模範例にもなった。▼注[5]

敗戦という劇的な社会的、思想的転換を経由して、そこでまず生み出されたベストセラーが尾崎秀実の獄中書簡集であったことは、近代日本の文化的感性の構造を考察する上でも、非常に象徴的な事実であると言えるだろう。スパイとして処刑された尾崎の監獄は、昭和戦前期の多くの「犯罪者」達と同様に、読書と内省、そして「禅への興味」としての超越への志向を孕む場所であったのであり、その意味で、尾崎も徹底的に類型的な〈獄中〉者であった。尾崎はまさにそのような〈獄中〉の歴史的なコンテクストに則って、獄中書簡として自らの言葉を創出し続けていたのである。「彼自身のたぐい少なく清純な人間愛」[注6]として特権化されてきた側面もあるこの書物の背後には、そのような〈獄中〉表象の歴史性が変わらず作用していたのだ。

そして、それ故に、死後にベストセラーとなった尾崎の〈獄中〉言説は、彼自身の意図や思想とは全く別の地点において商品化され、記号的に流通させられることになったのである。ダワーの指摘にあるように、「スパイとして処刑された尾崎の魅力が、共産主義の教義そのものとは別のところにあったことは明らか」なのであり、その獄中書簡の「魅力」も、「妻と娘にむけた彼の愛情」「本物の「家族」への思いやり」であったのである。尾崎の獄中書簡がそのような受容形態においてベストセラーになった事実は、敗戦直後の言説空間において、戦前の〈獄中〉表象における自己変革、超越といった要素に代わり、「愛情」や「思いやり」といったより強力な記号的要素が代替的に浮上したことを窺わせるものである。

獄中書簡集としての『愛情はふる星のごとく』が「個人の世界がいかに重要であるかを人々が確認できるもの」として、その「情愛の深さ、知的レベルの高さ」ゆえに「夫と妻、父と娘という関係にある者にとって、いわば魅力的な「テクニック」の模範例」として消費されてしまうということは、近代以降の〈獄中〉のコンテクスト、反社会性や周縁性という他者性を孕みつつ展開されてきたそのコンテクストを考えると皮肉なものではあるが、決して矛盾した事態であるとは言えない。そこでの「愛情」や「思いやり」といった要素は、敗戦後における日本の「戦後民主主義」を修飾する意匠としての、いわば記号的イメージに過ぎないものであった。そこにおいて、死刑に処せられた尾崎の現実としての監獄体験は、『愛情はふる星のごとく』という獄中書簡集の「内部」には決して見出されることはないのである。

勿論、この〈獄中〉言説は「獄中から書簡で自己の意思を伝えるには、多大の困難があった」「獄中で本が読め手紙が書けるとはいっても、検閲による厳しい制限があった」[注7]当時の状況を越えて生み出されたものであり、そこには事後的な視点からは窺い知ることさえできないような深い困難と尾崎自身の強い意志があったであろう。ところが、その〈獄中〉表象をめぐる受容と消費の構造においては、監獄内の存在が抱えていたであろうところの思想的主題はほとんど伝達されることはない。と言うよりも、そのような個人的、主体的な要素ではなく、より記号的で表層的な要素こそが、そこで選択的に見出されていたと言った方がよいだろう。つまり、尾崎の獄中書簡がベストセラーになった敗戦直の言説空間では、一九三〇年代に「文学」の実体性が〈獄中〉表象の内部で欲望されたように、「戦後民主主義」という新たな実体性がそこで欲望されたのだ。そして、その「戦後民主主義」という概念のアクチュアリティを保証する機能的表象として、「愛情」や「思いやり」といった新鮮かつ強力な記号性を帯びた（その記号自体はいくらでも代替可能だ）トポスとしての〈獄中〉が再び召還《しょうかん》されたのである。その意味で、〈獄中〉表象をめぐる生成と流通の構造自体は、敗戦後もそのまま引き継がれたと言えるだろう。

2　他者性と実存の空間――椎名麟三の〈獄中〉表象

実存空間としての〈獄中〉

〈獄中〉の想像力とは、歴史的に反復される「制度的感性」であった。それは、ある一定の意味を内包し、一定の機能を果たす言説とイメージの集合体であり、そこに自在な精神の運動や創造的な契機を見出すことは難しい。だが、まさにそのような類型的表現を生み出す制度性こそが、〈獄中〉表象における機能の核であったのである。そこで育まれた歴史的「文学」表現の存在こそが、それ以後に発される「〈獄中〉からの言葉」のアウラを「先天的に」付与する根拠となっていた。ただ、逆説的な言い方になるが、そこで〈獄中〉の想像力自体の緊張感を維持するためには、そこに他者性の感触が存在していなければならない。そこでは、監獄という空間の他者性、暴力性こそが、収監者の内的な言葉を強力に生成し、その言葉自体の効力性を無前提に保証する〈獄中〉の想像力を生成するための重要な要素となったのである。

しかし、ジョン・ダワーが指摘するところの尾崎の獄中書簡集の消費のされ方からも窺えるように、〈獄中〉は次第に表層的な記号の集積の場として消費され、そのような消費を前提として生産される表象の場となっていった。それ自体は決して敗戦後に初めて起きたことではなく、これまで論じてきたように、一九二〇年代以降大量に生産されたマス・プロ的〈獄中〉言説の生産と消費の連続が生み出した事態であったのだが、尾崎の〈獄中〉言説が、その傾向を強力に促進したと定義することもできるだろう。尾崎の獄中書簡集には、原田の〈獄中〉言説に見出されたような「只々はら〱こぼれる」声の身体的な手触りや、山中峯太郎の〈獄中〉言説に見られる誇大な自己の拡張感、林房雄のテクストに見られた「書くこと」の筆触感といったものは、もはや見出すことができない。その意味で、尾崎の〈獄中〉言説のベストセラー化は、それまで「文学」や「思想」といった重厚な意味のコンテクストにおいて覆い隠されてきていた、〈獄中〉というトピックスへの消費の欲望を否応もなく前景化させた、象徴的な事態であったと言えるだろう。

とは言え、敗戦直後の時点では、戦時下の思想・言論弾圧の記憶は未だ明瞭であり、そこでの収監体験（特に「思想犯」「政治犯」系列のもの）を公的な言説空間内で表明することの社会的・思想的意義は当然明確であった。そこでは、言論の「自由」（言うまでもなくそれは、占領下のＧＨＱ体制における枠組みの中での「自由」であるが）が実現された言説空間の中で過去の監獄内での言葉を公開し、その体験を回想し、それを小説として再構成するという試みも多く生まれることになった。先述した尾崎の『愛情はふる星のごとく』にもそのような側面は息づいていたであろうし、前章で論じた一九四八年六月刊行の亀井勝一郎の自伝『現代人の遍歴』における「幽閉記」の公刊も、そのようなコンテクスト上に位置付けられる事態であっただろう。また、一九三四年から四五年まで、監獄内の宮本顕治に宛てて出された手紙を集めた宮本百合子の『十二年の手紙　その１－３』（宮本百合子・宮本顕治共著　一九五〇－五二　筑摩書房）がその種の言説の代表的なものであることは言うまでもない。

そして、実存主義的な色彩の濃厚な敗戦後の「戦後文学」という角度から見れば、〈獄中〉がそのような思想的コンテクストにおいてそこで表象されたであろうことは容易に想像できる。そのような〈獄中〉言説の代表的な担い手としては、椎名麟三《しいなりんぞう》が挙げられるだろう。椎名は、一九三一年八月以降の日本共産党への一斉検挙で逮捕され、未決囚として転向上申《じょうしん》書を提出し一九三三年四月に未決監を出所した経験を持つ。敗戦直後から作家としての本格的活動を開始し、一九四七年二月発表の「深夜の酒宴」(『展望』)で文壇デビューを果たした。その後、実存主義的世界観に基づく小説を数多く発表したが、その中には自己の収監体験に基づいたものもある。

雑誌『個性』の一九四八年一月創刊号に発表された「深尾正治の手記」は、「彼が最後に検挙された当時の警察署の特高がもっていた」「獄死した友人のノートの一部分」を紹介するという形態を採ったテクストである。また、『新潮』一九四八年六月号に発表された「壁のなかの記録」は、監獄内の「友助」と囚人たちをめぐる物語であり、その〈獄中〉言説としての形態は「小説的〈獄中〉言説」(C)に分類されるものであろう。政治的・思想的な要因により収監され、そこで「転向」を経験した後にそれを素材にして小説化するという創作パターンは、これまで述べてきたように一九三〇年代の文学者に多く見られるものであった。椎名麟三の場合はその創作を本格化させたのが敗戦後であったという違いがあるが、そこでの表象は、〈獄中〉をめぐるそれまでの歴史的表象形態の系譜上にあると共に、そこに新たなモードを付与したものであった。

ひっそりした、薄暗い、しめっぽい空気のなかに、突然、石のなだれが山の急斜面をとどろきながら流れ落ちて行く音がする。しかしそれは、ことのほか重々しい、留置場の入口の鉄の格子戸が、ひきあけられるたびにたてる音なのだ。それから通路に看守のひきずるかすかなゴム草履の音や誰かの靴や下駄の音などが聞え、どこかの監房の扉をひらく鍵の音がしたと思うと、やがて火葬場の鉄扉でもしめるような胸にひびく音を立てて、再びその鉄扉はとざされるのである。たしかに誰かがそこへ社会から葬られたのだ。そして恐らく社会へ復活することは出来ないであろう。留置人たちは、その音のたびに、不安と期待の入り交った複雑な顔をしてじっとその音を聴いている。なかには耐え切れないように落ち着きなく立上って、監視窓から、電燈のほの暗い通路をななめに見極めようとしている者もある。しかしやがて、再び石なだれの音とともにその重々しい鉄の格子戸がしまる。看守が出て行ったのだ。すると人々は、はじめて我に返ったように身ゆるぎしながら、めいめいの自分を食いつくす果てしない思いのなかに落ち込んで行く。▼注[8]

「めいめいの自分を食いつくす果てしない思いのなかに落ち込」ませるこの監獄は、個々の存在が自らの存在の前提を剝ぎ取られ、その可能性が閉塞する場であり、まさにそこは「戦後文学」的な重々しい実存的空間であろう。それは、「鉄扉により閉ざされ遮断されたあとに訪れる時間が無限に停止した〝時の無い世界〟、無音響といえる〝沈黙の世界〟、光が喪失された〝暗黒の世界〟▼注[9]」という監獄の空間の「普遍的」特性を全て具備するような空間であり、そこでは「神のような権威として立って居」る「警察」によって「いかなる人も罪なきを免れ得ない」ことになる。「この留置場へ入ったら最後、それらの善良な人々が、みずからの手によって、みずからを、悪臭のある動物に改造するのだった」とテクストの語り手は語るのであり、その「改造」の結果、主人公「友助」はこのような行為に耽ることになる。

全く、当時の友助が、自己の一切に馴れることが出来たのは、彼がそのような悪臭のある動物となっていたからである。しかし、その彼に、わずかに人間性をつなぎとめて呉れたものがあったとすれば、それは一本の紙の紐であった。彼は、自分の場所と暗黙にきめ、人々も暗黙に許している壁の隅にもたれ、大抵は、一日中紙よりで紐をつくるのに没頭していた。出て行く者が、大抵差入れの紙を残して行くので、その資材には事欠かなかった。彼は、その紙を細かく引裂いて紙よりをつくり、それを何日もかかって紐へより上げて行くのである。最後には、首をも吊り得るような丈夫なものとなると、彼は、それを惜しげもなくすてて、また新しく紙よりからはじめるのであった。そしてそれをつくっている間だけ、ある可能性への緊張を楽しむことが出来た。いえばその間だけ彼は生きていた。しかし、それが出来上ると、彼はいつも自己に対する深い絶望に陥るのであった。しかし、また、それをすてて、飽くこともなく紙よりをよりはじめているのであった。彼は、そのとき十分自覚していなかったが、それでも、その飽くこともなくはじめずには居られない自己の情熱のなかに、ある不可解な力を感じていたのである。

「一本の紙の紐」によって「ある可能性への緊張」が確保されるというその〈獄中〉者としてのあ

り方は、先述した林房雄の「独房の筆」における「一本の筆」とそこでの「書くこと」への欲望とも重なるものであろう。ここでの「ある不可解な力」とは、「友助」の人間的な創作欲や衝動の発露であるのだろうが、同時にそれは〈獄中〉をめぐる歴史性を身体的に倣うという不随意的な運動であるとも考えられる。更に「友助」は、「洗面所」を「水だらけ」にするという悪戯をして「看守」からの「平手打」を受けることによって「自分が生きて何ものかを深く愛しているという実感を戦慄のように感じ」るという、倒錯した「精神的な状況」に陥ることになる。そのような倒錯的な精神状態は、「友助」が〈獄中〉にいわば適応するための所作であり、その身体感触において実存的状況から解放されようとする志向でもあった。その意味で、このテクストにおける〈獄中〉表象は、その本質的な実存性がデフォルメされて表現されたものであったと言えるだろう。

ただ、そのような「友助」の獄中生活には「面会」という外部への通路が存在していたのであり、そこにおいてテクストは新たな展開を迎える。そこでは「自分たちを密告した」人物である「後藤きよ子」が、「友助」に面会するために刑務所を訪れることになる。そこで「きよ子」は「友助」の母の死を告げるが、「友助」はそれには動じず、「どうしてみなを密告する気になったんだね」と問い掛ける。それに対して「きよ子」は「わたし、余り貧乏だったから」と答えて、「わたし、誰も愛することは出来ませんの。わたし、自分さえ愛することが出来ないんですわ」「わたし、あなたを愛したいんです。ほんとにわたし……」と「動物的な憎悪」と共に「友助」に語ることになる。それに対して「友助」は「裏切者は、昔から死を以て報いられるのが鉄則ではないか」と思いつつも「ふいに微笑しながら」「僕と結婚して呉れ」と口にしてしまい、「自分の言葉に呆然と」することになる。外部から来た他者が自らの実存的状況を解消する可能性とはならず、逆にその状況を更に閉塞させてしまうという実存主義的な物語パターンがここでも反復される。

そのような面会室での会話の後に、「友助」は「きよ子」の自殺という事実を知ることになるのだが、そこでそれを伝え聞いたのが、同じく収監されている「前田という踏切番の老人」からであったことは注目されるだろう。この「前田」の「誰彼なしにつかまえては訴えはじめる」問わず語り自体は妄想の産物である可能性も高く、実際の「きよ子」をめぐる事態を正確に反映したものであるという確証はない。ただ、その監獄空間においては、外部からの言葉は、そのような「誰彼なしにつかまえては訴えはじめる」ような問わず語りにおいてのみ監獄内と接続し得るものであり、そこでは相互的な交通の可能性は遮断されている。「きよ子」の自殺という他者性の行為も、「友助」の監獄内での状況に何の変化を与えることもない。この「友助」が最後まで獄外に手紙を出すことはないということも、このテクストにおける〈獄中〉が実存主義的な空間として極度にデフォルメされていることを示唆しているだろう。このテクストは、実存と不毛な人間関係の純粋空間として、〈獄中〉を意味付けているのだ。

この「前田」は、その問わず語りの後に、同房の「少年」に「じいさんの、もうあそこが利かないんだろ」と言われ、「みてみろみてみろ、わたしだってまだ大丈夫なんだ」と自らの「美しい鮮紅色になっていたが、やはりどことなく力がなかった」性器を見せるが、「少年」に「勝ち誇ったように」嘲笑されることになる。その性的に露骨な描写は、そこで何の物語的展開をもたらすものでもなく、何の象徴性を孕むこともなく、ただ叙述されるだけのものであり、「それを見ただけ」の「友助」もまた、「まるでそれがただ一つの頼みの綱であるかのように」「ただ一本の紐をよりつづけ」ることになる。セクシャリティによって暴き出される徒労感と不毛性の主題は、敗戦後の実存主義的な文学テクストに広く見られるものであるが、このテクストは、その主題を展開する舞台として〈獄中〉を用いているのである。他の〈獄中〉言説において頻出する、「看守」との対立や暴力、ディスコミュニケーションがここでは全く描かれないことも特徴的であろう。実存的な象徴空間として〈獄中〉をいわば純化し、主題的な場に変容させようとする志向をそこに見出すことができる。その意味で、この椎名のテクストからは、現実の監獄に内包された他者性は意図的に排斥されている。そのように「加工」された〈獄中〉表象が敗戦後の文学的言説空間に浮上したことは、敗戦後もなお有効である、〈獄中〉の想像力の本質的な拡張性を示唆していると捉えることもできるだろう。

3 政治性からの分離と「塀の中」のトピックス消費

埴谷雄高の「文学性」と〈獄中〉

敗戦から一九五〇年前後までの戦後日本の言説空間では、敗戦により訪れた言論の「自由」と価値観の転換の中で、〈獄中〉は主に政治的・思想的コンテクストにおいて象徴化されて表象されたと言うことができるだろう。しかし、一九五〇年代中盤以降の高度経済成長における大量消費社会の到来の中で、〈獄中〉はより大衆化されたトピックスとしての位置を与えられ、主に週刊誌等の雑誌メディアやテレビ番組のスキャンダル的報道の中で消費されることになる。そこでは林房雄や亀井勝一郎、椎名麟三の〈獄中〉言説のような、治安維持法違反に代表される思想犯・政治犯容疑での収監体験を回想的に語るという従来のパターンは、歴史的な言説形態として次第に相対化されてゆく。

そのような状況の中で、従来の〈獄中〉のコンテクストを更に想念化し、文学テクストに取り込んだ作家として挙げられるのが埴谷雄高《はにやゆたか》であろう。「洞窟」（『構想』一九三九・一〇、一九四〇・二）で早くも監獄的な閉鎖空間における意識の感覚を描いていた埴谷は、椎名麟三と同じく敗戦後の実存主義的な文学傾向に重なりながら、その表象を更に深化させていった。「刑務所」を含めた様々な閉鎖空間が登場する「死霊」（『近代文学』一九四六・一〜四九・一一、『群像』一九七五・七、八一・四、八四・一〇、八六・九、九五・一一）や、「灰色の壁にかこまれた部屋」での「黙想」における「黒馬」の「幻想」を描いた「闇の中の黒い馬」（『文藝』一九六三・一二）が、その実践を示すテクストとして挙げられるだろう。また、自らの一九三二年の豊多摩刑務所での未決囚としての収監体験を「とめどもない乱読へ踏みこむ文学的情熱をかきたてるところの一種鮮烈な準備期間」して回想した「灰色の壁――1」（一九六五・四、五　『ロシア・ソビエト文学全集』月報　平凡社）と「灰色の壁――2」（同・六、七　同）は、「私の内部」での「思索と文学的想像力のふしぎな交錯」（「灰色の壁――1」）を起動した監獄内での「乱読」体験とそこでの生活、収監者達の姿を詳細に描写したものであり、それはロシア文学についてのエッセイという枠を越えて、「回想的〈獄中〉言説」（B）としての自立性を持っている。この言説を収録した単行本『影絵の世界』が現在まで読まれ続けている理由は、▼注[10]その自伝的〈獄中〉言説としての物語性と、その収監者の群像が孕む趣向性にあると考えられるだろう。そこでは、ドストエフスキー「死の家の記録」の監獄描写を引用しつつ、「ある局限された視界をもっているだけの閉ざされたなかにおけるわずかな自由の体現者」（「灰色の壁――1」）としての自己＝〈獄中〉者像が呈示されている。「この刑務所内の病監」が「つきざる論理と非論理の暗い渦の重なりあう私の生涯の妄想のひとつの淵源地となったごとくであって」（「灰色の壁――2」）と捉えられ回想される一九三二年の収監体験自体は、埴谷特有の存在論的なレトリックにおいて高度に虚構化されたものではあるが、それが想像力のトポスとしての〈獄中〉の歴史性の延長線上にあるイメージであることは言うまでもない。また、『死霊』の構想をめぐるエピソードも、▼注[11]埴谷の〈獄中〉体験のアウラを拡張する言説として歴史的に機能してきたと考えられる。

ただ、この「灰色の壁」が『ロシア・ソビエト文学全集』の月報として発表されたことは象徴的であろう。高度経済成長期も後半になると、存在論的な〈獄中〉言説は、もはやそのような過去の文学表現のコンテクストに内包された形でしか受容されなくなっていたと考えることもできる。敗戦直後の「戦後民主主義」から「高度経済成長」への社会的な移行において、同時代の消費のモードにより適合したかたちへと、〈獄中〉表象も変容させられてゆく。そこでは従来の〈獄中〉言説の多数を占めていた、思想犯・政治犯系の容疑に留まらず、その収監に至る要因としての犯罪容疑の種類自体も多様化することになる。

例えば、四人を殺害した容疑で逮捕、収監され死刑を執行された永山則夫《ながやまのりお》が監獄内で記したノートＮＯ１から10までを収録した単行本『無知の涙』は、一九七一年の合同出版社版、七二年の角川文庫版、九〇年の河出書房新社増補新版と何度も刊行されており、秋山駿《あきやましゅん》などの批評家からも高い評価を与えられた。▼注[12] 秋山の評価に典型的なように、当時の文学表現における「詩的なもの」の位相と交錯することで同時代的アクチュアリティを獲得した永山のこの〈獄中〉言説が、現在どれほどの批評的強度を持って読まれ得るのかという点には疑問が残るが、そこで監獄という場が、その苦痛と共に、膨大な言葉が溢れる想念と思索の場であったことは確かであろう。その過剰なまでの言葉が生み出された背後には、歴史的に蓄積された〈獄中〉の想像力が発動していたと考えられる。

政治的〈獄中〉言説の浮上

永山のそのような文学的〈獄中〉言説が流通する一方で、一九七〇年代中盤から八〇年代にかけて、〈獄中〉言説は日本という枠組みを越えた拡張性を示し始める。その最初の契機になったのは、朴正煕《パクチョンヒ》政権の登場以降、反政府活動を行っていた韓国の詩人金芝河《キムジハ》をめぐる言説であろう。当時の日本においては、「政治犯」「思想犯」としての収監、拘禁という事態は、少なくとも法制度上では存在し難いものであったため、そこでは他国の抑圧的な政治体制下の活動家たち、とりわけ全斗煥《チョンドゥファン》大統領の軍政下にあった韓国における「獄中作家」や運動家たちがしばしば取り上げられることになった。『世界』一九七五年九月号には金芝河の「良心宣言——獄中から」が、『文藝春秋』一九七六年一〇月号には「獄中手記・ソルジェニーツィンと私」（池中栄一訳）が掲載される。また、小中陽太郎《こなかようたろう》「獄中記のもつ重み——布施杜生『鼓動』・金芝河『苦行』・エヴァ・フォレスト『エヴァの日記』」（『朝日ジャーナル』一九七八・一二・一五）、日高六郎「慟哭する詩人の魂——金芝河著金芝河刊行委員会訳編『苦行——獄中におけるわが闘い』」（『潮』一九七九・二）、特集「韓国「獄中作家」が問うペンの良心」（『朝日ジャーナル』一九八八・一一・一八）等の論考や特集も掲載され、日本の雑誌メディアに軍政下韓国の〈獄中〉が活発に取り上げられることになった。また「金大中《キムデジュン》「獄中からの手紙——積極的民主主義が韓国民の宿命」」（小栗敬太郎解説『朝日ジャーナル』一九七八・一・六）も掲載され、同時代のニュース報道と同調して、週刊誌メディア空間においても〈獄中〉言説が広く展開されることになる。

更に、徐兄弟（徐勝《ソスン》・徐俊植《ソジュンシク》）の長期にわたる獄中生活は、本人たち及びその支援者、論者による多くの言説を生み出すことになった。「徐兄弟　獄中からの手紙」（『世界』一九七八・五）、徐京植《ソキョンシク》「祖国の獄中で生きる兄たち——「手紙」の公表にあたって」（特集「徐兄弟　獄中からの手紙」同）、徐勝「獄中から　1」（同）、徐俊植「獄中から　2」（同）、東海林勤「徐兄弟が問いかけるもの」（同）、「徐兄弟獄中からの手紙――続――獄中十年」（『世界』一九八〇・一二）、徐京植「再び兄たちの手紙を公表するにあたって」（特集「徐兄弟　獄中からの手紙――続――獄中十年」同）、徐勝「獄中から　1」（同）、徐俊植「獄中から　2」（同）、日高六郎「人間であることの闘い――われわれの「戦後」と獄中15年の徐兄弟」（『世界』一九八六・八）と、当時政治的〈獄中〉言説の最も活発な舞台であった岩波書店の雑誌『世界』を中心に、彼らの〈獄中〉が、反権力とその自由への闘争というコンテクストにおいて展開されることになる。

また、本書の序論で述べたように、一九八一年に国際ペンクラブによって「獄中作家の日」（毎年一〇月の第一木曜日）が制定されたことは、監獄内に拘禁された各国の作家、特に抑圧的な政治体制の下に収監され、言論の自由を奪われている作家達に対する連帯意識を喚起する契機となった。そこでは中村光夫や尾崎秀樹《ほつき》、遠藤周作、井上靖《やすし》、五木寛之、井上ひさしといった作家や評論家がそれらの作家達の〈獄中〉について発言し、軍政下の韓国に対する関心も高まってゆく。『世界』一九八一年六月号には「T・K生」（韓国の宗教政治学者・評論家池明観《ジミョンクワン》）の「獄中からの書簡（韓国からの通信――高まるファシズム――一九八一年四月一五日発信）」が、同年九月号には「獄中からの便り（韓国からの通信――革命に学べるか――一九八一年七月十七日発信）」、一二月号には「獄中書簡（韓国からの通信――大いなる拒否――一九八一年一〇月十七日発信）」が掲載される。「T・K生」による〈獄中〉からの言葉は、『世界』一九八二年二月号、五月号、七月号、一九八三年一月号にも引き続き掲載されている。

その後、一九八六年一月号には、「T・K生」による「アメリカは友邦か――韓国からの通信」が掲載されている。そこでもタイトルの横に「一九八五年一一月一七日　発信」とその発信日時が明記されており、評論でありつつも書簡的な感触を喚起するような言説形態を採っている。その内容は「嘔吐と怒り」「獄中の人びと」「拷問と死」「いくつかの展望」の四章に分けられており、人権と自由を希求する人間存在の根源的な場として、〈獄中〉表象が政治的な論議と共に提示されている。そこでは「白い壁に囲まれた二四時間燃える白熱灯という拷問部屋からの便り」として、「拘束された学生」たちの「ようやく許された一ヶ月一回の家族宛の手紙」が引用されている。

「二四時間、白熱灯の下で歳月が流れて行く。狭く何一つない空間の中で動く《物体》はただ《ある》だけである。〇・七坪の床は一つの《物体》が転ぶのには十分だといえようか。四方がぼんやりと白く遮られているのを感ずる時、精神という奴がかえって窒息して行く。三度の食事でつながれている昼の時間は、おぼろげに過ぎてゆくのに、頭の中に蛍光灯がともされるように、思いが思いを追い尽きることがなく、脳みその中がぼうっとなる夜は睡りを誘うことが困難だ。」「観念は行為を、その行為はまた観念を形成する。しかし一夜に千里を駆ける空想は頭痛を伴うのみである。刺戟を失った現在、感情が湧きたぎる対象を奪われた今、過ぎ去った日の観念を維持しようとする努力が難しいのは当り前である。山峡を流れる渓谷の水が岩の間を流れるように音を造りながら流れてみたい。」

このような監獄内からの言葉に対して、語り手の「T・K生」は「獄中の若い人たちは今やその涙を超えて、静逸の境地に至っているのであろうか」「抑圧の下でかえって清い友愛が生まれる」と想像する。そこでは、近代日本の〈獄中〉表象において主流であった、思想犯・政治犯としての〈獄中〉

者像とその実存的状況が、全斗煥政権下の韓国の監獄内にも同じく見出されていると言えるだろうし、そこでの「自己変革」というモードもある程度共有されていると思われる。この書き手と『世界』のほとんどの読者層の国籍は異なるであろうし、「T・K生」が近代日本の歴史的な〈獄中〉表象の形態をどれ程認識していたのかも不明なのだが、監獄が普遍的な人権の告発の場として提示されるという前提は、「T・K生」とこの言説の読者の両方に共有されたものであっただろう。この言説と同時に、日本の「文学」の領域から投げ掛けられた遠藤周作や中村光夫の言説は、近代日本文学の歴史性をそこで掘り起こし、その〈獄中〉への歴史的視線を更に外部に拡張して、その人類的な共感を喚起しようとするものであった。そして、そのようなまなざしは、敗戦後に多く展開された、戦前の言論抑圧体制下で生み出された〈獄中〉言説に対するものと同質性を持っていたとも言えるだろう。

ただ、一九八〇年代にメディア内で展開されたこの一連の「韓国からの通信」が、その送信者である「T・K生」の意図を正確に反映したかたちで当時の日本で受容されたのか、という点には疑問が残る。そもそも、近代日本の大正期以降の〈獄中〉表象の消費においては、〈獄中〉者固有の思想や政治的姿勢よりも、その自己超越の場としての機能とそこでの自己変革の擬似的なドラマこそが欲望された。よって、その収監の背後にある政治体制の暴力性やその構造に対する意識化は、いわば二次的な問題として扱われてきた（もしくは隠蔽されてきた）と言えるだろう。よって、そのような〈獄中〉表象の消費の歴史性において、この「韓国からの通信」が、その本来の目的である政治的告発として正当に受容されたと安易に思い込むべきではないだろう。勿論、この「T・K生」の告発自体の同時代的アクチュアリティは確かであろうし、現在でも当時の韓国の若い世代の思想状況やその苛酷な状況を窺わせる歴史的資料としての意義を失うことはない。しかし、そこで監獄という場が、一九八六年の日本の言説空間において人類的な連帯と共感の場として再認識され、そのコンテクストが共有されたとは到底言えないであろう。

実際に、このような〈獄中〉言説はこれ以後急速に後退し、それに代わって、日本国内の重大犯罪において生まれた〈獄中〉表象が増加することになる。言うなれば、そのような政治的な連帯と告発という〈獄中〉の政治的なコンテクストは、国際ペンクラブや『世界』等の思想誌といった限定領域においてしか継承されなかったとも言える。内外に依然として抑圧的な政治権力やその暴力が存在し続ける一方で、一九八〇年代以降の日本における〈獄中〉表象は、それとは別の領域において、大衆文化的コンテンツとして着実に消費されることになったのである。

〈獄中〉のサブカルチャー的消費へ

一九八六年八月に刊行された安《あ》部《べ》譲二《じょうじ》の『塀の中の懲りない面々』（文藝春秋社）は、〈獄中〉表象の消費においていわば転機となった書物であった。そこでは、暴力団（「ヤクザ」）という大衆文化の強力な記号に裏打ちされた、したたかで「懲りない」人間群像、という新たな〈獄中〉者像のモードが提示され、それは大衆的な人気を広く集めることになった。同書を原作とした同名の映画が一九八七年八月に公開され、同年から九〇年にかけてTBS系列でテレビドラマ化された二時間の番組が五回にわたって放送された。また、一九八八年には土山しげる作画で漫画化（文春コミックス）され、『塀の中の懲りない面々』自体もその後何度も文庫化されている。安部自身も以後作家としてそのような

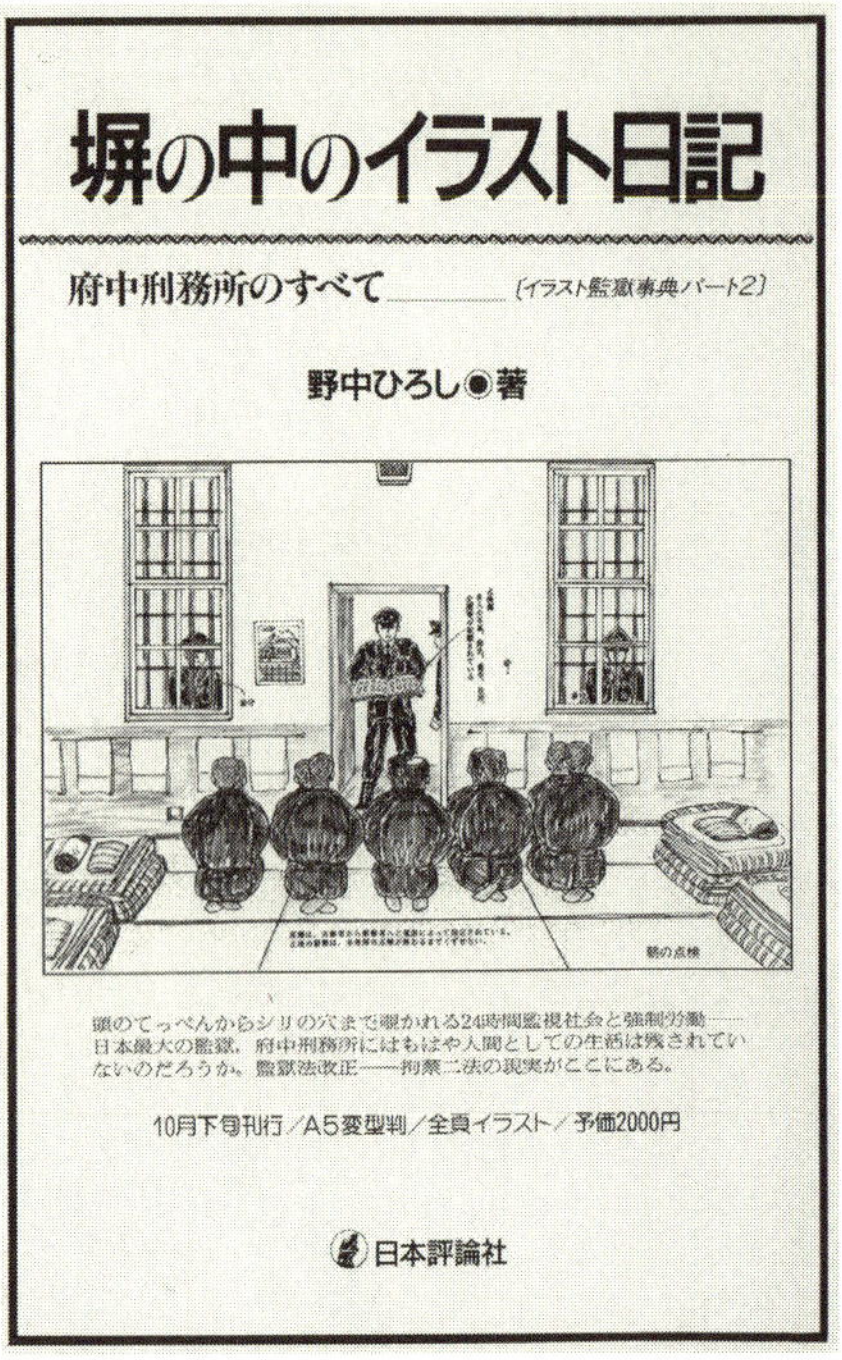

図版㊹　野中ひろし『塀の中のイラスト日記』広告
（『監獄の現在』巻末広告）

〈獄中〉表象のモードを生産し続け、一九八七年三月には続編『塀の中のプレイボール』（講談社）を出版し、テレビを中心としたメディアにもタレントとして進出することになった。

そこでの〈獄中〉（体験）者としての安部の記号性は、もはや山中峯太郎や賀川豊彦、林房雄のような自己変革、自己超越、内的覚醒等の「文学」的要素に彩られたものではない。そこでは、高い知的能力を持ちながらも暴力団という反社会的社会勢力に属し、非日常的な非合法体験を経由して収監されたという安部のその「キャラ」としての「エッジ」性こそが、その〈獄中〉表象の消費における欲望の核心となったのである。その意味で、一九八〇年代末に安部のそのような〈獄中〉表象が大量に消費されたことは、近代日本の〈獄中〉表象史における一つの転回点であったと捉えることもできるだろう。これ以後、〈獄中〉表象とそこでの〈獄中〉者像は、政治的・思想的側面からは切り離された、よりライトで「キャラ」的なモードにおいて消費されることになる。序論で指摘したところの、〇〇年代以降のネット空間を中心とした、収監された著名人やタレントに対する、「エッジ」にいる存在としての好意的受容も、このような「キャラ」としての〈獄中〉者像消費の延長線上にあるものと捉えることができるだろう。一九八〇年代末には野中ひろし『イラスト監獄事典』（一九八七　日本評論社　図版㊹）、同『塀の中のイラスト日記――府中《ふちゅう》刑務所のすべて』（一九八八　同）といった、イラスト中心に〈獄中〉表象を示した書物も登場しており、それらの書物は〈獄中〉者像の「キャラ」化の傾向を更に促進したと考えられる。

　また、安部の著書のベストセラー化以後、監獄の内部やその制度に対する関心が増大し、様々な雑誌や単行本で監獄が問題にされるようになった。監獄制度や「監獄法」、収監者の人権問題等をめぐる論考に加えて、荒井まり子や三浦和義《かずよし》による刑務所ルポルタージュをも掲載した『監獄の現在』（総合特集シリーズ41　法学セミナー増刊　一九八八　日本評論社　図版㊺）が刊行され、監獄の歴史のみならず、そこでの生活をめぐるトリビアルな知識や情報が一般的に広く流通することになる。また、一九七七年の『赤い人』（『文芸展望』一九七七・四、七）以降、『破獄』（一九八三　岩波書店）、『長英逃亡』（一九八四・九　毎日新聞社）、『仮釈放』（一九八八・四　新潮社）と、犯罪・歴史小説の中で〈獄中〉と〈獄中〉者を描いてきた吉村昭《あきら》の一連の仕事も、〈獄中〉への一般的な関心を増大させるものであっただろう。更に、「潜入!!獄中24時」（日本テレビ系　一九八八・六・一八放映）のような刑務所ドキュメンタリー番組がしばしば放映され、刑務所に秘められたト

図版㊺　『監獄の現在』表紙

ピックスとしての〈獄中〉がテレビの中でも気軽に消費されるようになった。▼注[13] 言うなれば、旧来型の政治的・思想的「獄中記」や獄中書簡に加えて、〈獄中〉者をめぐる読物的言説、刑務所ルポルタージュや報道言説、そしてイラストやマンガによる刑務所のヴィジュアル表象といった多様な表現形態において〈獄中〉が複合的に消費されるという事態が、一九八〇年代後半に到来したと考えられるだろう。▼注[14]

一九九〇年代に入っても、〈獄中〉表象とそこでの〈獄中〉者像自体は、マス・メディアの中でスキャンダラスに取り上げられる重大事件に付随して浮上し消費され続けていたが、それが大量生産されてゆくのは、オウム真理教による地下鉄サリン事件、つまり一九九五年以降であると考えられる。安土茂『知られざる刑務所のオキテ：留置場から拘置所・刑務所・少年院まで恐怖の獄中生活のすべて』（一九九八・四　日本文芸社）、吉田浩『図解　日米監獄生活マニュアル：ゴッドファーザーに聞く極限状況でのサバイバル法』（一九九九・九　同文書院）等の、「秘められた場」としての監獄への好奇心と〈獄中〉者の「キャラ」化を中心にした、一九八〇年代後半から続く興味本位な商業的書物の出版も相変わらず続いていた。

ただ、一九八〇年代から変化しているのは、女性の容疑者をめぐる〈獄中〉言説や報道記事が、九〇年代中盤以降増加していることである。オウム関係以外でも、「不倫相手の幼児を焼き殺したOL「獄中からの手紙」」（『週刊現代』一九九六・八・一七）、「福田和子被告逃亡15年の全真相——3・18歳獄中集団レイプ」（『サンデー毎日』一九九八・八・三〇）、「伝言ダイヤル殺人犯星野克美の「獄中」告白」（特集「スーパーワイド「怪死事件」の女たち」『週刊文春』一九九九・五・六）等の、性的でスキャンダラスな訴求効果を狙った暴露系の記事が増加している。それまでは政治的・思想的抑圧に抗する「闘争する主体」からの言葉として特権的なアウラを纏っていた「獄中からの手紙」「獄中記」といった表現領域が、そのような特権性を剥奪されて、隠蔽された「真相」を覗き込むスキャンダリズムやセクシャルな暴露ものの領域において消費されるようになったことが窺えるだろう。そこで〈獄中〉は、当該事件の「真相」や容疑者の「実像」を、好奇のまなざしにおいて覗き込むような言説と表象の場となっていったと考えられる。〈獄中〉表象の歴史的観点から言えば、大正期に松崎天民の読物的言説の内部で展開されていたような事態が、そこで再び湧き起こったと言うこともできるだろう。また、昭和戦時下の言論弾圧や思想弾圧の記憶が薄らぎ、戦前の記憶のアーカイブ化が進行していたこの時期[注15]において、〈獄中〉をめぐる従来の政治的・思想的コンテクストからのバイアスが弱まっていたことも、その要因として考えることができる。

とは言え、そこでの〈獄中〉表象と報道の形態は、ある一定の規範的な枠組み、つまり「真相」「実像」の覗き見と暴露、という枠組みを逸脱するものではなかった。そこでは、松崎天民のような多彩な記号を高度に駆使するコーディネーターが存在していた訳ではなく、その〈獄中〉表象も類型化されたパターンの反復であった。そこでは、犯罪者という「周縁」的存在の秘匿された監獄生活の「真相」をスクープし、覗き見るという身振りを示しながらも、そのような存在の「周縁」性を安全に包含し、それを恰好のトピックスとして消費するという、言葉と意識のなれ合い的関係構造が存在していた。そこで〈獄中〉の他者性は捨象、隠蔽され、その想像力自体も一元化されることになったのである。

4　見沢知廉における〈獄中〉者の系譜とその断絶

〈獄中〉の歴史性と見沢知廉

　そのような〈獄中〉言説の一元的な消費形態の拡大に呼応するように、一九九〇年代後半になると〈獄中〉表象が、言語表現に限らず漫画や映画などの視覚を重視した他の表現メディアにおいても展開されるようになった。例えば、漫画家花輪和一《はなわかずいち》の『刑務所の中』（二〇〇〇・七　青林工藝舎　図版㊻）が人気を博し、二〇〇二年には崔洋一監督によって映画化されたことからも、その普遍的な訴求力がそこでもなお衰えていなかったことがわかる。

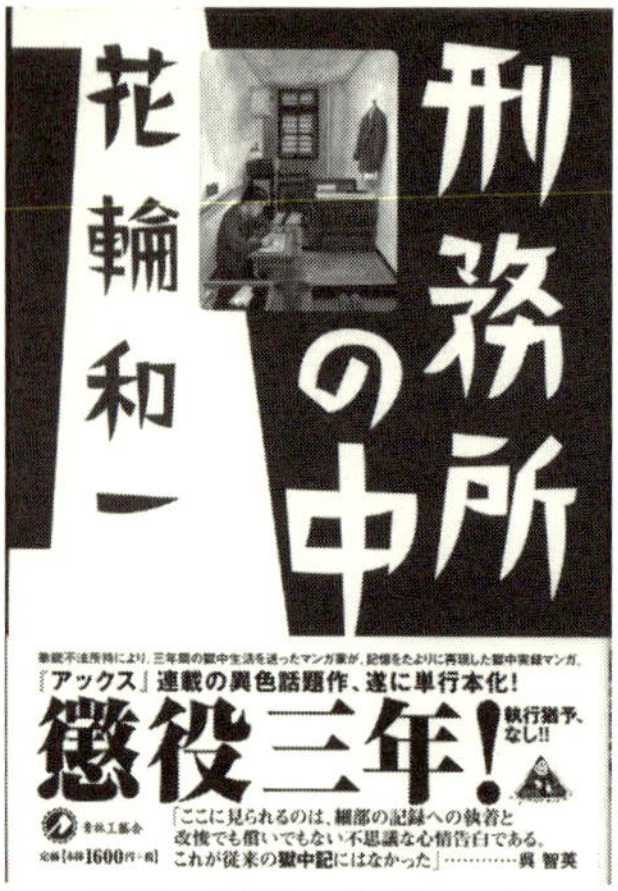

図版㊻　花輪和一『刑務所の中』
2000・7　青林工藝舎

　ただ、そこでの〈獄中〉表象の消費における欲望の中心は、その隠された空間におけるトリビアルなディテールを賞翫《しょうがん》することにあった。同書の「解説」で呉智英《ごちえい》は「ここに見られるのは、細部への記録への執着と改悛でも償いでもない不思議な心情告白である。これが従来の獄中記にはなかった」と指摘しているが[▼注16]、本書でこれまで論じてきたように、「細部への記録への執着」と同様に「不思議な心情告白」

が、実は近代日本文学の〈獄中〉言説において広く展開されてきた歴史的な特質であったことは言うまでもない。ただ、『刑務所の中』においてその特質は、もはやその収監者の犯罪内容や生涯をめぐる物語とは無関係に、それ自体が記号として消費されているということは確かである。そこには、「思想犯」「政治犯」という歴史的〈獄中〉表象の中心を担ってきた「犯罪」がもはやリアリティを失い（当然それは現在でも世界的にはリアルな事態であり、日本においても過去のものではないのだが）、それとは異なる〈獄中〉のモードが要請されるようになった▼注[17]という要因があったと考えられるだろう。一九九〇年代から〇〇年代にかけて、〈獄中〉は日常的に消費されるコンテンツとしての側面を次第に拡大させていった。

大衆消費文化としての〈獄中〉の記号化、ポップカルチャー化がそのように主流化する中で、なお政治と文学、思想をめぐる歴史的コンテクストと〈獄中〉との接合を試みた存在として特筆されるのが、見《み》沢《さわ》知《ち》廉《れん》という存在であろう。長期にわたる実際の収監体験を持つ見沢の〈獄中〉者としての記号性を確立したのは、『天皇ごっこ』（一九九五・一一　第三書館）という、監獄を舞台とした小説であった（図版㊼）。その表現は筆者の実体験に基づいているが、小説としての虚構化の度合いは高く、その〈獄中〉表象も「天皇」や近代日本の歴史性をめぐる主題と交錯するようなかたちで象徴化されつつ展開されている。そこでは、

図版㊼　『天皇ごっこ』表紙

監獄内の様々な日常的要素や出来事をリアリズム的に描写しつつも、来たるべき「恩赦《おんしゃ》」を予期して高揚する「囚人」たちの錯乱的な姿が戯画的に描かれる。

正月三日まで六連休だ。三十一日夜は、一年に一度の刺身が出る。それと三日までに食べるため保管しておける（普段は出たものはすぐ食べないと懲罰になる）せんべいやアメ、ミカンやリンゴ、バナナなどが転げ入る。

元旦にはおめでたく、二つの折詰がしゃしゃり出る。ようかん、鶏のもも、肉、れんこん、エビ、伊達巻、ソーセージ、きんとん、黒豆、紅白のかまぼこなどが入っていて、これも三日まで所有者になれる。他、元日は雑煮、二日はきなこ餅、三日は汁粉の特別メニューが魅惑的に並んで待っている。

二日は総入浴で六人は久々に感動の御対面。

「やっ、おめでとうさん！」

などと小声で囀る。

浮かれに浮かれている。ただでさえまともじゃないのが、累乗《るいじょう》される。

矢吹は笑いながら部屋の中を転げ回ったり四つ足で走る。白川は朝になると突然ウォーと吠えたり、夜、低く唸る。永井は史記の刺客列伝や古典アナーキストの原文をブツブツと暗唱して呟く。田村は世界革命の綿密なプランに余念がない。川田はおでこを壁にぶつけて恩典恩典と呻く。杉田は、小中学生の甘い臆の味をうっとりと想起してトリップする。

各人各様の〈異常〉をずるずるとひきずって、さて監獄は昭和六十四年へと驀進して行った。（第一章 四）▼注[18]

ここでの〈獄中〉は、その食をめぐる描写に見られるように、社会から隔離され隠蔽された、トピックス的「ネタ」を多量に孕む現実空間であるが、それと同時に、その「囚人」たちの呻《うめ》きや呟《つぶや》きに示されているように、「天皇」とその「崩御」、革命や無政府主義思想といった要素と融合して、高度に想念化された虚構空間でもある。その両方の側面を絶えず明滅させながら、その〈獄中〉表象は多様に展開される。その後刑務所内で「崩御」が報道された後も待ち望まれた「恩赦」の瞬間は訪れることはなく、「囚人」たちのそれぞれの絶望の中に第一章は閉じられる。第二章では、一転して舞台は「治安維持法」制定当時の日本社会に変わり、その歴史的記憶が浮上する。そこでは「天皇制ファシズム」をめぐる非合法闘争が、一九四〇年代におけるテロリズムの夢想と共に展開される。第三章では、一九七八年の「新左翼」運動の闘争やその内実が描かれ、そこから「天皇」が主題として引き込まれてゆく。第四章では舞台は「精神病院」に変わり、患者達の姿や管理体制を描きつつ、患者たちが「演劇大会」の実現に向けて動き出す過程が記述されるのだが、最終的に「演劇大会」は禁止され、そこで鬱屈した妄想的エネルギーが「天皇」と深く結びついて発現するまでが描かれる。五章は、監獄という場を離れ、一九九五〜九六年の「革命家」たちによる「北朝鮮」視察旅行を基調にして、そこに「二・二六事件」「右翼」「左翼」「三島由紀夫」「北朝鮮」等の歴史的・同時代的要素とその記憶が多様に交錯するカオス状態のままテクストは閉じられる。

また、監獄内で執筆されたこのテクストをめぐる様々な事情やその経緯も注目される。一九九九年の『天皇ごっこ』文庫化に際して、初出形からテクストは「四倍にまで加筆」されているのだが、見沢自身がそれを「この作品が既決獄中で書かれ、かつ獄中に未だいる時に受賞したという複雑な原因による」[注19]と述べている。そこでは、刑務所での執筆物に対する検閲や所持の規制、外部への通信の厳しい制限の中で書かれた原テクストが限定されたものにならざるを得なかったことが語られ、それゆえに、限定が解除された釈放後の文庫化に際して大幅な加筆をしたと、その経緯が説明される。今後も「また第六、七章と、このテーマはライフワーク的に書き続けていきたい」[注20]として語られるこの小説は、まさに監獄という場の特殊な制度性の内部から生み出され、その制度性による「書くこと」の変容自体を内在化した稀有なテクストであった。

また、見沢は、監獄内での執筆・発信行為がなお厳しく制限されていることを、このテクストやその「あとがき」で強く告発している。その意味で、一九九〇年代の類型化したトピックス的〈獄中〉言説から喪失された他者性を、見沢は自らの〈獄中〉言説において回復しようとしていると見なすこともできるだろうし、そこで〈獄中〉者の系譜上に自らの不安定な文学的立ち位置を定置しようとしたと考えることもできる。

ただ、そのような見沢の〈獄中〉言説が、「天皇」や近代日本の反体制思想史という歴史的主題と密接に繋がったかたちで消費されたかと言えば、必ずしもそうではなかったと言わざるを得ない。『囚人狂時代』（一九九六・二　ザ・マサダ）は、『天皇ごっこ』とは違い、監獄内での生活や囚人の様々な姿、そこでの諸規定や空間構造の図解、スミ塗りされた許可書物や監獄内で書いた手紙の写真図版等を交えて詳細に紹介した「十二年にわたるその非日常空間の体験記」▼注[21]であるが、大衆の興味を惹くそのルポルタージュ的な内容は、『塀の中の懲りない面々』と共通する、トピックス的な消費のされ方を想定したものであろう。そこには、『天皇ごっこ』に見られたような表現的な緊張感は存在していない。また、翌年には監獄内の自分と母との関係と交流を中心にして、母の手紙の文面を交えつつその監獄生活について書いた『獄の息子は発狂寸前』（一九九七・七　ザ・マサダ）を刊行している。これらの見沢の〈獄中〉言説が一般的にも広く読まれたことは、全て文庫化されている▼注[22]ことからも窺えるだろう。ただ、その読まれ方は、主に「文学」という想念の場からは離れた地点でのトピックス的消費であり、その〈獄中〉者としてのあり方は、見沢自身の文学的、思想的問題意識とは別の地点で、類型化されたエッジ的な「キャラ」として消費されてしまうというアイロニーを抱えたものでもあった。

『調律の帝国』の連続と断絶

『調律の帝国』（『新潮』一九九七・八　単行本化〈同・一二　新潮社〉に際し加筆　図版㊽）は、見沢が「あとがき」で「本書は決して、「告発」の書ではない」と述べているように、社会的ルポルタージュというよりも、小説表現としての〈獄中〉表象をより追求したものであり、いわば『天皇ごっこ』の系譜上に位置するテクストである。『調律の帝国』は、『天皇ごっこ』でも描かれていた監獄内での「唯一の着飾った〈ハレ〉であ」る正月をめぐる描写から始まる。その「非日常性の宴」の瞬間に「無意識の抑圧によっ

図版㊽　『調律の帝国』表紙

て朧気であった鉄格子や朽ちた白い壁、縁《へり》の腐った三畳一間の独房は、改めて露わな現実感を囚人の精神と肉体に迫る」「休みなく責めくる寒さに、肉塊も神経も痛み喘いでいる」と苛酷な監獄の環境が語られ、その日常が監獄内の様々な事象の説明と共に描かれてゆく。そこでは「明治四十二年に政治犯専門舎として建造されて以来、大杉栄、甘粕大尉、朴烈、徳球、志賀義雄、荒畑寒村などの重罪政治犯を厳重に隙なく包み込んできた」「関東唯一のL級施設」である「千葉刑務所」「七号舎」の特性が、「長期囚」としての「S」自らの体験から詳細に描き出される。

夜、Sは自由時間になると一秒を惜しむように、書きものに没頭していた。人を殺める自由さえあった過去に反して、監獄は夢を見ることと息を吸うこと以外はすべて不自由で、私物、財産、家族、親友、恋人とも切り離されて、彩りのない模擬的な「死」の世界を垣間見せる。自己の「死」を見ることでSはイデオロギーの催眠状態から脱け出し、初めて冷静に思考することを覚えた。教条的な観念が転向していく道程を掘り下げる「生きざま晒し」を記述するためには、小説という手段を選ばざるを得なかった。未決拘置所と違って刑が確定した刑務所では、小説を公に書く行為は懲役外賃労働だと法令で禁止されている。だから注意を他にひきつけ看守の眼を盗んで書くには、ありとあらゆる手段で官に反逆し続ける必要があった。

「「生きざま晒し」を記述する」ために、監獄内での「書くこと」を奪還しようとする「S」は、「閉塞した意識を解放する糸口を摑もうと」監獄内で僅かに許可される書物の中で宗教や古典の世界に志向し、監獄内の環境改善への交渉を重ね、「創作と反抗の蟻地獄が本当の神の杖だと悟」る。その後「八王子医療刑務所」への強制移監体験を経て、制度的硬直と暴力に満ちた監獄の世界が、主に「書くこと」の確保をめぐる看守との交渉と、それを暴力的に奪い去られてゆく「S」の姿を中心に描かれる。最終的に、冷酷な看守「米山」によって「小説が幾編も書き溜められた大切なノート」を眼前で破り捨てられた後、「S」はこのように記述される。

Sはある意味で確かに楽になった。殴打の響き、五訓の唱和、屎尿の匂い、行動訓練の掛け声……。しかしもう、何も考えなくていい。死者の呪いや、思想を超えた神の声も忘れた。内面世界に、また新しい〝帝国〟が芽吹いた。
長い間、自分自身から抜け出ようと踠いていたもう一人の自分が、その時躰からすうっと、軽いむず痒さに似た心地良さとともに脱皮した。その透明なSは、獄窓を擦り抜けて獄庭をのびやかに泳いだ。

自らの身体と精神の制約を超越した「S」は、監獄の光景を空中から俯瞰し、そこで「獄庭」は「白無垢、ただそれだけに彩られ、一点の染みもない常世《とこよ》の国に姿を変え」る。そこで超越化した「透明なS」が「何百もの純白な布の一つに化身し、誰にも見分けがつかなくなっ」た一方で、監房内に拘禁された「Sの肉塊」は「赤子に退行」する。

担当や係長、警備隊員が激しい音を立てて鉄扉を開け、無言のまま唾を飲んだ。眼の前では獄窓から灌ぎ入る細長い白光だけが、散乱した茶色い紙袋の渦と、その産屋で号泣する嬰児のSを、もう一つの〈常世の国〉として煌めかせ、照らし出していた。

この光景の描写で閉じられる『調律の帝国』は、『天皇ごっこ』に見られたような戯画化やアイロニー、パロディや笑いといった要素は全体として薄く、その文体も終始一貫している。その物語世界の構造も、自由な表現を希求し逃走する「S」と、それを抑圧する硬直した監獄制度側（それは絶対的権力として極端にデフォルメされている）との対立に終始している。

また、『天皇ごっこ』に見られたような〈獄中〉とその歴史性をめぐる多元的視線は、『調律の帝国』においては明らかに後退し、その代わりに神道的宗教性からの影響が前景化している。「一章」の最後で「権禰宜《ごんねぎ》として保田與重郎《やすだよじゅうろう》や影山正治、蓮田善明《はすだぜんめい》を貫く弥猛心《やたけごころ》の山脈を師と仰ぎ、自らの希望で半世紀も獄の教誨を休まず続けて、それ以外は著述と史料編纂の毎日を送っている」「神道教誨師の松居」と「S」が「教誨室」で対話する場面が展開されるのだが、そこで「松居」は、神社を爆破し殺人を犯した「S」の膨大な自分語りに対して、「保田先生のおっしゃる橋、智にして自然、智でありながら自然、自然征服でない橋、それと同じです。……神道をアニミズムという低能神学者や結婚式と正月を商売にする神職達よりも、むしろ神のお社に火を放ったあなたの方が、実は神のお社に住んでいらっしゃるようだ……」（傍点原文）と述べる。刑務所内における唯一の理解者として描かれるこの「松居」とのペダンティックな会話は、そこに同席した「教育課」の役人には全く理解できず、「内容記録」には「ただ『Sによる監獄批判の言動あり、改悛《かいしゅん》の情なしと認む』」とだけ書かれたということが記述されるのだが、この「内容記録」が「S」と「松居」の対話を相対化するアイロニーとして捉えられている気配はない。テクストは、一貫して「弥猛心」を抱える「S」と、それに無関心な冷酷な監獄制度側という二項対立以外の他者性を終始拒絶したまま展開されることになる。

この「松居」との対話に見られるように、そこでは特権的にイメージ化された「保田與重郎や影山正治、蓮田善明を貫く弥猛心」（それの内実はテクスト内では説明されない）こそが現実の社会制度を超える超越的な摂理であることが仄めかされ、それが憤怒《ふんぬ》する「S」の内面と唯一響き合うことになるのだが、そのイメージは日本浪漫派系列の文学的コンテクストとして曖昧に示されるのみで、その交感自体も極度に自閉的である。テクスト全体の物語レベルでも、監獄という空間と自己の「内面」からの神道的な超越が「S」を救済することになるのだが、自らの「書くこと」（「ノート」）の破棄がそのような神道的超越に繋がることの物語的必然性は曖昧である。むしろそこでは、大正期以降構築された、内的超越と自己変革の場としての〈獄中〉のあり方が全面的に浮上しているようにも思える。「むしろ神のお社に火を放ったあなたの方が、実は神のお社に住んでいらっしゃるようだ……」という「松居」の言葉は、そのような〈獄中〉者の誇大化する自意識と全能感を心地よく充填《じゅうてん》するものであるだろう。

『天皇ごっこ』において見沢は、監獄空間を高度に虚構化した上で、そこに思想的・歴史的問題やその記憶を強く投影し、それと監獄の現実とを明滅的に交錯させることによって新たな〈獄中〉表象を生み出したと評価することができる。よって、その表現は、収監体験やその歴史的記憶を共有しない読者に対しても、一定の文学的な普遍性を持ち得たと考えられる。ただ、『調律の帝国』では、見沢は再び近代日本の監獄制度をめぐる歴史性そのものに対峙し、そこでの〈獄中〉者たちの「書くこと」の身体性と苦痛の感触を辿《たど》ることのみを意図したとも言えるだろう。よって、「政治犯」「思想犯」をめぐる記憶も薄らいだ一九九七年時点では、そのアプローチは決して有効であったとは言えないであろうし、テクスト自身も「神道」の言及不能な領域に寄り添うことで自閉することになった。その苛酷な〈獄中〉の姿は、それを経験したことがないほとんどの読者にとってはリアルなものではあり得ない訳だが、そのような読者との断絶を埋めることを、『調律の帝国』において見沢は放棄しているかのようだ。よって、文学テクストとしての批評性や表現的拡張性については『天皇ごっこ』の方が遙かに優れていると言えるだろうが、『調律の帝国』には、作家デビュー以降「〈獄中〉キャラ」として消費される自らの「書くこと」へのアンビヴァレントな意識が反映されていると考えられる。その意味で、『調律の帝国』は、近代日本における〈獄中〉の想像力の歴史性から純粋培養されたテクストであると言えるだろう。

見沢は以後も「獄中者は何を表現しようとするのか」（特集「〝世紀末ニッポン〟犯罪と犯罪報道」『創』

一九九七・一二)、「見沢アウトロー総研　獄中訴訟と丸岡修」(『創』一九九八・八)等の評論的〈獄中〉言説を発信するなど、〈獄中〉者としての自己記号性を活用して活動を展開してゆく。その活動は二〇〇五年九月の見沢の死によって終わりを迎えるが、「右/左」の政治的記号性の間を大きく振れ動き、監獄という空間の磁場に魅惑され、囚われ続けたその作家的あり方には、近代日本文学の〈獄中〉表象をめぐる歴史性がまさに内包されている。その作家としての短い活動期間の中で生み出された〈獄中〉言説には、近代日本の〈獄中〉表象の歴史性が強く反映されていると同時に、そこからの断絶もまた、明瞭に刻印されているのである。

1 敗戦後の〈獄中〉表象をめぐる転換と連続

［1］ルース・ベネディクトからジョン・ダワー、マイク・モラスキーに至る「戦後日本文化論」のコンテクストにおいて、この問題は批評的主題として常に対象化されてきたと考えられる。
［2］ジョン・ダワー『敗北を抱きしめて』上巻　第二部　絶望を超えて　第五章　言葉の架け橋（一九九九（三浦陽一・高杉忠明訳　二〇〇一　岩波書店））。
［3］今井清一「解題　編集と校訂を終えて」（今井清一編『新編　愛情はふる星のごとく』二〇〇三　岩波現代文庫）p430
［4］注2ダワー同書 p245-246
［5］注2ダワー同書 p246-247
［6］松本慎一「尾崎の獄中書簡について」（一九五〇年版『愛情はふる星のごとく』あとがき）岩波現代文庫版 p425
［7］注3今井同解題 p432

2 他者性と実存の空間―椎名麟三の〈獄中〉表象

［8］引用した椎名テクストの本文は全て『椎名麟三全集』1（一九七〇・六　冬樹社）に拠った。

［9］重松一義「世界の監獄（一）――その系譜と類型――」（『中央学院大学法学論叢』一九九九・三）p5

3 政治性からの分離と「塀の中」のトピックス消費

[10] この言説は、初出や全集、作品集以外でも、『影絵の世界──ロシア文学と私』(一九六七 平凡社)、『石棺と年輪──影絵の世界』(一九七六 未来社)、『影絵の世界』(一九九一 筑摩叢書)、『影絵の世界』(一九九七 平凡社ライブラリー)、『影絵の時代(抄)・内界の青い花』(作家の自伝 一九九九 日本図書センター)、『人間の記録181 埴谷雄高 影絵の世界』(二〇一二 日本図書センター)と、様々な単行本の形態で読まれ続けている。

[11] 秋山駿・埴谷雄高「『死霊』の発想と未来像」(『全集 現代文学の発見』第七巻月報一 一九六七・一一 学藝書林)や「灰色の壁」の記述を踏まえて田辺友祐は「埴谷雄高『死霊』論──その構想の検討」(『日本文学誌要』二〇〇六・三 法政大学国文学会)p67で、埴谷が収監された豊多摩刑務所において「「思索と文学的想像力」と読書によって織り成した内的世界が、即ち『死霊』の祖型である」としているが、神話化されたそのような「死霊」の「起源」と、本書で論じてきた〈獄中〉の想像力をめぐる歴史性とを腑分けするのは容易ではない。

[12] 秋山駿「ノートを読んで」(河出書房新社増補新版『無知の涙』解説 一九九〇)等。

[13] 栗岡幹英「監獄をめぐる環境装置としてのマスメディア」(総合特集シリーズ41 法学セミナー増刊『監獄の現在』〈一九八八 日本評論社〉所収)は、出版やテレビにおけるその種の〈獄中〉表象のあり方を論じ、「マスメディアは、監獄のおかれた環境の重要な一部として、あるいはその機能の一部を担う装置として存在している」(p100)と指摘している。

[14] 佐々木光明+前田朗+宮本弘典「監獄問題を考えるために」(総合特集シリーズ41 法学セミナー増刊『監獄の現在』〈一九八八 日本評論社〉所収)の「I 監獄への視線」の章p285は、近年の「獄中記関係のもの」の出版の増加を受けて、「一般に監獄を扱うものに対して、日常と非日常が交差することなく、興味・好奇心の対象に過ぎなかったり、また体験を聞く聴衆に過ぎなかったりしたが、視覚によりさまざまな情報を得、さらに体験者からその実態を詳しく知るという状況は、良きにつけ悪しきにつけ一足早い「監獄の社会化」(!?)とでも言えるのだ

ろうか」と指摘している。
[15] 歴史的記憶のアーカイブ化におけるエポック・メーキングとなったNHKの『映像の世紀』シリーズが放映されたのはこの時期であった。

4 見沢知廉における〈獄中〉者の系譜とその断絶

[16] この一文は、図版㊻に示したように同書の帯にも掲載されており、この書物のあり方を体現する象徴的な言説としてそれが扱われていることがわかる。
[17]『刑務所の中』の著者花輪和一が収監されたその罪状が拳銃不法所持（銃砲刀剣類所持等取締法違反）であったことは象徴的である。
[18] 引用した『天皇ごっこ』の本文は全て初出（一九九五・一一　第三書館）に拠った。
[19] 見沢知廉「あとがき」（新潮文庫版『天皇ごっこ』一九九九・八）p393～395
[20] 注19見沢同文章。
[21] 香山リカ「解説」（新潮文庫版『囚人狂時代』一九九八・四）p310
[22]『囚人狂時代』は一九九八年四月、『天皇ごっこ』は一九九九年八月にそれぞれ加筆の上、新潮文庫化された。なお、『獄の息子は発狂寸前』は新潮文庫化（二〇〇〇・一一）に際して『母と息子の囚人狂時代』と改題された。

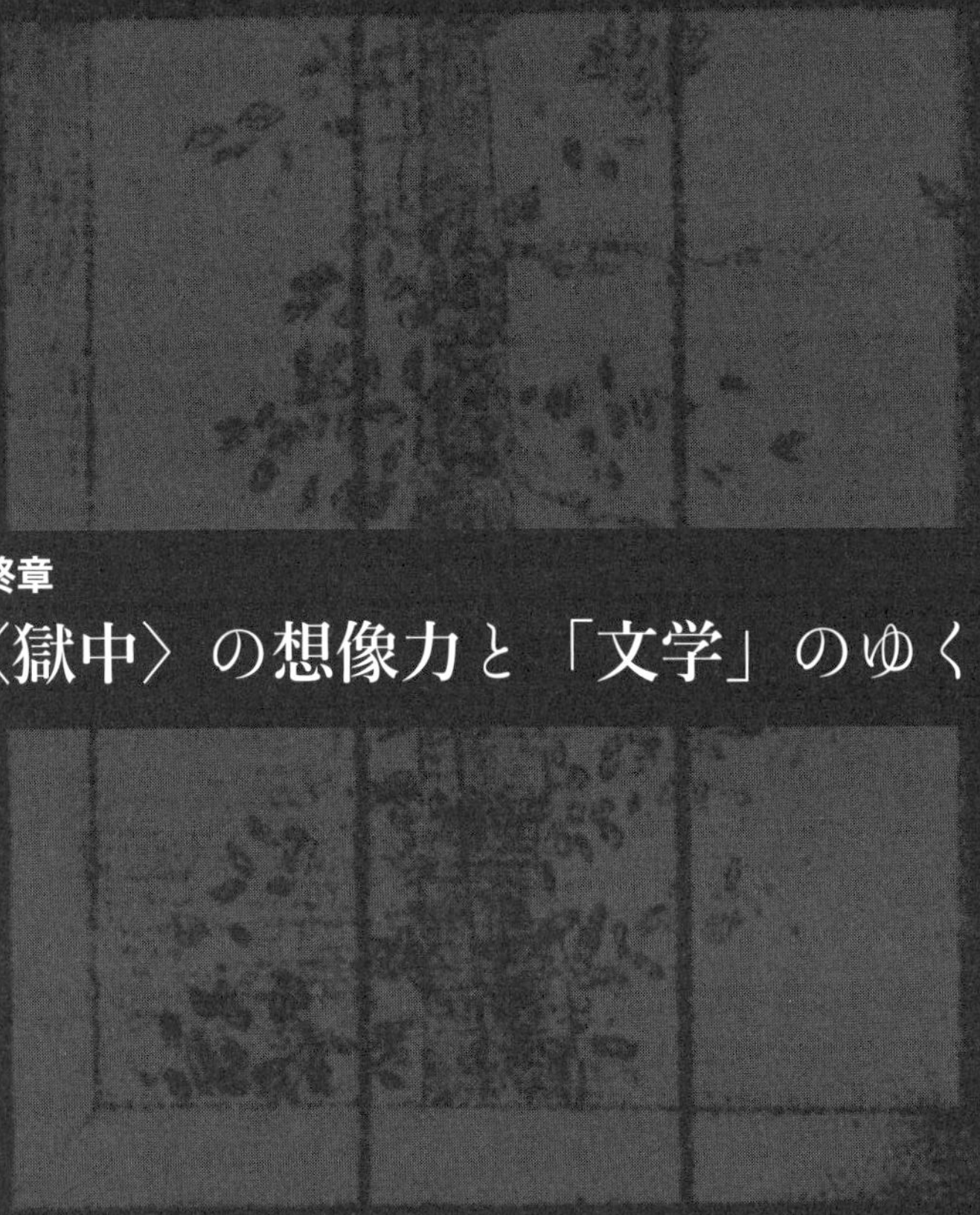

終章

〈獄中〉の想像力と「文学」のゆくえ

「監獄法」の終焉と〈獄中〉言説の歴史性

〇〇年代も中盤を過ぎた時点になって、日本の「監獄法」（明治四一年三月二八日法律第二八号）はその百年近くの長い歴史をようやく終えた。まず、刑事施設一般と受刑者の処遇に関する法整備が先行して進められ、二〇〇五（平成一七）年五月一八日に「刑事施設及び受刑者の処遇等に関する法律」（受刑者処遇法）が成立、翌二〇〇六年五月二四日に施行された。そこで「監獄法」には未決拘禁者・死刑確定者に関する規定だけが残ることになり、同日施行された「刑事収容施設及び被収容者等の処遇に関する法律」（刑事収容施設法）附則第一五条によって、同じ五月二四日に「監獄法」は「刑事施設ニ於ケル刑事被告人ノ収容等ニ関スル法律」に改題された。次に、未決拘禁者・死刑確定者についての規定に関し、二〇〇六年六月二日に「刑事施設及び受刑者の処遇等に関する法律の一部を改正する法律」（受刑者処遇法改正法）が成立し、同年六月八日に公布、翌二〇〇七年六月一日に施行された。それまでの「監獄法」は同日をもって廃止され、未決拘禁者・死刑確定者に関する規定は「受刑者処遇法」に統合されることになった。「受刑者処遇法」も、その統合後は「刑事収容施設及び被収容者等の処遇に関する法律」へと名称が変更された。

これらの一連の改正は、「被収容者の権利義務関係・職員の権限が不明確」「受刑者処遇の原則やその内容・方法が不十分」「代用監獄に関する規定が不十分」「大量の訓令通達などで法律の不十分さを補完」「カタカナ表記の文語体」といった多くの問題点ゆえに「今日では極めて不十分な内容[注1]」であった「監獄法」を根本的に見直すためのものであり、そこで従来の歴史的名称である「監獄」も「刑事施設」と改称されることになる。また、「監獄法」には、収監者側だけではなく制度側の刑務官の人権上においても問題が多いという指摘もあった。[注2]それらの法律的・制度的変遷と「監獄法」自体の問題点についてここで詳細に検討する余裕はないが、少なくとも、明治期以降多くの〈獄中〉言説の中で言及され、そこで「囚人」の身体と精神を厳しく制約し、時には国家権力のイデオロギーによる暴力を許容し、時には〈獄中〉者の「闘争」の手がかりともなってきた「監獄法」が終焉を迎えたことは、収監者やそこで勤務する人々の基本的人権の尊重及び受刑制度の合理化における一定の進歩であったと同時に、従来の〈獄中〉の想像力をめぐるパラダイムが今後転換してゆく契機となるものでもあろう。

ただ、フーコーが論じたところの監獄という処罰・管理システムの枠組み自体は、細部の改善や変更はあったとは言え、ほぼそのまま維持されており、おそらく今後もそこにドラスティックな変化が起こることはないだろう。「監獄」が「刑事施設」とその名称を変更した後でも、〈獄中〉という空間自体は、過去の歴史性と繋がりつつ、管理と好奇、そして闘争の場であり続けると予想される。また、「政治犯」「思想犯」という、現代日本では「戦前軍国主義」的な過去の遺物とされている「犯罪」も、今後別の形で日本社会に再登場し、新たな〈獄中〉者の言葉がそこで紡《つむ》がれる可能性も十分にあるだろう。そこにおいて、過去の〈獄中〉言説が刻み付けてきた歴史的な言葉を顧みることは、決して無意味な行為であるとは言えない。〈獄中〉をめぐる歴史的記憶の想起は、イデオロギーや思想の垣根を超えて、現在的な批評性に繋がる可能性を確かに持っている。

後藤慶二と中野重治の「監獄」

佐々木幹郎は、「監獄の壁と言葉——後藤慶二と中野重治——」（『群像』一九九八・八）で、一九八三年に解体された「豊多摩刑務所」について語っている。豊多摩刑務所は「小伝馬町牢屋敷・警視庁市ヶ谷囚獄という未決拘禁の流れを沿革的にも」つ「独居監房を最も多くもつ未決拘禁向きの施設▼注[3]」であり、東京監獄市ヶ谷刑務所や巣鴨監獄と共に多くの「思想犯」「政治犯」を収容し、そこで〈獄中〉からの「言葉」を生み出し続けた歴史的な場所であった。佐々木は、「恐ろしいほど魅力があった」その解体現場でその「十字舎房」の建築的魅力を発見し、その主任設計者であった後藤慶二《ごとうけいじ》に思いを馳せる。「東京の真ん中の広大な「秘境」」としてのその建物と、「まるで西欧中世のおとぎ話に出てきそうな雰囲気を持っていた」「監獄正面玄関を描いた」後藤の絵から、「神のやうに人間を幸福にする」という後藤の建築観がそこに投影されていたことを想い、そこに収監された際に中野重治が書いた獄中書簡に言及する。

わたしが中野の獄中書簡に魅せられたのは、そこに実に柔軟な思想が奏でられていたからである。獄中書簡というものは、誰もが獄中にいるときと、獄外にいるときの違いについて述べがちである。不満を述べる場合でも、そうでない場合でも、ここは特殊な場所であることを強調して止むことがない。しかし、中野の書簡にはそれがなかった。獄中にいても、獄外にいても、彼の言葉は何ら変わりがない。そこに詩人であり、作家であった彼の本領が透かし見える。中野重治の文学にそれまでさほど強い共感を持たなかったわたしは、目を洗われるような思いがした。

ここで佐々木が指摘している、「獄中にいても、獄外にいても、彼の言葉は何ら変わりがない」という中野のあり方は、〈獄中〉者としては非常に珍しいものだ。更に佐々木は、中野が「美しい言葉で十字舎房の建物を誉めた」ことを述べ、設計者後藤慶二との内的交感の可能性を想像した上で、その書簡集『愛しき者へ』（一九八三-八四　中央公論社）と「刑務所に改良を求む」（『改造』一九二四・一二）の文面から、「獄中にいる人間への、獄外に出た人間の気遣いの言葉」の「素朴な、愛情あふれる」様を読み取っている。中野が「闘争」的主体として活動し続けた存在であったことは言うまでもないが、その中野がそのような形で〈獄中〉の歴史的想像力を相対化し、「獄外」から〈獄中〉への想像力の通路を創出していたことは、〈獄中〉言説の歴史においては例外的なことであるだろう。中野は、その小説においても、同時代の林房雄や他の多くのプロレタリア文学者のように〈獄中〉表象を濫用することはなかった。そのような中野の単独性は、近代日本の「文学」が、〈獄中〉をその本来の暴力性や他者性とは異なる位相において恣意的に受容し、貪欲に消費していたことを逆照射しているのである。

「文学」のゆくえと〈獄中〉の想像力

「純文学」がもはやジャンル的な有効性を喪失し、見沢知廉の死以降〈獄中〉者の言説の系譜も断絶している現在、「文学」概念と〈獄中〉との繋がりは不明確になりつつある。本書の第六章で論じたように、〈獄中〉をめぐる言説とその表象は次第に政治的・思想的コンテクスト、そして実存主義的な文学的コンテクストからも遊離し、それ自体が趣向的コンテンツとして賞翫されるようになった。現代日本においては、社会に数少なくなった「エッジ」的な場として逆にその希少性が珍重され、トピックスとしての趣向性が煽り立てられる側面さえある。そして、「文学」もまた、そのジャンルとしての自明性を同時に喪失し、ソフトとしての訴求力を衰退させつつある。勿論、その衰退の要因が〈獄中〉言説とその表象の矮小化や歴史性との断絶にあるという訳ではないが、その同調的な変容のあり方は、「文学」のアウラをめぐる現在の状況を考えると象徴的であるだろう。

「文学」が文化消費の空間に棲息し続けるためには、常にどこかに自らのアウラの源泉を見出さねばならない。ベンヤミンを持ち出すまでもなく、複製技術の発展と共にそのアウラは、「文学作品」と「作者」の側ではなく、それを複製し記号的に流通させるメディア空間の側によって管理されるようになった。よってそこでのアウラの源泉（勿論それ自体が仮構的なものだ）は、恋愛、「煩悶」する〈内面〉、赤裸々な「本能」、教養と人格、生命や個性、そして「文学」概念自体にと、様々に「発見」されることになった。戦時下にはそれは「日本的なもの」や「純粋」な精神の場としての〈前線〉に見出されるようになるのだが、そのような近代日本の「文学」の「塒《ねぐら》」の一つが〈獄中〉であったのだ。その意味で、〈獄中〉の想像力は決して単独に存在するものではなく、常に別領域の想像力（戦争、宗教、犯罪、自由、女性、性…）と相関的に存在するものであり、そこでは常に交錯と融合のダイナミズムが発動していたのである。本書でその相関性を十分に解明できたとは思えないし、近代日本の全ての〈獄中〉言説を網羅できた訳でもないが、〈獄中〉の想像力をめぐる歴史的構造の一端は、ある程度明確になったと考える。

〈獄中〉は、「自由」を希求するという向日性を一元的な意義とする空間ではない。その閉鎖性ゆえに、〈獄中〉者の〈内面〉を絶対化し、それを拡張する欲望の場へとそれは反転する。それ故に〈獄中〉は、同時代のコンテクストやモードに即応する、多機能で柔軟な表現の場であり続けることになった。そこでの表現は決して独創的なものではなく、その多くが類型的だ。しかし、そのような類型性こそが、〈獄中〉表象の機能の核心であった。よって、監獄に対する旧来の意識の「構え」が存在し続ける限り、〈獄中〉は、今後も社会と「文学」の内部で特権的な意義を持ち続けるだろう。

現代日本の文化消費における〈獄中〉

近代日本文学の「誕生」以降、様々なテクストに内包され、一九二〇年代から三〇年代に「文学」概念の内部で更に育まれた〈獄中〉の歴史的想像力は、「文学／非文学」の二項対立構造が揺らぎつつも未だ残存している現代日本の言説空間にも、確実に息づいている。一九七〇年代の文学的言説空間での永山則夫ブームは、近代文学研究の全盛期であり、社会的にも文学のアウラが残存していた時代の歴史的現象であったが、永山の死刑執行直前の一九九〇年代後半まで、その動向が様々な角度から捕捉、追尾され続けていたことからも、その〈獄中〉をめぐる想像力が持続して発動していたことがわかる。その〈獄中〉での旺盛な執筆活動が、時には文学的な憧憬の対象となるという転倒した事態さえ、そこでは起きることになった。

ただ、本書第六章で述べたように、永山の言説が流通した時期以降、〈獄中〉表象は、「文学」との共犯的な関係という枠組みを超え、強力な文化的データベースとして分散的に消費されるようになった。本書では取り上げなかったが、トピックス消費の傾向が強い〇〇年代以降の〈獄中〉表象消費においても、『日本刑務所大鑑――全67カ所の歴史と獄中の全貌』（バンブームック　竹書房二〇〇三・九）、『あなたの知らない刑務所世界――実録！囚人たちが教える獄中タブー』（コアコミックスコアマガジン　二〇〇七・六）、『漫画実話ナックルズSP　ニッポンの刑務所』（ミリオンムック01　二〇一一・四ミリオン出版）のような、いわゆる「コンビニ本」を含めたムック系の書籍がコンスタントに出版されており、〈獄中〉表象の消費はもはや、コンビニエンス・ストア的な日常空間において風景化されたものとなった。

また、依然として「獄中記」的書物も出版され続けている。中でも、札幌出身のラッパーB.I.G.JOEの『監獄ラッパー　獄中から作品を発表し続けた、日本人ラッパー6年間の記録』（リットーミュージック二〇一一・八）の刊行は、今もなお〈獄中〉言説が「エッジ」からの言葉として受容されることを再認識させる事例であった。二〇〇三年にオーストラリアでヘロイン密輸容疑により逮捕され、同国内で六年間収監されたB.I.G.JOEが、その経緯と監獄内の苛酷な生活、そこでの音楽創作の苦闘を描いたこの書物は、釈放後に執筆された「回想的〈獄中〉言説」（B）であり、そこには秘された〈獄中〉を覗き見る好奇の視線も想定されてはいるのだが、それよりも、「ジェイルで生きる」ことをめぐる具体的な方法や心得を述べた実体験記としての側面が強い。刑務所収監を「箔をつけるための必要不可欠プロセス」と捉える欧米の「ギャングスタ・ラッパー」文化を醒めた目で捉え、「僕に与えられたこの貴重な体験を、美化し、屈折させて伝えたくはないのです。刑務所というところは、甘くはないし、人生を完全に狂わすことのできる、現実社会に存在する悪夢のような場所でした」（p267）と冷静に語るB.I.G.JOEの言葉は、近代日本文学の〈獄中〉の想像力と部分的に接続しつつも、監獄の本質的な暴力性と他者性を敏感に感受する、固有の緊張感とリアリティを発散している。その言葉が、近代日本の歴史的〈獄中〉言説の感傷性や夢想性から距離を取り得ている要因は、〈獄中〉をめぐる文学的コンテクストの衰退という同時代状況のみならず、B.I.G.JOE自身のラッパーとしてのアイデンティティにあるのだろう。元来、八〇年代以降のアメリカ黒人社会の貧困と被差別の感覚に基づく強烈な社会・権力批判を母胎とする、ラップ・ミュージックとしてのヒップ・ホップは、いわば〈獄中〉を本質的に内在化して存立する文化ジャンルであった（図版㊾）。監獄のあるオーストラリアと母国としての日本、更には多国籍の収監者たちの文化が交錯するその監獄内で、十分間に制限された電話を用いて日本に送信された「LOST　DOPE」と題されたB.I.G.JOEのラップ、そしてその後ジョン・モローニー刑務所内のスタジオで制作された彼の四枚のアルバムは、まさに現代

図版㊾
Public Enemy "It takes a nation of millions to hold us back"（1988）

的な「音信的〈獄中〉言説」(A)である。その意味で、B.I.G.JOEの〈獄中〉からのラップが孕む異質感は、かつては〈獄中〉からの「文学」の内に見出されてきた他者性の感触であったとも言えるだろう。

また、「元少年A」の『絶歌』(太田出版 二〇一五)は、強い社会的非難を浴びつつも「エッジ」としての〈獄中〉(体験)者への好奇と探索のまなざしを集めている書物であるが、ネットを中心に頻繁に発信されるそのリアクションにおいては、永山則夫の〈獄中〉の歴史的コンテクストが召喚されるケースも見られるのであり、そのまなざしの背後にもやはり歴史的な〈獄中〉の想像力が反響している。当然、かつて法を犯したそれらの人々における出版や印税収入、メディアへの露出をめぐるモラルは常に論争の的になるものだが、ネットを中心としたそのような批難と消費の背後でも、特権化された〈獄中〉の歴史的イメージが貪欲に消費され続けているのである。また、平本アキラのマンガ「監獄学園」(『週刊ヤングマガジン』二〇一一・二〜)における、性的な趣向が極端に増幅された「監獄」表象の背後にも、もはや完全に記号化され、データベース化された〈獄中〉像を見出すことができるだろう。

そのように多様化、分散化した現代日本の文化消費において、かつては「文学」が所収していたところの、もはや希少種と化した「エッジ」としての「言葉」のアウラは、そのようなコンテンツの中でいわば希釈された上で加工され、断片的・順列的に消費されているのかもしれない。ただ、二〇一六年という、いわばポスト「監獄法」時代において、従来の〈獄中〉の想像力がそこでようやく脱神話化されてフラット化された、という訳ではないだろう。逆に、監獄が「空白としての言葉」を無尽蔵に生成する希少な場として再発見されるという歴史的事態が、そこでは反復されているのではないだろうか。〈獄中〉という空間とその想像力は、我々の身体と意識をめぐる「近代的」制約が存在し続ける限り、消え去ってしまうことはないのである。

▼注

［1］法務省ウェブページで公開されているＰＤＦ資料「監獄法から刑事収容施設及び被収容者等の処遇に関する法律へ」（http://www.moj.go.jp/content/000057393.pdf）における記載内容。

［2］清水反三「監獄法改正と刑務官」（総合特集シリーズ41　法学セミナー増刊『監獄の現在』〔一九八八　日本評論社〕所収）。

［3］重松一義『図説　世界監獄史事典』「豊多摩刑務所と予防拘禁」図版キャプション（二〇〇五　柏書房）p15

あとがき

本書は、二〇〇五年に慶應義塾大学文学研究科に提出した博士学位申請論文（二〇〇六年一月学位取得）に大幅な加筆、修正を加えたものである。特に、第四章は大幅に加筆し、第六章はほぼ新たに執筆した内容である。また、二〇〇五年提出の博士論文は、二〇〇一年一〇月に開催された日本近代文学会秋季大会で「〈獄中〉の想像力――「書くこと」をめぐるユートピア」と題して発表した内容を更に展開させたものである。また、本書第二章「大正期1――メディア空間で記号化される「言葉」と「獄中記」での松崎天民に関する記述は、「雑誌『中央公論』と大正初期のメディア空間――松崎天民の読物の構造を中心に」（『走水論叢』第7号　二〇〇四・三）に、第三章「大正期2――内的な自己超越のトポスに変貌する〈獄中〉」での山中峯太郎の〈獄中〉言説に関する記述は「山中峯太郎とその記号的「漂流」――昭和初期の『主婦之友』掲載言説を中心に――」（『昭和文学研究』第56集　二〇〇八・三）に発表した内容にそれぞれ大幅な加筆、修正を加えたものである。また、第五章「昭和期2――プロレタリア文学から一九三〇年代の言説空間へ」の「4　「歴史」と「文学」の接合と〈獄中〉表象」における「歴史小説」論議と同時代の「文学」概念との関係についての記述は、「「歴史」という名の欲望――昭和十年代の「歴史小説」をめぐる言説構造について」（『防衛大学校紀要』第八八輯　二〇〇四・三）で論じた内容と重なるものである。

〈獄中〉言説を研究対象とした当初は、〈獄中〉の象徴空間としてのあり方と同時代の文学概念との関わりという側面を中心に考察を進め、本書でもそれは主要テーマとなってはいるのだが、研究を進めるにつれて、それだけでは近代日本における〈獄中〉言説・表象の歴史性とその機能を到底掬い取ることはできないことが明確になった。よって、〈獄中〉言説とその表象をめぐる消費と流通という側面を、大衆文化の領域をも含めて再検証し、〈獄中〉の想像力の多様な発現のかたちを可能な限り広範に捉えることを目指した。

また、本書では、様々な容疑で収監、拘禁された人々を取り上げているが、特に「思想犯」「政治犯」と呼ばれる人々の言説を問題にすることが多くなった。よって、そのような〈獄中〉者たち〈特定の政治体制下でその構造的暴力に曝され続けた人たち〉が直面した暴力とその現場性をこのような研究が果たして十分に対象化し、批評し得ているのかという批判も当然生まれると予期される。その意味で、本書の研究対象にはデリケートな要素が含まれるであろうし、そのような角度からの批判も十分に説得力を持つものであろう。ただ、従来の文学研究においては、〈獄中〉者のイデオロギーやその精神・思想のみが特権的に対象化され、そこでその〈獄中〉自体がステレオタイプ化された「闘争」の場として浮遊し、流通するという事態が確かに起きていた。本書は、そのような従来の観点から離脱して、過剰な「言葉」の溢れる空間としての〈獄中〉の生成的なあり方を対象化することで、その想像力の形態を同時代コンテクストの中で考察することを目指した。「批評」や「研究」「思考」といった言葉が現実との対応性やモラルを喪失して特権化され、ホモ・ソーシャルな共同体の内部で独占的に共有されるという事態は、私自身も現実に文学研究の場で何度も目にしてきた。〈獄中〉という場が、政治体制が生み出す制度的な場であるからこそ、その空間をイデオロギー的に特権化し、「思想」の場としてのアクチュアリティを自明化することの危険性に対しては、常に自覚的であらねばならないと考えている。

ここで、本書の基盤となった博士論文の審査をご担当戴いた関場武先生、松村友視先生、紅野謙介先生に心より御礼を申し上げたい。特に、松村友視先生には、未熟な私の研究に対して常に真摯に指導の言葉を投げ掛けて戴いた。私が修士・博士課程で在籍した慶應義塾大学松村ゼミは、文学研究の制度的硬直と閉塞に直面して失望を抱え続けていた私に、自分の「言葉」の持つ可能性をようやく発見させてくれた場であった。また、〈獄中〉の「文学」と想像力というテーマの構想は、慶應義塾で開講された紅野謙介先生の演習で、鋭く、自在に展開される紅野先生の感性に触れることで生まれたものであり、様々な視点やアイデアがそこで喚起された。学会の場でも、制度性に怠惰に流されない、真摯で緊張感を持った研究者のあり方を常に示されている紅野先生に博士論文をご審査戴けたことは、大変有り難いことであった。私の怠惰と能力不足ゆえに、それから本書の刊行までかなり時間が経ってしまったが、ここで改めて感謝の念を表明させて戴きたい。

また、近代文学合同研究会のメンバーをはじめ、これまで様々な形で研究の場を共有してきた人たちにも感謝を申し上げたい。異なる立場にあっても、様々な形で私の研究行為に応答してくれる人たちに対し、感謝と共に新たな言葉を今後も発信してゆきたい。特に、様々な学会や研究会に共に参加し、対話する機会を戴いている現慶應義塾大学博士課程の院生の方々からは、年齢や経歴、研究ジャンルの差を超えて、常に研究上の刺激を受けている。自らの保証された領域を超えて、積極的に様々な学会や研究会に参加し、その活動を支えている若い世代の研究者の姿は、怠惰な自分の姿を照らし出し、研究への新たな意識を生み出す力となった。また、現勤務先の防衛大学校で過去に卒業研究論文指導を担当した学生たちの中にも、自らの言葉を模索する真摯な姿勢と意識を多く発見することができた。「文学研究」の制度とは異質な場所であっても、〈知〉の可能性が確かに存在することを示してくれたそれらの学生たちの知的好奇心は、偏向しがちな私自身の視野を多彩に拡げてくれるものであった。他者との絶え間ない対話と信頼が、文学研究のアクチュアリティを生み出すことを改めて実感している。また、初の著書出版ということで、笠間書院の岡田圭介氏には色々とご迷惑をおかけした。本書を生み出す過程で、プロフェッショナルな視点から適切なアドバイスを戴いた岡田氏に、この場を借りて御礼を申し上げたい。更に、ご多忙の中、巻頭図版の写真撮影と本書への掲載を快くご許可戴いた千葉刑務所の関係者の皆様に心より御礼申し上げたい。現代の刑務所制度の公正性・公益性は、現場の職員の方々の真摯で地道な努力によって支えられているということを強く感じている。

完全に制度化され得ない「自由」な感性が生み出す（はずの）文学テクストを対象とする文学研究も、時の経過と共に自動化し、硬直した制度の中に惰性的に自足してしまう。研究業績や予算獲得、就職といった要素が文学研究を制約する現実的要因となっていることは、人文科学研究をめぐる近年の社会環境を見る限り、やむを得ないことなのかもしれない。また、大学を中心とした研究共同体が、それ自体の惰性的維持と権威化のために自らの研究を自己目的化してしまう例も多い。ただ、そのような制度性や共同性のみに自足しない、文学研究の根源的な可能性を発掘する余地は、まだ残されているはずだ。本質的に個人的で孤独な「言葉」の営為を他者との交感の場に引きずり出し、その強度と可能性を見極め続けることが文学研究の原点であること、そして、制度的な業績の増幅や生ぬるい研究共同体での惰性に還元されることのない、尊厳と孤独を保った「言葉」を綴り続けるためには何が必要なのかと問い続けることの必要性を、本書の執筆は実感させてくれた。

副田賢二

付録○〈獄中〉言説年表（明治期〜一九九〇年代まで）

「音信的〈獄中〉言説」（A）

→実際に収監された人物がその監獄内で書き、外部に発信したもの。もしくはそれを出獄後発表したもの。

「回想的〈獄中〉言説」（B）

→実際に収監された人物が、その体験を事後的な視点で出獄後に回想し、書き記したもの

「小説的〈獄中〉言説」（C）

→実際に収監された人物が、その体験に基づいた創作として〈獄中〉を描いたもの

・実際は監獄に収監・拘禁されていない書き手によって〈獄中〉が描かれたもの

（ただし、そこで描かれた〈獄中〉とは全く無関係な性質の、書き手の過去の収監歴は考慮しない）

C・a　監獄内からの手紙、通信のみで構成される形態のもの

→形態としては「音信的〈獄中〉言説」（A）と類似

C・b　語り手が収監を体験した存在としてそれを回想する形態のもの

→形態としては「回想的〈獄中〉言説」（B）と類似

C・c　監獄を舞台にして一人称あるいは三人称の登場人物を描く形態のもの

※テクスト内に描かれた世界が主に監獄内であるものを示している。部分的に監獄が用いられているだけのテクストは外した（長篇を除く）。なお、年表の中の《＋A》等の表示は、その要素を併せ持つことを示す。

（和暦）西暦	音信的〈獄中〉言説（A）	回想的〈獄中〉言説（B）	小説的〈獄中〉言説（C）	小説的〈獄中〉言説（C・a〜c）	海外の〈獄中〉言説の翻訳〈獄中〉をめぐる評論やエッセイ
（明治九）一八七六		五月▼植木枝盛「出獄追記」（『郵便報知新聞』二五日〜六月八日） 六月▼「続出獄追記」（『郵便報知新聞』一四〜二〇日） 六月▼成島柳北「ごく内ばなし」（『朝野新聞』一四〜二四日） 一〇月▼末広鉄腸「転獄新話」（『朝野新聞』一一〜一五日）			
（明治一四）一八八一	前島豊太郎「獄中日記」「獄中雑記」（未刊行）				
（明治一五）一八八二	一一月▼原弥一郎『獄中憂憤余情』（和装本　原弥一郎編）			八月▼宮崎夢柳「自由の凱歌」（『自由新聞』一二日〜一八八三年二月八日）《C・c》 九月▼同「冤枉之鞭笞」（『絵入自由新聞』一日〜一〇月二八日）《C・c》	
（明治一六）一八八三		一〇月▼岸田俊子「獄の奇談」（当時未刊行）		九月▼宮崎夢柳「憂き世の涕涙」（『自由新聞』〜一一月）《C・c》	
（明治一七）一八八四				一二月▼宮崎夢柳「鬼啾啾」（『自由燈』一〇日〜一八八五年四月三日）《C・c》	
（明治一九）一八八六			八月▼末広鉄腸『政治小説雪中梅』（博文堂）		
（明治二〇）一八八七				四月▼河有野史『三春落花獄裏夢』（単行本　イーグル書房）《C・c》	一〇月▼竹軒居士編『珍事のはきよせ：欧州奇獄』（単行本　共隆社）

（明治二一）一八八八			一月▼宮崎夢柳「芒の一と叢」（『東雲新聞』～三月）	一〇月▼黒岩涙香、丸亭素人「美人之獄」（『絵入自由新聞』一八八九年一〇月続編）《C・c》 一一月▼千原伊之吉「摘陰発微奇獄」（日本同盟法学会）《C・c》 一二月▼臥禅居士「時計獄」（『報知新聞』一二五～一二七日）《C・c》	
（明治二二）一八八九				四月▼北村透谷『楚囚之詩』（単行本　未刊行）《C・c》	五月▼森田思軒訳「伊太利の囚人」（『国民之友』）ディケンズ作品の翻訳
（明治二三）一八九〇	四月▼宮武外骨『鉄窓詞林』（雑誌　石川島獄中苦楽部）				
（明治二四）一八九一			六月▼末広鉄腸『南海の大波瀾』（単行本　春陽堂）		
（明治二五）一八九二				六月▼北村透谷「我牢獄」（『女学雑誌』）《C・c》	
（明治二七）一八九四					七月▼小河滋次郎『監獄学』（単行本　警察監獄学会）
（明治二九）一八九六					七月▼片山潜「監獄改良論」（『国民之友』一一、一八日） 八月▼森田思軒訳「死刑前の六時間」（『国民之友』～一八九七年二月　ヴィクトル・ユーゴーの翻訳）
（明治三〇）一八九七			一〇月▼東海散士『佳人之奇遇』八編（巻十五～十六）（単行本　博文堂）		
（明治三三）一九〇〇		五月▼寒川鼠骨「新囚人」（『ホトトギス』三〇日） 七月▼同「就役」（一〇日） 一一月▼同「監房」（二〇日）			

(和暦) 西暦	音信的〈獄中〉言説(A)	回想的〈獄中〉言説(B)	小説的〈獄中〉言説(C)	小説的〈獄中〉言説(C・a~c)	海外の〈獄中〉言説の翻訳〈獄中〉をめぐる評論やエッセイ
(明治三四) 一九〇一		七月▼田岡嶺雲『下獄記』(単行本　文武堂)			一〇月▼小河滋次郎『獄事談』(単行本　東京書院)
(明治三五) 一九〇二					八月▼小河滋次郎『監獄作業論』(単行本　監獄協会出版部)
(明治三七) 一九〇四		六月▼堺利彦「出獄雑記」(『平民新聞』二六日) 七月▼堺利彦「獄中生活」(『平民新聞』三、一〇、一七、二四、三一日、八月七日) 七月▼堺利彦「獄中の音楽」(一〇日) 一〇月▼福田英子『妾の半生涯』(単行本　東京堂)			四月▼幸徳秋水訳「露国革命奇談神愁鬼哭」(『平民新聞』一七日~九月四日) 五月▼木下尚江「監獄内より観たる社会」(『平民新聞』八日)
(明治三八) 一九〇五	八月▼幸徳秋水「柏木より」(『直言』~九日)《+B》			八月▼三島霜川「牢獄」(『文藝界』)《C・c》	
(明治三九) 一九〇六	九月▼『獄中之告白:男三郎自筆』(単行本　沢田撫松編　法廷叢書　独歩社)				六月▼書報生「市ヶ谷監獄の近況」(『風俗画報』「漫録」欄　一〇日)
(明治四〇) 一九〇七		六月▼幸徳秋水「囚人」(『世界婦人』)			八月▼レオ・ドキッチ『神愁鬼哭:革命奇談』(幸徳秋水訳　隆文館)
(明治四一) 一九〇八	八月▼荒畑寒村「東京監獄より」(『熊本評論』) 九月▼荒畑寒村「獄中生活」「獄中消息」同)	二月▼堺利彦「獄中より諸友を懐う」(『日本平民新聞』五~二〇日) 二月▼堺利彦「獄中消息」(『日本平民新聞』二〇日~三月五日) 二月▼幸徳秋水「獄中の友」(『日本平民新聞』二〇日) 三月▼幸徳秋水「牢獄哲学」(『日本平民新聞』五日)			

（明治四四）一九一一	五月▼石川啄木「A LETTER FROM PRISON」（当時未発表）《＋C》	六月▼堺利彦『楽天囚人』（単行本　丙午出版社）			七月▼小河滋次郎『監獄夢物語』（単行本「無名氏」著作の翻案　巌松堂）
（明治四五・大正元）一九一二					二月▼小河滋次郎『監獄法講義』（単行本　巌松堂） 七月▼O・ワイルド『獄中記』（単行本　本間久雄による"De profundis"の翻訳　新潮社）
（大正三）一九一四	一月▼荒畑寒村「獄裡の詩」（『生活と芸術』）	三月▼加藤介春『獄中哀歌』（単行本　南北社）			
（大正四）一九一五				二月▼松崎天民「新佃島より」（『中央公論』）（東京監獄に収監されている「加藤芳吉」に向けた逆「獄中信」の形を採ったもの）《C・a》 六月▼松崎天民「犯罪ロマンス（二）妾を殺すまで」（『中央公論』）（未決囚の「佐藤権太郎」からの手紙とその告白が登場）《C・a》 六月▼原田皐月「獄中の女より男に」（『青鞜』）《C・a》	一二月▼和気律次郎訳「牢獄より」（ドストエフスキーの獄中書簡の翻訳『新小説』）
（大正六）一九一七		一二月▼矢部甚吾『獄中の九旬』（単行本　邦文社）			
（大正七）一九一八			五月▼中西伊之助「若き改革者」（『新社会』）		
（大正八）一九一九	一二月▼高杉晋作「獄中手記」（勤皇文庫第四編　伝記集〔大日本明道会〕所収）	一月▼大杉栄「獄中記　前科者の前科話（一）」（『新小説』） 二月▼大杉栄「獄中記　前科者の前科話（二）」（同）	九月▼伊藤野枝「監獄挿話面会人控所」（『改造』）		九月▼『ド・プロフォンディス：一名・獄中記』（単行本　辻潤訳　世界名著文庫第3編　越山堂）

（和暦）西暦	音信的〈獄中〉言説（A）	回想的〈獄中〉言説（B）	小説的〈獄中〉言説（C）	小説的〈獄中〉言説（C・a～c）	海外の〈獄中〉言説の翻訳〈獄中〉をめぐる評論やエッセイ
（大正八）一九一九		四月▼大杉栄「続獄中記 前科者の前科話（三）」（同） 八月▼大杉栄『獄中記』（単行本 春陽堂） 一一月▼山中峯太郎「獄を出て」（『中央公論』） 一一月▼原卓一・下井香潤『獄中日記 仮出獄まで』（単行本 勝友叢書第六編） 一二月▼山中峯太郎「未決囚」（『中央公論』）			
（大正九）一九二〇		七月▼麻生久「日立鉱山事件入獄記」上下（『解放』～八月） 八月▼岡本学『死獄』（単行本 日の出書房）（結核患者としての収監体験を書いたもの） 九月▼大杉栄「新獄中記」（『新小説』） 一〇月▼野依秀一「獄中四年の告白」（『実業之世界』）			三月▼ピーター・クロポトキン『クロポトキン獄中記』（単行本 遠藤無水訳 一言社） 七月▼ワイルド「深き底より（獄中記）」（神近市子による"De profundis"の翻訳『ワイルド全集』第五巻論文集 天佑社刊）
（大正一〇）一九二一	一月▼荒畑寒村「京都監獄より」（『労働者新聞』） 一月▼荒畑寒村「獄中通信」（『日本労働新聞』一六日） 二月▼荒畑寒村「獄裡吟」（『日本労働新聞』一〇日） 一〇月▼賀川豊彦「塵紙にかきつけし歌―監房にて―」（獄中歌集『改造』）	二月▼荒畑寒村「獄を出てから」（『日本労働新聞』一〇日） 四月▼森戸辰男「獄を出て、（序）」（『改造』）（「獄中記」という長篇の序であるという但し書きがついているが、実際は発表されず） 九月▼賀川豊彦「星より星への通路」（『改造』）《＋A》 一〇月▼毛利柴庵『獄中の修養』（単行本 丙午出版社）	八月▼橋井孝三郎「獄中咯血記」（『新青年』） 八月▼『獄中の俳人』（『新青年』）（獄中の「ジョン・カーター」の詩作をめぐるエピソード）	一月▼尾崎士郎「獄中より」（『時事新報』懸賞短編小説二等入選）《C・a》	

（大正一一）一九二二		二月▼一囚人SM生「監獄生活から見た諸名士」（『種蒔く人』～三月） 二月▼野村隈畔『自由を求めて』（単行本　京文社）（「酷寒、獄を出て」「出獄してから」収録） 四月▼荒畑寒村「獄を出てから」（『解放』～五月） 一一月▼堺利彦「留置場の夢」（『改造』）	二月▼中西伊之助『赭土に芽ぐむもの』（単行本　改造社） 八月▼井東憲「監獄の庭」（『熱風』） 一一月▼江口渙「留置場の一隅にて」（『改造』）	三月▼尾崎士郎「獄室の暗影――ある死刑囚よりその若き友へ――」（『改造』）	五月▼日夏耿之介「獄中文学考」（『東京朝日新聞』二五日）
（大正一二）一九二三		九月▼大杉栄「入獄から追放まで」（『改造』） 一一月▼大杉栄『日本脱出記』（単行本　アルス）（「牢屋の歌」「入獄から追放まで」収録）	一月▼神近市子「下獄二年」（『女性改造』～二月） 一月▼中西伊之助『死刑囚と其裁判長』（単行本　自然社） 一月▼中西伊之助「赭土に芽ぐむもの」（表現座上演脚本『種蒔く人』） 八月▼中西伊之助「獄を出てA兄へ」（『種蒔く人』） 九月▼中西伊之助「監房の夜」（戯曲『解放』） 一二月▼宮地嘉六「第一号檻房にて」（『中央公論』）	一月▼藤範晃誠「叛逆をたくらむ女囚」（『女性改造』）《C・c》 三月▼齊藤憲爾「囚人の手記」（『新興文学』）《C・c》 五月▼朝露水児「囚人の歌へる」（『新興文学』　短歌八首）	
（大正一三）一九二四		二月▼堺利彦「獄中を顧みつゝ」（『改造』）	一〇月▼葉山嘉樹「牢獄の半日」（『文藝戦線』） 一一月▼賀川豊彦『壁の声きく時』（単行本『死線を越えて』下巻　改造社）	三月▼南部修太郎『若き入獄者の手記』（文興院出版）《C・a》 九月▼尾崎士郎『獄中より』（単行本 文藝春秋叢書7 春陽堂）（「獄中より」「獄室の暗影」収録）《C・a》	一〇月▼小花卓朗訳「死刑囚　牢獄の結婚式」（『新青年』）

（和暦）西暦	音信的〈獄中〉言説（A）	回想的〈獄中〉言説（B）	小説的〈獄中〉言説（C）	小説的〈獄中〉言説（C・a～c）	海外の〈獄中〉言説の翻訳〈獄中〉をめぐる評論やエッセイ
（大正一四）一九二五	一一月▼中濱鐵「牢獄の反響」（『文藝戦線』） 一二月▼中濱鐵「牢獄の反響」（同）	一〇月▼神近市子『社会悪と反撥』（単行本　求光閣） 一二月▼堺利彦「ユトピア獄」（『改造』）	一月▼中西伊之助「女囚物語」（『文藝戦線』） 一〇月▼酒井八州男「監獄破片」（『文藝戦線』）		九月▼ワイルド「獄中より」（単行本『ドリアン・グレエの画像』の「附」　平田禿木訳　国民文庫刊行会）
（大正一五・昭和元）一九二六	一月▼中濱鐵「牢獄私信」（『文藝戦線』） 二月▼武市如意『獄中雑詩』（獄中漢詩集　西澤支店・太行堂書店） 三月▼葉山嘉樹「獄中抜書」（『読売新聞』四日） 六月▼古田大次郎『死の懺悔』（単行本　春秋社） 九月▼庄野義信「一死刑囚の手紙」（『解放』）	一月▼島田秀三郎「牢獄の窓から」（『解放』） 六月▼久保田栄吉『赤露二年の獄中生活』（単行本　矢口書店）〔ロシアで逮捕、収監された時の体験を書いたもの〕 六月▼堺利彦『監獄学校』（単行本　白揚社）	二月▼葉山嘉樹「出しやうのない手紙」（『文章往来』） 六月▼江口渙「留置場物語」（『文芸道』） 七月▼葉山嘉樹「支那人の糞」（単行本『淫売婦』〔春陽堂〕に収録） 一〇月▼林房雄「N監獄署懲罰日誌」（『新潮』） 一一月▼葉山嘉樹「誰が殺したか」（『文藝戦線』）〔長編小説の冒頭部。監獄内で書かれた構想メモと草稿を元にしたもの。〕 一二月▼林房雄「牢獄の五月祭」（『文藝時代』）		二月▼『死刑前の六時間』（単行本　ヴィクトル・ユーゴーの翻訳　森田思軒訳　明治文学名著全集　第六巻　東京堂）
（昭和二）一九二七	三月▼和田久太郎『獄窓から』（単行本　労働運動社―一九三〇年一一月改造文庫で再版）	一月▼堺利彦「続楽天囚人―ものづくし―」（『解放』一月号発禁につき六月臨時特別号に掲載） 二月▼堺利彦「獄中独問答」（『改造』） 一〇月▼甘粕正彦『獄中に於ける予の感想』（単行本　甘粕氏著作刊行会）	四月▼林房雄「鉄窓の花」（『文藝戦線』） 四月▼松古命三「留置場の午後」（『解放』） 六月▼林房雄『牢獄の五月祭』（単行本　春陽堂） 一〇月▼小林多喜二「女囚徒」（『文藝戦線』）	九月▼平林たい子「西向の監房」（『若草』）《C・c》	
（昭和三）一九二八	六月▼『叛逆者の牢獄手記』（単行本　行動者出版部）		二月▼早川郁男「留置場の朝」（『前衛』）	五月▼遠藤清吉「留置場」（『文藝戦線』）《C・c》	

			九月▼葉山嘉樹「独房語」（『文藝戦線』） 一二月▼小林多喜二「一九二八年三月一五日（二）」（『戦旗』）	一一月▼竹田敏彦「戯曲女囚監夜景」（戯曲『創作月刊』）《C・c》	
一九二九（昭和四）			一月▼林房雄「檻の中の四人」（『戦旗』） 二月▼壺井繁治「留置場断片」（『先駆文芸』） 五月▼林房雄「独房の筆」（『文藝春秋』） 六月▼武田麟太郎「檻」（『十月』） 一〇月▼明石鉄也「独房からの訪問客」（『改造』）《+A》	七月▼橋本英吉「留置場の女」（『週刊朝日』七日）《C・c》 一一月▼川瀬美子「女看守」（『女人芸術』）《C・c》 一二月▼細田民樹「黒の死刑女囚」（『中央公論』）《C・a+c》	
一九三〇（昭和五）	二月▼九津見房子「獄中の女性から」（『戦旗』「婦人欄」に掲載） 三月▼戦旗編輯局編「獄窓からの手紙」（『戦旗』臨時増刊号　各地の収監者同志からの手紙を紹介したもの） 三月▼『獄中にて歌へる：大田遼一郎集 斎藤英三集』（単行本　田村敬男編　共生閣） 一一月▼池の内三雄『獄窓の下に：歌集』（単行本　共生閣）	四月▼古田大次郎『死刑囚の思い出』（単行本　発売禁止　大森書房）《+A》 一二月▼原菊枝『女子党員獄中記』（単行本　春陽堂）	一月▼工藤勝行「獄窓からの手紙」（『戦旗』） 六月▼林房雄『鉄窓の花』（単行本　先進社）《+B》 七月▼森山啓「牢獄の詩」（詩『戦旗』）		一一月▼木村毅「ヘファンヘンポールト牢獄の見物記」（『新青年』）
一九三一（昭和六）	六月▼桐野徳次「女学生殺人犯の獄中手記」（『猟奇』　神戸刑務所内から発信された「告白文」（大正一四年六月二三日付）を紹介したもの）		四月▼中島彰二「留置場にて」（詩『文戦』） 七月▼小林多喜二「独房」（『中央公論』）	一月▼森下雨村「鼠を飼ふ死刑囚」（『新青年』）《C・c》	八月▼マリイズ・ショワジ『獄中性愛記録』（単行本　酒井潔訳　風俗資料刊行会）

（和暦）西暦	音信的〈獄中〉言説（A）	回想的〈獄中〉言説（B）	小説的〈獄中〉言説（C）	小説的〈獄中〉言説（C・a〜c）	海外の〈獄中〉言説の翻訳〈獄中〉をめぐる評論やエッセイ
（昭和六）一九三一	七月▼金子ふみ子『何が私をかうさせたか：金子ふみ子獄中手記』（単行本　春秋社）	亀井勝一郎「血にぬれた夢、深き真実（獄中の思ひ出）」（当時は未刊行　後に『亀井勝一郎全集』補巻三（一九七五年二月　講談社）に「獄中記」として収録	九月▼葉山嘉樹「便器の溢れた囚人」（『改造』） 一〇月▼鈴木清「監房細胞」（『ナップ』〜一一月　『プロレタリア文学』一九三二年四月）		
（昭和七）一九三二	一月▼山田清三郎「独房詩抄（一）」（『プロレタリア文学』） 二月▼林房雄「獄中信」（『改造』） 二月▼山田清三郎「独房詩抄（二）」（『プロレタリア文学』） 四月▼山田清三郎「独房詩抄（三）」（『プロレタリア文学』） 四月▼林房雄・宮木喜久雄「獄中通信」（『プロレタリア文学』） 六月▼宮木喜久雄「獄中通信」（『プロレタリア文学』）	六月▼林房雄「笑ひながら（出てきたあいさつ）」（『プロレタリア文学』） 七月▼林房雄「文学のために」（『改造』）《＋A》 一二月▼江連力一郎『獄中日記』（郁文書院）《＋A・C》	三月▼朝倉平吉「独房の三月」（『プロレタリア文学』） 八月▼林房雄「青年」（『中央公論』一一、一二月　一九三三年一〇月、『文学界』一九三四年二月）		七月▼亀井勝一郎「「監房細胞」について」（『プロレタリア文学』）
（昭和八）一九三三	六月▼中野重治「獄中より」（『中央公論』） 七月▼佐野学・鍋山貞親「共同被告同志に告ぐる書」（『改造』）〔監獄内からの政治・思想的声明〕		二月▼市川まさ「獄中の同志へ」（『プロレタリア文学』）	一二月▼大佛次郎「安政の大獄」（『時事新報』一〇日〜一九三四年九月一〇日）《C・c》	
（昭和九）一九三四		一一月▼林房雄「入獄前記」（『文藝』）	三月▼林房雄『青年』（単行本　中央公論社） 四月▼島木健作「癩」（『文学評論』）		八月▼島木健作「監獄その他」（『文学評論』）

			七月▼島木健作「盲目」（『中央公論』） 一〇月▼島木健作『獄』（単行本　ナウカ社　「癩」「盲目」「医者」に加えて未発表の「転落」収録） 一一月▼島木健作「医者」（『文学評論』）		一一月▼中野重治「刑務所に改良を求む」（『改造』）
（昭和一〇）一九三五	二月▼林房雄「獄中信」（『改造』） 六月▼林房雄「獄中記」（『文学界』）	七月▼伊藤痴遊「獄中生活」（『痴遊雑誌』〜一九三六・九） 九月▼林房雄「独房文学論」（『経済往来』）	四月▼中野重治「鈴木　都山　八十島」（『文藝』） 五月▼島木健作「要求—『獄のうち—」（『社会評論』）		四月▼ワイルド『獄中記』（単行本　阿部知二訳　岩波文庫）
（昭和一一）一九三六					二月▼浅見篤「刑務所物語」（『新青年』）
（昭和一二）一九三七		六月▼中本たか子「受刑記—逃走より発狂まで—」（『中央公論』） 七月▼中本たか子「受刑記—転向への進路—」（『中央公論』） 八月▼中本たか子「受刑記—苦闘・解放の日—」（『中央公論』）			
（昭和一四）一九三九			一〇月▼埴谷雄高「洞窟」（『構想』後半は一九四〇年一月に同誌第二号に発表）		
（昭和一五）一九四〇	二月▼林房雄『獄中記』（獄中書簡集　創元社）	一二月▼齋藤瀏『獄中の記』（単行本　東京堂）			四月▼ワイルド『獄中記』（単行本　田部重治訳　新潮文庫）
（昭和一六）一九四一				八月▼尾崎士郎「高杉晋作　黎明篇」（『東京朝日新聞』夕刊　〜一一月）《C・c》	

（和暦）西暦	音信的〈獄中〉言説（A）	回想的〈獄中〉言説（B）	小説的〈獄中〉言説（C）	小説的〈獄中〉言説（C・a〜c）	海外の〈獄中〉言説の翻訳〈獄中〉をめぐる評論やエッセイ
（昭和一八）一九四三	四月▼児玉誉士夫『獄中獄外：随筆集』（単行本　アジア青年社出版局）			七月▼山手樹一郎「獄中記」（渡辺崋山や高野長英等を描いたもの『大衆文藝』〜九、一二月）《C・c》	
（昭和二一）一九四六	一月▼福本和夫『獄中十四年』（単行本　創建社） 四月▼福本和夫『獄中十四年 続』（単行本　創建社） 九月▼尾崎秀実『愛情はふる星のごとく：獄中通信』（獄中書簡集　世界評論社）				
（昭和二二）一九四七	一月▼市川正一『獄中から』（単行本　桐生暁書房） 二月▼徳田球一・志賀義雄『獄中十八年』（単行本　時事通信社） 九月▼河上肇『獄中贅語』（単行本　河原書店）				
（昭和二三）一九四八		六月▼亀井勝一郎『現代人の遍歴』第一章「罪の意識」の「幽閉記」「怯懦の群に在りて」（単行本　養徳社　一九五一年九月『我が精神の遍歴』と改題され創元社から刊行）	一月▼椎名麟三「深尾正治の手記」（『個性』） 六月▼椎名麟三「壁のなかの記録」（『新潮』）		
（昭和二四）一九四九	一一月▼河上肇『獄中日記』（単行本　世界評論社）				
（昭和二五）一九五〇	六月▼宮本百合子・宮本顕治『十二年の手紙 その1-3』（獄中書簡集　〜一九五二年　筑摩書房）		七月▼平林たい子「人の命」（『風雪』）	一一月▼中山義秀『少年死刑囚』（単行本　文藝春秋社）《C・c》	

（昭和二七）一九五二					五月▼ローザ・ルクセンブルク『獄中からの手紙』（単行本　秋元寿恵夫訳　世界文学社）
（昭和三四）一九五九	五月▼平沢貞通『帝銀死刑囚　老てんぺら画家の獄中記』（単行本　縄野純三編　現代社）				
（昭和三七）一九六二					六月▼アントニオ・グラムシ『愛と思想と人間と：獄中からの手紙』（単行本　上杉聡彦訳　合同出版社）
（昭和三八）一九六三			一二月▼埴谷雄高「闇の中の黒い馬」（『文藝』）		九月▼原竜次『監獄：コンクリートの奥の秘密』（単行本　三一新書　三一書房）
（昭和四〇）一九六五		四・五月▼埴谷雄高「灰色の壁―1」（『ロシア・ソビエト文学全集』月報　平凡社） 六・七月▼埴谷雄高「灰色の壁―2」（同）			
（昭和四五）一九七〇	一月▼『東大闘争獄中書簡集 第1』（「獄中書簡」発刊委員会編　三一書房） 三月▼『東大闘争獄中書簡集 第2』（「獄中書簡」発刊委員会編　三一書房）				
（昭和四六）一九七一	四月▼永山則夫『無知の涙』（単行本　合同出版社）				
（昭和四八）一九七三	一月▼永山則夫『無知の涙』（単行本　角川文庫）				
（昭和五〇）一九七五	九月▼金芝河「良心宣言―獄中から」（『世界』）				

（和暦）西暦	音信的〈獄中〉言説（A）	回想的〈獄中〉言説（B）	小説的〈獄中〉言説（C）	小説的〈獄中〉言説（C・a〜c）	海外の〈獄中〉言説の翻訳〈獄中〉をめぐる評論やエッセイ
（昭和五一）一九七六	一〇月▼池中栄一訳「獄中手記・ソルジェニーツィンと私」（『文藝春秋』）				
（昭和五三）一九七八	一月▼「金大中「獄中からの手紙—積極的民主主義が韓国民の宿命」」（小栗敬太郎解説『朝日ジャーナル』六日） 五月▼徐勝・徐俊植「徐兄弟　獄中からの手紙」（『世界』特集「徐兄弟　獄中からの手紙」） 五月▼徐勝「獄中から　1」（同）、徐俊植「獄中から　2」（同） 九月▼金芝河『苦行：獄中におけるわが闘い』（単行本　金芝河刊行委員会訳・編　中央公論社）				三月▼『グラムシ獄中ノート』（単行本　石堂清倫訳　三一書房） 五月▼徐京植「祖国の獄中で生きる兄たち—「手紙」の公表にあたって」（『世界』）、東海林勤「徐兄弟が問いかけるもの」（同） 一二月▼小中陽太郎「獄中記のもつ重み—布施杜生『鼓動』・金芝河『苦行』・エヴァ・フォレスト『エヴァの日記』」（『朝日ジャーナル』）
（昭和五四）一九七九					二月▼日高六郎「慟哭する詩人の魂—金芝河著金芝河刊行委員会訳編「苦行—獄中におけるわが闘い」」（『潮』）
（昭和五五）一九八〇	一二月▼「徐兄弟　獄中からの手紙—続—獄中十年」（『世界』特集「徐兄弟　獄中からの手紙—続—獄中十年」） 一二月▼徐勝「獄中から　1」（同）徐俊植「獄中から　2」（同）				一二月▼徐京植「再び兄たちの手紙を公表するにあたって」（『世界』）

（昭和五六） 一九八一	六月▼T・K生「獄中からの書簡（韓国からの通信―高まるファシズム―一九八一年四月一五日発信）」（『世界』） 七月▼徐勝・徐俊植『徐兄弟　獄中からの手紙』（単行本　岩波新書） 九月▼同「獄中からの便り（韓国からの通信―革命に学べるか―一九八一年七月十七日発信）」（同） 一二月▼同「獄中書簡（韓国からの通信―大いなる拒否―一九八一年一〇月十七日発信）」				
（昭和五七） 一九八二	二月▼T・K生「獄中の人々（韓国からの通信―光は消えない―一九八一年一二月一三日発信）」（『世界』） 五月▼同「獄中の人々（韓国からの通信―レーガン氏と反米の嵐―一九八二年三月一九日発信）」（同） 七月▼同「また獄中の戦いが（韓国からの通信―民衆の語録―一九八二年五月一八日発信）」（同）				
（昭和五八） 一九八三	一月▼T・K生「獄中闘争の勝利（韓国からの通信―戦いの連合に向けて―一九八二年一一月一六日発信）」（『世界』）			一一月▼吉村昭『破獄』（単行本　岩波書店）《C・c》	

（和暦）西暦	音信的〈獄中〉言説（A）	回想的〈獄中〉言説（B）	小説的〈獄中〉言説（C）	小説的〈獄中〉言説（C・a〜c）	海外の〈獄中〉言説の翻訳〈獄中〉をめぐる評論やエッセイ
（昭和五八）一九八三	五月▼中野重治『愛しき者へ』（書簡集 〜一九八四年 中央公論社） 一二月▼『金大中獄中書簡』（獄中書簡集 和田春樹他訳 岩波書店）				
（昭和五九）一九八四	五月▼免田栄『免田栄獄中記』（単行本 社会思想社）			九月▼吉村昭『長英逃亡』（単行本 毎日新聞社）《C・c》	
（昭和六〇）一九八五	一一月▼戸塚宏『獄中記』（単行本 飛鳥新社）				
（昭和六一）一九八六	一月▼T・K生「アメリカは友邦か―韓国からの通信」（『世界』） 一二月▼『河上肇獄中往復書簡集 上』（単行本 一海知義編 岩波書店）		八月▼安部譲二『塀の中の懲りない面々』（単行本 文藝春秋社）		二月▼遠藤周作「獄中作家のある形態―サドの場合―」（『世界』） 八月▼日高六郎「人間であることの闘い―われわれの「戦後」と獄中15年の徐兄弟」（『世界』）
（昭和六二）一九八七	三月▼『河上肇獄中往復書簡集 下』（単行本 一海知義編 岩波書店）		三月▼安部譲二『塀の中のプレイボール』（単行本 講談社）		八月▼野中ひろし『イラスト監獄事典』（単行本 日本評論社）
（昭和六三）一九八八	五月▼平沢貞通『われ、死すとも瞑目せず：平沢貞通獄中記』（単行本 平沢武彦編 毎日新聞社）			四月▼吉村昭『仮釈放』（単行本 新潮社）《C・c》	一月▼『監獄の現在』（単行本 総合特集シリーズ41法学セミナー増刊 日本評論社） 一月▼野中ひろし『塀の中のイラスト日記―府中刑務所のすべて』（単行本 日本評論社） 一一月▼特集「韓国「獄中作家」が問うペンの良心」（『朝日ジャーナル』一八日）

一九九三（平成五）	七月▼永田洋子『獄中からの手紙』（単行本　彩流社）				
一九九四（平成六）	七月▼徐勝『獄中19年―韓国政治犯のたたかい』（単行本　岩波新書）	一〇月▼山崎正友『平成獄中見聞録』（単行本　ラインブックス）			
一九九五（平成七）			一一月▼見沢知廉『天皇ごっこ』（単行本　第三書館）		
一九九六（平成八）			二月▼見沢知廉『囚人狂時代』（単行本　ザ・マサダ）		
一九九七（平成九）			七月▼見沢知廉『獄の息子は発狂寸前』（単行本　ザ・マサダ） 八月▼見沢知廉『調律の帝国』（『新潮』　同年一二月単行本化　新潮社）		
一九九八（平成一〇）	六月▼永山則夫『死刑確定直前獄中日記』（単行本　河出書房新社）	四月▼安土茂『知られざる刑務所のオキテ：留置場から拘置所・刑務所・少年院まで恐怖の獄中生活のすべて』（単行本　日本文芸社）			八月▼佐々木幹郎「監獄の壁と言葉―後藤慶二と中野重治―」（『群像』）

索引（人名）

ア行

カ行

サ行

タ行

ナ行

ハ行

索引（書名・作品名・記事名・絵画名）

※作品名・記事名・絵画名は「　」、単行本・雑誌・新聞名は『　』で示した。

タ行

マ行

ヤ行

ラ行

ワ行

〈獄中〉の文学史

夢想する近代日本文学

著者

副田賢二

（そえだ・けんじ）

1969年佐賀県生まれ。慶應義塾大学大学院文学研究科国文学専攻博士課程単位取得満期退学。博士（文学）。現在、防衛大学校人文社会科学群人間文化学科准教授。論文に、「芥川龍之介「疑惑」論――「語ること」をめぐる転換――」（『国語と国文学』第75巻　1998.7）、「「蟹工船」の「言葉」――その「団結」と闘争をめぐって」（『昭和文学研究』第44集　2002.3）、「「浅草紅団」をめぐって――「復興の東京」と「女」たち」（『昭和文学研究』第48集　2004.3）、「「従軍」言説と〈戦争〉の身体――「支那事変」から太平洋戦争開戦時までの言説を中心に――」（『近代文学合同研究会論集』第5号　2008.12）、「〈前線〉に授与される〈文学〉と大衆文化――昭和戦時下における〈文学リテラシー〉の機能拡張」（『日本近代文学』第92集　2015.5）などがある。

平成28（2016）年5月15日　初版第1刷発行

ISBN978-4-305-70806-9 C0095

発行者

池田圭子

発行所

〒101-0064

東京都千代田区猿楽町2-2-3

笠間書院

電話 03-3295-1331　Fax 03-3294-0996

web :http://kasamashoin.jp/

mail:info@kasamashoin.co.jp

装丁　笠間書院装幀室

印刷・製本　大日本印刷